DONGSUH MYSTERY BOOKS 2

THE ADVENTURES OF SHERLOCK HOLMES
셜록 홈즈의 모험
아더 코난 도일/조용만·조민영 옮김

동서문화사

옮긴이 조용만(趙容萬)
경성제대 영문과를 졸업하고 고려대에서 문학박사 학위를 받다. 코리아타임스 논설위원·서울대사대·동국대 영문학 강의. 고려대 영문과 교수를 지내다. 지은책 《문학개론》《평전 : 육당 최남선》, 소설집 《고향에 돌아와도》《영결식》《구인회 만들 무렵》, 수필집 《방의 숙명》《청빈의 서》, 옮긴책 오웰 《동물농장》 모음 《인간의 굴레》 등이 있다.

옮긴이 조민영(趙敏英)
경기여고를 졸업하고 이화여대 영문과를 졸업하다.
옮긴책 코난 도일 셜록홈즈 시리즈가 있다.

DONGSUH MYSTERY BOOKS 2
셜록 홈즈의 모험

코난 도일 지음/조용만·조민영 옮김
1판 1쇄 발행/1977년 12월 1일
2판 1쇄 발행/2003년 1월 1일
2판 3쇄 발행/2010년 1월 10일
발행인 고정일/발행처 동서문화사
창업 1956. 12. 12. 등록 16-345(윤)
서울강남구신사동540-22 ☎ 546-0331~6 (FAX) 545-0331
www.epascal.co.kr

*

이 책의 출판권은 동서문화사(동판)가 소유합니다.
의장권 제호권 편집권은 저작권 법에 의해 보호를 받는 출판물이므로
무단전재와 무단복제를 금합니다.

편찬·필름·제작 일체 「동판」 자본으로 이루어짐에 따라
출판권 소유권자 「동판」에서 제조출판판매 세무일체를 전담합니다.
사업자등록번호 211-90-02201
ISBN 978-89-497-0083-0 04840
ISBN 978-89-497-0081-6 (세트)

셜록 홈즈의 모험
차례

보헤미아의 추문 …… 11
신랑 실종 사건 …… 48
붉은 머리 클럽 …… 76
보스콤 계곡의 참극 …… 111
다섯 개의 오렌지 씨앗 …… 150
입술이 뒤틀린 사나이 …… 178
푸른 가닛 …… 214
얼룩끈 …… 243
기사의 엄지손가락 …… 279
독신 귀족 …… 311
너도밤나무 숲 …… 343
에메랄드 왕관 사건 …… 380

코난 도일 미스터리 문학에 대하여 …… 416

보헤미아의 추문

1

셜록 홈즈에게 있어서, 그녀는 언제나 '그분'이었다. 어떤 다른 말로 부르는 것을 나는 들은 적이 없다. 홈즈의 눈으로 보면, 그녀는 다른 여자들의 빛을 모두 빼앗고 압도하고 있었다. 그렇다고는 해도 그가 아이린 애들러에 대해 연애에 가까운 마음을 품고 있었던 것은 아니었다. 온갖 감정, 그 중에서도 특히 사랑과 같은 것은, 냉정하고 예리하며 더구나 놀랄 만큼 균형이 잡힌 그의 정신으로서는 번거로운 감정이었다. 내가 보기에 그는 일찍이 세상에서 볼 수 없었던 완전한 추리와 관찰의 기계였다. 그러므로 사랑에 빠진 사나이가 되었다고 한다면 참으로 엉뚱하고 전혀 어울리지 않는 것이 되리라.

그는 인간의 달콤한 애정 등에 대해서는, 비웃음이나 비꼼을 섞지 않고는 이야기할 수 없었다. 그러한 감정들은 곁에서 보기에는 감탄이 나올 정도로 인간의 행위와 동기를 설명해 준다. 하지만 단련된 추리가의 복잡미묘하게 조절된 정신상태 속에 그와 같은 감정이 침입

하는 걸 허락하는 것은, 혼란의 씨앗을 받아들이는 것이며 자기의 정신 활동 전부를 믿을 수 없는 것으로 만들어 버리고 말 것이다. 만일 그와 같은 자질의 사나이에게 강한 정서가 생겨났다고 한다면──그것은 정교한 기계에 들어간 모래알이나 그가 가지고 있는 고성능 확대경에 생긴 깨진 금보다도 훨씬 커다란 정신착란을 일으키리라. 그러나 이러한 홈즈에게도 단 하나의 여성이 있었는데, 그 여성이란 정체불명의 수상쩍은 여자로 사람들의 기억에 남아 있는, 지금은 죽은 아이린 애들러였다.

나는 최근엔 홈즈와 거의 만나지 않는다. 내 결혼(이 이야기의 화자인 와트슨은 전전작인 《주홍빛 연구》에서 홈즈와 공동 생활을 시작했고 전작 《네 사람의 서명》에서 결혼하여 따로 가정을 가진 것으로 되었음)이 우리 두 사람 사이를 멀어지게 만들었던 것이다. 내 쪽은 더할 나위 없이 행복하고, 처음으로 한 가정의 주인이 되어 가정을 중심으로 한 신변의 일에 흥미를 느꼈으며, 완전히 그쪽으로만 관심이 이끌리고 있었다.

한편 홈즈는 보헤미안처럼 구속받기 싫어하는 마음 탓으로 사람과의 사귐을 일체 싫어하고, 여전히 베이커 거리의 그 집에서 산더미 같은 헌책에 파묻혀 살면서 매주매주 코카인과 공명심에 번갈아 잠겨 있었다. 마약에 취하여 꿈결 같은 기분이 되는가 싶으면 또 그 특유의 날카로운 천성으로 정력적인 일을 하고 있었던 것이다. 여전히 범죄 연구에 몰두하되, 헤아릴 수 없는 재능과 놀랄 만한 관찰력을 발휘하여 경찰도 단념한 사건의 실마리를 뒤쫓고 그 수수께끼를 해결하고 있었던 셈이었다. 나도 때때로 그의 일솜씨를 어렴풋이나마 들었다. 이를테면 트레포프 살인 사건으로 오데사에 초청되어 갔다든가 트링코말리(실론 섬의 군항)의 애트킨슨 형제의 이상야릇한 참극을 해결했다든가, 네덜란드 왕실로부터 부탁받은 일을 멋지게 해냈다든가 하는 이야기였다. 그러나 이 같은 그의 활약상은 신문 독자라면 모두 알고 있는 일이며, 지난날의 친구이자 동료인 나도 그에 대해 그 이상의 일은 거의 몰랐다.

1888년 3월 20일 밤이었다. 나는 왕진에서 돌아오는 길에 (본디의 개업의사로 돌아가 있었으므로) 우연히 베이커 거리를 지났다. 연애 시절의 일이며 또 《주홍빛 연구》 사건의 음산한 일들이 절로 생각나는 잊으려 해도 잊을 수 없는 그 문간에 이르렀을 때, 나는 홈즈를 다시 만나서 요즘 그 천재적인 능력을 어떻게 사용하고 있는지 알고 싶어졌다. 그의 방에는 환하게 불이 켜져 있고 내가 올려다보고 있는 잠시 동안에도 그의 여위고 키가 큰 그림자가 두 번 블라인드에 비쳤다. 머리를 수그리고 팔은 뒷짐을 지고서 초조한 듯 연신 방을 왔다 갔다하고 있었다. 나는 그의 기분이며 버릇을 하나도 남김없이 알고 있었기에, 이 자세와 움직임만으로 충분했다. 그는 또 일을 하고 있는 것이다. 마약으로 인한 꿈에서 깨어나 새로운 사건에 열중하고 있는 것이다. 나는 벨을 울렸고, 전에 같이 썼던 방으로 안내되었다.

그는 감정을 호들갑스럽게 겉으로 나타내는 사나이가 아니었다. 언제나 그랬다. 그러나 나의 방문을 기뻐하고 있다는 것만은 알 수 있었다. 인사다운 말도 입에 올리지 않고 다만 부드러운 눈길로 팔걸이 의자에 앉도록 손짓하면서 시가 상자를 건네 주었고, 또 술 상자와 탄산수를 만드는 장치가 방구석에 있음을 손가락으로 일러주었다. 그리고 불 앞에 서더니 속내를 관찰하려는 듯한 특유의 표정으로 나를 훑어보았다.

"결혼생활은 자네에게 좋군" 하고 그는 말을 걸어 왔다. "와트슨, 전에 만났을 때보다 7파운드 반은 살이 찐 것 같네."

"7파운드야." 나는 대답했다.

"그런가. 더 될 것 같은데. 아마 좀더 나갈 걸세, 와트슨. 그리고

개업도 했을 테지! 소문은 못들었지만."
"그럼, 어떻게 알았나?"
"추리로 알 수 있지. 그리고 최근 비를 맞아 흠뻑 젖었던 일이 있고 자네 집에는 몹시 게으르고 몸놀림이 거친 하녀가 있다는 것도 알지."
"아니, 이거" 하고 나는 말했다. "자네에게는 도무지 못당하겠군. 자네는 몇 세기 전에 태어났다면, 아마도 마술사로 오해받아 화형에 처해졌을 걸세. 사실 목요일에 시골길을 걷다 비에 흠뻑 젖어서 돌아왔었네. 그러나 며칠 전 일이고 옷도 갈아입었는데 어떻게 그런 추리를 할 수 있었나? 그리고 하녀 메어리 제인에게는 정말 질렸다네, 집사람이 머지않아 내보내겠다고 선언하고 있지. 그렇긴 하지만 어째서 그런 일까지 알았지?"

그는 혼자 웃으면서 길쭉하고 섬세한 손을 비벼댔다.

"뭐, 간단하지. 자네의 왼쪽 구두 안, 바로 난롯불이 환히 비치고 있는 곳에 평행으로 난 상처가 여섯 가닥 보여. 말할 것도 없이 구두창 가장자리에 늘어붙은 진흙을 거칠게 비벼서 떨어뜨리려다 낸 것일세. 이걸로 두 가지 추리를 할 수 있지 않을까. 우선 자네는 날씨가 몹시 나쁜 날 외출한 것이 되네. 다음으로 자네 집 하녀는 구두에 흠집을 낼 만큼 매우 형편없는 런던 하녀의 대표적인 본보기라는 걸 알 수 있지. 그리고 자네가 개업한 일인데, 신사가 요오드포름 냄새를 풍기고 오른쪽 집게손가락에 질산은의 검은 얼룩을 묻히고서 '여기에 청진기가 들어 있습니다.' 가르쳐 주듯 검은 실크 햇의 한 끝을 부풀리고 방에 들어왔다고 할 때, 그걸로 개업의사라고 꿰뚫어보지 못한다면 내 머리는 꽤 나빠진 게 틀림없네."

홈즈가 추리 과정을 어렵지 않게 설명하는 것을 듣고 나는 웃지 않을 수가 없었다.

"자네의 설명을 듣고 있으면……" 하고 나는 말했다. "언제나 우스꽝스러울 만큼 간단해서 나라도 쉽사리 할 수 있는 것처럼 생각되네. 그러나 추리의 과정을 설명해 주기까지는, 자네가 차례차례 이끌어내는 결론이 구름을 잡듯 막연해서 언제나 어리둥절해지지. 이래뵈도 자네만큼 내 눈도 좋다고 생각하는데 말이야."

"그건 그럴 테지." 그는 담배에 불을 붙이고 팔걸이의자에 몸을 던져 편히 앉으면서 말했다. "자네도 보고 있기는 하지만 관찰을 않는 탓이라네. 보는 것과 관찰하는 것은 완전히 다르거든. 이를테면 현관에서 이 방으로 올라오는 계단은 자네도 여러 번 봤을 테지!"

"아무렴."

"몇 번쯤 보았나?"

"글쎄, 거의 수백 번은 봤을걸."

"그럼, 모두 몇 단이지?"

"몇 단이냐고? 몰라."

"글쎄, 그것 보라니까. 관찰하지 않기 때문이야, 더구나 볼 만큼 봤으면서도. 내가 말하고 싶은 것은 바로 그 점이라네. 알겠나? 나는 17단으로 알고 있네. 보는 것과 동시에 관찰하고 있기 때문이지. 참, 이야기가 나온 김에 말이지만, 자네는 지금까지 나의 사소한 사건에 흥미를 가져 주고 내 우연한 경험을 한두 가지 써 주었을 정도니까 이것에도 틀림없이 흥미가 있을 거야."

그는 테이블 위에 펼쳐져 있던 얇은 분홍빛의 두툼한 편지지 한 장을 던져 주었다.

"좀 전에 배달되어 온 것일세." 그는 이렇게 설명하고 다시 덧붙였다. "소리내어 읽어보게나."

편지에는 날짜도 발신인의 서명도 주소도 없었다.

오늘 저녁 8시 15분 전에 아주 중대한 문제에 대해 의논을 드리려는 사람이 찾아뵈올 것입니다. 최근 유럽 한 왕실을 위해 하신 귀하의 공헌은 언어를 초월하는 중대 사건이라도 안심하고 맡길 수 있는 분이라는 것을 증명하고 있습니다. 귀하에 대해서는 여러 방면에서 들어 알고 있습니다. 아무쪼록 그 시간에 댁에 계시길, 또 이쪽이 복면을 하고 있더라도 용서해 주시기를 부탁드리겠습니다.

"예사로운 일이 아니로군." 나는 말했다. "자네는 이걸 읽고 어떻게 판단하고 있나?"

"아직 단서가 없다네. 단서가 없는데 이론을 붙이는 것은 굉장한 잘못이지. 사실에 맞는 이론을 찾는 대신, 이론에 맞도록 무의식중에 사실을 어긋나게 만드는 것이 되거든. 그러나 편지 그 자체에 대해서는 생각해 보세, 자네는 이것을 보고 뭐가 짐작되나?"

나는 필적이며 그 종이의 품질을 주의깊게 살펴 보았다.

"이 편지를 쓴 사람은 아마 부자일 테지." 나는 되도록 친구의 투를 흉내내어 말했다. "이렇듯 고급 종이는 한 묶음에 반 크라운 (왕관 모양을 박은 5실링짜리 영국 화폐) 이하로는 절대 사지 못해. 별나게 질기고 단단한 종이야."

"별나게――라고 하는 건 딱 맞는 표현일세." 홈즈가 말했다. "이것은 영국제 종이가 아니야. 불빛에 비춰 보게나."

그가 시킨 대로 해보았더니 소문자 g를 달고있는 대문자 E, 다음으로 대문자 P, 그리고 또 소문자 t를 단 대문자 G가 비쳐 보였다.

"뭐라고 생각하나?" 홈즈가 물었다.

"아마도 제지업자의 이름일 테지. 아니, 그 머리글자일 거야."

"그렇지가 않네. Gt는 독일어의 Gesellschaft의 약자로 회사라는 의미지. 이것은 정해진 약자로 영어의 Co에 해당돼. P는 물론 독일어의 Papier로, 종이란 뜻이지. 그럼 이번에는 Eg인데, 잠깐 대륙 지명 사전을 찾아보자구.”
그는 책꽂이에서 갈색의 두툼한 책을 꺼냈다.
“Eglow, Eglonitz, 야아, 이것이다, Egria일세. 이곳은 보헤미아(지금의 체코 지방)의 독일어를 사용하고 있는 지방 도시로 카알스바드에서 멀지 않지. '발렌슈타인(30년 전쟁의 용장. 실러의 희곡으로 유명함)이 임종한 곳으로서, 또 유리 공장 및 제지공장이 많은 걸로 알려져 있다.' 하하, 어때, 무언가 떠오르나? ”
그는 눈을 반짝이며 자랑스럽게 파란 담배 연기를 뿜어올렸다.
“그럼, 보헤미아제 종이로군.” 내가 말했다.
“그렇지. 그러니까 이 편지를 쓴 사나이는 독일 사람이야. 묘한 어조가 있음을 깨달았을 테지. This account of you we have from all quarters received(귀하에 대해서는 여러 방면에서 들어 알고 있습니다). 프랑스인이나 러시아인이라면 결코 이렇게는 쓰지 않지. 동사를 이렇듯 학대하며 마지막에 가져오는 것은 독일인이야. 그러므로 남는 것은, 이 보헤미아의 종이를 사용하고 맨 얼굴을 보이고 싶지 않다고 하는 독일인이 무엇을 원하고 있느냐 하는 문제뿐이야. 그러나 어쩐지 본인께서 나타나실 모양이니까 우리들의 의문도 곧 해결되겠지. ”
이때 딱딱한 말발굽의 음향과 수레바퀴가 보도블록의 가장자리 돌에 스치며 삐걱거리는 소리가 똑똑히 들리더니 이어서 벨이 세게 울렸다. 홈즈는 휘파람을 불었다.
“쌍두마차 소리로군.” 그는 말했다.
그는 창문으로 내다보면서 말을 이었다.
“아아, 역시 그렇구나. 두 마리의 작은 말이 끄는 훌륭한 4륜마차로 말도 꽤나 좋군. 한 마리에 150기니(영국의 화폐단위. 21실링에 해당)는 나가겠는걸. 와트슨, 이번 사건은 재미는 없을지라도 금액은 클 것 같군."

"홈즈, 나는 돌아가는 편이 좋을 거야."

"아냐, 여보게, 무슨 소린가. 거기 있어 주게. 보즈웰(1740~1795. 그의 《존슨 박사》는 전기문학의 걸작임)이 옆에 있어 주지 않으면 마음이 허전하다네. 게다가 이 사건은 재미있을 것 같아. 놓친다면 후회할 걸세."

"그러나 의뢰인 쪽에서……"

"걱정하지 않아도 되네. 나에게는 자네 도움이 필요할지도 모르고, 그렇게 되면 그에게도 필요한 셈이지. 보라구, 왔네. 자네는 그 팔걸이의자에 앉아서 되도록 주의를 기울여 주기 바라네."

느긋하고도 묵직한 발소리가 계단을 올라오고 복도를 걷는 게 들리는가 싶더니 곧 문 앞에서 멎었다. 이어서 서슴없이 문을 크게 노크하는 소리가 났다.

"들어오십시오" 하고 홈즈가 말했다.

들어온 이는 키가 6피트 6인치 이상은 됨직한 영웅신 헤라클레스처럼 늠름한 사나이였다. 복장은 영국에서라면 악취미라고 할 수 있을 만큼 화려하고 사치스러운 것이었다. 더블 코트의 겹소매와 접힌 앞자락에는 아스트라칸 모피를 폭넓게 달고, 어깨에 걸친 짙은 감색의 소매 없는 망토 안에는 불타는 듯한 진홍색 비단을 받쳤으며, 반짝이는 커다란 에메랄드 브로치로 옷깃을 여미고 있었다. 게다가 종아리 중간까지 올라오는 장화의 상단에는 푹신푹신한 갈색 모피가 엿보이고 있어, 전체 옷차림에서 느껴지는 칙칙한 사치스러움이 더욱 도드라졌다. 한 손에는 챙이 넓은 모자를 들고 얼굴의 위쪽으로는 광대뼈까지 가려지는 검은 눈가리개 형의 가면을 쓰고 있었는데, 들어올 때 갓 고쳐 썼는지 손을 아직도 거기에 올리고 있었다. 얼굴 아래

쪽은 강한 성격을 가진 사람인 듯 입술은 두텁게 늘어졌고 턱은 곧바르고 길어 고집이 세고 의지가 강한 사람으로 느껴졌다.
"편지는 배달되었습니까?" 하고 쉬어빠진 굵은 목소리로 독일 사투리를 심하게 풍기며 물었다. "방문을 알려 두었을 것입니다만." 어느 쪽에 이야기해야 좋을지 망설이듯 우리들을 둘러보았다.
"앉으시지요," 홈즈가 말했다. "이쪽은 같이 일하는 친구 와트슨 박사인데, 때때로 사건에 대해 도움을 받고 있습니다. 그런데 실례지만, 당신은 누구신지요?"
"폰 클람 백작이라고 불러 주십시오, 보헤미아 귀족입니다. 친구라고 말씀하신 이 신사는 더할 나위 없는 중대사를 털어놓을 상대로 부족함이 없을 신의와 사려를 가지고 계실 테지요? 아니면 당신에게만 말씀드리고 싶은데……"
나는 일어서서 나가려고 했지만 홈즈에게 손목이 잡혀 도로 의자에 앉았다.
"둘이서 함께가 아니면 거절하겠습니다"라고 홈즈는 말했다. "저에게 하실 말씀은 무엇이든 이 신사에게 하셔도 염려없습니다."
백작은 넓은 어깨를 움츠리고서 "그럼, 그 전에 먼저" 하고 말을 시작했다. "2년 동안은 절대로 비밀을 지켜 준다고 약속해 주십시오, 2년이 지나면 이 문제는 알려져도 지장이 없지만, 지금 현재는──결코 과장이 아니라──유럽의 역사를 움직일 만큼 큰 문제이기 때문입니다."
"약속하겠습니다." 홈즈가 말했다.
"저도 하겠습니다."
"이 복면을 용서해 주십시오," 이상한 손님은 말을 이었다. "이것은 저에게 이 용건을 부탁하신 고귀한 분의 희망에 따른 것이며, 사실대로 말하면 아까 말씀드린 저의 이름도 본명이라고는 할 수 없지요."

"그것은 눈치채고 있었습니다." 홈즈가 냉랭하게 대답했다.

"사태가 극히 미묘하므로, 온갖 예방수단을 강구하여 이 일이 커다란 추문이 되어 유럽의 어떤 왕실의 명예를 상하게 하는 일을 막고 싶은 것입니다. 터놓고 말하면, 대대로 내려온 보헤미아의 왕실, 오름슈타인 왕가와 관계되는 문제입니다."

"그 점도 깨닫고 있었습니다." 홈즈는 중얼거리듯이 대답하더니 팔걸이의자에 몸을 기대고 눈을 감았다.

유럽 제일의 날카로운 추리가로 또한 정력적인 사립 탐정으로 알려진 그 사람이 나른하여 축 늘어진 자세를 보이자 우리들의 손님은 그만 기가 찬 모양이었다.

홈즈는 천천히 눈을 뜨고 이 거구의 의뢰인을 답답하다는 듯이 바라보았다.

"황송한 부탁이옵니다만, 폐하께서 당신의 사건을 털어놓아 주신다면" 하고 그는 말했다. "그렇게 해주신다면 저도 거리낌없이 힘을 빌려 드릴 수가 있습니다."

손님은 의자에서 벌떡 일어나더니 어쩔 수 없는 마음의 동요 때문인지 방 안을 서성거렸다. 그리고 이제 지고 말았다는 듯이 얼굴에서 가면을 잡아뜯어 바닥에 내던졌다.

"바로 맞았소!" 하고 그는 외쳤다. "나는 왕이오. 어째서 숨기려고 생각했던 것일까?"

홈즈는 조용히 말했다.

"바로 그러하옵니다. 폐하가 말씀하시기 전부터 저는 보헤미아의 국왕, 카쎄르 팔슈타인의 대공(大公)이신 빌헬름 고츠라이히 지기스먼드 폰 오름슈타인 폐하이심을 알고 있었습니다."

"그럼, 도와 줄 수 있겠소?"

이 이상한 방문객은 제자리로 돌아가 앉아 흰 이마에 손을 올리면서 말했다.

"미리 말해 둘 것은 나는 이와 같은 문제를 처리하는 데 익숙하지 못하오. 그러나 사건이 꽤나 미묘한 것이므로 대리인에게 사정을 털어놓고 처리를 명하면, 장차 그자에게 약점을 잡힐 염려가 있소. 그래서 당신에게 직접 의논을 하려고 프라하에서 비밀리에 이곳에 온 것이오."

"그럼, 부디 말씀해 주십시오." 홈즈는 이렇게 말하고 다시 눈을 감았다.

"간단히 설명하면 다음과 같은 사정이오. 지금부터 5년쯤 전에 바르샤바에 오랫동안 머물러 있었던 일이 있었는데, 그 동안 아이린 애들러라는 보통내기가 아닌 여자와 알게 되었소. 그 여자의 소문은 당신도 물론 듣고 있을 테지."

"와트슨, 미안하지만 색인을 봐주지 않겠나."

홈즈는 눈을 감은 채 속삭였다. 그는 여러 해에 걸쳐 여러 가지 인물이며 사항에 대하여 요점을 기록한 메모를 만들고 있으므로, 언제 어떠한 인물이나 이름 또는 문제를 가지고 나오더라도 언제든지 그 자리에서 곧 조사할 수가 있었다. 지금도 나는 색인을 넘겨보고 유대교의 랍비와 심해어(深海魚)에 관해 학술적인 논문을 쓴 해군 중령의 약력 사이에서 그녀에 대한 것을 곧 찾아 낼 수 있었다.

"잠깐 보여 주게." 홈즈가 나에게 말을 걸었다. "으음! 1858년, 미국, 뉴저지 주 태생. 여성 알토 가수……으음! 스카라 극장 출연……으음! 바르샤바 황실오페라의 프리마돈나……나중에 오페라단 은퇴, 현재 런던에 거주……허허, 딴은 그렇군. 그럼, 폐하는 이 젊은 여성과 알게 되었고 나중에 화의 씨앗이 될 만한 편지를 보내셨으니, 지금 그것을 되찾고 싶다는 말씀이십니까?"

"바로 맞았소. 그러나 어떻게 그것을……"
"비밀히 결혼하셨습니까?"
"아니오."
"그럼, 법적으로 유효한 서류 또는 증서 같은 것을 건네 주셨습니까?"
"전혀 건네 준 바 없소."
"그렇다면 폐하의 심정을 알 수 없군요. 이 젊은 여성이 협박이나 어떤 목적으로 폐하의 편지를 가져갔다 하더라도 친필이라는 증명이 가능하다고는 생각되지 않습니다."
"필적이 증거가 된다오."
"설마? 필적은 흉내낼 수 있습니다."
"내 전용 서한지가 사용되었소."
"서한지는 도난당하는 일이 있습니다."
"나의 봉인이 찍혀 있소."
"그것도 위조할 수 있습니다."
"사진을 가지고 있소."
"샀겠지요."
"아니오. 둘이서 찍은 사진이오."
"오, 그것은 안 됩니다. 폐하는 정말 경솔한 행동을 하셨습니다."
"분별을 잃고 있었던 거요. 미치광이 짓이었지."
"정말로 엉뚱한 행동을 하셨습니다."
"나는 그때 황태자였소. 젊어서 철없는 짓을 했던거요. 이제 겨우 30살이 되었을 뿐이오."
"그것은 꼭 되찾지 않으면 안 됩니다."
"수단을 다 써 보았지만, 실패했소."
"돈을 내놓으시는 겁니다. 즉 사는 것입니다."

"아니, 그쪽은 팔려고도 않는단 말이오."
"그럼, 훔쳐내신다면?"
"벌써 다섯 번이나 시도해 보았소. 도둑을 고용하여 온 집 안을 찾게 한 게 두 번. 그리고 한 번은 여행 중에 그녀의 짐을 빼앗아 보았고 또 길에서 잠복을 시킨 적도 두 번이나 있었소. 그러나 모두 실패했소."
"그림자도 형체도 없었단 말입니까?"
"전혀 없었소."
홈즈는 웃었다.
"흥미있는 일이군요."
"그러나 나로서는 웃을 일이 아니오."
보헤미아 왕은 홈즈를 비난하며 반박했다.
"확실히 그러하옵니다. 그렇다면 여자 쪽은 사진을 이용해서 무엇을 할 생각입니까?"
"나를 파멸시킬 속셈이오."
"하지만 어떠한 방법으로?"
"나는 머지않아 왕비를 맞이하게 되오."
"잘 알고 있습니다."
"상대는 스칸디나비아 국왕의 둘째 공주, 클로틸드 로트만 반 자크세 메닝겐 공주요. 그 왕실의 법도가 엄격하다는 건 당신도 듣고 있을 거요. 공주 자신은 드물게 보는 예민한 마음의 소유자로서 만일 나의 품행에 한 점 그림자라도 드리워진다면, 이 혼담은 끝장이 나고 말 것이오."
"그래, 아이린 애들러의 흉계는?"
"상대쪽에 그 사진을 보내겠다고 협박을 한다오. 그만한 일쯤 하고도 남지. 그러한 짓을 하는 여자란 말이오. 당신은 모를 테지만,

그 여자는 무쇠와 같은 정신을 지니고 있소. 보기 드물게 아름다운 여자지만 어떠한 사나이 못지 않는 단호한 결단력을 가지고 있소. 내가 그 여자하고 결혼하는 걸 방해하기 위해서라면 정말이지 어떠한 수단이라도 쓸 것이오."
"사진을 아직 보내지 않은 것은 확실한가요?"
"확실하오."
"어떠한 이유로?"
"약혼이 공표되는 날 보낸다고 말해 왔기 때문이오. 발표는 이번 월요일에 하기로 되어 있소."
"오, 그럼 3일 동안의 여유가 있군요."
홈즈는 하품을 하며 말했다.
"제 쪽에서도 곧 조사해 두어야만 할 중요한 문제가 두서너 가지 있으므로, 그것 참 잘되었습니다. 폐하는 물론 런던에 잠시 머물러 계시겠지요?"
"그럴 작정이오. 클람 백작이라는 이름으로 런던 호텔에 묵고 있소."
"그럼, 조사의 진행 상태를 편지로 보고드리겠습니다."
"꼭 그렇게 해주기 바라오. 걱정이 되어 견딜 수가 없소."
"그리고 비용에 대해서는?"
"백지로 일임하겠소."
"완전히 일임해 주시겠습니까?"
"그 사진을 되찾기 위해서는 왕국의 일부를 쪼개어 주어도 좋다고 생각하고 있소."
"그럼, 착수금은?"
왕은 망토 안에서 불룩한 가죽 주머니를 꺼내 책상 위에 놓았다.
"여기에 금화로 3백 파운드, 지폐로 7백 파운드 들어 있소."

홈즈는 수첩에 영수증을 써서 왕에게 건넸다.
"그 여자분의 주소는 알고 계시겠지요?"
"세인트 존스우드의 서펜타인 거리에 있는 브라이오니 장(莊)이오."
홈즈는 그것을 적었다.
"또 한 가지 더 여쭙고 싶은 게 있습니다" 하고 그는 물었다. "사진은 카비네 판(사진 감광 재료의 크기의 하나. 인화지로서는 세로 163밀리미터, 가로 116밀리미터)인가요?"
"그렇소."
"그럼 폐하, 이만 돌아가 주십시오. 곧 좋은 소식을 보낼 수 있으리라고 생각합니다. 그리고 와트슨, 자네도 잘 가게."
보헤미아 왕의 마차가 거리를 달려 사라지는 소리를 들으며 그는 덧붙였다.
"내일 3시에 이곳에 와 주면 고맙겠네. 이 문제에 대해 이야기를 나누고 싶으니까."

2

이튿날 정각 8시에 베이커 거리를 방문했지만, 홈즈는 아직 돌아와 있지 않았다. 집주인인 부인에게 물었더니, 아침 8시 지나서 나간 채 아직 안 돌아왔다는 것이었다. 나는 그가 아무리 늦게 돌아오더라도 기다리고 있을 작정으로 난로 곁에 앉았다. 나는 이 사건에 대한 그의 조사에 이미 깊은 관심을 갖기 시작했다. 이것은 내가 발표한 두 범죄 사건의 경우처럼 으스스하니 기분 나쁘게 기괴한 양상을 가진 것은 아니었지만, 이야기의 줄거리 그 자체가 재미있고 또한 의뢰자의 신분이 높은 점만으로도 이색적이었기 때문이다. 게다가 이번에 내 친구가 손을 댄 이 사건은, 흥미를 끄는 그 무언가가 있을 뿐 아니라 애당초 그가 한 사건의 정체를 단단히 파악하고 날카롭게 척척 추리를 진행시키는 것을 보면, 나로서는 그의 탐구 방법에서 배우는 바가 있으며 그가 얽히고 설킨 수수께끼를 재빠르고 교묘한 수단으로 풀어 나가는 것을 뒤쫓고 싶어 견딜 수가 없게 된 것이다. 나는 그가 언제나 성공하는 것만 보아왔으므로 그에게도 실패할 경우가 있으리라고는 여지껏 생각도 하지 않았다.

4시 가까이 되니 문이 열리면서 비틀거리는 걸음으로 마부가 들어왔다. 더부룩한 머리로 구레나룻을 기른 얼굴은 술에 취하여 빨갛고 복장은 말할 수 없이 지저분했다. 친구의 경탄할 만한 변장 솜씨에는 나도 익숙해져 있다고 자부하는 터였지만, 이 마부가 홈즈라고 확신하기까지에는 세 번이나 다시 보지 않으면 안 되었다. 그는 끄덕여 보이더니 침실로 들어간 지 5분이 지나자 여느 때처럼 트위드 양복을 입은 말쑥한 모습이 되어 나타났다. 그리고는 두 손을 주머니에 찔러넣고 불 앞에 두 다리를 뻗고서 잠시 마음껏 웃는 것이었다.

"아냐, 정말이지!" 하고 말하는가 싶더니 숨이 차서 어쩔 줄 몰라 하다가 또 웃음을 터뜨렸으며, 마침내 의자 위에 축 늘어지고 말았다.

"어떻게 된 건가?"

"참으로 우스웠기 때문이지. 내가 오전 동안 무엇을 하고 왔는지 자네는 상상도 못할 거야. 특히 마지막에 무엇을 했다고 생각하나?"

"모르겠는데. 그러나 틀림없이 아이린 애들러의 평소 습관과 아마 그 집의 여러 상태를 관찰하고 왔을 테지."

"맞았네. 그러나 그 뒤가 좀 색다르단 말일세. 아무튼 들어 보게. 나는 오늘 아침 8시 조금 지나서 실직한 마부로 변장하여 집을 나섰지. 마부 동료들 사이에는 놀랄 만큼 우정과 동료의식이 있어서 말일세, 그들 사회에 끼여들면 알고 싶은 일은 무엇이든지 알아 낼 수가 있지. 브라이오니 장은 곧 발견했어. 말쑥하고도 멋진 저택으로 뒤쪽에 뜰이 있고 바깥쪽은 건물이 도로 가장자리까지 바짝 내 닿아 있더군. 입구에는 물림쇠식 자물통이 달려 있었어. 현관 오른쪽이 훌륭하게 치장된 거실로 바닥까지 닿을 만한 커다란 창문이 있고, 창문에는 어린이라도 열 수 있을 영국식의 허술한 자물쇠가 달려 있을 뿐이었어. 뒤꼍에는 이렇다 할 색다른 곳은 없었지만 마차우리에서 바로 손이 닿을 만한 곳에 복도의 창문이 있었지. 나는 집 둘레를 거닐며 온갖 각도에서 상세히 조사해 보았지만 눈에 띈 것은 이 정도였네.

그리고 나서 거리를 건들건들 걷고 있으려니 뒤뜰의 담을 낀 샛길에 예상대로 마차를 빌려주는 집이 있더군. 마부가 말을 손질하고 있어서 그것을 도와 주고 사례로 돈 2펜스와 혼합 맥주 한 컵, 그리고 쌈지 담배를 두 대 얻어 피웠을 뿐 아니라 아이린 애들러에 대해 필요한 것을 모두 들을 수 있었지. 하긴 그것을 알아내려고 아무런 흥미도 없는 이웃의 대여섯 명의 소문을 듣지 않을 수 없었지만 말이야.”

“그래서 아이린 애들러에 대해 어떠한 것을 알았나?” 하고 나는 물었다.

“오, 그 근처 사나이들은 모두 그녀 때문에 머리가 어떻게 되어 있는 것 같았어. 이 땅에 그녀보다 아리따운 여성은 없다고 서펜타인 거리의 대여섯 마찻집 녀석들이 하나같이 말하더군. 때때로 음악회에서 노래할 뿐 조용히 살고 있으며, 매일 5시에 마차로 나갔다가는 7시에 저녁 식사를 하러 어김없이 돌아온다는 거야. 출연 때 말고는 좀처럼 외출하지 않는다네. 남자 손님의 출입은 단 한 사람뿐인데, 이 사람이 뻔질나게 찾아온다더군. 검붉은 피부를 가진 기세 당당한 호남자로, 하루 한 번은 반드시 찾아오고 때에 따라선 두 번 오기도 한다네. 이름은 고드프리 노턴이라 하며 법무협회 회원이지. 마부를 심복같은 벗으로 삼으면 얼마나 편리한지 이제 알았을 테지. 그들은 서펜타인 거리에서 그녀를 몇 번이나 태워다 주었기에 그녀 일은 여러 가지로 알고 있었어. 나는 그들이 지껄이는 것을 모두 듣고 나서 다시 한 번 브라이오니 장으로 되돌아가 그 근처를 서성거리면서 작전계획을 짜 보았지.

이 고드프리 노턴이라는 사나이는 분명히 이번 사건에서 중요한 역할을 맡고 있을 게 틀림없어. 변호사라니까, 무언가 예사로운 일은 아닌 것 같아. 애들러하고는 어떠한 관계일까. 줄곧 찾아오는 건 무엇 때문인가. 그녀는 그에게 변호를 의뢰하고 있는 걸까, 단순한 친구일까, 아니면 애인인가. 만일 그녀의 변호사라고 한다면, 그녀는 아마 그 사진을 그에게 보관토록 맡겨놓고 있을 걸세. 친구이거나 애인이라면 그 가능성은 적지. 문제의 해답 여하에 따라 이대로 브라이오니 장에서 조사를 계속할 것인가, 혹은 법무협회의 그 사나이 사무실로 주의를 돌릴 것인가 하는 문제가 정해지네. 이것은 미묘한 문제이므로 그 때문에 또 내 조사 범위도 넓어진 셈이지. 긴 설명으로 자네가 지루했을지도 모르지만, 상황을 잘 이해해 달라고 하자니 내가 부딪힌 약간의 난제를 자네에게 알려 주지 않으면 안 되었던 것일세."

"아냐, 잘 듣고 있네" 하고 나는 대답했다.

"내가 아직 그 점을 결정하지 못하고 있는 참인데, 마부자리가 뒤에 달린 2륜마차가 브라이오니 장 앞에서 멎고 안에서 신사가 뛰어내렸어. 꽤 호남자로, 검붉은 살갗에 매부리코인데다가 콧수염을 기르고 있더군. 물론 그 사나이가 분명해. 몹시 서두르는 기색으로 영업 마차의 마부에게 기다리고 있으라고 외치더니 문을 연 하녀를 밀어젖히고 내부를 잘 아는 듯 집 안으로 뛰어들어갔네.

그가 집에 있었던 것은 20분쯤이었는데, 거실을 걸어다니며 손을 흔들고 열심히 이야기하고 있는 게 이따금 창문으로 보였어. 여자는 조금도 보이지 않더군. 그러더니 왔을 때보다도 더욱 허둥대며 남자가 밖으로 나왔어. 마차에 올라타면서 금시계를 끄집어 내어 노려보더니, '급히 달려 주게' 하고 외쳤어. '가다가 리젠트 거리의 그로스 앤 행키 상점에 들렀다가 에지웨어 거리의 세인트 모니카 교회로 가주게. 20분 안으로 갈 수 있다면 반 기니 주겠네.'

마차가 가버리고 뒤를 밟아야 할지 말지 내가 망설이고 있는 참인데, 옆 골목에서 소형의 아담한 4륜마차가 나왔어. 보니까 마부는 제복의 단추를 반쯤밖에 끼우지 못하고 넥타이도 귀밑으로 뒤틀려 있고, 마구(馬具)의 끈도 버클에서 삐죽 나와 있더군. 이 마차가 현관 앞에 채 멎을까 말까 하는데 여자가 안에서 나와 올라타더군. 그때 그녀를 흘끗 보았는데, 과연 남자가 목숨을 바칠 만큼 아름답더군.

'세인트 모니카 교회예요, 존.' 그녀도 외쳤어. '20분 안에 가면 반 파운드 주겠어요.'

와트슨, 이렇게 좋은 기회는 다시 없을 테지. 마차의 뒤를 따라 달릴까, 4륜마차의 뒤에 매달려서 갈까 생각하는 참에 때마침 영업 마차가 나타나더군. 마부는 내 초라한 몰골에 주저하는 눈치였으나, 나는 거절하기 전에 올라타고 말았지. '세인트 모니카 교회로 가 주게' 하고 나도 외쳤다네. '20분 안에 가면 반 파운드 줌세.' 12시 25분 전이었어. 거기서 무슨 일이 생기고 있는가는, 물론 짐작이 갔네.

마부는 빨리 달려 주었어. 그렇게 빠른 마차를 탄 것은 처음이었지만, 그래도 앞선 두 대의 마차는 따라가지 못했어. 내가 도착했을 때에는 2륜마차도 4륜마차도 교회 현관 앞에 멎어 있었고 말이 김을 모락모락 피우고 있었네. 나는 마부에게 돈을 치르고 급히 교회로 들어가 보았어. 안에는 그 두 사람과 흰 법의(法衣)를 걸친 목사뿐이었는데 두 사람에게 무언가 말하고 있었어. 세 사람은 제단 앞에 한 덩어리가 되어 있었어. 나는 교회에 일없이 들어온 한가한 사람과 같은 얼굴로 옆 복도를 건들건들 걸어 보았지. 그러자 그때 놀랍게도 제단 앞의 세 사람이 일제히 나를 바라보더니, 고드프리 노턴이 허둥지둥 내 쪽으로 달려오는 것이 아닌가. '마침 잘 됐군' 하고 그는 외치더군. '당신이라도 좋아. 자, 와주게! 빨리!'

'넷! 뭐라구요?' 내가 물었지.

'자, 와주게. 겨우 3분 동안일세. 와주지 않으면 법률상 유효가 되지 않아.'

나는 제단 위까지 반쯤 끌려가다시피 했고, 정신을 차려보니 가르쳐 준 대로의 뭐라고 작은 목소리로 되풀이하며 중얼거리고 전혀 영문도 모를 일을 맹세하여, 아이린 애들러 양과 고드프리 노턴 군을 합법적으로 결혼시키는 조역을 맡게 된 것이었지. 순식간에 식이 끝나고 신랑과 신부는 양쪽에서 나에게 고맙다는 인사를 하고 목사가 정면으로 나를 바라보며 싱글벙글하고 있지 않겠나. 그토록 우스꽝스런 꼴을 당한 것은 정말이지 난생 처음이야. 아까도 그 생각이 나서 그렇게 웃음이 나오지 않았겠나. 결혼 허가증에 증인이 없으면 식을 올릴 수 없다고 목사에게 거절당했던 모양이야. 그때 마침 내가 나타났기 때문에, 노턴은 신랑 들러리를 찾고자 거리까지 뛰어나가지 않아도 되었던 것이지. 신부가 1파운드 금화를 사례로 주었는데, 나는 이 사건 기념으로 시곗줄에 달아 두려고 생각하고 있네."

"그것 참 뜻밖의 일이었군" 하고 나도 따라 웃으면서 말했다. "그래서 그 다음은?"

"응, 그리고서 나는 이쪽의 계획이 지금 중대한 위기에 직면하고 있음을 깨달았네. 신혼부부는 곧 여행을 떠날지도 모르니까 급히 적당한 수단을 취하지 않으면 안 된다고 생각했지. 그러나 두 사람은 교회 앞에서 헤어져 그는 법무협회로, 그녀는 브라이오니 장으로 돌아가 버리고 말았어. 헤어질 때 그녀가 '언제나처럼 5시에 마차로 공원을 드라이브하겠어요'라고 말하는 게 들렸어. 오직 그것뿐이었지. 그렇게 두 사람이 서로 다른 방향으로 가버렸으므로 나도 내 나름대로 준비하려고 돌아온 거야."

"준비하다니?"

"데우지 않은 쇠고기와 맥주 한 잔이지"라고 하면서 그는 벨을 울렸다. "바빠서 먹는 것도 잊고 있었지만, 오늘밤은 좀 바빠질 것 같군. 그런데 와트슨, 자네의 도움을 받고 싶은데."

"좋고말고."

"법률에 저촉되는 일이라도?"

"상관없어."

"붙잡힐지도 모르네."

"좋은 일을 위해서라면 그것도 상관없어."

"오, 물론 좋은 일을 위해서지."

"그렇다면 자네가 말하는 대로 하겠네."

"꼭 도와 줄 거라고 생각하고 있었네."

"그런데 무엇을 하겠다는 건가?"

"터너 아주머니가 식탁을 준비하고 나면 이야기하지."

그는 하숙집 여주인이 차려준 간단한 식사를 급히 먹으면서 말을 이었다.
"그럼, 별로 시간이 없으니까 먹으면서 이야기하세. 벌써 이럭저럭 5시가 되었군. 2시간 뒤에는 출동하지 않으면 안 돼. 아이린 양, 아니 노턴 부인은 7시에 드라이브에서 돌아온다네. 우리들은 그녀와 만날 수 있도록 브라이오니 장에 가 있어야 하네."
"그래서?"
"그래서 어떻게 하는가는 내게 맡겨 두기 바라네. 어떠한 일이 벌어질지 준비는 되어 있네. 한 가지 꼭 말해 두고 싶은 일이 있네. 어떠한 일이 생기든 자네는 끼어들어서는 안 되네. 알겠나?"
"나에게 방관자가 되라는 건가?"
"결코 아무 일도 하면 안 되네. 약간 불쾌한 사건도 생길 텐데, 그것에 관련되어서는 안 되지. 그러면 나는 집 안으로 옮겨지게 되네. 그리고 4, 5분쯤 지나면 거실의 창문이 열릴 걸세. 자네는 그동안 창문 바로 곁에서 대기해 주기 바라네."
"알았네."
"내 모습이 보일 테니 주의해서 나를 봐주기 바라네."
"좋아."
"그리고 내가 이런 식으로 손을 들거든, 내가 건네 주었던 물건을 방 안에 던져넣고 '불이야!' 하고 소리를 질러 주게. 알겠지?"
"잘 알았네."
"이것은 별로 무서운 게 아닐세."
그는 주머니에서 시가 모양의 긴 통을 꺼내며 말했다.
"연관공(鉛管工)이 쓰는 흔해 빠진 발연통으로 자연 발화하도록 양끝에 뇌관이 장치되어 있지. 자네가 할 일은 이것을 던지는 것뿐이야. 불이라고 한 마디 외치고 나면 나머지는 구경꾼들이 맡아서 떠들어 줄 테지. 그리고 곧 거리의 끝으로 달아나 기다리고 있으면, 나도 20분쯤 지나 그리로 가겠네. 지금의 설명으로 완전히 알았을 테지?"
"나는 처음에는 방관자가 되고 그리고 창문 곁으로 가 자네를 기다리고 있다가 신호가 있으면 이 물건을 집 안에 던져넣고 불이야 라고 외치고서 맞은편 모퉁이에서 자네를 기다리고 있으란 말이지."
"그러면 되네."
"그럼, 안심하고 맡겨 주게나."
"참으로 기쁘네. 슬슬 시간이 된 모양이니, 나는 이제부터 내가 연기할 역할이나 준비하지."

그는 침실로 사라졌다 싶더니 5분도 지나지 않아 붙임성 있고 사람 좋아보이는 독립교회파 목사가 되어 나타났다. 챙이 넓은 검은 모자에 헐렁한 바지, 흰 넥타이를 맨 복장, 또 친절해 보이는 미소를 띠고 부드러운 눈초리로 동정심 많게 사람을 들여다보는 전체의 느낌, 그것은 명배우 존 헤어(1844~1921. 영국의 배우) 말고는 흉내도 낼 수 없으리라. 홈즈는 단지 옷만 바꿔 입는 것이 아니었다.

새로운 역할에 따라 표정이며 태도, 나아가서는 마음까지 바뀌는 것처럼 보였다.

그가 범죄 연구가가 되어 버렸기 때문에, 과학계는 명민한 이론가를 잃고 연극계 또한 훌륭한 배우를 놓치고 말았다는 생각이 들었다.

우리들이 베이커 거리를 나선 것은 6시 15분이 지나서였으나 예정 시각보다 10분 빨리 서펜타인 거리에 닿았다. 주위는 이미 어둑어둑해지고 있어, 브라이오니 장 앞을 건들건들 걸으면서 여주인이 돌아오기를 기다리고 있을 무렵, 마침 불이 켜지기 시작했다. 브라이오니 장은 셜록 홈즈의 짧막한 설명으로 미루어 내가 상상했던 대로의 집이었지만, 주위는 생각했던 것만큼 호젓하지 않았다. 그뿐 아니라 한적한 지역의 비좁은 거리로서는 이상하리만큼 활기가 넘쳐 있었다.

거리 모퉁이에서는 초라한 옷차림의 몇몇 사나이가 담배를 피우면서 떠들썩하니 웃고 있었고, 가위를 가는 사람은 숫돌을 빙글빙글 돌리고 있었다. 또 두 근위병이 아이보는 여자를 희롱하고 있었고, 시가를 입에 꼬나물고 거리를 왔다갔다하는 옷차림이 괜찮은 청년들도 있었다.

"저, 여보게."

둘이서 집 앞을 건들거리다 홈즈가 말을 걸어 왔다.

"이 결혼 덕분에 사건이 오히려 간단해진 걸세. 그 사진이 양쪽의 무기가 되었어. 우리들의 의뢰인이 공주에게 그 사진을 보이고 싶지 않은 것처럼 이 여자도 고드프리 노턴에게 그것을 보이고 싶지 않을 거라고 충분히 짐작되네. 그런데 문제는…… 어디에 사진이 숨겨져 있는가 하는 것이지."

"대체 어디에 있을까?"

"설마하니 몸에 지니고 다닌다고는 생각되지 않네. 카비네 판이라고 했으니까 너무 커서 부인복에는 숨길 수 없을 거야. 왕이 사람을 시켜 잠복을 하고 신체검사를 할지도 모른다는 건 그녀도 알고 있어. 이미 두 번이나 그런 꼴을 당할 뻔했으니까 말일세. 그러니 몸에 지니고 있지는 않을 걸세."

"그러면 어디에 두었을까?"

"그녀의 은행이나 변호사, 그 두 가지에 가능성이 있네. 그러나 나는 그 어느 쪽도 아닌 것 같다는 생각이 드네. 여성은 천성적으로 비밀주의라서 자기의 손으로 숨기기를 즐기는 법이지. 타인에게 건네주든가 하는 일은 없을 걸세. 스스로 보관하는 한은 안심할 수 있지만, 사업가에 대해서는 뒷구멍으로 손길이 뻗치든가 정치적 압력이 가해지든가 할지도 모르니까. 게다가 잊어서는 안 될 일은, 그녀는 2, 3일 안에 그것을 이용할 작정으로 있는 것일세. 원할 때 곧 꺼낼 수 있는 장소에 있을 게 틀림없어. 반드시 자택에 두고 있을 거야."
"그러나 이미 도둑이 두 번이나 집 안을 뒤졌지 않나."
"흥! 놈들이 찾는 법을 알게 뭐야."
"그럼, 자네는 어떻게 찾지?"
"아냐, 찾지는 않아."
"그럼, 어떻게 하나?"
"그녀가 있는 장소를 밝히게끔 하는 거야."
"가르쳐 줄 리가 없잖나."
"가르쳐 주지 않고는 못 배기도록 만들 걸세. 아, 바퀴 소리가 들리는군. 그녀의 마차야. 자, 충실히 내 명령대로 해주게나."

그가 말했듯이 그때 거리의 모퉁이를 돌아 마차의 측등(側燈)이 보였다. 아담한 소형 4륜마차가 브라이오니 장 입구에 멈춰 섰다. 마차가 멎자 길 모퉁이에 있던 부랑자 하나가 동전이라도 얻어 걸릴까 싶어 문짝을 열려고 달려왔지만, 같은 목적으로 달려온 다른 부랑자에게 밀쳐졌다. 곧이어 심한 싸움이 되었는데, 다시 두 사람의 근위병이 한쪽 편을 들자 가위를 갈던 사나이가 발끈하며 반대쪽 편을 들었으므로 소동은 더욱더 커졌다. 주먹이 오가고, 마차에서 내린 부인은 주먹과 지팡이를 난폭하게 휘두르는 사나이들의 격렬한 난투 속에 둘러싸이고 말았다. 홈즈는 그녀를 지키려고 난투 속에 뛰어들어갔다. 그러나 곁에 가자마자 비명을 지르고는 얼굴에서 피를 뚝뚝 흘리며 쓰러졌다. 두 사람의 근위병은 그것을 보고 뒤도 돌아보지 않고 달아났고 부랑자들도 반대 방향으로 재빨리 튀었다. 그러자 그때까지 구경만 하고 있던 옷차림이 좋은 청년들이 우르르 몰려와서 부인을 돕고 부상자의 간호에 나섰다. 아이린 애들러는——나는 역시 결혼 전의 이 이름으로 부르기로 하겠지만——현관의 돌계단을 급히 올라

갔다. 그러나 맨 윗단에서 현관의 불빛으로 떠오른 아름다운 모습으로 멈춰서서 거리를 돌아보았다.

"그분은 상처가 심한가요?" 그녀는 물었다.

"죽었어요." 몇 사람이 대답했다.

"아냐, 아직 숨을 쉬고 있어." 다른 사나이가 외쳤다.

"그러나 병원으로 옮길 때까지는 버틸 것 같지 않아."

"용감한 사람이었어요." 이번에는 여자의 목소리였다. "이 사람이 없었다면 부인은 지갑도 시계도 모두 빼앗기고 말았을 거예요. 그놈들은 갱이에요. 정말 무시무시했지요. 어머나, 숨을 쉬고 있어요."

"길에 눕혀 둘 수는 없어. 부인, 댁으로 옮기면 안 됩니까?"
"거실로 옮기도록 하세요. 편안한 소파가 있으니까. 부디, 이리로."

그가 느릿느릿 엄숙하게 옮겨져서 브라이오니 장의 정면 방 안에 눕혀지는 것을, 나는 창문 곁의 정해진 장소에서 쭉 지켜보았다. 방에는 램프가 켜져 있고 더구나 커튼이 내려져 있지 않았으므로, 나는 홈즈가 긴 의자에 누워 있는 걸 볼 수 있었다. 그때 그는 자기가 연출한 연극에 관해 계면쩍음을 느끼고 있었는지는 모르겠지만, 나는 우리들 음모의 제물이 되어 있는 아름다운 여성을 바라보고, 그녀가 부상자를 자못 다정하고 친절하게 간호하고 있는 것을 보자 처음으로 자신에 대해 한심한 생각이 들었다. 그러나 내가 지금 내 역할을 포기하면 홈즈에 대하여 비열하기 이를 데 없는 배신을 한 것이 되리라고, 나는 마음을 굳게 다져 먹고 긴 외투 아래서 발연통을 꺼냈다. 결국 우리들은 그녀에게 상처를 주려는 게 아니라, 그녀가 제3자에게 상처 입히려는 것을 미리 방지하고 있을 뿐이라고 스스로를 달랬다.

홈즈가 긴 의자 위에 일어나 앉아 숨이 답답한 듯한 몸짓을 하는 게 보였다. 그러자 하녀가 급히 뛰어와 창문을 활짝 열었다. 동시에 홈즈가 손을 드는 것이 보였다. 그 신호로, 나는 발연통을 방 안으로 던져넣고 "불이야!" 하고 외쳤다. 그 외침이 내 입에서 튀어나오자마자 신사도 마부도 하인도 하녀도, 옷을 잘 입고 못 입고를 막론하고 그 장소에 있었던 사람들이 모두 입을 모아 "불이야!" 하고 소리지르기 시작했다. 뭉게뭉게 피어오르는 연기가 실내에 자욱해지고 소용돌이가 되어 창문에서 흘러나왔다. 연기 사이로 뛰어다니는 사람 그림자가 보였지만, 잠시 있으려니까 이내 지금의 것은 잘못된 말이라고 사람들을 진정시키고 있는 홈즈의 목소리가 들렸다. 나는 사람들이 소리치고 있는 사이를 빠져나와 길 모퉁이로 달아났다. 10분쯤 뒤에는, 나는 친구에게 팔을 잡혀 소동의 현장에서 멀어질 수 있었으므로 한숨 돌렸다. 홈즈는 몇 분인가 말없이 빠른 걸음으로 걷더니 에지웨어 거리로 나가는 조용한 골목길로 꺾어들었다.
"자네, 꽤 잘해 주었어." 그는 말했다. "나무랄 데 없는 솜씨였지. 모든 일이 잘 되었어."
"벌써 사진을 찾아냈나!"
"감춘 장소를 알았어."
"어떻게 알아냈나?"
"내가 말했던 대로, 그녀가 직접 가르쳐 주었네."
"나로서는 도무지 모르겠군."
"뭐, 자네에게 숨길 생각은 없네" 하고 그는 웃으면서 설명했다. "일은 그야말로 단순했지. 거리에 있었던 사람들이 모두 우리와 한패라는 것은 자네도 알고 있었을 테지. 하룻밤 고용을 약속했던 것일세."
"그럴 거라고 생각했지."
"싸움이 시작되었을 때 나는 붉은 물감을 물에 풀어 손바닥에 조금 가지고 있었지. 소동에 일부러 뛰어들어가서 쓰러지고 그 손을 얼굴에 대어, 가엾은 구경거리가 되었던 걸세. 낡은 수법이지."
"그것도 대충은 알고 있었어."
"그리고 나서 떠메어져 들어갔지. 그녀도 싫다고는 말할 수 없었어. 그때로서는 달리 방도가 없지 않았는가. 더구나 내가 수상하다고 점찍어 두었던 거실에 넣어 주었지. 나는 사진이 거실이나 침실에 있을 거라고 짐작하고 있었지. 그래서 어느 쪽에 있는가를 확인하고 싶었던 거야. 긴 의자에 눕혀졌으므로 숨이 답답하다는 시늉을 하여 창문을 열게 하고, 자네에게 기회를 만들어 준 것일세."
"그것이 어떤 식으로 도움이 되었나."

"아주 필요했어. 여자는 자기 집에 화재가 일어난 것을 알면, 본능적으로 가장 귀중한 것이 있는 곳으로 달려가는 법이지. 이것은 어쩔 수 없는 충동이라서 나는 그걸로 몇 번 재미를 봤다네. 달링턴의 바꿔치기 사건에서도 써먹었고 안즈워스 성 사건에서도 도움이 되었지. 유부녀라면 갓난애를 안아올리고, 미혼 여자라면 보석상자에 달려간다네. 그런데 오늘 그 여성에게 가장 소중한 물건이라고 하면 아무튼 우리들이 찾고 있는 사진일 걸세. 제일 먼저 그걸 숨겨둔 장소로 뛰어가리라고 생각했지. 자네의 '불이야!' 하는 외침 소리는 실감이 있었어. 게다가 연기가 나고 사람들이 떠들어대든가 하면, 아무리 꿋꿋한 여자라도 당황하고 말지. 그녀는 멋들어지게 반응을 나타냈네. 예의 사진은 오른편 벨의 끈 바로 위, 벽 널빤지 뒤의 움푹한 곳에 숨겨져 있어. 그녀가 반사적으로 거기에 가서 사진을 반쯤 끌어 낸 것을 나는 보고 왔지. 그리고 내가 불이 아니다, 잘못이었다고 외치자 그녀는 사진을 도로 집어넣고 발연통을 힐끗 보더니 방에서 뛰어나가고 말았어. 그 뒤에 그녀의 모습을 보지 못했네. 나는 일어서서 내 변명거리를 만들어 그 자리를 빠져나왔지. 사진을 곧 손에 넣을 것인가 어쩔 것인가 조금 생각했지만, 마부가 방에 들어와서 나를 자세히 쳐다보기에 나중에 하는 편이 안전하다고 생각했지. 지나치게 허둥거리면 조그만 일로 도로아미타불이 되니까 말야."

"그래, 이제부터는 어떻게 할 건가?" 하고 나는 물었다.

"조사는 끝난 거나 마찬가지야. 내일 폐하와 함께 그녀를 방문하겠네. 자네도 좋다면 오지 않겠나. 우리들은 거실에 안내되어 기다리게 될 테지만, 그녀가 나타났을 때에는 우리도 사진도 모두 사라져 없어진 뒤가 되겠지. 폐하도 당신 손으로 사진을 되찾으면 아마 무척 만족하실 걸세."

"그래, 방문은 몇 시에?"
"아침 8시. 그녀는 아직 일어나 있지 않을 테니 자유롭게 작업을 할 수 있네. 게다가 이 결혼으로 그녀의 생활이나 습관이 고스란히 바뀌리라고 생각되니 서두를 필요도 있는 셈이야. 곧 폐하께 전보를 쳐 두지 않으면 안 되겠지."
베이커 거리까지 돌아와 문간에서 홈즈가 열쇠를 꺼내고 있으려니까, 누군가 지나가던 사람이 말을 걸었다.
"셜록 홈즈 씨, 안녕하세요."
그때 거리에는 몇 사람인가 행인이 있었지만, 말을 걸었던 이는 급한 걸음으로 멀어져 가는 긴 외투를 걸친 날씬한 청년이었다.
"저 목소리는 전에도 들은 적이 있어."
홈즈는 가로등이 켜진 어스름한 거리를 멀리 내다보면서 말했다.
"하지만 누구였더라" 하고 고개를 갸우뚱했다.

3

나는 그날 밤 베이커 거리에 머물렀다. 그리하여 이튿날 아침, 커피와 토스트로 아침식사를 들고 있을 때 보헤미아 왕이 방으로 뛰어들어왔던 것이다.
"벌써 손에 들어왔소?" 왕은 셜록 홈즈의 두 어깨를 움켜잡고 흥분하여 그의 얼굴을 들여다보면서 외쳤다.
"아직."
"하지만 가망이 있을 테지요?"
"그렇습니다."
"그럼, 가도록 합시다. 나는 가만히 있을 수가 없소."
"마차를 부르겠습니다."

"아니오, 나의 4륜마차를 기다리게 해 두었소."
"그거 잘 되었습니다."
우리들은 아래층에 내려가 다시 한 번 브라이오니 장으로 향했다.
"아이린 애들러는 결혼했습니다." 홈즈가 보고했다.
"뭣이, 결혼했다고? 언제?"
"어제입니다."
"그런데, 상대는?"
"노턴이라는 영국인 변호사입니다."
"아이린이 그런 사나이를 사랑했다고는 믿지지 않소."
"저는 그녀가 사랑하고 있기를 바랍니다."
"어째서 그것을 바라오?"
"만일 그렇다면, 앞으로 폐하에게 말썽을 부리지 않게 되리라고 생각하기 때문입니다. 그녀가 남편을 사랑하고 있는 것이라면 이미 애정을 가지고 있지 않겠지요. 폐하에 대해서 애정이 없다면, 폐하가 어떠한 일을 하시든 방해하지 않을 게 아닙니까."
"그건 그렇소. 그렇긴 하더라도, 아, 그 여자가 나하고 같은 신분이었다면 얼마나 아름다운 왕비가 되었을까!"
그는 다시 침울해지며 입을 다물었고 서펜타인 거리에 닿을 때까지 한결같았다.
브라이오니 장의 문은 열려 있고 돌계단 위에 중년이 넘은 여자가 서 있었다. 그녀는 우리들이 4륜마차에서 내리는 것을 비웃는 듯한 시선으로 지켜보고 있었다.
"셜록 홈즈 씨입니까?"라고 그녀는 물었다.
"제가 홈즈입니다." 친구는 약간 당황하며 이상하다는 듯이 그녀를 보았다.
"역시! 당신이 오실 거라고 부인께서 말씀하셨지요. 부인은 주인

어른과 함께 오늘 아침 5시 15분 기차로 채링 크로스 역에서 대륙 방면으로 떠나셨습니다."

"뭐라고!" 셜록 홈즈는 분함과 놀라움으로 하얗게 질리며 비틀비틀 뒤로 물러났다.

"그 사람이 영국을 떠났단 말이오?"

"두 번 다시 돌아오시지 않을 겁니다."

"그러면 편지들은?" 폐하가 쉬어 빠진 목소리로 물었다.

"깨끗이 정리하고 가셨습니다."

"우리가 봐야겠소."

홈즈가 하녀를 밀어젖히고 거실로 뛰어들었고, 왕과 나도 그 뒤를 따랐다. 가구가 온 방 안에 흩어져 있고 선반은 떼어지고 서랍은 열린 채로, 아이린이 출발에 앞서 황급히 뒤적거렸다는 걸 말해 주고 있었다. 홈즈는 벨의 끈이 있는 곳으로 뛰어가 작은 벽장문을 잡아 열더니 안에 손을 집어넣어서, 한 장의 사진과 편지를 꺼냈다. 사진은 이브닝드레스를 입은 아이린 애들러 혼자 찍힌 것으로 편지의 겉봉에는 '셜록 홈즈 님, 방문하셨을 때 읽어 주시기를' 하고 씌어 있었다. 친구가 곧 봉투를 찢었으므로 우리는 셋이서 들여다보았다. 전날 밤 12시에 쓴 것으로 되어 있고 내용은 다음과 같은 것이었다.

셜록 홈즈 님, 멋들어진 솜씨였습니다. 저는 완전히 속고 있었지요. 불이라는 외침을 들은 뒤에도, 저는 조금도 깨닫지 못했습니다. 하지만 그런 뒤, 제 비밀을 무심코 드러내고 말았다는 것을 깨닫고 생각해 보았습니다. 몇 개월 전에, 당신을 경계하도록 주의받은 일이 있습니다. 폐하께서 누군가에게 부탁을 하신다면, 당신밖에 없다고 들었던 거예요. 그리하여 주소까지 귀띔을 받았습니다. 그렇건만 당신이 아시고 싶은 일을 이쪽에서 가르쳐 주고 말았습니다. 수상하다고 생각한 뒤에도 그렇듯 친절하고 다정한 목사님을 나쁘게 생각할 마음은 생기지 않았습니다. 하지만 아시다시피 저는 이래봬도 여배우 수업을 한 사람입니다. 남장하는 것쯤은 식은 죽 먹기이죠. 지금까지도 그 편리함을 이용해 왔지요. 그래서 마부인 존에게 당신을 감시하라 이르고 2층에 올라가 산책복이라고 부르고 있는 남자용 양복을 입고서 아래층에 내려와 보았더니, 당신은 마침 돌아가시는 참이었습니다.

그래서 당신의 뒤를 밟아 댁의 문까지 갔으며, 제가 분명히 저 이름 높은 셜록 홈즈 님의 관심의 대상이 되어 있다는 걸 확인했던 것이옵니다. 그리하여 조금 버릇없는 짓이라고는 생각했습니다만, 인사말을 남기고 난 뒤 남편을 만나려고 법무협회 쪽으로 갔습니다.

이렇듯 무서운 분에게 주목받고 있다면 달아나는 게 최선이라고 저희는 생각했습니다. 그러니 내일 찾아 오시더라도, 집은 벌써 텅 비어 있을 거라고 생각합니다. 사진에 대해서는 부디 걱정 마시라고 당신의 의뢰인에게 전해 주세요. 저는 지금 좀더 좋은 분을 만나 사랑하며 사랑받고 있습니다. 폐하는 이제 옛날 희롱한 여자의 방해 따위는 걱정마시고 좋으실 대로 하시옵소서. 그 사진은, 단지 몸을 지키는 무기로 간직해 두겠습니다. 앞으로 폐하가 어떠한 행동을 하시든 그 사진이 있는 한, 저는 안심할 수가 있겠지요. 그리고 제 사진을 한 장 남겨둡니다. 폐하가 원하신다면 드리도록 하세요. 그럼, 안녕.

 진심으로 존경하는 셜록 홈즈 님
 아이린 노턴——옛성(姓) 애들러

"얼마나 놀라운 여자인가! 아, 얼마나 놀라운 여자인가!" 셋이서 이 편지를 읽고 났을 때 보헤미아 왕은 경탄해 마지 않았다. "내가 말한 대로 이렇듯 씩씩하고 꿋꿋한 여자요. 틀림없이 훌륭한 왕비가 되었으련만! 나하고 신분이 맞지 않았던 것이 두고두고 유감이오."

"제가 본 바로서도 이 부인은 확실히 폐하하고는 걸맞지 않습니다." 홈즈가 쌀쌀맞게 말했다. "의뢰하신 건을 좀더 만족하실 수 있게 처리하지 못했음을 유감으로 생각합니다."

"아니오, 천만에!" 왕이 외쳤다.

"이렇게 되어 나는 만족하고 있소. 그녀가 약속을 지킬 여자라는 것은 알고 있소. 사진은 벌써 태워 버린 거나 마찬가지요."

"그렇게 말씀하시는 것을 들으니 안심이옵니다."

"아니, 당신에게는 감사의 말을 할 수도 없을 만큼 신세를 졌소. 이 사례를 어떻게 해야 좋을지 말해 주오. 이 반지는……"

보헤미아 왕은 뱀과 같은 모양을 한 에메랄드 반지를 뽑아, 그것을 손바닥에 얹어 내밀었다.

"저는 폐하께서 이것보다 좀더 귀중한 물건을 가지셨다고 생각합니다." 홈즈가 말했다.

"사양말고 말해 보오."

"이 사진이옵니다."

왕은 놀라며 홈즈를 응시했다.

"아이린의 사진을!" 그는 외쳤다. "좋소, 당신의 소원이라면."

"고맙습니다. 그럼, 이걸로 이미 볼일은 마쳤다고 생각되니, 진심으로 건강하시길 빌겠습니다."

그는 머리를 숙이더니 보헤미아 왕이 내민 손도 미처 보지 못하고 몸을 돌려, 나를 데리고 자기 방으로 돌아가는 것이었다.

이상이 남에게 알려져서는 거북한 보헤미아 왕국을 위협한 사건이었고, 또한 셜록 홈즈의 멋진 계획이 한 부인의 재치 앞에 여지없이 깨어지고 만 이야기이다. 그는 이전에는 곧잘 여자의 현명함을 비웃었는데, 최근 나는 그것을 들을 수 없게 되었다. 그리하여 아이린의 일을 이야기하든가 그녀의 사진에 대해서 이야기가 미치면, 언제나 '그분'이라는 경칭을 쓰는 것이다.

신랑 실종 사건

"이봐, 자네."
베이커 거리의 하숙에서 난로 양옆에 앉아 불을 쬐고 있을 때, 셜록 홈즈가 이렇게 말을 걸어 왔다.
"인생이라고 하는 것은 인간의 머리로는 도저히 생각할 수 없을 만큼 아주 이상한 걸세. 일상 생활의 사소한 일조차도 우리가 생각하는 것처럼 참으로 마음대로 되지 않는 거야. 만일 지금 우리들이 저 창문으로 손을 잡고 빠져나가 이 대도시 위를 날아다니며 여기저기 지붕을 조용히 떼어내고 그 아래에서 벌어지는 기괴한 인생극을 볼 수가 있다면, 거기에서는 세상에도 진기한 우연의 일치며 온갖 음모며 어긋남이며 경이할 만한 인과 관계 등이 끊이지 않고 이어져서 결국 뭐라 말할 수도 없는 기괴한 일이 생길 테지. 그것에 비교하면 소설 따위는 줄거리도 흔해 빠진 데다 결과가 뻔해 진부하고 무의미하기 짝이 없는 것으로밖에 생각되지 않네."
"하지만 나는 그렇게 생각하지 않아." 나는 대답했다. "신문으로 밝혀지고 드러난 사건을 보아도 도무지 살풍경하고 저속한 것뿐일세.

또 경찰 조사는 어디까지나 철저한 리얼리즘으로 씌어져 있을 텐데도 솔직히 말해서 결과는 재미있지도 않거니와 예술적도 아니야."

"항상 신중한 취사 선택을 하지 않으면 사실적인 효과는 거둘 수 없지."

홈즈는 이렇게 말하며 다시 말을 이었다.

"경찰의 조서에는 그것이 빠져 있는 걸세. 판사의 잠꼬대에만 중점을 두고 사건의 세세한 부분을 소홀히 하고 있어. 그 세세한 점이야말로 사건을 관찰하기 위한 열쇠인데 말이야. 어쨌든 일상 생활에서 생기는 일이야말로 가장 초자연적인 내용을 담고 있네."

나는 웃으며 고개를 흔들었다.

"자네가 그렇게 생각하는 것은 잘 알겠네. 자네는 온 세계의 곤경에 처해 어쩔 줄 모르는 사람들을 돕는 사립탐정이니까 이상야릇한 사건에만 부딪쳐 왔을 걸세. 그러나……" 하고 나는 멀리 있는 신문을 집어올렸다. "이걸로 한 번 실제적인 시험을 해 보지 않겠나? 자, 맨 먼저 눈에 띈 소제목은 말일세, '아내를 학대하는 남편'이라는 것이야. 이걸로 칼럼란의 반을 채우고 있지만, 읽지 않아도 내용은 전부 알 수 있지. 반드시 정부가 있고 술고래이고 아내를 떠다밀던가 때려서 상처가 아물 날이 없네. 자네나 하숙집 여주인이 그녀를 동정하지. 아무리 서투른 작가라도 이따위 서투른 줄거리는 쓰지 않네."

"딴은…… 하지만 그 예는 자네의 주장만 뼈아프게 할 뿐이야."

홈즈는 이렇게 말하면서 신문을 집어들고 대충 읽었다.

"이것은 댄디스 부부의 별거 사건 기사인데, 나는 우연히도 이것에 대하여 대단치 않은 조사를 의뢰받은 일이 있지. 남편은 절대 금주주의자이며 아내 이외의 여성 관계도 없네. 재판까지 한 이유는 남편이 식사가 끝날 때마다 틀니를 뽑아 아내에게 던지곤 했다는 것이지. 이런 것은 보통 소설가로서는 도저히 생각도 하지 못할 행위로 자네도 그 정도는 알 테지. 자아, 와트슨 선생, 코담배라도 한 대 하고 자네가 들고 나온 예로 도리어 한 방 얻어맞았다는 것을 시인하게."

홈즈는 뚜껑 한가운데 커다란 자수정이 박힌, 광택을 없앤 금색의 코담배 케이스를 내밀었다. 그 눈부신 아름다움은 수수하고 검소한 그의 생활태도와는 너무나 대조적이었으므로 나는 한 마디 하지 않을 수 없었다.

"아, 참!" 하고 그는 설명했다. "자네하고는 몇 주일 동안 만나지 않았지. 이것은 아이린 애들러로부터 사진을 되찾아 주려던 사건으로 보헤미아 왕으로부터 사례로 받은 기념품이라네."

"그렇다면 그 반지는?"

나는 그의 손가락에서 반짝이고 있는 브릴리언트 형(보석의 낭비를 가장 적게 하며 가장 빛나게 깎는 방법, 보통 58면)의 다이아몬드를 보면서 물었다.

"이것은 네덜란드 왕실로부터 선사받은 것일세. 그러나 이것을 사례로 받게 된 사건에는 매우 비밀을 요하는 점이 있는 만큼 자네에게조차 털어놓을 수 없다네. 자네가 나의 작은 사건 몇 가지를 기록해 주고 있는 친절은 잊지 않을 작정이지만 말일세."

"지금 무슨 사건을 맡고 있나?" 나는 흥미를 가지고 물었다.

"10건 남짓 있지만 어느 것이나 재미없을 것 같아. 물론 재미없더라도 중요한 사건뿐이지만 말야. 내가 발견한 바로는, 흔히 보잘것없는 사건 편이 관찰할 기회도 많고 원인과 결과에 대해서 날카로운 분석을 시도할 수도 있어. 조사하고 있으면 매력을 느끼게 되지. 큰 범죄일수록 단순한 양상이 되기 쉽네. 왜냐하면 대개의 경우 커다란 범죄일수록 동기가 명료하기 때문이지. 지금 다루고 있는 것으로선 마르세이유에서 의뢰한 사건만 다소 복잡할뿐, 나머지는 어느 것이나 재미가 없어. 그러나 이제 머지않아 뭔가 좀더 흥미로운 것이 들어올 것 같아. 보게나, 저기 보이는 사람은 나한테 오는 손님일 테니. 틀림없을 거야."

그는 의자에서 일어나서 열린 커튼 사이로 찌푸리듯 흐린 런던 거리를 굽어보고 있었다. 그의 어깨 너머로 나도 기웃거려 보았더니, 맞은편 보도에 몸집이 큰 한 여자가 묵직한 모피 목도리를 하고 끝이 말려 있는 멋진 빨간 깃털을 단 챙이 넓은 모자를 '데븐셔의 공장부인(영국 화가 토머스 게인즈버러가 그린 초상화)'처럼 요염하게 비스듬히 쓰고 서 있었다. 그녀는 사치스럽게 치장한 몸을 앞뒤로 흔들면서 장갑의 단추를 만지작거리고, 주저주저 망설이는 듯한 태도로 이쪽 창문을 올려다보고 있었다. 아니? 하고 생각했을 때, 수영하는 사람이 기슭을 떠날 때처럼 몸에 반동을 주며 급히 길을 건너오기 시작했다. 얼마 뒤 현관 벨이 요란하게 울려퍼졌다.

"이런 징조는 전에도 본 적이 있지."

홈즈는 담배꽁초를 불 속에 던지면서 말했다.

"보도에서 망설이고 있는 건 반드시 연애 문제야. 의논은 하고 싶지만 이야기가 미묘하여 상대에게 이해될지 어떨지 자신이 없는 것이라네. 그렇지만 두 가지 경우가 있지. 남자에게 심한 일을 당한 여자는 망설이지 않아. 그때는 초인종의 끈이 끊어지는 게 보통이라네. 그걸로 미루어 본다면, 오늘의 의논은 연애 문제이긴 해도 아가씨가 남자에게 화를 내고 있다기보다는 오히려 망설이거나 비관하고 있는 내용일거야. 어쨌거나 본인이 다 온 모양이니 곧 알게 되겠지."

그가 말을 끝내기도 전에 노크 소리가 들리고 하인이 들어와서 메어리 서더랜드 양이라는 분이 오셨다고 알렸다. 그리하여 검은 제복을 입은 작은 몸집의 하인 뒤에서 장본인인 서더랜드 양이 수로 안내인의 작은 배 뒤에 돛을 한껏 펼친 상인처럼 나타났다. 셜록 홈즈는 언제나처럼 붙임성 있게 맞아들이고 문을 닫더니 그녀를 팔걸이의자에 앉힌 뒤 세심하면서도 어딘지 방심한 듯한 태도로 그녀를 관찰하기 시작했다.

"매우 열심히 타이프라이터를 치시는 모양인데" 하고 그가 말을 걸었다. "근시라서 피로하시겠어요?"

"처음에는 피로했어요." 그녀는 대답했다. "하지만 요즘은 글자의 위치를 보지 않아도 알기 때문에……"

그리고 그녀는 홈즈의 질문이 갖는 의미의 깊이를 가까스로 깨닫고 섬뜩해져서, 복스럽고 인상좋은 얼굴에 두려움과 놀라움의 표정을 떠올리면서 그를 올려다보았다.

"어머나 홈즈 씨, 저에 대해 들으셨군요!" 그녀는 외쳤다. "그렇지 않다면, 어떻게 그런 일을 아실 수 있지요?"

"걱정하실 것 없습니다." 홈즈는 웃으면서 말했다. "온갖 일을 아는 게 저의 직업이라서요. 다른 사람이라면 그냥 보아 넘기는 일이라도 주의깊게 관찰하는 훈련을 쌓고 있기 때문이겠지요. 그렇지 않다면 당신도 저한테 의논하러 오시지 않았을 겁니다."

"에서리지 씨의 부인에게 이야기를 듣고 찾아왔어요. 그녀의 남편이 행방불명이 되서서 경찰도 다른 사람들도 어딘가에서 죽어 버렸을 것이라고 체념했을 때, 당신이 어렵지 않게 찾아 주셨다면서요? 저, 홈즈 씨, 저도 부디 도와 주세요, 네? 저는 부자는 아니지만 타이프라이터의 수입 말고도 유산이 1년에 100파운드씩 들어오니, 호즈머 엔젤 씨의 행방을 찾아 주시기만 한다면 그것을 전부 드리겠어요."

"이렇게 허둥지둥 의논하러 오신 것은 어떤 까닭입니까?"

셜록 홈즈는 두 손의 손가락 끝을 맞추고 천장을 보면서 물었다.
어딘가 공백감이 떠도는 서더랜드 양의 얼굴에, 이때 또 놀라워하는 표정이 떠올랐다.

"그래요, 전 집에서 급히 나왔지요." 그녀는 말했다. "실은 윈디뱅크 씨가 저의 아버지입니다만, 너무나 태평하기에 화가 나고 만 거예요. 경찰에 신고하려고도 하지 않거니와 당신에게 의논하려고도 않지 뭐예요. 정말 아무것도 해주지 않으면서 걱정하지 않아도 된다고만 하기에 전 마침내 화가 나서 서둘러 준비를 하고 뛰어왔답니다."

"지금 아버지라고 말씀하셨던가요?" 홈즈가 끼여들었다. "이름이 다른 것을 보니 의붓아버지입니까?"

"네, 그래요. 아버지라고 부르고 있습니다. 하지만 나이가 저하고 5년 2개월밖에 차이가 나지 않아 조금 어색하기는 하지만."

"그래, 어머니는 아직 계십니까?"

"네, 원기 왕성하지요. 어머니는 아버지가 돌아가시자 곧, 그것도 자기보다 15살이나 어린 남자와 재혼해서 전 조금 불쾌했습니다. 돌아가신 아버지는 터튼엄 코트 로드에서 꽤 큰 연관공사업을 하고 계셨지요. 아버지가 돌아가신 뒤 어머니가 직공장 하아디 씨와 함께 가게를 계속하고 있었는데 윈디뱅크 씨가 와서 어머니에게 가게를 팔도록 했어요. 그는 양조 회사 외무원으로 아주 수완가죠. 가게 상호와 이자까지 쳐서 4천 7백 파운드를 내놓은 모양인데 아버지가 계셨다면 절대 그런 가격으로는 팔지 않았을 거예요."

나는 아가씨의 두서없이 이랬다저랬다하는 이야기 솜씨에 셜록 홈즈가 짜증을 내지나 않을까 하고 생각했지만, 뜻밖에도 그는 열심히 귀를 기울이고 있었다.

"당신의 그 얼마쯤의 유산 수입이라는 건 그 가게에서 나오는 것입니까?"

홈즈가 물었다.

"아니오. 그것은 전혀 별도로, 뉴질랜드의 오클랜드에 있는 네드 삼촌이 저에게 남겨준 거예요. 이자 4푼 5리의 뉴질랜드 공채입니다. 액면은 2천 5백 파운드이지만 저는 이자밖에 손을 댈 수 없게 되어 있어요."

"꽤 흥미롭군요." 홈즈가 말했다. "그러면 당신은 1년에 이자가 100파운드나 들어오는데다가 일도 하고 있으니 여행이나 그밖에 여러 가지 하고 싶은 일을 할 수 있겠군요. 독신 여성이라면 1년에 60파운드만 있어도 그럭저럭 살아 갈 수 있지요."

"홈즈 씨, 더 적어도 살 수 있습니다. 하지만 집에 있는 동안은 어머니의 부담이 되고 싶지 않아서 그 동안만은 이자를 어머니에게 쓰도록 하고 있지요. 물론 당분간만입니다. 윈디뱅크 씨가 석달에 한 번씩 이자를 찾아와서 어머니에게 건네 주고 있습니다. 저는 타이프라이터 일로 버는 수입으로도 충분히 살아갈 수 있어요. 한 장에 2펜스로, 어떤 날에는 15장 내지 20장 찍을 수도 있는걸요, 뭐."

"당신 처지는 잘 알았습니다." 홈즈가 말했다. "그리고 이쪽 분은 와트슨 박사라고 하는 저의 친구이니 저에게와 마찬가지로 사양 말고 말씀해 주십시오. 그럼, 이번에는 호즈머 엔젤 씨와의 관계를 말씀해 주실까요?"

서더랜드 양은 얼굴이 붉어지며 윗옷의 깃 장식을 만지작거렸다.

"가스업자들의 무도회에서 알게 되었어요."

그녀는 말했다.

"그 사람들은 아버지가 살아 계셨을 때부터 초대장을 보내 주고 있었습니다만, 아버지가 돌아가신 뒤에도 저희를 기억하고 어머니 앞으로 보내왔습니다. 하지만 윈디뱅크 씨는 우리들이 참석하는 것을 좋아하지 않습니다. 어디에 가든 언제나 반대하는 것이죠. 일요학교의 위안회에 가고 싶다고 말해도 틀림없이 노발대발 성을 낼 거예요. 하지만 저는 그 무도회에는 몹시 가고 싶어 어떻게 해서든지 갈 생각이었습니다. 글쎄, 저를 막을 권리 같은 것은 없지 않아요? 아버지의 친구였던 사람이 모두 오실 텐데 그런 이들과 사귀는 건 좋지 않다고 그는 말했죠. 또 입고 갈 만한 것이라도 있냐고 했어요. 하지만 천만의 말씀이죠. 저는 이래뵈도 옷장에서 한 번도 꺼낸 일이 없는 자줏빛 플러시 (비로드처럼 길고 부드러운 잔털이 있는 비단 또는 무명천) 드레스를 가지고 있었거든요. 이와 같은 형편인지라 그는 아무래도 막을 수 없음을 알고 회사일이 있다고 하며 프랑스로 가 버렸습니다. 하지만 저는, 어머니와 전 가게의 직공장이었던 하디 씨와 함께 참석했습니다. 거기서 호즈머 엔젤 씨와 알게 되었습니다."

"윈디뱅크 씨는" 홈즈가 말했다. "프랑스에서 돌아와 그 이야기를 듣고 기분이 몹시 언짢았겠군요?"

"아니오, 기분이 좋았어요. 어깨를 움츠리면서 웃더니 여자란 어차피 멋대로 하게 마련이니 말려도 헛일이라고 말한 것을 기억하고 있어요."

"그렇습니까, 그렇다면 당신은 그 가스업자들의 무도회에서 호즈머 엔젤이라는 청년과 만났단 말이지요?"

"네. 그날 밤 처음 만났는데 그분은 다음날 저희들이 무사히 돌아갔는지 궁금하다며 찾아와 주셨습니다. 그리고서 다음에도 만났어요. 저, 홈즈 씨, 그리고 저희들 둘이서 두 번 가량 산책을 했어요. 하지만 의붓아버지가 돌아오고 나서는 호즈머 엔젤 씨에게 집에 와 달라고 할 수 없게 되었답니다."

"어째서요?"

"왜냐하면, 아버지가 그런 것을 싫어하기 때문이죠. 될 수만 있다면 어떤 손님도 오지 않기를 바랬습니다. 여자는 가족과 함께 있어야 행복하다고, 늘 말했습니다. 그렇다면 우선 자기의 가정이 필요한 셈인데, 저는 아직 자신의 가정도 이루지 못했다고 언제나 어머니에게 호소했지요."
"호즈머 엔젤 씨는 어땠습니까? 어떻게든 당신과 만나려고 하지 않았습니까?"
"네, 일주일만 지나면 아버지가 또 프랑스에 가니까 호즈머는 편지로 그때까지는 서로 만나지 않는 편이 좋으리라고 알려 왔지요. 일주일쯤이라면 편지를 주고받으면 될 테니까요. 그 사람은 매일 편지를 보내왔습니다. 저는 아침마다 직접 가지러 갔기 때문에 아버지에게 들킬 염려는 없었습니다."
"그때는 그 신사와 약혼한 상태였습니까?"
"네, 홈즈 씨. 둘이서 처음 산책하고 돌아오는 길에 약혼했습니다. 호즈머는, 저, 엔젤 씨는…… 레든홀 거리의 회사 출납계로…… 그리하여……"
"뭐라고 하는 회사입니까?"
"사실, 그게 난처한 일입니다만, 전 모릅니다."
"그럼, 집은 어딥니까?"
"그 사람은 회사에서 지내고 있었습니다."
"결국 당신은 그의 주소도 모른다는 말씀이군요?"
"네, 다만 레든홀 거리라는 것밖에……"
"그럼, 편지를 보낼 때는 어디로 보냈나요?"
"레든홀 거리의 우체국 사서함으로 부쳤지요. 회사로 여자 편지가 오면 사람들에게 놀림을 받는다고 하길래 그렇다면 저도 타이프로 쳐서 보내겠다고 했더니 그것은 또 싫다고 말했습니다. 손으로 쓴 편지라야 정말로 저에게서 왔다는 느낌이 들지 타이프라이터로 친 것이라면 기계가 두 사람 사이에 끼어들고 있다는 기분이 든다나요. 홈즈 씨, 그 사람은 그렇듯 저를 사랑해 주고 있었던 거예요. 아주 세심한 데까지 신경을 썼답니다."

"참으로 의미 있는 이야기로군요." 홈즈가 말했다. "저는 옛날부터 사소한 점이야말로 무엇보다 중요하다는 말을 격언으로 삼고 있습니다. 그러므로 보잘 것 없는 듯한 일이라도 좋으니까 엔젤 씨에 대해 달리 생각나는 점을 말씀해 주십시오."

"홈즈 씨, 그 사람은 아주 수줍음이 많은 사람이었습니다. 눈에 띄는 게 싫다고 하면서 산책도 낮보다 밤에 하기를 좋아했습니다. 아주 내성적이고 온순한 사람이었지요. 목소리까지 부드러워요. 젊었을 때 편도선과 경부 임파선이 붓는 병에 걸려, 목이 약해져서 입 안으로 우물거리는 듯 소곤소곤거리는 목소리로 이야기하는 버릇이 생겼다고 말했어요. 그리고 옷차림은 언제나 말끔하며 단정하고 수수한 복장이었습니다. 그리고 저처럼 눈이 나빠 광선을 차단하는 색안경을 쓰고 있었지요."

"그렇습니까? 그래, 아버지 윈디뱅크 씨가 다시 프랑스로 떠난 뒤, 어떻게 되었습니까?"

"호즈머 엔젤 씨는 또 집에 와서 아버지가 돌아오기 전에 결혼해 버리자고 말했습니다. 어찌나 간절했던지, 저는 마침내 성서에 손을 얹고 어떠한 일이 있더라도 마음 변하지 않겠다고 맹세하고 말았습니다. 어머니는 그가 맹세를 하도록 시킨 것은 당연한 일이며 애정이 깊은 증거라고 말했습니다. 어머니는 처음부터 엔젤 씨와 장단이 맞아, 마치 제가 그를 좋아하는 것보다 더 좋아하는 것 같았습니다. 그리고 그는 어머니에게 일주일 안에 식을 올리고 싶다고 했지만, 저는 아버지가 마음에 걸렸습니다. 하지만 두 사람은 아버지에 대해서는 걱정하지 않아도 좋다, 나중에 이야기하면 된다고 했습니다. 더군다나 어머니가 그 점은 염려말라, 책임지겠다고도 말했습니다. 그러나 홈즈 씨, 그런데도 저는 왠지 마음이 꺼림칙했습니다. 저보다 겨우 5살 많은 아버지에게 허락을 받는다는 것도 좀 우스웠지만, 저는 몰래 하고 싶지도 않았기 때문에 프랑스 보르도 지점으로 아버지에게 편지를 보냈습니다. 그런데 그 편지는 공교롭게도 결혼식날 아침에 그대로 되돌아왔습니다."
"아버지에게 닿지 않았단 말이죠?"
"네, 마침 아버지가 영국을 향해 떠난 뒤에 닿았으니까요."
"참 유감스러웠겠군요. 그래서 결혼식은 이번 금요일이 되었겠군요. 교회에서 하실 예정이었습니까?"
"네, 하지만 단촐하게 가까운 집안 식구만 모여서 킹스 크로스 역에 가까운 세인트 세비아 교회에서 식을 올리고 세인트 팬클라스 호텔에서 아침 식사를 할 예정이었습니다. 결혼식 날, 호즈머는 2륜마차로 마중을 와주었습니다만, 이쪽은 어머니와 둘뿐이어서 저희들을 그 마차에 태우고, 공교롭게도 영업용 마차가 4륜마차밖에 눈에 띄지 않았으므로 그는 그것을 탔습니다. 저희들이 교회에 닿고 나서 곧이어 4륜마차가 왔습니다. 호즈머가 내려오기를 기다리고 있었습니다만 아무리 기다려도 나오지 않는 거예요. 나중에는 마부가 자리에서 내려와 안을 들여다보았는데 글쎄 어떻게 된 일일까요, 아무도 타고 있지 않는 것입니다! 마부는 그 사람이 분명히 타는 것을 이 눈으로 보았는데 대체 어디로 사라져 버렸는지 까닭을 알 수 없다고 말하더군요. 홈즈 씨, 그게 이번 금요일의 일이었어요. 그리고 오늘까지 전혀 소식이 없고 그 사람이 어떻게 되었는지, 글쎄 눈곱만큼도 짐작이 가지 않아요."
"꽤나 지독한 일을 당하셨군요." 홈즈가 말했다.

"어머나, 그렇지는 않아요! 그는 아주 착하고 친절한 사람으로 저를 저버릴 사람은 결코 아니에요. 네, 그날 아침에도 말이에요, 어떠한 일이 생길지라도 결코 마음 변하는 일이 없도록 해 다오, 만일 뜻하지 않은 일이 생겨 서로 헤어지게 되더라도 약속한 것을 잊지 말아 다오, 언젠가는 반드시 당신을 데리러 온다고 거듭 말했어요. 결혼식 날 아침에 그런 이야기를 하는 건 이상했지만, 그 뒤의 사건을 생각해 보면 틀림없이 무언가 사정이 있었을 거예요."
"확실히 무언가 있군요. 당신은 어떤 뜻하지 않은 불행이 엔젤 씨에게 닥친 거라고 생각하는 거겠지요?"
"네, 그렇습니다. 틀림없이 그도 위험이 닥쳐 올 예감이 들었겠지요. 그러기에 저에게 그러한 말을 했던 거예요. 그리고 그 예감이 맞았던 거구요."
"그러나 어떠한 일이 생겼는지 당신은 전혀 모른다는 거지요?"
"네."
"그럼, 또 한 가지 묻겠습니다. 어머니는 이 사건을 어떻게 생각하십니까?"
"어머니는 화를 내시고 두 번 다시 이 이야기를 하지 말라고 하십니다."
"아버지는? 그에게도 이야기했습니까?"
"이야기했습니다. 아버지도 저하고 같은 의견으로, 어떤 사정이 있었겠지만 기다리다 보면 소식을 알게 되리라고 생각하는 모양입니다. 아버지도 말했듯이, 저를 교회 앞까지 데리고 가서 내팽개친들 그에게 대체 어떤 이득이 있는 것일까요? 가령 저의 돈을 빌릴 수 있다든가 아니면 결혼하여 재산이 자기 것이 되기라도 하면 또 모르겠지만요. 하지만 호즈머는 돈에 대해서는 몹시 깨끗하고 1실링이라도 제 돈을 쓰려고 하지 않았습니다. 그렇건만, 정말로 어떻게 된 것일까요? 밤에도 편지를 보내 주지 않지요. 아! 전 생각하면 미칠 것만 같아요. 밤에도 전혀 잠을 잘 수가 없어요."

그녀는 목 언저리에서 조그만 손수건을 꺼내어 그 속에 얼굴을 파묻더니 심하게 훌쩍거리기 시작했다.

"조사해 드리지요." 홈즈는 자리에서 일어서며 말했다.

"저로서는 확실한 결과를 내놓을 자신이 있습니다. 그러므로 저에게 모든 걸 맡기고 당신은 이 이상 아무것도 생각하지 마십시오. 특히 호즈머 엔젤 씨의 추억을 당신의 마음에서 완전히 지워 버리십시오. 그 사람은 당신 앞에서 이미 사라져 버렸으니까요."

"그럼, 저는 이제 두 번 다시 그를 만날 수 없는 건가요?"

"그렇게 생각되는군요."

"그 사람은 어떻게 되었을까요?"

"그 문제는 저의 손에 맡겨 두십시오. 그것보다도 엔젤 씨의 정확한 인상을 가르쳐 주십시오. 그리고 그에게서 온 편지 중 필요없는 게 있다면 주십시오."

"이번 토요일의 크로니클 신문에 사람 찾는 광고를 냈습니다. 이것이 그 광고를 오려 낸 것입니다. 그리고 편지는 네 통 다 가지고 왔습니다."

"고맙소. 그리고 당신 주소는?"

"팬파우엘 구(區) 라이온 광장 31번지입니다."

"엔젤 씨의 주소는 알 수 없다고 하셨지요? 아버지의 회사는 어디에 있습니까?"

"팬처치 거리로 클래러트 주(酒)(claret 프랑스 보르도 산의 붉은 포도주)의 수입을 대규모로 하고 있는 웨스트하우스 앤 마뱅크 상회의 외무원이에요."

"고맙소. 매우 잘 알았습니다. 그럼, 편지와 신문 스크랩은 두고 가시고 좀전의 충고를 잊지 마십시오. 이 사건은 수수께끼인 채로 내버려 두고 이젠 관련이 없는 걸로 생각하시는 겁니다."

"홈즈 씨, 친절은 고마워요. 하지만 전 잊을 수가 없어요. 호즈머에게 진심을 다하고 싶어요. 그가 돌아오기를 언제까지라도 기다리고 있겠어요."

우리들의 손님은 터무니없게 사치스런 모자를 쓰고 멍청한 얼굴을 하고 있었으나 그 온순한 성실성 속에서 숭고한 것이 느껴졌으므로 우리는 절로 머리가 숙여졌다. 그녀는 편지와 스크랩을 테이블 위에 놓더니 볼일이 있으면 언제라도 오겠다고 말하며 돌아갔다.

셜록 홈즈는 아가씨가 돌아간 뒤에도 여전히 손가락 끝을 깍지끼고서 다리를 앞으로 뻗은 채 한동안 지그시 천장을 올려보며 잠자코 있었다. 그리고 얼마 있으려니까 언제나 그의 의논 상대가 되는 낡은 담배와 진투성이인 사기 파이프를 집어 불을 붙이더니 의자에 깊숙이 고쳐 앉아 푸른 연기의 고리를 뿜으며 몹시 나른한 표정을 떠올렸다.

"그 아가씨는 정말 연구할 가치가 있는 대상이야"라고 그는 감상을 늘어놓았다. "가져온 사건보다도 그 아가씨 편이 훨씬 재미있었지. 참, 사건이라고 하면 그것은 흔해 빠진 것이지. 나의 색인을 넘겨보게, 비슷한 사례가 나올 테니까. 1877년에 햄프셔의 앤도버에서도 그와 비슷한 일이 있었고 네덜란드의 헤이그에서도 작년에 아주 닮은 사건이 발생했었지. 오늘 것도 낡은 수법이긴 하지만 자세한 점에서는 한두 가지 색다른 점도 있었던 것 같군. 하지만 뭐니뭐니해도 역시 그 아가씨가 가장 많은 것을 가르쳐 주고 있네."

"자네는 그 아가씨에 대해 내가 알지 못한 여러 가지 일을 꿰뚫어 보았을 테지?" 하고 나는 말했다.

"자네가 모르는 것이 아니라 자네가 부주의한 탓이라네, 와트슨. 봐야 할 곳을 보지 않으니까 중요한 것을 모두 지나치고 마는 것일

세. 소맷부리나 엄지손가락의 손톱이 얼마나 중요하고 많은 것을 암시해 주는지, 또 구두끈에서 얼마나 희한한 결론이 나오는지, 자네는 도저히 알 수 없겠지. 그런데 자네는 그 여자의 겉모습에서 어떠한 지식을 얻었나? 한 번 들려주지 않겠나."
"글쎄, 챙이 넓은 회색 밀짚모자에 빨간 벽돌색 깃털을 하나 장식하고 있었지. 그리고 윗옷은 검정으로 까만 비즈 구슬을 꿰매달고, 가장자리에는 장식으로 작고 검은 구슬이 달려 있었어. 그 아래옷은 커피색보다 조금 거무스름한 다갈색으로, 깃둘레와 소맷부리엔

자줏빛 플러시 천이 조금 달려 있었지. 장갑은 잿빛에 가까운 색깔인데, 오른쪽 집게손가락이 닳아 빠져 있었네. 구두는 보지 않았어. 그밖에 조그맣고 둥근 흔들흔들하는 금 귀걸이를 달고 있었지. 전체적인 느낌은 태평스럽고 한가로운 서민풍이며 생활 정도는 넉넉한 것처럼 보였네."
셜록 홈즈는 가볍게 박수를 치며 웃었다.
"이거 놀랐는걸, 와트슨. 꽤나 발전했어. 정말이지 멋진 말이었네. 중요한 것을 모두 빠뜨리고 있는 건 사실이지만, 관찰 방법을 터득했군그래. 그리고 빛깔에 대해서 예민하네. 하지만, 여보게, 전체적인 인상에 사로잡히지만 말고 자세한 점에 주의하도록 하게나. 나는 상대가 여자인 경우 우선 소맷부리부터 보지. 남자라면 바지 무릎을 보는 게 좋지만. 자네도 깨달은 것처럼 그 아가씨는 소맷부리에 플러시 천을 달고 있었는데, 그건 가장 상처가 나기 쉬운 천이야. 타이프라이터를 칠 때에는 손목 바로 위가 책상에 스치는 법인데, 그 아가씨의 소맷부리에는 두 가닥의 선이 뚜렷이 나 있었어. 손으로 돌리는 재봉틀이라도 비슷한 자국이 남지만, 그 경우에는 왼쪽 새끼손가락 가까운 곳에 난다네. 그런데 그 아가씨의 것은 오른손 쪽에 폭넓게 나 있었지. 그리고 그녀의 얼굴을 보았더니 코의 양쪽에 코안경을 끼어서 생긴 움푹한 자국이 나 있었어. 그래서 근시라 타이프를 치면 피로하겠다고 해보았더니 아가씨는 놀라는 것 같더군."
"그땐 나도 놀랐지."
"하지만 틀릴 수 없는 일이지. 그것보다는 좀더 아래쪽을 관찰해 보고 나는 깜짝 놀라서 꽤 흥미를 느꼈다네. 아가씨가 신고 있는 구두가 꽤 닮기는 했지만 실은 한쪽 앞가죽에는 조금 장식이 있고 다른 한쪽에는 아무 장식이 없는 짝짝이였거든. 게다가 다섯 개 있는 구두의 단추가 한쪽은 아래에 두 개밖에 끼어 있지 않고 또 한쪽은 첫 번째와 세 번째와 다섯 번째밖에 끼어져 있지를 않았다네. 잘 차려입은 젊은 부인이 구두를 짝짝이로 신고 더구나 구두 단추를 제대로 끼우지 않고 집을 나왔다면 허둥지둥 뛰어나온 것이라고 곧 추측을 할 수 있지 않는가?"

"그밖에 또 무엇인가 알아냈지?"

나는 언제나처럼 홈즈의 날카로운 추리에 매우 흥미를 느끼며 물었다.

"어쩌다 안 일인데 아가씨는 외출준비를 끝내고 밖으로 나가려다가 편지를 썼다는 것을 알아차렸지. 장갑의 오른쪽 집게손가락에 구멍이 뚫려 있었다는 것은 자네도 눈치챈 모양이지만, 장갑에도 손가락에도 자주색 잉크 얼룩이 묻어 있었던 것은 미처 보지 못한 모양이군. 쓸 때 너무 서둘러서 펜을 잉크병에 깊이 집어넣거나 했을 테지. 손가락에까지 얼룩점이 선명히 남아 있는 것을 보니, 오늘 아침에 쓴 게 틀림없어. 초보적인 관찰 방식이지만 이러한 식으로 하나하나 생각해 보면 모두 재미있어. 헌데 와트슨, 일 때문에 돌아가야만 하네. 광고에 나온 호즈머 엔젤의 인상 특징을 읽어 주지 않겠나?"

나는 인쇄문의 작은 스크랩을 불빛에 비쳤다. 거기에는 '찾는 사람'으로 다음과 같이 씌어져 있었다.

14일 아침 이래 호즈머 엔젤이라는 신사 행방불명. 키 약 5피트 7인치, 뼈대가 굵고 혈색이 나쁨. 머리는 검고 한가운데가 약간 벗어졌음. 검고 더부룩한 구레나룻과 콧수염을 기르고 있음. 색안경을 쓰고 말투는 조금 우물거림. 행방불명이 되기 직전의 복장은 비단 가장자리가 달린 검은 프록코트에 검은 조끼를 입었으며, 앨버트 형(작은 가로쇠가 달린 짧은 시곗줄을 이름) 금 시계줄을 늘어뜨리고 짠 잿빛 해리스 트위드 바지를 입었음. 신발은 깊숙한 고무장화로 그 위에 갈색 각반을 착용했음. 레든홀 거리 모 상회의 사원이었다고 함. 이와 같은 사람을 아래의 주소로 데려와 주시는 분에게는……

"아, 거기까지면 돼"라고 홈즈가 말했다. 그리고 나서 편지에 눈을 돌리면서 말을 이었다.
"편지 쪽은 극히 평범하군. 발자크의 말이 한 번 인용되어 있을 뿐, 그밖에는 엔젤 씨의 일을 아는 단서는 전혀 없네. 하지만 단 한 가지 색다른 점이 있지. 이것을 알면 자네도 놀랄 걸세."
"모두 타이프라이터로 찍었군." 내가 말했다.
"그것뿐 아니라 서명까지 타이프 아닌가. 자 보게, 맨 밑에 호즈머 엔젤이라고 조그맣고 예쁘장하게 찍고 있지 않나. 이렇듯 날짜도 있지만 주소는 애매하게 레든홀 거리라고만 찍혀 있네. 이 서명이 꽤나 암시적이지. 확실히 이것이 사건의 열쇠야."
"뭐라구?"
"자네, 이 서명이 얼마나 큰 단서가 되는지 모르겠나?"
"모르겠는데. 혼약 불이행으로 고소되었을 때 자신의 서명을 부인하기 위해서일까?"
"아냐, 그러한 일이 아니야. 하지만 이제부터 편지를 두 통 쓸 텐데, 그것으로 사건이 해결될 걸세. 한 통은 시티에 있는 회사 앞으로, 또 한 통은 서더랜드 양의 의붓아버지 윈디뱅크에게 내일 밤 6시에 만나러 와줄 수 없느냐고 부탁하는 것이지. 남자끼리 이야기를 끝내는 편이 좋을 것 같아. 자, 와트슨 군, 이로써 답장이 올 때까지는 이제 볼일이 없으니 이 사소한 문제는 잠시 접어 두기로 하세."

나는 여러 가지 이유로 이 친구의 교묘한 추리와 남달리 뛰어난 정력을 깊이 신뢰하고 있었으므로, 지금 그가 의뢰받은 불가해한 사건의 조사도 이렇듯 자신감을 갖고 여유있게 행동하는 만큼 이미 뚜렷한 해결책이 있을 게 틀림없다고 생각했다. 나는 그가 단 한 번 실패했음을 알고 있는데, 그것은 보헤미아 왕으로부터 부탁받고 아이린 애들러에게서 사진을 되찾고자 했을 때였다. 하지만 저 으스스하니 기분나쁜 《네 사람의 서명》 사건이며 《주홍색 연구》의 예사롭지 않은 환경을 떠올리면, 만일 그가 풀 수 없는 사건이 있다고 한다면 그것은 어지간히 기괴한 미궁일 거라고 생각되는 것이었다.

나는 새까매진 사기 파이프를 피워 대고 있는 홈즈를 혼자 두고 얼마 뒤 귀가 길에 올랐지만, 내일 밤에 오면 메어리 서더랜드의 사라진 신랑의 정체를 아는 실마리가 모두 갖추어져 있을 거라고 조금도 의심하지 않았다.

그 무렵 나는 위급 환자를 하나 맡고 있어서 다음날은 하루종일 그 환자에게 매달려 있었다. 내가 가까스로 한가해진 것은 6시 가까이로, 늦어졌기 때문에 이 사건의 해결에 입회할 수 없는 게 아닐까 걱정하면서 지나가던 2륜마차에 뛰어올라타고 베이커 거리로 달려갔다. 하지만 도착해 보니 셜록 홈즈는 비쩍 마른 가느다란 몸뚱이를 팔걸이의자 속에 움츠리고서 혼자 꾸벅꾸벅 졸고 있었다. 방 안에는 병이며 시험관이 비좁다 싶을 만큼 늘어서 있고 톡 코를 쏘는 염산냄새가 풍기고 있어, 그가 하루 종일 즐겨하는 화학 실험에 몰두했다는 걸 알 수 있었다.

"어때, 해결했나?" 나는 들어가자마자 물었다.

"응, 산화베릴륨의 중유산염이었네."

"아냐, 그게 아닐세. 괴사건 쪽 말이야"라고 나는 외쳤다.

"아, 그것 말인가. 나는 또 아까부터 조사하고 있었던 염(鹽)에 대한 일인 줄로만 알았지. 사건 쪽이라면, 어제도 말했듯이 두서너 가지 재미있는 점도 있지만 괴사건이라고 할 정도의 것은 아니지. 단지 이 악당을 응징할 만한 법률이 없는 게 유일한 난점일세."

"그럼, 그 범인은 누구인가? 왜 그 아가씨를 버렸나?"

내가 이 질문을 하자마자, 홈즈가 대답을 채 하기도 전에 복도에 무거운 발소리가 나고 노크가 들렸다.

"아가씨의 의붓아버지인 제임스 윈디뱅크가 온 것일세." 홈즈가 말했다. "6시에 온다는 대답이었어. 어서 들어오십시오."

들어온 것은 30살쯤 된 중키의 우람한 사나이로 혈색이 나쁜 얼굴을 깨끗이 면도했으며 태도는 고분고분했으나, 찌르는 듯한 잿빛 눈이 예사롭지 않게 날카로웠다. 그는 우리 두 사람을 수상쩍은 듯이 흘끔 보고 나서 손때가 묻은 번지르르한 실크햇을 식기대 위에 놓고 가볍게 인사하고서 가까운 의자로 서서히 다가섰다.

"안녕하십니까, 윈디뱅크 씨."

홈즈가 먼저 말을 걸었다.

"이 타이프로 친 편지는 당신이 보내신 것이겠죠? 6시에 온다고 씌어 있습니다만."

"네, 그렇습니다. 조금 늦었습니다, 제 뜻대로 할 수 있는 처지가 아니기 때문에…… 이번 일로 딸이 의논을 하러 왔다면서요? 저로서는 죄송하게 생각하고 있습니다. 이런 집안의 수치는 세상에 알려지지 않게끔 해 두는 편이 좋으니까요. 딸이 선생을 찾아뵙는 일에 대해서 저는 처음부터 반대했습니다. 아셨을 테지만 딸은 그처럼 흥분하기 쉬운 성격이기 때문에, 한번 그렇게 생각하면 웬만해선 그 감정이 가라앉지를 않지요. 하기야 당신은 경찰과는 상관없으니 당신에게 알려지는 것은 그다지 신경 쓰이지 않습니다만,

그래도 역시 이와 같은 집안의 말썽이 밖에 새어나가는 것은 불유쾌한 일이라서요. 그리고 호즈머 엔젤을 찾는다는 건 불가능하므로, 이 또한 헛된 낭비가 되고도 남습니다."

"아니오." 홈즈가 조용히 말했다. "저는 호즈머 엔젤 씨를 어떻게 해서라도 찾아 낸다는 말을 자신있게 할 수 있습니다."

윈디뱅크는 움찔 몸을 움직이고 장갑을 떨어뜨렸다.

"그 말을 들으니 안심이 됩니다. 너무도 이상한 일이라서 말입니다."

"타이프라이터에는 필적과 마찬가지로 분명히 특징이 있어요. 갓 사용하기 시작한 기계가 아니라면 찍은 글자에는 똑같은 것은 하나도 없을 겁니다. 어떤 활자가 다른 활자보다 마멸이 심하다든가 한쪽만 마멸되어 있다든가 하게 마련이요. 그런데 윈디뱅크 씨, 당신에게서 받은 이 편지 말입니다만, e자는 어느 것이나 위가 조금 흐릿하고 r의 꼬리가 조금 잘려 있군요. 그밖에도 열네 군데에 특징이 있습니다만, 이 두 가지는 특히 두드러진 것입니다."

"회사에서 통신할 때에는 모두 이 기계를 사용하므로 조금 낡았겠지요."

손님은 그 번뜩이는 조그만 눈으로 홈즈를 날카롭게 쏘아보면서 말했다.

"그래서 윈디뱅크 씨, 이제부터 매우 재미있는 연구결과를 보여 드리지요."

홈즈는 이야기를 계속했다.

"저는 머지않아 타이프라이터와 범죄와의 관계에 대해 새로이 소논문을 쓰려고 생각하고 있습니다. 이 문제에 대해 저는 전부터 얼마쯤 관심을 가지고 있었습니다. 여기 행방불명이 된 엔젤 군에게서 왔다는 편지가 4통 있습니다. 모두 타이프로 찍혀 있습니다. 그런데 어느 것을 들여다보아도 e가 조금 흐릿하고 r의 꼬리가 잘려 있을 뿐 아니라, 확대경으로 보면 아까 당신 편지에 대해 말한 다른 열네 가지의 특징도 관찰할 수가 있습니다."
윈디뱅크는 의자에서 일어나 모자를 움켜쥐었다.
"홈즈 씨, 이런 갈피를 잡을 수 없는 이야기로 시간을 허비할 틈이 없습니다."
그는 계속해서 말했다.
"그 사나이를 붙잡을 수 있다면 붙잡아 주십시오. 그리고 나서 저에게 알려 주십시오."
"알았소." 홈즈는 대답하더니 문에 가서 자물쇠를 채웠다. "자, 붙잡았으니까 알려 드립니다."
"네! 뭐라고요, 어디 있지요?" 윈디뱅크는 입술까지 새파래져서 덫에 걸린 쥐처럼 주위를 둘러보며 외쳤다.
"아니, 안 됩니다. 이제는 절대로 안 됩니다."
홈즈는 조용히 말했다.
"도저히 달아날 수는 없소, 윈디뱅크 씨. 속이 뻔히 들여다보이는군요. 그리고 아까 저에게 이렇듯 간단한 문제가 풀리지 않을 거라고 하셨는데, 그것은 꽤나 심한 말씀이더군요. 자, 이제 좋소, 앉으십시오. 천천히 이야기하기로 합시다."
우리들의 손님은 핏기를 잃고 이마에 땀을 번쩍이면서 의자에 주저앉았다.
"이, 이것은…… 범죄가 되지 않소." 그는 더듬거리며 말했다.
"참으로 유감스럽지만, 되지 않는다고 생각합니다. 하지만 윈디뱅크 씨, 우리끼리 이야기입니다만, 간단한 속임수이면서 이만큼 잔혹하고 자기 멋대로이며 무정한 것은 저도 처음입니다. 그렇다면 이제부터 제가 사건의 줄거리를 대강 이야기해 볼 테니 만일 틀렸다면 바로잡아 주십시오."

상대편 사나이는 의자 속에서 몸을 움츠리고 고개를 푹 숙인 채 그야말로 짓눌려 있는 자세였다. 홈즈는 벽난로의 장식용 선반 한 모퉁이에 두 다리를 얹고 주머니에 손을 찔러넣고서 의자의 등받이에 길게 기대며, 혼잣말이라도 하는 듯한 태도로 이야기하기 시작했다.

"그 사나이는 돈을 노리고 자기보다 훨씬 나이 많은 여자와 결혼했소. 의붓딸의 돈도 그녀가 함께 살고 있는 동안은 자기 멋대로 쓸 수가 있었소. 의붓딸의 돈이라고 하는 것이 그들 신분으로서는 상당한 액수였으므로 그것이 들어오지 않게 되면 수입도 자연히 줄어들지요. 한편 딸은 마음씨 좋은 착한 아이로 나름대로 애정이 깊고 친절하며 게다가 얼굴생김도 반반하고 지참금도 좀 있으니 세상이 언제까지 그대로 내버려둘 리가 없소. 물론 그녀의 결혼은 연간 100파운드의 손실을 의미합니다. 그래서 의붓아버지는 딸의 결혼을 방해하기 위하여 어떠한 수단을 취했는가? 그는 맨 처음, 딸을 외출시키지 않고 같은 나이 또래의 남자와 사귀는 것을 금한다고 하는 누구라도 생각함직한 수단을 취해 보았소. 그러나 얼마 뒤 알았지만, 그 정도로는 효과가 계속되지 않았소. 그녀는 차츰 그의 말을 듣지 않고 권리를 주장하더니, 나중에는 어떤 무도회에 꼭 가겠다고 고집했소. 그래서 약삭빠른 의붓아버지는 어떤 수단을 꾸미게 되었는가. 이번에는 그저 생각나는 대로가 아니고 충분히 머리를 썼소. 그리하여 아내와 공모하여 자기를 돕도록 한 뒤, 색안경을 써서 날카로운 눈초리를 감추고 콧수염과 더부룩한 구레나룻으로 변장하고 맑은 목소리도 일부러 죽여 끈끈한 속삭임으로 만들었으며, 딸이 근시라는 것도 계산에 넣고 호즈머 엔젤로서 딸 앞에 나타났소. 그리하여 딸에게 구혼하여 달리 애인이 생기지 않도록 꾀었소."

"처음에는 그저 장난 좀 하자는 생각이었습니다." 우리의 손님은 신음하듯이 말했다. "우리는 설마 딸이 그렇듯 열중하리라고는 생각도 못했습니다."

"그랬을 테지요. 그러나 어쨌든, 젊은 아가씨는 완전히 빠져버리고 게다가 의붓아버지는 프랑스에 있다고만 믿었기 때문에 그런 음모가 꾸며졌다고는 꿈에도 생각지 않았소. 더구나 남자가 사랑을 속삭여 온 줄로만 믿고 그만 기뻐서 어쩔 줄을 몰랐고, 또 어머니가 남자에 대해서 온갖 말로 칭찬하므로 더 들뜨게 되었소. 그리고 엔젤 씨는 딸을 방문하기 시작했소. 계획된 효과를 올리기 위해서 할 수 있는 데까지는 모두 해둘 필요가 있었을 거요. 데이트를 몇 번 거듭하고 약혼이라는 것도 하여 딸이 다른 사나이를 사랑할 염려가 없는 데까지 끌고 갔소. 그러나 언제까지나 속임수를 쓰고만 있을 수는 없는 일이고 프랑스에 가는 척하는 것도 번거로웠소. 무엇보다도 바람직한 것은 이 연애를 극적인 형태로 끝장을 내고 마는 일이었을 거요. 그렇게 하면 아가씨의 마음에는 좀처럼 사라지지 않는 추억이 남을 것이므로, 그녀는 얼마 동안은 다른 사나이하고 결혼하려 하지 않을 테지요. 그래서 그는 딸에게 성서에 걸고서 변치 않는 사랑을 맹세케 하고 결혼식 날 아침이 되자 무엇인가 변고가 있을 듯하다는 걸 암시했소. 즉 제임스 윈디뱅크는 서더랜드 양이 호즈머 엔젤과 굳게 맺어져 있고 더욱이 그의 생사를 모르기 때문에 적어도 앞으로 10년쯤은 다른 사나이에게 마음을 돌리지 않을 것을 기대했던 것이오. 그는 딸을 교회 앞까지 끌어내 놓고, 자기는 그 이상 갈 수 없으므로 4륜마차의 한쪽 입구로 올라타 다른 쪽 문으로 빠져나가는 낡은 수법으로 보기좋게 모습을 감추고 말았소. 윈디뱅크 씨, 어떻습니까? 이것이 각본이겠죠?"

홈즈가 이야기하고 있는 동안 우리들의 손님은 얼마쯤 침착을 되찾고 있었으며, 창백한 얼굴에 냉소를 띠고 일어섰다.
"홈즈 씨, 그대로일지도 모르고 또 그렇지 않을지도 모릅니다. 그러나 당신은 그렇듯 현명한 사람이니 지금 법률을 어기고 있는 건 제가 아니라 당신이라는 것쯤은 알고 있겠죠? 저는 처음부터 위법이 되는 짓은 하지 않았소. 하지만 당신은 이 문을 열어 주지 않는 한 불법 감금과 협박죄를 저지르고 있는 거요."
"확실히 법률은 당신을 처벌할 수가 없소."
홈즈는 열쇠로 문을 열어 주면서 말했다.
"그러나 당신만큼 마땅히 처벌해야 할 인간은 달리 또 없을 것이오. 만일 서더랜드 양에게 형제나 친구가 있다면 반드시 당신의 등을 채찍으로 후려갈길 것이오."
상대편의 얼굴에 씁쓰레한 비웃음이 떠올라 있음을 보고 홈즈는 얼굴을 붉히며 말을 이었다.
"나는 거기까지는 부탁받지 않았지만, 그러나 여기에 사냥용 채찍이 있으므로 한 번……"
그는 채찍 쪽으로 두 걸음 재빨리 다가갔으나, 미처 그것을 잡기도 전에 계단에 허둥대는 발소리가 울리더니 현관의 무거운 문짝이 소리를 내며 닫혔다. 창문에서 보았더니 제임스 윈디뱅크가 거리로 재빨리 달아나는 것이 보였다.
"피도 눈물도 없는 악당이로군."
홈즈는 웃으면서 다시 의자에 몸을 던졌다.
"저런 사나이는 하나씩 나쁜 일을 거듭하다가는 마침내 교수대에 오를 만한 엄청난 죄를 저지르게 되지. 아무튼 이번 사건에는 얼마간 재미있는 점이 있었지만."
"나로서는 자네의 추리 과정을 아직도 잘 알 수 없는데……" 하고 나는 말했다.

"그래? 호즈머 엔젤은 뭔가 강한 목적이 있어서 수상한 행동을 하고 있었다는 게 처음부터 분명했네. 또 아가씨에게 들은 이야기로 이 사건에서 실제로 이득을 보는 것은 의붓아버지뿐이라는 것도 명백했었지. 그리고 이 두 사나이는 결코 동시에 나타나지 않았네. 한쪽이 나타나면 다른 한쪽은 반드시 어딘가에 가 있었다는 사실이 암시되었지. 또 색안경을 쓰고 색다른 목소리를 낸다는 것도 그러했고 더부룩한 구레나룻마저 갖추어지면 변장이라는 생각이 곧 머

리에 오는 법일세. 서명을 타이프로 찍는다고 하는 것은, 자기의 필적이 딸에게 너무나도 잘 알려져 있어 그와 같은 작은 일에서도 발각될 염려가 있었다는 뜻이므로, 너무도 상식에 어긋나는 그런 말을 듣게 되자 나의 의심은 확신으로 바뀌었네. 이 하나하나의 사실과 그밖의 자질구레한 여러 가지 사실들이 모두 한 방향을 가리키고 있었다는 것은 자네도 알 수 있을 테지?"
"하지만 어떻게 확인할 수 있었나?"
"일단 이 사나이라고 눈독을 들이자, 증거를 수집하기란 쉬운 일이었어. 그가 근무하고 있는 회사는 알고 있지. 그래서 신문광고에 나온 인상 특징을 보고 볼수염이나 색안경이나 목소리 등 변장이라고 생각되는 것들을 제거하고 나머지 인상 특징을 회사에 보내 외판사원 중에 여기에 해당되는 자가 있는지 없는지 문의했지. 그밖에 연애 편지에 사용한 타이프라이터의 특징은 알고 있었으므로, 따로 윈디뱅크에게 회사로 편지를 보내 이곳으로 와 주었으면 하고 형편을 물었네. 그러자 타이프로 친 답장이 오고 그 글자에 똑같은 특징이 드러났던 게지. 그것과 함께 팬처치 거리의 웨스트하우스 앤 마뱅크 상회로부터의 답장도 왔는데, '문의하신 인물은 모든 면에서 당 상회의 고용인 제임스 윈디뱅크 씨에 해당합니다'고 쓰여 있었어. 그걸로 만사 해결이지."
"서더랜드 양은 어떻게 되나?"
"사실을 가르쳐 주어도 믿지 않을 테지. 페르시아의 옛날 속담에도 있지 않은가. '호랑이 새끼를 얻으려고 하는 자에게는 위험이 있도다.' 또 '여자로부터 그 환영을 빼앗으려고 하는 자에게는 위험이 있도다.' 하피즈(1320년경~1389. 페르시아의 서정시인)는 호레이스(기원전 65~기원후 8. 로마의 시인) 못지 않게 분별이 있고 세상일을 잘 알고 있다네."

붉은 머리 클럽

지난해 가을 어느 날, 셜록 홈즈를 찾아갔더니 그는 우람한 체격에 불그레한 얼굴을 하고 머리털이 불타듯 빨간 나이 지긋한 신사와 열심히 이야기하고 있었다. 방해를 한 데 대하여 사과를 하고서 내가 물러가려고 하자 홈즈는 별안간 나를 붙들고 방 안으로 끌어들이며 문을 닫았다.

"와트슨, 자네는 참으로 좋은 때 와 주었네" 하고 그는 진정으로 반겼다.

"아냐, 자네는 이야기하는 중이잖나."

"그렇지, 열중하고 있었다네."

"그럼, 옆방에서 기다려도 되는데."

"그렇게 할 것까지는 없어. 윌슨 씨, 이 신사는 지금까지 내가 곧잘 성공을 거두어 온 사건 대부분에서 동료가 되고 협력자가 되어 준 사람이므로, 당신의 문제에도 크게 활약해 주리라 믿고 있습니다."

우람한 체격의 신사는 의자에서 엉덩이를 반쯤 쳐들고 지방으로 둘러싸인 조그마한 눈으로 의심스러운 듯 흘끗거리며 가볍게 목례했다.

"거기 긴의자에 앉게나." 홈즈는 나를 향해 그렇게 말하고서 자기도 팔걸이의자에 푹신하니 몸을 눕히고 두 손의 손가락 끝을 맞추었다. 이것은 그가 무엇인가를 생각할 때 하는 버릇이었다. "여보게, 와트슨, 자네도 틀림없이 나처럼 일상생활의 관습이나 판에 박은 듯한 줄거리에서 동떨어진 괴이한 사건에 애정을 가지고 있을 테지. 나의 이런저런 조촐한 모험을 기록해 주고, 또 굳이 말한다면 그것들을 조금 미화시켜준 것을 보아도 자네의 관심이 어느 정도인지 엿볼 수 있지."

"나로서는 자네가 다루는 사건이 참으로 재미있었던 거야" 하고 나는 말했다.

"요전에 메어리 서더랜드 양이 가져온 저 간단한 사건의 조사에 들어가기 전에, 내가 한 말을 기억하고 있을 테지. 이상한 감명이나 색다른 사물 따위를 구하려면, 우리들은 어떠한 상상의 활동보다 더욱 분방한 요소를 지닌 실제 인생 그 자체를 보지 않으면 안 된다고."

"미안하지만 그 의견에는 의문이 있다고 말했었네."

"그랬지, 와트슨. 그러나 자네는 견해를 바꾸어 나를 따르지 않으면 안 될 걸세. 아니면 자네의 논거가 사실의 압력에 의해 깨어지고, 내 쪽을 올바르다고 인정하지 않을 수 없게 되기까지 나는 자네의 눈앞에 진저리가 날 만큼 사실을 쌓아올려 주지. 그런데 오늘 아침 제이베즈 월슨 씨가 일부러 찾아오셔서 어떤 이야기를 들려주셨는데 요즈음에 없는 이상야릇한 이야기가 될 것 같네. 자네도 들은 기억이 있을 테지만, 나의 견해를 말한다면 이상한 색다른 사건이라고 하는 것은 중대 범죄보다도 오히려 작은 범죄 쪽에 관련되어 있을 때가 많고 흔히 범죄라고 할 만한 것이 행해졌는지 어떤

지 모르는 듯한 곳에 더 가까이 결부되어 있네. 방금 들은 말씀만 으로는, 지금의 이 사건이 범죄가 될지 어떨지 아직은 말할 수 없 지만, 사건의 경과는 내가 지금껏 들은 이야기 중에서도 가장 색다 른 것이네. 윌슨 씨, 죄송하지만 다시 한 번 처음부터 말씀해 주시 지 않겠습니까, 친구 와트슨 박사는 처음 부분을 듣지 않았을 뿐 아니라, 이야기가 참으로 예사롭지 않은 성질을 가지고 있는 만큼 저 또한 당신의 입으로 꼭 자질구레한 점까지 듣고 싶은 겁니다. 저는 사건의 경과는 한 줄만 들어도 곧 머리에 떠오르는 다른 유사한 수많은 사건을 참고로 대개 짐작을 할 수 있습니다. 그러나 이번 사건은 제가 알고 있는 한 달리 유례를 찾기 힘든 사실이라고 말하지 않을 수 없습니다."

뚱뚱한 의뢰인은 얼마간 자랑스럽다는 듯 가슴을 펴고 외투 주머니에서 구겨지고 더럽혀진 신문 한 장을 꺼냈다. 그는 머리를 내밀고 무릎 위에서 신문을 펴고 광고란에 눈길을 떨구고 있었는데, 그 동안 나는 친구의 방식을 흉내내어 이 신사를 잘 관찰하고 그 옷차림이며 태도에서 무엇인가를 읽어 내려고 노력해 보았다.

그러나 관찰에 의해 얻은 바는 별로 없었다. 이 방문객은 디룩디룩 살이 찌고 거드름을 피워 둔중한 느낌이 드는, 어디에나 흔해 빠진 평범한 영국 상인에 지나지 않았다. 옷차림은 조금 헐거운 잿빛의 격자 무늬 바지에 별로 깨끗하다고 할 수 없는 프록코트를 걸치고 있으며 윗옷의 단추는 모조리 풀었고 색바랜 갈색 조끼에서 앨버트 형 굵은 놋쇠 시계 사슬을 늘어뜨리고 있었는데, 그 끝에는 장식으로 네모진 구멍이 뚫린 작은 금속 조각이 매달려 있었다. 곁의 의자에 닳아 빠진 실크햇과 주름이 잡힌 비로드 깃이 달린 빛깔이 엷어진 갈색 외투가 걸려 있었다. 그러나 아무리 바라보아도 눈에 띄는 것은 불타는 듯이 빨간 머리털과 얼굴에 나타난 분하기 이를 데 없다는 불만의 표

정뿐이었다. 셜록 홈즈의 날카로운 눈은 내가 무엇을 하고 있었는지 재빨리 알아차리고, 내가 궁금한 듯한 눈초리를 보내자 미소를 머금으며 머리를 저었다.

"이분은 옛날에 손 노동을 하신 일이 있고, 코담배를 애용하고 계시며, 프리메이슨 회원이시고, 중국에 계셨던 적이 있었고 또 최근에는 꽤나 많은 저술을 하신 것은 알지만, 그 이상은 아무것도 추측할 수 없네."

제이베즈 윌슨 씨는 이 말을 듣자 깜짝 놀라 흠칫하며 의자에서 벌떡 일어서 집게손가락으로 신문을 누른 채 내 친구를 지그시 바라보았다.

붉은 머리 클럽 79

"대체 홈즈 씨, 어떻게 그런 일을 아십니까." 그는 물었다. "이를테면 제가 손 노동을 하고 있었다는 것을 어떻게……솔직히 말해서 그렇습니다. 저는 배 만드는 목수가 되면서 출세했지요."

"당신의 오른손이 왼손보다 한 사이즈는 크거든요. 당신은 오른손을 쓰는 일을 해 오셨습니다. 그래서 근육이 발달되어 있는 거지요."

"허허, 그렇다면 코담배는? 프리메이슨 쪽은?"

"그것을 어찌하여 알았는가를 일일이 설명하는 것은, 머리가 좋은 당신에게는 도리어 실례가 되겠지요. 게다가 당신은 메이슨의 엄격한 규칙에 위반하여 활과 컴퍼스 모양의 가슴 장식 핀을 달고 계신 것 같은데요."

"아, 깜박 잊고 있었군요. 그러나 저술을 하고 있었다고 말씀하시는 까닭은?"

"오른손의 소맷부리가 5인치 가량 번들거리고 왼손의 팔꿈치 가까이 책상에 팔꿈치가 닿는 언저리에 반들반들하게 기운 데가 있으니 달리 생각할 도리가 없지 않습니까?"

"하지만 중국 쪽은?"

"오른 손목 바로 위에 물고기 문신을 하고 계신데, 그것은 중국에 가지 않으면 할 수 없습니다. 저도 문신에 대한 연구를 조금은 해 보았고 그 방면에 대해 책도 쓰고 있습니다. 그와 같이 물고기의 비늘을 아름다운 연분홍색으로 물들이는 기술은 중국만의 것입니다. 게다가 시계의 사슬에 매달려 있는 중국 화폐를 보면 대답은 더욱더 간단히 나오지요."

제이베즈 윌슨 씨는 크게 웃었다.

"깜짝 놀랐습니다." 그는 말했다. "처음에는 뭔가 대단한 지혜라도 있는가 싶었습니다만, 듣고 보니 결국 아무것도 아닌 일이었군요."

"와트슨, 나는 설명 따위를 한 것은 서투른 짓이었다고 생각하네"
라고 홈즈가 말했다.

"알려지지 않은 것은 모두 위대하게 여겨진다고 하니까 말야. 이렇듯 정직하게 털어놓기만 하면 애당초 보잘것없는 나의 가엾은 명성은 머잖아 자취도 없어질 걸세. 윌슨 씨, 광고가 발견되었습니까?"

"네, 있습니다." 그는 굵직한 빨간 손가락으로 광고란의 한가운데를 가리키며 대답했다. "여기입니다. 이것이 일의 시작입니다. 직접 읽어 주시지 않겠습니까?"

나는 신문을 받아 읽었다. 광고문은 다음과 같았다.

〈붉은 머리 클럽에게 알림〉

미국 펜실베니아 주 레바논의 고(故) 이지키어 홉킨즈 씨의 유지(遺志)에 따라, 단지 명목상의 봉사에 대해 주 4파운드를 지급받는 권리를 가진 당 클럽 회원의 공석이 하나 생겼음. 심신이 모두 건전한 12살 이상의 붉은 머리털을 가진 사람이라면 모두 응모 자격이 있음. 월요일 11시, 프리트 거리 폽스코트 7번지, 클럽 사무실 내 던컨 로스 씨에게 본인이 직접 신청바람.

"대체 이것은 무엇일까?" 나는 이 이상야릇한 광고를 두 번 되풀이 읽고서 외쳤다.

홈즈는 웃음지으며 기분이 좋은 때 하는 버릇으로 의자에 앉은 채 몸을 흔들었다. "이것은 어디에나 뒹굴고 있는 그런 이야기는 아냐."
그는 말했다. "자, 윌슨 씨, 서둘러서 당신 자신의 사정과 가정의 상태, 그리고 이 광고가 당신의 신상에 미친 영향에 대해 말씀해 주시지 않겠습니까. 와트슨, 자네는 우선 신문 이름과 날짜를 메모해 주게."

"1890년 4월 27일자 모닝 크로니클 지일세, 바로 두 달 전이야."

"좋아. 그럼, 윌슨 씨."

"이를테면 셜록 홈즈 씨, 아까도 말한 일입니다만"라고 하며 제이베즈 윌슨은 이마의 땀을 닦았다. "저는 런던 시 상업금융 중심지구 근처인 삭스 코바그 스퀘어에서 조그마한 전당포를 경영하고 있습니다. 장사라고는 하지만 그렇게 폭넓게 하고 있는 처지도 아닌데다가 요즘은 경기까지 시원치가 않아서 그날 벌어 그날 먹는 게 고작이지요. 이전에는 점원을 두 사람이나 두고 있었습니다만, 지금은 단 한 사람 고용하고 있을 뿐입니다. 그에게 줄 급료도 잘 못 버는 형편입니다만, 다행히도 당사자가 일을 배우기만 하면 좋다고 하기에 다른 곳의 반 정도 되는 급료를 주고 있지요."

"그 기특한 청년의 이름은 뭐라고 합니까?" 하고 셜록 홈즈는 물었다.

"빈센트 스폴딩이라고 하는데, 청년이라곤 할 수 없죠. 그의 나이는 짐작할 수가 없거든요. 하지만 홈즈 씨, 점원치고 그렇듯 눈치 빠른 녀석은 없을 거예요. 좀더 출세하여 급료를 2배로 받는 것쯤, 그라면 곧 가능하지요. 그러나 아무튼 본인이 만족하고 있다면 뭐 귀띔을 해줄 것도 없지만요."

"그야 그렇겠지요. 표준 이하의 급료로 점원을 고용할 수 있으니까, 그야말로 운이 좋은 이야기로군요. 요즘에는 사람을 부리는 데도 그렇게 되기가 쉽지 않으니까요. 그러나 당신의 점원도 신문광고에 지지 않을 만큼 색다르다고 하고 싶군요."

"아닙니다, 그 사나이에게는 나쁜 버릇이 있어서 말이죠." 윌슨 씨는 말했다. "그 같은 사진 미치광이가 세상에 또 있을까요. 조금은 성심껏 해주지 않으면 곤란할 때에도 카메라를 들고 나와 찰칵찰칵 찍고서는 토끼가 구멍에 기어들어가듯 지하실에 내려가서 현상을 하지요. 그것이 옥의 티라고나 할까, 아무튼 대체적으로는 일을 잘해 줍니다. 나쁜 녀석은 아니지요."

"지금도 가게에 있겠지요?"

"있습니다. 그와 간단한 부엌일이며 청소를 해주는 14살 난 여자아이――저의 집은 이뿐입니다. 저는 집사람이 죽고 가족이 없으므로 저희 세 사람이 호젓하게 살고 있지요. 대단한 일은 할 수 없지만, 아무튼 비바람을 막고 빌린 돈을 갚을 만한 생활은 하고 있지요.

그런 우리들을 엄청난 꼴로 만든 것은 이 광고입니다. 8주 전 오늘, 스폴딩이란 녀석이 이 신문을 갖고 가게에 내려와서 말하기를 '윌슨 씨, 저의 머리털이 빨갛기만 하다면……'

'어째서지?'라고 나는 물었습니다.

'저……'라고 그는 말했습니다. '붉은 머리 클럽에 또 결원이 생겨서 말입니다. 거기에 들어갈 수 있으면 누구나 웬만한 부자는 될 수 있지요. 제가 들은 바에 의하면, 클럽의 결원을 메울 사람의 숫자가 모자라서 관리위원회가 돈의 사용처에 곤란을 받고 있는 모양이에요. 저의 머리털 색깔만 만일 바꾸어 준다면, 이 일거리에 덤벼들어 돈벌이를 할 텐데 말이죠.'

'허어, 그것이 뭔데?'라고 저는 물었습니다. 홈즈 씨, 저는 하루 종일 집에 있습니다. 제 장사가 밖으로 나다니는 게 아니라 저편에서 와 주는 것이니까요. 저는 몇 주일씩 집 문지방을 넘지 않는 일도 곧잘 있답니다. 그러니 세상 사정에 어두워 뉴스라면 언제나 귀를 기울이곤 했지요.

'윌슨 씨는 아직 붉은 머리 클럽의 이야기를 들은 일이 없으십니까?' 점원은 눈을 둥그렇게 뜨고 물었습니다.

'모르겠는데.'

'네! 그거 이상한데요, 윌슨 씨는 응모자격에 딱 들어맞아요.'

'그렇게 하면, 무언가 이익이라도 있나?' 저는 물어 보았습니다.

'뭐, 1년에 200파운드쯤이지만요, 일이 편해서 장사에 방해는 되지 않겠지요'라는 식이니 제가 이거 신나는 이야기라고 구미가 동하는 것도 당연한 일이 아니겠어요. 뭐니뭐니해도 요즘 얼마 동안 장사가 통 시원치 않아서 1년에 200파운드나 별도로 수입이 있다고 들으면 고마울 테니까 말이지요.

그래서 '그 이야기를 자세히 들려주지 않겠나?' 하고 저는 말했습니다.

'뭐, 어렵겠습니까' 하면서 점원은 광고를 보여 주었습니다. '나리가 직접 읽으면 아시겠지만 말이죠, 클럽에 자리가 하나 비어 자세한 일을 문의할 주소가 여기에 씌어 있습니다. 잘은 모르지만 미국의 백만장자 이지키어 홉킨즈인지 뭔지 하는 별난 사람이 이 클럽을 만들었다나 봐요. 그 사나이도 심한 붉은 머리라 머리털이 붉은 사람에게 크나큰 연민을 가지고 있었대요. 그래서 죽을 때 유산 관리인에게 큰 재산을 맡기고 그 이자를 사용하여 자기와 똑같은 머리 빛깔의 사나이들에게 쉬운 일자리를 주어 돕는 데 쓰라고 유언했다지 뭡니까. 제가 들은 이야기로서는 돈도 많이 주고 일도 아주 편하대요.'

'하지만' 하고 제가 말했습니다. '지원해 오는 붉은 머리 사나이가 몇만 명이나 있을 텐데.'

'윌슨 씨가 생각하시는 만큼은 없을 거예요.' 점원은 대답했습니다. '응모자는 런던 거주자라야만 하고 어른이 아니면 안 되거든요. 이 미국인은 젊었을 때 런던에서 첫 출세를 했기 때문에 그리운 이 도시에 은혜를 갚고 싶다는 것이라나요. 그리고 또 붉은 머리라 하더라도 엷은 것이나 거무스름한 것은 안 되고, 정말로 불타는 불길처럼 빨간 머리털이여야 한답니다. 윌슨 씨, 만일 신청하시겠다면 잠깐 그곳에 얼굴을 내밀면 됩니다. 그렇지만 고작 2, 3백 파운드의 돈으로 윌슨 씨가 일부러 가실 것도 없겠지요.'

그런데 보시다시피 저의 머리털 빛깔은 아주 훌륭할 만큼 새빨갛기 때문에 이것으로 경쟁한다면 누구에게도 지지 않으리라고 생각되었지요. 빈센트 스폴딩은 그 클럽에 대해 자세히 아는 모양이었으므로 도움이 될지도 모른다고 생각하고 그 날은 일찍 문을 닫고 따라오라고 일렀습니다. 그도 가게를 쉬게 되므로 아주 기뻐했습니다. 우리들은 가게를 닫고 광고에 나와 있던 번지로 갔습니다.

그런데 홈즈 씨, 두 번 다시 그런 광경은 볼 수 없을 거예요. 북에서 남에서, 동에서 서에서, 머리털에 붉은 빛깔이 있는 사나이란 사나이는 모두 광고를 보고 도시를 향해 몰려들었던 거지요. 프리트 거리는 붉은 머리의 인파로 숨이 막힐 것만 같으며 폽스코트는 마치 오렌지 장수의 수레 같았습니다. 단 한 번의 광고에 온 나라에서 이렇듯 많은 사람이 모여오다니, 기절초풍하고 말았어요. 밀짚빛깔(담황색), 레몬빛, 오렌지 빛 벽돌색, 아일랜드 세터 사냥개 같은 빛깔, 적갈색, 진흙빛, 온갖 빛깔의 붉은 털입니다. 허나 스폴딩도 말했지만, 정말로 불길처럼 붉은 머리는 별로 없었습니다. 이렇듯 많은 인간이 차례를 기다리고 있음을 보았을 때 저 혼자였다면 낙담하여 단념했겠지만 점원은 그렇지 않았습니다. 그때 어떻게 했는지는 잘 모르겠습니다만, 늘어서 있는 사람을 밀치고 당기고 부딪치고 하면서 인파 속을 빠져나가 클럽의 사무실로 올라가는 층계의 가장자리까지 저를 데리고 갔지요. 층계에는 희망을 걸고 올라가는 이와 낙담하여 내려오는 이로 두 개의 열이 생겨 있었습니다. 우리는 되도록 요령껏 그 열에 끼여들어 마침내 사무실로 들어갔습니다.”

"정말 재미있는 경험이었군요"라고 홈즈는 그의 의뢰자가 이야기를 그치고 한 움큼의 코담배를 맡으며 기억을 새로이 하고 있을 때 말했다. "참으로 재미있군요. 부디 계속해서 말씀해 주십시오."

"사무실 안엔 나무 의자 두 개와 소나무 테이블 말고는 아무것도 없었고, 저 이상으로 새빨간 머리털을 한 자그마한 사나이가 테이블 맞은편에 앉아 있었습니다. 그는 지원자가 한 사람 한 사람 들어오면 정해진 것처럼 두서너 마디 하고서는 그 사나이를 낙제시킬 만한 결점을 찾습니다. 이 상태로서는 통과하는 게 아주 어려워 보였습니다. 그런데 제 차례가 돌아왔을 때, 그 자그마한 사나이는 지금까지 다른 사람을 대했던 때와는 달리 몹시 다정하게 구는가 싶더니 우리들이 안에 들어가자 밀담할 수 있게끔 입구의 문을 닫았던 겁니다.

'제이베즈 윌슨 씨라고 합니다' 하고 점원이 거들어 주었습니다. '클럽의 결원으로 보충되고 싶다고 희망하고 계시지요.'

'허어, 정말 안성맞춤인 사람이군요.' 상대편 사나이는 대답했습니다. '이분은 우리들이 요구하는 온갖 조건에 안성맞춤입니다. 지금까지 이렇듯 희한한 머리털은 본 일이 없어요.' 그러더니 그 사나이는 한 걸음 뒤로 물러나 고개를 갸우뚱하고 왠지 부끄러울 만큼 저의 머리를 흘끔흘끔 보았습니다. 그리고는 느닷없이 성큼성큼 걸어와서 저의 손을 잡고, 대성공을 축하한다고 큰 목소리로 말했습니다.

'이 정도라면 문제없습니다. 그러나 뻔한 일이라도 다짐을 해서 조심하지 않으면 안 되지요. 잠깐 실례' 하더니 두 손으로 제 머리털을 움켜잡아당겼습니다. 저는 아픈 나머지 비명을 질렀죠. 그러자 '오, 눈물이 나오셨군요'라고 말하며 손을 늦추어 주었습니다. '참으로 나무랄 데 없군. 그러나 우리들은 조심하지 않으면 안됩니다. 지금까지 가발로 두 번, 염색으로 한 번 속아서 말이지요. 구둣방의 왁스를 사용한 이야기도 있고, 아무튼 이런 이야기들을 들으신다면 인간의 한심스러움에 오싹해지실 겁니다.' 이런 일이 있고 나서 이 사나이는 창문으로 가서 목청을 돋구어 합격자는 정해졌다고 소리질렀습니다. 낙담한 이들의 웅성거림이 아래에서 솟아오르고, 얼마 후 사람들은 제각기 방향을 찾아 뿔뿔이 흩어져 갔습니다. 붉은 머리의 사나이라고는 저와 그 관리인만 남았지요.

그 사나이는 '저는 던컨 로스라고 합니다'라고 이름을 말했습니다. '저도 우리들의 드높으신 은혜로운 분이 남기고 가신 기금에서 연금을 받고 있는 사람입니다. 그런데 윌슨 씨, 결혼은 하셨겠지요. 가족은?'

저는 가족은 없다고 말했습니다.

그러자 별안간 그 사나이의 얼굴빛이 바뀌었습니다.

'야단났는걸?' 곰곰이 생각하듯 말했습니다. '그것은 중대 문제요. 그 말은 듣고 보니 유감입니다. 물론 본 클럽의 기금은 붉은 머리를 보호하는 데 그칠 뿐 아니라 자손 번영을 도모하기 위해 있는 것입니다. 당신이 독신이라니 정말 슬픈 일입니다.'

홈즈 씨, 이 말을 듣고서 나의 얼굴은 낙담하여 축 늘어졌지요. 제기랄, 역시 낙제로구나 하고 생각했던 거지요. 그런데 상대는 이삼 분 생각하더니, 아무튼 상관없을 거라고 말했습니다.

'다른 사람의 경우라면 이 결점은 치명상이 되는 겁니다' 하고 그는 말했습니다. '그러나 당신처럼 이렇듯 훌륭한 머리털을 가지고 계신 분에게는 우리들도 양보하지 않으면 안 되겠지요. 그럼, 언제부터 당신은 새로운 일에 착수할 수 있습니까?'

'글쎄, 그것이 좀 곤란합니다. 저에게는 가게가 있어서'라고 대답했습니다.

'오, 그런 일은 상관없지 않습니까. 윌슨 씨'라고 빈센트 스폴딩이 옆에서 말했습니다. '제가 대신 봐 드리지요.'

'근무 시간은 어느 정도인가요?'라고 저는 물었습니다.

'10시부터 2시까지입니다.'

그런데 홈즈 씨, 전당포의 장사는 대개 초저녁뿐으로 특히 급료 전날인 목요일과 금요일이 바쁘지요. 그러므로 아침에 잠깐 돈벌이를 가는 것은 매우 안성맞춤입니다. 게다가 점원은 믿을 만한 사람이니 어떠한 일이 생기더라도 가게를 맡길 수가 있습니다. 그래서 '그렇다면 매우 잘 됐습니다. 그래, 급료는?' 하고 말했습니다.

'1주일에 4파운드입니다.'

'그리고 할 일은?'

'일이라야 이름뿐입니다.'

'이름뿐이라니요?'

'참, 시간중에는 사무실에, 적어도 이 건물 안에 있어 주지 않으면 안 됩니다. 만일 직장을 떠나면 당신은 영원히 이 지위를 잃게 됩니다. 이건 유언장에 명기되어 있는 겁니다. 근무시간 중 한 걸음이라도 밖으로 나가시면 규칙위반이 됩니다.'

'하루에 단 4시간이니까 외출 따위는 않습니다' 하고 저는 말했습니다.

'병이 나고 볼일이 있거나 그밖에 어떠한 사정이라도 변명이 되지 않습니다' 하고 던컨 로스 씨는 다짐을 했습니다. 어쨌든 사무실에 있겠는가 파면되겠는가 하는 문제였지요.

'그래, 할 일은?'

'대영 백과사전을 필사하는 겁니다. 저기 책꽂이에 제1권이 있습니다. 잉크와 깃털 펜과 압지는 자기 부담이지만 이 테이블과 의자는 준비해 두겠습니다. 내일부터 나오시겠습니까?'

'오고말고요'라고 저는 대답했습니다.

'그렇다면 제이베즈 윌슨 씨, 오늘은 그만 돌아가 주십시오. 당신이 이 얻기 어려운 행운의 지위에 앉게 된 것을 거듭거듭 축하합니다.' 로스 씨는 절을 하고 저를 배웅해 주었습니다. 저는 점원과 집으로 돌아왔습니다만, 무엇을 말해야 좋을지 또 무엇을 해야 좋을지 도무지 갈피를 잡을 수가 없었지요. 그만큼 저는 자신의 행운을 기뻐했던 셈이었습니다.

그리고서 하루 종일 그날 아침 일만 생각했는데 밤이 되자 또 기운이 없어졌습니다. 아무리 생각해 보아도 그 이야기는 모두 짓궂은 장난이거나 사기로, 어떠한 목적으로 이런 짓을 하는지 그것은 모르겠지만 어쨌든 그런 게 틀림없다고 생각되었습니다. 대체 누가 이따위 유언을 한단 말인가. 대영 백과사전을 베끼다니, 어린이 장난 같은 일에 누가 그렇듯 큰돈을 치르겠는가, 저는 도저히 사실이라고 믿어지지 않았던 것예요. 빈센트 스폴딩은 이러니저러니하며 저를 신나게 하려고 했습니다만, 저는 잠자리에 들기 전에 이미 완전히 체념하고 말았습니다. 하지만 이튿날 아침이 되자 어쨌든 상황을 보러 가리라고 결심했습니다. 그래서 작은 병에 든 잉크와 깃털 펜과 풀스캡 판 종이를 7매 사들고 폽스코트에 갔던 것입니다.

그런데 놀랍고 기쁘게도 모든 것이 제대로 되어 있었어요. 나를 위해 책상이 준비되어 있었고, 던컨 로스 씨가 내가 일 시작하는 것을 보러 와 있었어요. 그는 내게 A 항목부터 시작하게 하고는 나갔어요. 그러나 모든 것이 원활하게 돌아가는지 시작하게 하고는 나갔어요. 그러나 모든 것이 원활하게 돌아가는지 보기 위해 가끔 들렀습니다. 그는 2시에 작별인사를 하러 와서는 내가 베껴쓴 분량을 보고 칭찬을 해준 뒤에 내 뒤를 따라나오면서 사무실 문을 잠갔지요.

그뒤부터는 모든 일이 매일 비슷하게 되어 나갔습니다. 홈즈 씨, 그리하여 토요일이 되자 관리인 로스 씨가 나타나서 1주일 급료로 1파운드 금화 4개를 주었습니다. 그 다음 주도, 또 그 다음 주도 그대로였습니다. 매일 아침 저는 10시에 출근하여 2시에 돌아갑니다. 던컨 로스 씨는 그러는 사이 아침에 한 번밖에 오지 않게 되고 얼마쯤 지나자 전혀 얼굴을 보이지 않았습니다. 물론 언제 올지 모르기 때문에 저는 방에서 한 걸음도 나갈 생각은 없었지요. 아무튼 수입이 좋은 일거리였고 저에게 알맞은 것이라서 이것을 놓칠 그런 위험한 짓은 할 수 없었습니다.

이런 식으로 8주일이 지났습니다. 저는 Abbots, Archery, Armour, Architecture, Artica 등 써 나가고 열심히 일하면서 이제 조금이면 B로 들어갈 수 있다고 신이 나 있었습니다. 풀스캡의 종이 값만 해도 꽤 썼지요. 거의 벽장이 한 가득 될 만큼 베낀 종이로 찼습니다. 그때입니다. 일이 별안간 틀어지고 말았지요."

"틀어지다니요?"

"그렇습니다, 그것도 오늘 아침의 일입니다. 언제나처럼 10시에 출근했더니 문이 잠겨 있었고 문짝 한복판에 조그맣고 네모진 판지가 압핀으로 꽂혀 있었습니다. 이것이 그것입니다. 직접 읽어보십시오."

윌슨 씨는 편지지만한 크기의 흰 판지를 내밀었습니다. 거기에는 다음과 같이 씌어 있었다.

'붉은 머리 클럽은 해산한다.
1890년 10월 9일'

셜록 홈즈와 나는 이 딱딱한 문장의 성명서와 그 뒤에 기다리고 있는 자못 분통스러운 얼굴을 지그시 바라보고 있는 사이, 여러 가지 생각하지 않으면 안 될 일도 잊고서 무엇보다도 사건의 우스꽝스러움에 견딜 수가 없어 마침내 웃음을 터뜨리고 말았다.

"뭐가 그렇게 우습단 말입니까?" 의뢰인은 불길 같은 머리털 언저리까지 얼굴을 새빨갛게 물들이며 외쳤다. "저를 비웃을 뿐, 달리 아무것도 못 해 준다면, 다른 곳으로 가겠습니다."

"자, 자." 홈즈는 반쯤 엉덩이를 든 윌슨을 만류하며 큰 목소리로 말했다. "이런 사건을 절대로 놓칠 수 없지요. 정말이지 눈부실 만큼 색다른 사건입니다. 그러나 말씀드려도 괜찮으시다면 조금 우스꽝스러운 점도 있지요. 이 카드가 압핀으로 문에 꽂혀 있는 걸 보고 나서 당신은 어떻게 하셨습니까?"

"그야 깜짝 놀랐지요. 어찌해야 좋을지 도무지 갈피를 잡을 수가 없었고 그 건물의 안에 있는 사무실을 찾아다녀 보았지만, 아무도 그 일에 대해 알고 있는 사람이 없었습니다. 마지막으로 1층에 살고 있는 회계사인 집주인한테 가서 붉은 머리 클럽이 어떻게 되었느냐고 물어 보았더니, 그런 클럽 따위는 들어본 일도 없다는 게 아니겠어요. 그럼, 던컨 로스 씨란 어떠한 인물이냐고 물어 보았더니 그런 이름은 처음 듣는다고 했습니다.

'왜, 있지 않습니까.' 저는 말했습니다. '4호실의 신사.'

'으음, 그렇다면 머리가 붉은 사람 말이군요.'

'그렇습니다.'

'아, 그 사람이라면 윌리엄 모리스라고 하는 변호사지요. 새로운 사무실이 마련될 때까지 우선 임시로 우리 건물의 방에 들어왔던 것이지요. 어제 이사갔습니다만.'

'그럼, 어디로 찾아가면 만날 수 있습니까?' '그렇군요, 그 사람의 새 사무실에라도 가보시는 건 어떻겠습니까? 번지는 들어 압니다. 그러니까, 성 바오로 사원 근처에 있는 킹 에드워드 거리 17번지입니다'라고 하기에 홈즈 씨, 저는 가르쳐 준 장소에 곧장 가 보았습니다. 그런데 글쎄, 인공 무릎관절 제작소가 있을 뿐, 거기 사람들은 모두 윌리엄 모리스도 던컨 로스도 그런 이름은 모른다는 거였지요."

"으음, 그리고서 어떻게 하셨지요?"

홈즈가 물었다.

"삭스 코바그 스퀘어의 집에 돌아와 점원에게 의논해 보았습니다. 그러나 그 사나이도 뾰족한 수는 없었지요. '윌슨 씨, 기다리고 계시면 편지라도 올 겁니다'라고 할 뿐이었지요. 그러나 그리 되면 재미가 없지요. 그 같은 일이 날아가려 하는데, 그저 멍청히 있을 수만은 없으니까요. 그래서 저는 전부터 당신이 의논 상대도 없는 딱한 인간을 친절히 도와 주신다는 말을 들었기 때문에 곧장 달려 온 거죠."

"잘 하셨습니다." 홈즈가 말했다. "당신의 사건은 매우 진기한 것입니다. 저로서는 기꺼이 한 번 손을 대 볼 작정입니다. 이야기를 듣고 보니까 이것은 보기보다 중대한 결과가 될지도 모릅니다."

"그럼요, 중대하지요." 제이베즈 윌슨 씨는 말했다. "저는 주당 4파운드가 날아가 버렸으니까요."

"아니죠, 당신으로서는" 하고 홈즈가 말했다. "이 괴상야릇한 클럽에 불만을 가질 만한 이유는 없을 것 같군요. 그것뿐인가요. 제가 본 바로는 대영 백과사전의 A에 나와 있는 항목에 대해 당신이 상세한 지식을 얻으신 일은 별도로 치더라도 지금까지 대체로 30파운드쯤의 돈을 버셨을 겁니다. 당신은 클럽 때문에 한 푼의 손해도 보고 있지 않아요."

붉은 머리 클럽 93

"그건 그렇습니다만 저는 그들을 찾아내서 정체를 알아내고, 그따위 장난——장난이었다면——을 어떠한 목적으로 했는지 알고 싶습니다. 게다가 농담이라기엔 돈이 너무 들었으니까 말이에요. 아무튼 그 녀석들은 32파운드나 썼으니까요."

"그런 점에 대해서는 이쪽에서 최대한 힘써서 조사해 드리지요. 그전에 윌슨 씨, 두서너 가지 물어 볼 것이 있습니다. 맨 처음 당신에게 그 광고에 대해서 가르쳐 준 점원은 언제부터 가게에 와 있었습니까?"

"한 달쯤 전부터입니다."

"어떻게 오게 되었습니까?"

"광고를 냈더니 찾아왔습니다."

"광고에 응모한 것은 그 한 사람뿐이었습니까?"

"아니오, 열두서너 명입니다."

"왜 그 사나이를 택했습니까?"

"붙임성이 있고 게다가 싼 급료로 오겠다고 해서지요."

"아마, 보통의 반 정도였겠지요?"

"그렇습니다."

"그래, 이 빈센트 스폴딩은 어떻게 생겼습니까?"

"작은 몸집으로 체격이 튼튼하고 활발하며, 30살이 넘었지만 얼굴에 수염이 없습니다. 이마에는 아세트산의 화상을 입은 흰 얼룩점이 있습니다."

홈즈는 꽤나 흥분된 모양으로 의자에 고쳐앉았다.

"그럴 거라고 생각했지." 그는 말했다. "그 사나이의 귀에 귀걸이 구멍이 뚫려 있다는 걸 깨달으셨습니까?"

"있지요, 어렸을 때 집시가 그랬다더군요."

"흠" 하고 홈즈는 신음 소리를 내며 다시 생각에 잠겼다. "그 사나이는 아직도 가게에 있습니까?"

"있구말구요. 조금 전에 헤어지고 온 걸요."

"그래, 당신이 없더라도 장사에 열성을 다합니까?"

"별로 걱정할 일은 없으니까요. 오전 동안엔 거의 손님이 없어요."

"잘 알았습니다. 윌슨 씨. 그럼, 하루 이틀 사이에 의견을 말씀드릴 수 있으리라고 생각합니다. 오늘은 토요일이니까 월요일까지는 해결되겠지요."

손님이 돌아가고 난 뒤 홈즈는 물었다. "어떤가, 와트슨. 자네는 대체 어떻게 생각하나?"

"도무지 짐작도 할 수 없네." 나는 순순히 말했다. "참으로 괴상야릇한 사건이야."

"일반적으로"라고 홈즈가 말했다. "사건이 별나면, 그만큼 그 성질은 단순한 법일세. 평범한 얼굴이 기억하기 어려운 것처럼 평범하고 특징이 없는 사건일수록 골치가 아프지. 그러나 이 사건은 빨리 해치우지 않으면 안 되네."

"이제부터 어떻게 하겠다는 건가?" 나는 물었다.

"담배야." 홈즈는 말했다. "우선은 파이프 세 대쯤은 피워야 할 문제일 거야. 50분쯤 말을 걸지 않도록 해주게." 그렇게 말하고 나서 홈즈는 의자 위에 몸을 구부리고 야윈 무릎을 나의 코끝까지 들어올리고는, 검은 사기 파이프를 새의 부리마냥 입에서 내밀며 눈을 감았다. 이윽고 나는 홈즈가 잠들었다고 생각하고서 나도 꾸벅꾸벅 졸기 시작했는데, 그때 갑자기 결론이 나오기나 한 것처럼 그가 의자에서 벌떡 일어서더니 파이프를 벽난로 선반 위에 얹었다.

"오후에 성 야고보 홀에서 사라사테(1844~1908. 스페인의 바이올리니스트이자 작곡가)가 연주하네" 하고 그는 말을 걸어 왔다. "어떨까, 와트슨. 진찰하는 사이에 몇 시간 짬을 내줄 수 있겠나?"

"오늘은 할 일도 없다네. 내 일은 별로 시간을 빼앗지 않아서 말이야."

"그럼, 모자를 쓰고 오게나. 먼저 시내부터 갔다가 도중에 적당한 곳에서 점심식사나 함께 하세. 프로그램에는 독일 곡이 많은 모양인데, 이탈리아나 프랑스보다는 독일 음악이 취향에 맞네. 독일 음악은 내성적이지. 나는 지금 지그시 내면을 관찰하고 싶은 걸세. 자아, 가세."

우리는 올더스게이트까지 지하철로 가서 조금 걷자, 그날 아침에 우리가 들은 괴상야릇한 이야기의 현장인 삭스 코바그 스퀘어에 닿았다. 그곳은 지저분하고 비좁으며 몰락한 듯 쓸쓸한 동네로 사방에서 숯검정으로 그은 벽돌 이층집이 목책에 둘러싸인 작은 빈터의 한가운데를 굽어보고, 그곳 울타리 안에서는 잡초처럼 된 잔디밭과 빛 바랜 몇 그루의 월계수 덤불이 연기로 더럽혀진 매캐한 공기와 괴로운 싸움을 계속하고 있었다. 모퉁이의 집에는 전당포의 표시인 금도금 구슬 셋과 갈색 바탕에 흰 글씨로 '제이베즈 윌슨'이라고 쓴 간판이 내걸려 있어 여기가 저 붉은 머리 방문객의 가게임을 알았다. 셜록 홈즈는 그 앞에 멈춰서서 고개를 갸우뚱하고 눈길을 좁히며 눈을 번뜩이더니 주위를 살피면서 둘러보았다. 그리고 거리를 천천히 걷더니 다시 그 길 모퉁이에 돌아와서 집들의 상태를 날카롭게 관찰했다. 마지막으로 전당포 앞까지 되돌아가 길바닥 돌을 지팡이로 두세 번 힘껏 두들기고 나서 문에 다가가 노크했다. 그러자 안에서 곧 문이 열리면서 눈치가 빨라보이고 수염을 깨끗이 면도한 젊은이가 나타나 "어서 오십시오." 하고 말했다.

"고맙소." 하고 홈즈는 말했다. "별일 아니오, 잠깐 스트랜드 거리로 가는 길을 묻고 싶은데요."

"세 번째 모퉁이에서 오른쪽으로 가신 후 다음 모퉁이에서 왼쪽으로 도십시오." 젊은이는 시원시원히 대답하고 문을 닫았다.
 "재빠른 놈이로군. 저 녀석은." 홈즈는 걸음을 옮기면서 말했다. "내 생각으로는, 저 녀석은 런던에서 네 번째로 재빠른 놈이고 대담하기로는 아마 셋째를 넘지 않을 거야. 그 녀석의 일은 나도 전부터 조금은 알고 있다네."
 "그럴 테지" 하고 나는 말했다. "윌슨의 점원은 붉은 머리 클럽의 괴사건과 깊은 관계가 있어. 자네가 길을 물은 것은 녀석의 얼굴을 보고 싶어서였겠지."
 "그 녀석이 보고 싶어서가 아니야."
 "그럼, 뭔가?"
 "녀석의 바지 무릎이지."
 "무엇이 발견되었나?"
 "예상대로였어."
 "자네는 무엇 때문에 길바닥을 두들겼나?"
 "이봐, 와트슨. 지금은 지껄이고 있을 때가 아니라네. 관찰하는 거야. 우리들은 적지에 잠입한 스파이야. 삭스 코바그 스퀘어에 대해서는 대강 알았어. 이번에는 이곳과 등을 맞댄 길을 관찰하세."
 뒷동네인 삭스 코바그 스퀘어에서 길 모퉁이를 하나 돌아 나선 길은, 그 스퀘어와 비교한다면 그림의 앞뒤만큼이나 차이가 있었다. 그곳은 시내의 교통을 북부와 서부로 이끄는 대동맥의 하나였다. 나가는 마차와 들어오는 마차, 두 가닥이 되어 흐르는 수많은 마차들로 길은 들어찼고 보도는 보도대로 오고가는 사람의 물결로 새까맸다. 아름다운 상점이며 당당한 사무실이 추녀를 잇대고 있는 광경을 바라보고 있으려니, 이것이 방금 우리들이 뒤로 두고 온 저 빛깔도 바래 우중충한 일대와 등을 맞대고 있다고 도저히 믿어지지 않았다.
 "자" 하고 홈즈는 길 모퉁이에 멈춰서 건물들을 바라보며 말했다.

"이 거리의 배치 순서를 기억해 두게나. 런던에 대해 정확한 지식을 갖추는 게 나의 취미일세. 그러니까 담배 가게인 모티머 상점에다 신문 매점, 시티 앤 서버브 은행의 코바그 지점, 채식음식점, 맥파레인 회사의 마차 제조소 창고. 이것으로 이 구역이 끝나고 다음으로 옮겨지네. 자, 와트슨, 우리들의 일은 끝났으니까 이번에는 기분전환을 하러 가세. 샌드위치에 커피를 한 잔 마시고 바이올린의 나라로 가는 거야. 거기에는 달콤함과 섬세함의 하모니가 있을 뿐, 붉은 머리 손님 따위에게 붙잡혀 이상한 이야기로 시달릴 염려도 없지."

홈즈는 열성적인 음악 애호가로 그 자신도 연주가 매우 능숙할 뿐 아니라 뛰어난 작곡가이기도 했다. 그날 오후 내내 그는 맨 앞자리에 앉아 완벽한 행복에 잠겨서 음악의 멜로디에 맞추어 그 길고 가는 손가락을 잔잔하게 움직이고 있었는데, 그 조용한 미소며 꿈결 같은 나른한 눈은 숱한 훈련을 겪은 경찰견처럼 가차없고 예리한 민완탐정 홈즈에게는 어울리지 않는 것이었다. 그런 특이한 개성 속에서 두 종류의 성질이 번갈아 우월을 다투는 것이었고, 내가 보기에는 그의 극도의 엄격함이나 민첩함은 때때로 그의 정신의 내부에 넘치는 시적이고 명상적인 기분에 대한 반동처럼 생각되었다. 그는 이와 같은 기분의 진동 때문에 극단적인 이완에서 한없는 정력의 발산으로 바뀌어간다. 그리하여 내가 잘 알고 있듯이 며칠이고 팔걸이의자에 축 늘어져서 즉흥곡을 만들든가 고판본을 읽든가 할 때는 결코 가공할 만한 사나이로 보이지 않는다. 그리고 갑자기 그의 추구욕이 솟아나 그 기막힌 추리력이 직감의 높이까지 승화되곤 하는 것이니, 그의 방법에 익숙하지 않은 사람은 그가 초인의 지능을 갖고 있는 게 아닐까 하고 수상쩍다는 듯이 눈을 깜박이는 것이다. 이날 오후도 나는 성 야고보 홀에서 그가 음악에 빠져 있음을 보고 머지않아 그가 사냥하려는 자들의 머리 위에 불운이 몰아닥칠 것을 느꼈다.

"와트슨, 자네는 물론 곧 돌아갈 테지?" 하고 홀을 나서자 홈즈는 말했다.
"응, 그래도 좋아."
"나는 잠시 동안 꼭 해야 할 일이 있네. 삭스 코바그 스퀘어의 사건은 중대해."
"어째서 중대한가?"
"아주 음흉한 범죄를 꾀하고 있는 놈이 있네. 그러나 그것을 막을 만한 시간은 있다고 확신할 만한 근거는 있지만 오늘이 토요일이라서 조금쯤 문제가 있을 것 같아. 오늘 밤, 자네 손을 빌리게 될지도 모르겠네."
"몇 시에?"
"10시라면 늦지 않을 거야."
"10시에 베이커 거리로 가겠네."
"그러면 돼. 그리고 와트슨, 좀 위험할지도 모르니까 군용권총을 주머니에 감추어 두게나." 그렇게 말하고 홈즈는 손을 젓고 휙 몸을 돌리더니 곧 군중 속에 몸을 감추었다.

나는 내가 남보다 우둔하다고는 결코 생각하고 있지 않지만 셜록 홈즈와 상대하고 있으면 언제나 나의 어리석음을 느끼고 우울해지고 만다. 이번 일만 하더라도 나는 그와 똑같이 이야기를 듣고 똑같은 것을 보아 왔건만, 그는 사건의 경과뿐 아니라 이제부터 생길 일까지 이미 똑똑히 꿰뚫고 있는데 반해 나로서는 사건의 전모가 아직껏 모호하기만 하고 괴상야릇하기만 한 것이었다. 마차로 켄싱턴의 집으로 돌아가는 도중, 나는 대영 백과사전의 필사를 한 붉은 머리 사나이의 괴상한 이야기로부터 삭스 코바그 스퀘어에 조사하러 간 일이며 홈즈가 헤어질 때 말한 불길한 말에 이르기까지 모든 일을 생각해 보았다. 오늘밤의 모험은 무엇을 의미하고 왜 피스톨을 준비해 두지 않으면 안 되는 것일까. 어디에 가서 무엇을 할까. 홈즈가 암시한 바로는 전당포의 희멀쑥한 그 점원이 흉악한 녀석이고 깊은 흉계를 품고 있는 모양이다. 나는 이 수수께끼를 풀려고 해보았으나 결국 포기하고, 밤이 되어 만사 명백하게 되기까지는 잊기로 했다.

내가 집을 나선 것은 9시 15분 지나서였으며 하이드 파크를 빠져서 옥스퍼드 거리를 지나 베이커 거리로 나왔다. 홈즈의 집 현관 앞에는 두 대의 2륜마차가 기다리고 있었고, 내가 복도로 들어갔더니 2층에서 이야기 소리가 들렸다. 방에 들어가니 홈즈는 두 명의 사나이와 열심히 이야기하고 있었는데, 한 사람은 전부터 안면이 있는 경시청의 피터 존스였고 또 한 사람은 야위고 키가 크며 우울한 얼굴 생김의 사람으로 번쩍번쩍하는 실크햇을 손에 들고 답답할 정도로 고급스러운 프록코트를 입고 있다.

"아, 이제 모두 모였군." 홈즈는 이렇게 말하면서 선원 재킷의 단추를 끼우고 선반에서 사냥용 채찍을 꺼냈다. "와트슨, 경시청의 존스 군을 알고 있을 테지? 이쪽은 메리웨더 씨, 오늘밤의 모험에 참가하시는 걸세."

"와트슨 씨, 또 힘을 모아 하십시다" 하고 존스는 거드름을 피우며 말했다. "여기에 계시는 홈즈 씨는 사냥감을 몰아 내는 데 익숙해서 말입니다. 나머지는 다만 막다른 데 몰아넣고 끝장을 낼 노련한 개가 조수로 있으면 되지요."

"잡아 보았더니 송사리 한 마리뿐이었다는 꼴은 되고 싶지 않군요" 하고 메리웨더 씨가 시무룩하게 말했다.

"당신은 홈즈 씨를 크게 믿어도 괜찮아요." 경찰관은 호들갑스럽게 말했다. "이 사람에게는 좀 독특한 방법이 있으니까 말이지요. 이렇게 말하면 실례가 될지 모르지만, 이 사람은 약간 이론을 앞세우고 공상에 기우는 점도 있지만 천부적인 탐정이지요. 이제까지 한 번인가 두 번, 이를테면 숄토 살인 사건이며 아그라 보물 사건 같은 데서는 전문 경찰보다 진상을 바로 파악하고 있었다고 해도 지나친 말이 아닙니다."

"오 존스 씨, 당신이 그렇게 말씀하신다면 염려없겠군요"라고 처음 보는 친구인 메리웨더 씨는 양보했다. "그러나 저는 브리지(트럼프 놀이의 하나)의 세 판 승부를 할 수 없게 되어 유감입니다. 토요일 밤에 브리지를 하지 않는 것은 17년만입니다."

"아무튼 두고 보십시오," 셜록 홈즈는 말했다. "오늘 밤 당신의 승부에는 지금까지의 승부와는 달리 비싼 돈이 걸려 있어요, 더구나 아슬아슬한 승부입니다. 메리웨더 씨, 당신의 판은 3만 파운드이지요, 존스 군, 자네로서는 대망의 범인 체포일세."

"존 클레이는 살인범, 절도범, 위폐제조범, 위폐행사범입니다. 아직 애송이지만 메리웨더 씨, 나쁜 일이라면 그 방면에 뛰어난 재주꾼으로 온 런던의 어느 악당보다도 저는 이놈에게 수갑을 채워 주고 싶은 거죠. 존 클레이란 이 애송이는 무시무시한 녀석입니다. 할아버지는 왕족 출신의 공작으로 그 자신도 이튼(동명의 도시에 있는 영국의 명문 중등학교)에서 옥스퍼드 대학에 갔습니다. 손재주가 비상한 사나이로 머리도 좋아 언제나 나타났다는 자취만 남아 있을 뿐 정작 본인의 거처조차 확실치가 않습니다. 이번 주 스코틀랜드에서 강도 짓을 했는가 하면 다음 주에는 콘월(영국 픔리튼 남서단에 돌출한 반도부의 주)에서 고아원 건설을 미끼삼아 돈을 모으고 있는 식이니까요. 저도 여러 해 동안 뒤쫓았습니다만, 아직 그 얼굴은 본 일도 없습니다."

"오늘밤이야말로 자네에게 소개해 줄 수 있다고 생각되네. 존 클레이 선생에게는 나도 한두 번 관련이 있어서 말인데, 자네의 주장처럼 놈은 확실히 이 방면의 제1인자거든. 그러나 벌써 10시가 지났으니 출발 시간일세. 여기 두 분은 앞 마차에 타주십시오. 저하고 와트슨은 뒤의 것을 타겠습니다."
 마차에 오른 셜록 홈즈는 잠자코 마차의 의자에 깊숙이 기댄 채, 그날 오후 음악회에서 들은 곡을 오래토록 흥얼거리고 있었다. 우리들은 마차에 흔들리면서 가스등에 비친 미궁과 같은 길을 한참이나 달려 파딘턴 거리로 갔다.
 "이제 금방이야." 친구는 말했다. "앞 마차의 메리웨더라는 사람은 은행의 중역으로 이 사건에 직접 관계가 있다네. 그리고 또 나는 존스도 함께 있는 편이 좋을 거라고 생각했네. 전문적인 일에서는 완전한 바보지만 나쁜 친구는 아니지. 그에게는 한 가지 커다란 장점이 있네. 용감한 일에 있어서는 불독과 같으며, 일단 잡았다하면 물고늘어지는 것은 가재나 다름없지. 자, 도착했네. 앞 마차의 두 사람이 기다리고 있겠지."
 그곳은 오늘 아침 우리들이 방문한 왕래가 잦은 큰길이었다. 마차를 돌려보내고 우리는 메리웨더 씨의 안내로 비좁은 골목길을 빠져나가 그가 열어 준 통용문으로 들어섰다. 내부에는 짧은 복도가 있고 그 앞쪽에 튼튼하게 생긴 철문이 있었다. 그것을 열고 나선 돌계단을 내려가자, 그 막다른 곳이 또한 어마어마한 목책으로 되어 있었다. 메리웨더 씨는 거기서 걸음을 멈추고 휴대용 랜턴에 불을 붙이고 우리들을 안내하여 캄캄하고 흙냄새가 나는 통로를 내려가 제3의 문을 열어 지하실이라고도 움이라고도 할 방에 들어갔는데, 그 방의 둘레인 벽 가장자리에는 광주리며 커다란 상자가 쌓여 있었다.
 "위로부터 습격받을 염려는 없군요." 홈즈는 랜턴을 높이 들고 주위를 둘러보면서 말했다.
 "아래로부터도 걱정없지요." 메리웨더 씨는 그렇게 말하고 지팡이로 바닥에 깔려 있는 포석을 두들겨 보더니 "아니, 어쩐지 공허한 소리가 나는데!"라고 말하며 놀라서 얼굴을 들었다.

"좀더 조용히 해주시지 않으면 곤란합니다" 하고 홈즈는 엄하게 말했다. "당신은 이미 우리들의 성공적인 원정에 꽤나 상처를 주고 있는 것입니다. 죄송하지만 방해되지 않도록 저 상자 위에 앉아 계시지 않겠습니까."

시무룩해진 메리웨더 씨는 광주리 위에 걸터앉아서 자존심에 상처를 받아 뾰로통한 얼굴을 하고 있었고, 홈즈는 바닥에 무릎을 짚고 랜턴을 비쳐 가며 포석과 포석 사이의 틈바구니를 확대경으로 자세히 조사하기 시작했다. 2, 3초만으로도 만족했는지 그는 일어서서 렌즈를 주머니에 넣었다.

"아직 적어도 1시간은 있어" 하고 그는 말했다. "저 호인 영감인 전당포 주인이 잠들기까지는 악당들이 어떠한 수단도 취할 수 없을 테니 말야. 그러나 잠들었다 하면 촌각을 다투어 가며 나타날 걸세. 일을 빨리 하면 할수록 달아날 시간이 많아지니까. 와트슨, 여기는 자네도 벌써 상상하고 있을 테지만 런던에서 제일가는 대은행 시티 지점의 지하실일세. 메리웨더 씨는 이곳의 이사이므로 런던에서도 손꼽는 대담 무쌍한 악당이 왜 지금 이 지하실에 특히 관심을 갖고 있는지 설명해 주실 걸세."

"그것은 프랑스 금화 때문입니다." 메리웨더 이사는 나직한 목소리로 대답했다. "누군가 이 금화를 노릴지도 모른다는 예감은 몇 번인가 있었습니다."

"그 프랑스 금화를 말입니까?"

"그렇습니다. 우리들은 몇 달 전, 때마침 자금을 강화시킬 목적으로 프랑스 은행으로부터 나폴레옹 금화 3만 개를 빌렸습니다. 그 봉함을 뜯을 기회도 없이 이 지하실에서 잠자고 있다는 이야기가 흘러 나갔던 것입니다. 제가 걸터앉아 있는 광주리 속에 연판으로

싼 나폴레옹 금화가 한 광주리에 2천 개씩 들어 있습니다. 한 지점에 이만한 금화 보유량은 요즘에는 드문 일로, 중역들도 이 문제로 골치를 썩히고 있지요."

"당연하지요." 홈즈가 말했다. "자, 우리들도 그 동안에 준비를 해 둡시다. 1시간 안에 사건이 정점에 이르리라고 생각됩니다. 메리웨더 씨, 그때까지는 이 랜턴에 덮개를 씌워 두지 않으면 안 됩니다."

"어둠 속에 앉아 있는 겁니까?"

"하는 수 없습니다. 저는 카드를 한 벌 주머니에 넣어 갖고 왔습니다. 마침 우리들은 2인 1조가 되어 있으므로 당신이 즐기시는 브리지의 승부를 오늘밤도 할 수 있지 않을까 생각했던 셈이죠. 그러나 적의 준비가 상당히 진척되어 있으므로 불을 켜 두는 건 위험합니다. 그러니 먼저 우리들의 배치를 정해 둡시다. 대담한 녀석들이므로 이쪽이 기습을 한다 하더라도 조심하지 않으면 상처를 입게 되지요. 저는 이 광주리 뒤에 숨을 테니까 당신은 그쪽에 숨어 주십시오. 그리고 제가 적에게 불빛을 들이대면 재빨리 뛰어나가 주십시오. 만일 놈들이 발포라도 한다면 와트슨, 사양하지 말고 쏘아도 좋네."

나는 피스톨의 방아쇠를 일으켜서 몸을 숨기고 있는 나무 상자 위에 놓았다. 홈즈는 랜턴 앞에다 덮개 판자를 씌워 주위를 캄캄하게 만들었는데, 나는 지금까지 그만큼 깊숙한 암흑을 본 일이 없었다. 우리들은 코 앞에 그을리는 금속의 냄새가 나는 등불이 있고 여차할 경우에는 그것이 즉각 번뜩인다는 것을 알고 있었다. 나로 말하자면 강한 기대와 불안 때문에 신경이 곤두서 있었으므로, 별안간 어두워진 지하실의 냉랭하고도 축축한 공기 속에 무엇인가 묵직하니 답답하고 위압적인 것이 숨어 있는 것처럼 느꼈다.

"퇴로는 단 하나야." 홈즈가 속삭였다. "건물 안을 빠져나가 삭스 코바그 스퀘어로 나가는 길뿐이지. 존스, 부탁한 것을 수배해 두었을 테지."

"밖에는 경감과 순경 두 사람을 잠복시켰습니다."

"그럼, 구멍은 완전히 막은 셈이군. 나머지는 조용히 기다릴 뿐이야."

참으로 긴 시간이다! 나중에 홈즈와 이야기하여 안 일이지만, 우리들이 기다린 시간은 1시간 15분에 지나지 않았건만 나로서는 이미 밤이 끝나고 아침 해가 떠오르기 시작하고 있는 것처럼 느껴졌다. 나는 몸을 움직이지 않고 있었으므로 손발이 마비되어 막대기처럼 뻣뻣해졌다. 그러나 신경은 극도로 긴장되고 청각이 날카로워져 있었으므로 모두의 조용한 숨소리가 들릴 뿐 아니라, 거구인 존스가 들이마시는 깊고도 묵직한 숨결 소리와 은행 이사의 한숨과 같은 가냘픈 숨소리를 식별할 수도 있었다. 내가 숨어 있는 곳은 상자 너머로, 바닥 쪽을 향하고 있었다. 그러자 별안간 한 가닥의 불빛이 눈을 찔렀다.

처음엔 포석 위에 도깨비불처럼 한 점 번뜩인 데 지나지 않았다. 그러나 차츰 노란 빛이 뻗쳐 가닥이 되더니 아무런 예고도 소리도 없이 바닥에 갈라진 틈이 생긴 것처럼 보였다. 그 틈새로 여자의 흰 손 같은 것이 나타나 불빛이 닿는 좁은 공간의 한가운데를 더듬었다. 1분 아니면 좀더 지났을까, 손가락 끝을 굼실거리면서 그 손은 바닥 위를 더듬었다. 그러더니 별안간 그 손이 사라지고 포석의 틈새를 나타내는 푸르스름한 불빛만을 남기고서 주위는 또 처음처럼 어둠으로 둘러싸였다.

그러나 손이 보이지 않게 된 것도 한순간의 일이었다. 물체가 갈라지는 심한 소리가 들리고 커다란 흰 돌이 한 장 들어올려지더니 뻥하게 네모진 입을 벌린 구멍에서 랜턴의 불빛이 흘러나왔다. 곧이어 그 구멍에서 이목구비가 반듯한 젊디젊은 얼굴이 떠올라 주위를 날카롭게 둘러보고는 몸을 더 들어올려 어깨에서 허리까지 드러내고 한 무릎을 가장자리에 댔다. 다음 순간 재빠르게 구멍 옆에서 뒤따라 나오려는 동료를 끌어올렸는데, 그도 처음 올라온 사나이처럼 연약하고 작은 몸집으로 얼굴은 창백하며 새빨간 머리가 흐트러져 있었다.

"염려없어." 먼저 올라온 사나이가 낮은 목소리로 속삭였다. "끌과 자루를 가지고 있겠지. 아뿔사! 안 되겠다. 아치, 뛰어들어가! 빨리 하지 않으면 교수형이야!"

셜록 홈즈가 뛰어나가 수상한 사나이의 뒷덜미를 움켜잡았다. 또 다른 녀석은 구멍에 뛰어들었으나 존스에게 윗옷 자락이 붙잡혀 옷이 북북 찢어지는 소리가 들렸다. 총신이 언뜻 번뜩였지만 홈즈의 채찍이 호되게 손목을 내리치자 권총은 바닥의 포석 위에 떨어져 쨍그렁 울렸다.

"소용없어, 존 클레이." 홈즈가 조용한 목소리로 말했다. "이미 달아날 길은 없어."

"그런 것 같군." 상대도 몹시 침착하게 말했다. "하지만 내 친구는 달아난 모양이야. 옷조각을 남겼지만."

"세 사람이 밖에서 기다리고 있다네." 홈즈가 말했다.

"으음, 제법 물샐 틈 없이 한 모양이로군. 칭찬해 주어야겠네."

"이쪽이야말로 자네에게 감탄하고 있네." 홈즈가 대답했다. "자네의 붉은 머리 클럽의 아이디어는 색다른 것이고 효과적이었지."

"한패와 꼭 다시 만나도록 해주지." 그때 존스가 말했다. "구멍에 빠지는 것은 나보다 그 녀석 쪽이 능숙한 것 같아. 손을 내놔, 수갑을 채워 주마."

"너의 불결한 손으로 만지지 않도록 해." 수갑이 채워지자 범인은 말했다. "너는 모를 테지만, 나의 혈관에는 왕실의 피가 흐르고 있어. 그러므로 나에게 말을 할 때는 '나리'라든가 '부디' 하고 말해 주

기 바란다."

"알았어." 존스는 눈을 부릅뜨고 웃으면서 말했다. "네, 그러하오면 황송하기 이를 데 없습니다만, 마차의 준비도 되었으니만큼 나리님께서 계단까지 올라가 주신다면 경찰까지 안내를……"

"좋아" 존 클레이는 차분한 태도로 말하더니 우리 세 사람에게 가볍게 인사를 하고 나서 형사에게 호위되어 조용히 가 버렸다.
 "정말이지, 홈즈 씨." 우리들이 그 뒤를 따라 지하실을 나왔을 때 메리웨더 씨가 말했다. "우리 은행은 당신에게 뭐라고 고맙다는 인사를 드리고 또 무엇으로 보답하면 좋을지 모르겠습니다. 당신은 확실히 전대 미문의 대담하기 짝이 없는 은행강도의 계획을 멋지게 탐지하시고 그것을 막으셨으므로……"
 "저는 한두 가지 존 클레이에게 갚아 주지 않으면 안 될 빚이 있었던 겁니다"라고 홈즈는 말했다. "저는 이번 사건을 위해 돈을 좀 썼습니다만, 그것은 은행 쪽에서 지불해 주실 거라고 생각합니다. 그러나 그 이상의 일은 여러 가지 점에서 참으로 진기한 경험을 했고, 붉은 머리 클럽이라는 기발한 이야기도 들었기 때문에 벌써 충분히 보답을 받고 있는 셈입니다."

 "와트슨," 날이 샐 무렵 홈즈는 베이커 거리의 집에서 위스키 소다를 마시면서 설명했다. "처음부터 분명했던 것은, 붉은 머리 클럽의 기묘한 광고며 대영 백과사전을 베끼도록 한 목적이 별로 똑똑치 못한 전당포 주인을 매일 몇 시간씩 가게에서 나와 있게 하기 위한 것 말고는 생각할 수 없다는 점이었어. 그 수단이 참으로 색다른 것이었지만, 사실 말이지 그만한 수법은 좀처럼 생각해 내기 쉽지 않네. 물론, 두뇌가 예민한 존 클레이가 공범자의 머리 색깔을 보고서 생각해 낸 수단이 틀림없어. 1주 4파운드의 급료가 전당포 주인을 꾀어 내는데 필요했지만, 몇천 파운드라는 도박을 하고 있는 것인 만큼 그 정도는 아무것도 아니었지. 그래서 광고를 내어 한 사람의 악당이 임시로 사무실을 빌리고 또 한 사람이 전당포 주인에게 응모하도록 부추겨 둘이서 매일 아침 확실하게 가게를 비우도록 하는 데 성공했던 것이지. 나는 점원이 보통 급료의 반으로 왔다는 이야기를 들었을 때부터, 무엇인가 그 자리를 얻지 않으면 안 될 강한 동기가 있다는 것을 알아차렸지."

"그러나 그 동기를 어떻게 탐지해 냈나?"

"가게에 여자가 있으면 시시한 정사 정도라고나 추측했겠지. 그러나 그것은 문제 밖이었어. 또 그 영감쟁이의 장사는 조그맣고, 가게에는 그렇듯 신중한 책략을 꾸미든가 그만큼 돈을 들이든가 할 만큼 값어치가 있는 물건 따위는 있지도 않아. 그렇다고 하면, 목적은 가게 밖에 있는 거야. 그럼, 대체 그것이 무엇일까. 나는 문득 점원이 사진광이라는 구실을 만들고서는 지하실에 들어간다고 하던 말을 생각해 냈지. '지하실이다! 거기에야말로 이 뒤얽힌 문제를 푸는 실마리의 한 끝이 있다.' 그리고 나는 점원에 대해 질문해 보았는데, 나의 상대가 런던에서도 손꼽히는 침착하고 대담한 악당임을 알았지. 존 클레이가 지하실에서 무슨 음모를 꾸미고 있다, 몇 개월이나 계속해서 매일 몇 시간인가를 그 작업에 바치고 있다, 무엇일까? 하고 여기서 다시 한 번 생각해보니 어딘가 다른 집으로 터널을 파고 있다는 생각이 들었네.

자네와 함께 현장을 보러 갔을 때, 나는 이미 여기까지는 추리하고 있었던 것일세. 그때 나는 지팡이로 길바닥을 두들겨 자네를 놀라게 했었지. 터널이 가게의 앞쪽을 파고 들어가고 있는가 아니면 뒤쪽인가, 확인해 보고 싶었던 걸세. 앞쪽은 아니었지. 그리고 나서 나는 벨을 울렸는데, 내가 바라고 있었던 것처럼 점원이 대답하고 나왔지. 나는 그하고는 전에 두세 번 조그만 일로 관련을 가진 일이 있지만 서로 얼굴을 마주친 적은 없었네. 그때도 거의 얼굴은 보지 않았어. 알고 싶었던 것은 무릎이었어. 자네도 녀석의 무릎이 몹시 닳아빠지고 주름투성이로 더럽혀 있었다는 것은 느꼈을 테지? 며칠이고 굴을 파고 있었다는 증거야. 남는 점은 단 한 가지,

그들이 무엇을 목표로 파고 있는가 하는 것이었어. 나는 길모퉁이를 돌아가 보고, 시티 앤 서버브 은행이 전당포와 등을 맞대고 있다는 걸 발견했고 문제도 해결되었다고 생각했지. 음악회가 끝난 뒤 자네는 마차로 돌아갔지만, 나는 경시청에 갔다가 은행 이사를 찾아갔네. 그리하여 자네가 본 대로의 결과가 되었던 것이지."
"그들이 오늘 밤 범행을 하리라고 어떻게 알았나?" 나는 물었다.
"그건 말일세, 그들이 붉은 머리 클럽의 사무실을 닫았을 때, 즉 그때가 제이베즈 윌슨이 가게에 있어도 방해가 되지 않게 된다는 신호였지. 바꿔 말한다면 터널이 완성된 것일세. 그러나 완성되었다면 한시라도 빨리 일할 필요가 있었을 거야. 발견될 염려도 있고 금화가 전송되는 일도 있을테니까. 그리고 또 토요일이 가장 알맞다고 하는 것은 도망하는 데 이틀의 여유가 생기기 때문이야. 이와 같은 까닭으로 나는 오늘 밤 결행할 게 틀림없다고 판단했지."
"멋들어진 추리일세!" 나는 진심으로 감탄했다. "길고 긴 추리의 실이 처음부터 끝까지 바르게 연결돼 있어."
"덕분에 심심풀이는 되었네." 홈즈는 선하품을 하며 말했다.
"아, 또 그것이 밀어닥쳐 오는군! 나의 일생은 평범한 단조로움에서 벗어나려고 하는 쉴새 없는 노력의 연속이야. 때때로 이와 같은 작은 사건이 있으므로 얼마간 숨통이 트이긴 하지만."
"그러니 자네는 인류의 은인일세"라고 나는 말했다.
홈즈는 어깨를 으쓱했다.
"아무튼, 결국 그럴지도 모르지만" 하고 그는 말했다.
"구스타브 플로베르가 조르주 상드에게 써보낸 말이 있네. '인생은 덧없고 예술이야말로 모든 것이다'라고."

보스콤 계곡의 참극

어느 아침, 우리 부부가 식사를 하고 있는데 하녀가 전보를 가져왔다. 발신인은 셜록 홈즈로, 전보의 내용은 다음과 같았다.

2, 3일 틈이 없는가? 보스콤 계곡 사건에 관해 서부 잉글랜드로부터 전보를 받음. 동행할 수 있다면 다행. 경치가 좋은 곳임. 오전 11시 15분 파딩턴 역을 출발.

"당신, 어떻게 하시겠어요?" 아내는 테이블 너머로 내 얼굴을 보며 물었다.
"글쎄, 어떻게 할까. 지금은 환자도 와 있고 말이야."
"어머, 환자라면 안스트라더 씨에게 맡기면 되잖아요. 요즘 얼굴빛이 좋지 않으세요. 여행이라도 하시면 좋을 거예요. 게다가 셜록 홈즈 씨의 일이라면 언제나 그렇듯 관심을 갖고 계시잖아요."
"하기야 당신과 이렇게 있게 된 것도 그가 취급한 사건(와트슨의 아내는 《네 사람의 서명》 사건의 의뢰자였다) 덕분이니 내가 그 사람 사건에 흥미를 갖지 않는다면 그야말로 은혜를 모르는 거지" 하고 나는 대답했다. "하지만 가려면 서둘러 준비를 하지 않으면 안 되겠는걸. 30분밖에 안 남았어."

나는 아프가니스탄 전쟁에 종군한 경험이 있었기 때문에 여차하면 언제라도 선뜻 여행을 떠날 채비가 되어 있었다. 일상 용구라고 해야 극히 간단하기에, 그 30분 안에 벌써 준비를 끝내고 여행 가방 하나를 들고 영업용 마차에 올라 파딘턴 역으로 흔들리며 갔다. 셜록 홈즈는 벌써 플랫폼을 서성거리고 있었는데, 잿빛의 긴 여행용 외투를 걸치고 머리에 꼭 맞는 테 없는 모자를 쓰고 있었기에 키가 커서 여윈 모습이 더 한층 길쭉하니 말라 보였다.

"와트슨, 정말로 잘 와 주었네" 하고 그는 말했다. "신뢰할 수 있는 친구가 곁에 있는 것과 없는 것은 굉장한 차이지. 지방 경찰의 지원 따위는 언제나 아무 쓸모가 없거나, 그렇지 않으면 엉뚱한 방향을 제시하거나 그렇지. 구석자리로 두 개 잡아 주게나. 차표는 내가 사 올 테니."

차 안은 우리 두 사람이 타고 있을 뿐이었으며, 거기에는 홈즈가 가져온 숱한 신문더미가 흩어져 있었다. 그는 신문을 읽으면서 때때로 메모를 하거나 생각에 잠기거나 하고 있었는데, 레딩을 떠날 무렵 돌연 신문을 커다란 다발로 뭉쳐서 그물 선반 위에 처박고 말았다.

"이 사건에 대해 자네는 무엇인가 들었나?" 그가 물었다.

"전혀 몰라. 요 며칠 동안 신문을 읽지 않았거든."

"런던의 신문에는 별로 자세히 나와 있지 않군. 나는 상세하게 알아둘 생각으로 최근 신문을 전부 읽은 참이라네. 내가 알아본 것으로 판단하건대, 이 사건은 언뜻 보아 단순한 듯하지만 사실은 매우 복잡한 것 같아."

"조금 모순된 이야기로군."

"아니, 정말이야. 사건에 예사롭지 않은 데가 있으면 그것이 문제를 푸는 열쇠가 돼. 그런데 언뜻 보아 특색이 없는 평범한 범죄일수록 오히려 범인을 밝혀내기가 어려운 법일세. 그러나 이번 사건에서는 살해된 남자의 아들에 대해서 꽤 불리한 증거가 나타나 있어."
"그러면 살인 사건이란 말이지?"
"그렇지, 아무래도 피살인 것 같아. 하기야 나로서는 실지로 현장을 조사한 다음이 아니면 뭐라고 단정할 수가 없네만. 그렇다면 지금까지 내가 알고 있는 범위에서 간단히 상황을 설명해 둘까.
 보스콤 계곡이란 헤리퍼드셔의 로스 시에서 그다지 멀지 않은 시골에 있네. 그 고장의 제일가는 지주는 존 터너라는 사나이로 오스트레일리아에서 돈을 벌어 몇 년 전에 고향으로 돌아왔다는 거야. 이 터너의 소유지 안에 해저리 농장이라 불리는 토지가 있는데 역시 오스트레일리아에서 돌아온 찰스 매카시라는 사나이에게 빌려주고 있었어. 두 사람은 식민지 시대에 알게 된 사이이므로 고향에 돌아와 자리잡자 서로가 되도록 가까이 살게 된 것도 별로 이상할 것은 없을 테지. 그런데 터너 쪽은 누가 보거나 부자이며 매카시는 그 땅을 빌리고 있었던 것인데, 두 사람이 친밀히 사귀고 있었다고 하니 교제는 옛날 그대로 그야말로 대등했었던 모양이야. 둘 다 홀아비인데, 매카시에게는 올해 18살이 되는 아들이 있고 터너에게는 같은 나이의 외딸이 있어. 둘 다 이웃 토박이와의 교제는 싫었던지 집안에만 들어박힌 생활을 하고 있었는데, 매카시 부자는 그래도 스포츠를 좋아하여 가까운 경마장에 때때로 모습을 보이곤 했다네. 매카시의 집에는 고용인이 두 사람, 하인과 하녀가 있지만 터너의 집은 살림살이의 규모가 꽤 커서 적어도 16명쯤 부리고 있었던 것 같아. 이것이 양가에 관해 내가 모을 수 있었던 지식의 전부라네. 그럼, 이번에는 사건을 대강 설명하지.

6월 3일, 그러니까 이번주 월요일이 되는 셈인데, 매카시는 오후 3시쯤 해저리 농장집을 나와 보스콤 계곡 쪽으로 내려갔어. 그 계곡은 높은 보스콤 골짜기를 흐르는 강이 넓어져서 생긴 거라네. 그는 그날 아침 하인을 데리고 로스 시에 나갔는데, 그때 하인에게 3시에 누구와 만날 중요한 약속이 있으니까 서두르지 않으면 안 된다고 했다고 하네. 그 약속대로 나갔다가 그는 살아서 돌아오지 못했던 거야.

해저리 농장에서 보스콤 계곡까지는 4분의 1마일쯤 되고, 매카시가 그곳을 지나고 있던 모습을 두 사람이 보았네. 그 한 사람은 노파인데 신문에는 이름이 나와 있지 않아. 또 한 사람은 터너가 고용하고 있는 사냥터지기 윌리엄 클라우더일세. 둘 다 한결같이 증언한 바로는, 매카시가 혼자서 걷고 있었다는 거야. 그런데 사냥터지기는 아버지 매카시가 지나는 것을 보고 2, 3분 지났을까 말까 한 사이 아들 제임스 매카시가 옆구리에 총을 끼고 같은 길을 가는 것을 보았다고 진술했네. 사냥터지기는, 그때 분명히 아버지의 모습을 보았으며 아들은 그 뒤를 쫓아간 게 틀림없다는 것일세. 그러나 사냥터지기는 밤이 되어 사건이 생겼다는 걸 듣기까지, 그 일을 완전히 잊고 있었어.

윌리엄 클라우더가 매카시 부자의 모습을 본 뒤에 또 두 사람을 본 자가 있네. 보스콤 계곡은 완전히 숲으로 둘러싸여져 있고, 대체로 기슭을 끼고 풀이며 갈대가 난 장소가 있을 뿐이지.

때마침 보스콤 계곡 장원(莊園)의 관리인의 14살 난 딸, 페이센스 모랑이라는 아이가 늪가의 숲에서 꽃을 꺾고 있었어. 이 계집아이의 말로는 숲의 가장자리인 늪 바로 근처에 매카시 부자가 있었고, 무엇인가 심한 말다툼을 하고 있었다는 거야. 아버지 매카시가 아들을 야단치는 듯한 소리를 들었다고도 말했네. 아들도 아버지에게 손을 들어 덤벼들려고 했던 모양이야. 그래서 그 계집아이는 무서워서 어머니에게 달려가, 지금 보스콤 계곡 근처에서 매카시 씨 부자가 싸움을 하고 있는데 당장이라도 격투가 벌어질 것 같다고 이야기했다네. 그 계집아이의 말이 채 끝나기도 전에 아들 매카시가 뛰어들어와서, 숲에서 아버지가 살해되었으니 관리인 아저씨의 손을 빌리고 싶다고 부탁했던 거야. 제임스는 몹시 흥분되어 있었고 총도 갖지 않았으며 모자도 쓰고 있지 않았어. 게다가 오른손과 소맷부리에 피로 흥건히 묻어 있었지. 장원지기 일가가 아들의 뒤를 따라가 보았더니 계곡 기슭의 풀 위에 시체가 쓰러져 있었네. 무거운 둔기로 머리를 호되게 얻어맞은 것같고 시체에서 몇 걸음 떨어진 풀숲에 제임스의 총이 뒹굴고 있었는데, 머리의 상처는 마치 그 총개머리로 얻어맞아 생긴 것 같았다고 하네. 이러한 상황이었으므로 아들은 지체없이 체포되었고, 이튿날인 화요일에 열린 심문에서 배심원들로부터 고의적인 살인이라는 평결이 내려져 수요일에는 로스 시 치안판사의 취조를 받고 다음 순회재판에 회부하기로 결정되었네. 이상이 검시관과 경찰재판소의 취조로 판명된 사건의 요점이야."

"이처럼 명백한 사건도 없을걸." 나는 내 의견을 말했다. "상황 증거가 범인을 가리키는 것이라고 한다면, 이 사건이 바로 그 전형적인 보기야."

"그 상황 증거라는 게 말썽이거든"라고 홈즈는 신중히 대답했다. "즉 그것이 어떤 한 가지 사실만 똑똑히 가리키고 있다고 생각될 때가 있어. 그런데 말일세, 만일 우리들이 조금만 시점을 바꾸면 아주 똑같은 확실성을 갖고서도 전혀 다른 방향을 가리키고 있는 것처럼 생각되기도 하는 거야. 그러나 솔직히 말해서 이 사건에서는 아들이 극히 불리한 입장에 처해 있고, 실제로 그가 진범일지도 모르지. 다만 이웃에는 그의 무죄를 믿고 있는 이가 몇 사람인가 있고——이웃 지주의 딸인 앨리스 터너도 그중 하나지만——그 사람들이 경시청의 레스트레이드 경감에게 아들을 위해 힘써 달라고 부탁하였지. 자네도 기억하고 있을 터이지만, 나는 레스트레이드 경감과는 《주홍색 연구》 사건에서 알게 된 처지지. 그런데 이 레스트레이드가 약간 힘에 부치는 모양인지 나한테 응원을 청해 왔네. 그래서 나잇살이나 먹은 두 신사가, 집에서 차분하니 아침 식사를 소화시키고 있을 참에 시속 50마일로 서쪽을 향해 달려가고 있는 셈이라네."

"그러나, 어떤가" 하고 나는 말했다. "사건이 너무 명백한 것 같지 않나. 모처럼 자네가 나설 생각이 나더라도 이번에는 별로 자네의 명성을 높이지는 못할 텐데."

"아냐, 명백한 사실만큼 믿을 수 없는 것도 또 없지." 홈즈는 웃으며 대답했다. "어쨌든 현장에 가 보면, 레스트레이드 경감으로선 몰랐던 새로운 사실이 발견되지 않는다고도 할 수 없으니까 말야. 자네는 나를 잘 알고 있으니까 자랑을 늘어놓았다고는 생각하지 않겠지만, 나는 레스트레이드로서는 사용할 수 있기는커녕 이해조차 못할 방법으로 그의 주장을 뒷받침하거나 부정할 자신이 있어. 가까운 예로 자네의 침실은 오른쪽에 창문이 있다는 것을 나는 알고 있지만, 레스트레이드는 이런 눈에 보이는 사실조차 깨달을 수 있을지 어떨지 의심스러운 것도 사실이야."

"아니, 어떻게 그걸……"

"여보게, 나는 자네에 대해서 잘 알고 있어. 자네는 군인다운 꼼꼼한 성미이므로 매일 아침 면도를 하고 있을 테지. 그것도 요즘 같은 계절이라면 밝은 햇빛으로 면도하고 있을 걸세. 그런데 자네의

보스콤 계곡의 참극

얼굴을 보면 왼쪽으로 갈수록 면도한 자국이 엉성해지고 턱밑은 전혀 말씀이 아니라구. 이것은 왼쪽이 오른쪽보다 어둠침침하다는 증거이지. 자네와 같은 습관을 가진 사람이 좌우의 밝기가 똑같은 곳에서 수염을 밀었다면 도저히 그렇게 내버려두지는 않겠지. 이 정도는 나의 관찰과 추리와의 실제를 나타내는 극히 시시한 한 가지 예에 지나지 않지만, 거기에 내가 하는 일의 요령이 있다네. 그러니 이번 사건을 조사하는 데도 그것이 얼마간은 도움이 될지도 모르는 것일세. 배심원의 심문 중에 판명된 사실 속에도 사소한 일이지만 주의하여 봐 둘 일이 두서너 가지 있어."

"어떠한 일인가?"

"아들이 체포된 것은 사건 직후가 아니라 해저리 농장에 돌아오고 나서인 모양이야. 체포하러 간 경감이 그 뜻을 알렸을 때, 아들은 '그렇게 말씀하시더라도 놀라지 않습니다, 당연한 보답이지요'라고 대답했다고 하네. 그가 이러한 말을 했으므로, 검시 배심원의 마음 한구석에 있던 망설임도 말끔히 지워지고 말았지."

"그것은 자백한 거나 마찬가지이기 때문이야." 나는 커다란 소리로 말했다.

"아냐. 아들은 그렇게 말한 뒤에 바로 전혀 그런 일이 없다고 항변하고 있어."

"차례차례 아들에게 불리한 사실만 드러나니만큼, 적어도 그 말 따위는 조금도 신용할 수 없지."

"그런데"라고 홈즈는 말했다. "나는 그렇게 생각하지 않아. 지금 현재로선 아들의 그 말이 구름 사이로 찬란하게 빛나는 광명처럼 보여. 그가 아무리 철부지 청년이라 해도 주위 상황이 자기에게 몹시 불리하다는 것을 모를 만큼 바보는 아닐 거야. 만일 붙잡혔다고 해서 놀라든가 분개하든가 하는 시늉을 하는 모습을 보이면 오히려 나는 의심하게 될 걸세. 이같은 상황에서는 새삼스럽게 놀라든가 분개하든 가 하는 것은 자못 일부러 그러는 듯 하고, 게다가 좀더 파고들어가 서 말하면 뱃속이 검은 녀석이라면 그렇게 하는 게 최상책이라고 생 각할 거야. 그런데 아들이 순순히 그 불리한 상황을 시인했다는 것 은, 그가 무죄이거나 아니면 어지간히 자제심이 강하고 굳건한 자라 는 증거가 되지 않을까? 또 장원지기 딸의 중대한 증언에 따른다면 그는 그날 아버지의 시체 곁에 서 있었고, 말다툼한 끝에 자식으로서 의 본분을 잊고 아버지를 향해 주먹을 들기도 했으므로 '당연한 보답 이지요'라고 한 그의 말도 결코 부자연스러운 것은 아니야. 그의 이 말에 나타난 자책이나 뉘우침의 마음은 꺼림칙한 심정에서 나온 것이 아니라 정신의 건전함을 이야기하는 거라고 나는 생각하고 있어."

나는 고개를 저으며 "지금까지 이 사건보다 훨씬 불충분한 증거 때 문에 많은 사람이 교수대에 세워졌지"라고 말했다.

"그것은 자네의 말대로야. 순전히 오심으로 사형된 인간도 많지."

"아들 자신은 사건을 어떻게 설명하고 있나?"

"그것이 변호 측에게 자신감을 주는 것이라고는 할 수 없는 듯싶 어. 단지 두서너 가지 참고가 되는 점은 있지. 자, 여기에 나와 있 으니까 자네가 한번 읽어보게나."

홈즈는 신문다발에서 헤리퍼드셔의 지방지를 하나 뽑아 내고 그것 을 접어서 불행한 그 청년의 진술이 나와 있는 면을 가르쳐 주었다. 나는 차 안 구석자리에 편안히 몸을 앉히고 꼼꼼하게 훑어 보았다. 그 기사는 다음과 같은 내용이었다.

그때 피해자의 아들 제임스 매카시가 불려나와, 다음과 같이 증언 했다.

"저는 3일 전부터 브리스틀 시에 가서 집에 없었고, 6월 3일 아침이 되어서야 돌아왔습니다. 돌아와 보았더니 아버지가 안 계셔서 하녀에게 묻자, 마부인 존 코브를 데리고 로스 시내로 가셨다는 이야기였습니다. 얼마 뒤 뜰 쪽에서 2륜마차 소리가 들렸으므로 창문으로 내다보았더니 아버지가 마차에서 내리자마자 급히 뜰을 나가는 참이었는데 어디로 가는지 저는 몰랐습니다. 그 뒤 저는 총을 들고 계곡 맞은편에 토끼가 떼지어 사는 곳에 갈 작정으로, 보스콤 계곡으로 건들건들 걸어갔습니다.

도중에 사냥터지기 윌리엄 클라우더를 만났는데, 이것은 그가 증언한 대로입니다. 그러나 클라우더가 제가 아버지의 뒤를 쫓아갔다고 진술한 건 잘못된 판단입니다. 아버지가 저의 앞에서 걷고 계신 줄은 그땐 전혀 알지 못했습니다. 계곡으로부터 약 100야드쯤되는 곳에서 '쿠이'라는 목소리를 들었는데, 그건 아버지와 저 사이에서 서로 부를 때 쓰는 신호입니다. 그래서 저는 서둘러 가 보았더니 아버지가 늪 가장자리에 서 계셨습니다. 제 모습을 보고 굉장히 놀라신 모양으로 이런 곳에 무엇을 하러 왔느냐고 다소 딱딱한 말로 나무라셨습니다. 그리고 두서너 마디 이야기하는 사이 말다툼이 되고, 본디 아버지는 격하기 쉬운 성격이었기에 거의 주먹질이 되었던 겁니다. 저는 아버지의 감정이 격해져 진정될 것 같지도 않았으므로 그곳에 남겨 두고 해저리 농장으로 돌아갔습니다. 그러나 150야드도 가기 전에 뒤에서 무시무시한 비명이 들려서 다시 달려갔습니다. 아버지는 머리에 심한 상처를 입고 빈사 상태로 풀 위에 쓰러져 계셨습니다. 저는 총을 내던지고 아버지를 안아일으켰습니다만, 그 순간 거의 숨이 끊어지고 말았지요. 그리고 2, 3분 동안 아버지 시체 곁에 무릎을 꿇고 있었습니다만, 터너의 장원지기 오두막이 가장 가깝기 때문에 그곳에 구원을 청하려고 뛰어갔습니다. 외침 소리를 듣고 되돌아왔을 때 아버지의 근처에는 아무도 보이지 않았기 때문에, 아버지가 어째서 그렇듯 심한 꼴을 당했는지 저는 지금껏 짐작이 가지 않습니다. 저의 아버지는 얼마쯤 냉정하고 무뚝뚝한 사람이었기 때문에 남에게 그리 호감이 가는 사람이라고는 할 수 없습니다만, 그렇다고 해서 특히 원한을 살 만한 일이 있었다고는 생각되지 않습니다. 제가 알고 있는 건 이것뿐입니다."

검시관 "아버지는 죽기 전에 증인에게 무엇인가 말하지 않았는가?"

증인 "입 속으로 무엇인가 우물우물 중얼거리셨습니다만, 쥐가 어떠니 하는 말밖에 알아들을 수 없었습니다."

검시관 "증인은 그 말을 뭐라고 해석하는가."

증인 "저로서는 전혀 알 수가 없습니다. 아마 헛소리일 거라고 생각했습니다."

검시관 "늪가에서 부자가 싸움을 했다고 하는데 무엇 때문에 말다툼을 했나?"

증인 "말씀드리고 싶지 않습니다."

검시관 "꼭 대답해 주지 않으면 곤란하네."

증인 "아무래도 그것만은 대답할 수 없습니다. 하지만 말다툼이 그 뒤에 생긴 참사와는 전혀 관계가 없음을 맹세합니다."

검시관 "그것은 재판소가 결정할 일이다. 굳이 주의할 것도 없다고 생각하지만, 증인이 검시관의 물음에 대답하지 않으면 만일 기소되었을 경우에 앞으로 증인의 입장은 매우 불리하게 될 것이다."

증인 "그래도 역시 말씀드릴 수가 없습니다."

검시관 "'쿠이'라고 부르는 소리는 증인과 아버지 사이에서 평소부터 쓰던 신호란 말이지."

증인 "네."

검시관 "그렇다면 묻겠는데, 아버지가 증인의 모습을 보았던 것도 아니고 하물며 증인이 브리스틀 시에서 돌아왔다는 것도 모르고 있었을 터인데, '쿠이'라고 신호했다는 것은 어째서인가?"
증인 (몹시 당혹하여) "모릅니다."
배심원 "비명을 듣고 되돌아가 아버지가 치명상을 입고 있음을 알았을 때, 무언가 수상한 것을 보지 못했는가?"
증인 "특별히 이렇다 할 만한 것은……"
검시관 "그것은 어떠한 의미인가?"
증인 "빈 터로 달려갔을 때, 저는 마음이 다급하고 흥분해서 아버지말고는 아무것도 생각할 수 없었던 것입니다. 그런데도 달리면서 저의 왼편 땅에 무언가 떨어져 있는 걸 어렴풋하니 느꼈습니다. 잿빛으로 보아 윗도리거나 아니면 격자 무늬의 숄이거나, 무언가 그러한 것인 듯싶었습니다. 그러나 아버지 곁에서 일어나 뒤돌아보았을 때 그것은 이미 보이지 않았습니다."
검시관 "증인이 구원을 청하러 달리기 시작했을 때엔 없어져 버렸다는 건가?"
증인 "그렇습니다. 없어져 버렸습니다."
검시관 "무엇이었는지 확실치 않은가."
증인 "네, 무언가 거기에 있었던 것처럼 느꼈을 뿐입니다."
검시관 "시체로부터의 거리는?"
증인 "약 12야드쯤 됩니다."
검시관 "숲의 가장자리로부터는?"
증인 "거의 같은 정도입니다."
검시관 "그렇다면 그것을 가지러 갔다고 할 경우, 증인과 12, 3야드의 거리에 있었다는 말이지."
증인 "그렇습니다. 그러나 저는 뒤돌아선 자세로 있었습니다."
이상으로 증인의 심문은 끝났다.

"으음" 하고 나는 신문의 그 난에서 눈을 떼지 않고 말했다. "검시관의 심문은 뒤로 갈수록 매카시 청년에 대해서 꽤나 신랄하군. 검시관은 아버지가 제임스의 모습을 보기 전에 신호를 보냈던 일이며, 그리고 제임스가 아버지와의 싸움 내용에 대하여 대답을 거부한 일, 아버지가 죽을 당시에 한 말에 대해 수상한 이야기를 한 것들에 주의를 기울이고 있는데 당연한 이치야. 검시관이 말하듯 주위 상황은 모두 청년에게 불리한 것뿐이 아닌가?"

홈즈는 혼자서 조용히 웃으며 좌석 위로 길게 몸을 뻗었다. "자네도 검시관도 한결같이"라고 그는 말했다. "청년에게 유리한 증거를 일부러 골라 내는 셈일세. 자네들은 그를 상상력이 지나치게 넘치는 인간으로 생각하든가 지나치게 없는 인간으로 생각하는 모양인데, 그것을 알고 있는가? 배심원의 동정을 살 만한 싸움의 원인을 만들어 내지 못했다고 하는 거라면 그것은 상상력이 너무나 없다는 이야기가 되고, 아버지가 죽을 당시에 쥐가 어떠니 하고 중얼거렸다든가 옷이 떨어져 있었다든가 하는 엉뚱한 얘기를 자기 마음 속에서 꾸며냈다고 한다면 지나치게 많은 것이 되겠지. 그래서 나는 이 청년의 진술이 사실이라는 관점에서 출발하여 이 사건을 수사해 보고 싶네. 그리하여 그 가정으로 나가면, 과연 어떠한 결과가 나타날까. 지금으로선 문고판 페트라르카(1304~1374, 이탈리아의 시인) 시집이나 읽기로 하고 현장에 닿기 전에는 사건에 대해서 이제 더 이상 말하지 않겠네. 점심 식사는 스윈든에서 할 텐데, 20분이면 닿겠군."

경치가 아름다운 스트라운드 계곡이며 반짝이는 넓은 세반 강을 건너 아담한 시골 도시 로스에 닿은 것은 4시가 가까워서였다. 여위고 족제비처럼 어딘지 수상쩍고 방심할 수 없게 생긴 사나이가 플랫폼에서 기다리고 있었다. 이 고장 풍속에 맞추어 엷은 갈색 더스트코트(먼지를 막기 위한 짧은 코트)를 걸치고 가죽 각반을 두르고 있었지만 런던 경시청의 레스트레이드 경감임을 곧 알 수 있었다. 우리들은 함께 이미 방 준비가 되어 있는 헤리퍼드셔 암즈 호텔로 마차를 달렸다.

"마차도 준비해 두었습니다." 숙소에 도착하여 차를 마시고 있을 때 레스트레이드 경감은 말했다. "당신의 정력적인 성격을 잘 알고 있으므로, 어쨌든 범행 현장부터 보시지 않으면 직성이 풀리지 않을 거라고 생각해서요."

"친절하게도 그토록 칭찬을 해주시니 송구스럽군요." 홈즈가 대답했다. "그러나 현장에 달려갈지 어떨지는 지금 현재로선 기압에 달려 있지요."

레스트레이드는 놀랐다. "뭐라구요?"

"기압계의 눈금은 어떤가? 29도인가. 하긴 바람도 없고 구름 한 점 없군. 게다가 담배는 상자에 가득 가지고 왔으니까 그걸 피우면 되고, 시골 호텔치고는 소파도 고급이라 오늘밤은 아무래도 마차가 쓸모있을 것 같지 않군."

레스트레이드는 너그럽게 웃었다. "허어, 당신은 신문을 읽고 대략 결론을 내고 오셨군요." 그는 말했다. "이번 사건은 너무 명백해서 조사하면 할수록 의심할 여지가 없어지지요. 허나 여자에게 부탁받으면 결국 거절을 할 수가 없게 되고, 특히 그렇듯 적극적인 아가씨에게 이런저런 소릴 듣게 되면 도저히 감당할 수가 없지요. 어딘가에서 당신의 이름을 듣고 와서 꼭 의견을 듣고 싶다는 것이지 뭡니까. 아무리 홈즈 씨라도 이 이상 조사할 게 없다고 입에 침이 마르도록 일러주어도 막무가내였지요. 아, 호랑이도 제말 하면 온다더니 바로 그 아가씨가 마차로 달려오는군요."

레스트레이드의 말이 채 끝나기도 전에 드물게 보는 아름다운 아가씨가 방으로 뛰어들어왔다. 보랏빛 눈을 반짝이고 볼을 연분홍빛으로

물들이고 입술은 반쯤 벌렸으며 누를 수 없는 흥분과 걱정 때문에 평소의 처녀다운 몸가짐을 잊고 있는 것 같았다.

"셜록 홈즈 씨" 그녀는 소리내어 외치면서 우리 두 사람을 번갈아 바라보다 여성다운 날카로운 직감을 발휘하여 내 친구를 향했다. "잘 와 주셨습니다. 한시라도 빨리 인사를 드리고 싶어 급히 왔습니다. 제임스는 그런 짓을 하지 않았어요. 전 잘 알고 있습니다. 그러니까 당신도 그것을 믿으시고 조사를 다시 해주세요. 부디 그 사람을 의심하지 마시기를. 저희들은 어렸을 때부터 친구였기 때문에 누구보다도 그를 잘 알고 있습니다. 정말 파리 하나 죽일 수 없을 만큼 착한 사람이에요. 이렇듯 무서운 혐의를 받다니, 그를 알고 있는 사람으로서 보면 우스꽝스러운 일이에요."

"터너 양, 저는 어떻게든지 혐의를 풀어주고 싶습니다." 셜록 홈즈는 말했다. "최선을 다해 볼 테니까, 그 점에서는 모든 걸 신뢰해 주십시오."

"하지만 진술서를 읽으셨겠지요. 뭔가 가망이라도 있을까요. 재판소측 잘못이라든가 미비한 점이라든가 뭐 그런 것은 없었나요? 당신 생각으로는 그 사람은 무죄일까요?"

"아마 그렇게 될 것 같습니다."

"어머나!" 그녀는 머리를 뒤로 젖히고 도전적인 태도로 레스트레이드를 보면서 날카롭게 말했다. "그것 보세요. 홈즈 씨는 그렇게 말씀해 주시잖아요?"

레스트레이드는 어깨를 움츠리며 "홈즈 씨는 약간 지레짐작을 하고 계신 게 아닐까 생각되는데요"라고 말했다.

"아니오, 이분이 말씀하시는 건 정말이에요. 전 알고 있어요. 네, 그렇고말고요. 결코 제임스는 아니에요. 그리고 그 사람이 아버님과 싸움을 한 일에 대해, 검시관에게 그 원인을 이야기하지 않았던 것은 아마 제가 관계되어 있기 때문이라고 생각돼요."

"관계라고 하면, 어떠한?" 홈즈는 말했다.

"이렇게 되면 무엇이든 숨기지 않고 말씀드리겠어요. 제임스는 저의 일로 아버님과 의견이 맞지 않았던 거예요. 아버님인 매카시 씨는 저희들의 결혼을 무척 바라고 계셨고 저희들도 오누이처럼 서로 사랑하고 있었지만, 제임스는 아직 젊고 또 세상일도 잘 모르니까 그런 생각이 들지 않았더라도 당연한 일이 아닐까요? 그래서 제임스는 언제나 아버님하고 말다툼을 했죠. 이번에도 틀림없이 그랬을 거예요."

"당신 아버님은 어떠셨습니까?" 홈즈는 물었다. "결혼에 찬성이었습니까?"

"아니오, 저의 아버지도 역시 반대셨어요. 제임스의 아버님만이 찬성이었습니다." 터너 양은 홈즈의 그 탐색하는 듯한 날카로운 시선을 정면으로 받자 그 싱싱한 볼이 일시에 붉어졌다.
 "좋은 얘기를 들려 주셨습니다."라고 그는 말했다. "내일 댁에 가면 아버님을 뵐 수 있을까요?"
 "하지만 의사 선생님께서 허락하실지 어떨지 모르겠어요."
 "의사 선생님이라니요?"
 "어머, 아직 모르고 계셨나요? 아버지는 벌써 몇 년 전부터 건강이 좋지 않으셨는데, 이번 사건으로 완전히 충격을 받아 병석에 눕고 마셨지요. 윌로즈 선생님 말씀으로는, 아버지의 건강은 이미 가망이 없는 상태라서 신경도 완전히 쇠약할 대로 쇠약했다나 봐요. 아무튼 매카시 씨만이 빅토리아 주(오스트레일리아에 있는 주) 시대부터의 오랜 친구분이셨는걸요, 뭐."
 "허어! 빅토리아 주에 계셨습니까? 이것은 중요한 일인데."
 "네, 광산에 계셨어요."
 "금광이로군요. 거기서 터너 씨는 재산을 모으셨겠지요?"
 "네, 그렇습니다."
 "고맙소, 터너 양 덕분에 크게 참고가 되었습니다."
 "내일 무슨 일이 생기면, 부디 들려주세요. 그리고 당신은 형무소로 제임스를 만나러 가 주시겠어요? 저, 만일 가신다면, 저는 그 사람의 결백을 믿고 있다고 꼭 전해 주세요."
 "전해 드리지요, 터너 양."
 "그럼, 이제 돌아가 보지 않으면 안 돼요. 아버지가 몹시 편찮으시니까요. 그리고 제가 없으면 쓸쓸해하세요. 안녕. 하느님이 당신이 하시는 일을 도와 주시도록!"
 그녀는 왔을 때와 마찬가지로 허둥지둥 급한 걸음으로 방을 나갔는데, 머잖아 마차의 바퀴 소리도 멀어져 갔다.
 "홈즈 씨, 당신이 하는 말을 듣고 있으니 어쩐지 얼굴이 붉어지는

군요." 레스트레이드 경감은 시무룩해져 잠시 잠자코 있었으나, 이윽고 거드름을 피우듯이 말했다. "나중에 실망시킬 것을 알면서 왜 그렇듯 희망적인 이야기를 하십니까? 저도 썩 상냥한 편은 아니지만, 당신의 방식은 잔혹하군요."

"저는 말입니다, 제임스 매카시의 결백을 증명할 길이 있다고 생각하는 겁니다" 하고 홈즈는 말했다. "그건 그렇고, 형무소에서 면회할 수 있는 허가증은 갖고 있습니까?"

"있습니다만, 당신과 저뿐이지요."

"그렇다면 아까는 외출하지 않겠다고 했지만, 다시 한 번 생각을 해볼까. 이제부터 헤리퍼드셔에 가서 그 청년과 면회할 만한 시간이 있을까요?"

"넉넉합니다."

"그럼, 출발합시다. 와트슨, 혼자서 심심할는지도 모르지만, 한 2시간 후에는 돌아올 수 있다고 생각되네."

나는 두 사람을 정거장까지 배웅한 다음 헤어져 이 조그만 시골 거리를 여기저기 걸어다니다가 호텔로 돌아왔다. 소파 위에 누워 통속소설이나 읽으려 생각했지만, 지금 우리들이 직면하고 있는 사건의 특이함과 비교하니 소설의 빈약한 구성은 너무 뻔했다. 어느 틈엔가 현실 문제에 정신을 빼앗긴 터라 소설 쪽이 시시해져 마침내 방구석에 소설을 팽개치고는, 완전히 열중하여 그 날의 사건을 생각해 보았다. 이 불행한 청년의 진술을 절대적으로 진실이라고 가정해볼 때, 그가 아버지와 헤어지고 나서 비명을 듣고 빈 터로 뛰어돌아가기까지 어떤 이상야릇하고 뜻하지 않은 재난이 생긴 것일까. 그것은 가공할 만한 잔인한 일이기도 했으리라. 그럼, 대체 어떻게 하여 그런 일이 행해졌을까. 상처의 상태라도 알면, 의사로서 무엇인가 깨닫게 되는 일이라도 있을지 모른다. 나는 벨을 울려서 주마다 발행되는 지방신문을 가져오게 하여 보았는데, 그것에는 검시(檢屍)의 광경이 그 장소에 입회한 사람의 말대로 기재되어 있었다. 외과의사의 증언에 의하면, 피해자의 좌측 두정골(頭頂骨)의 뒷부분 3분의 1과 후두골의 좌측 반이 둔기에 의해 강타되어 으스러져 있었다는 것이었다. 나는 내 머리를 만져 보며 그 부분의 위치를 조사해 보았다. 확실히 피해자는 뒤에서 맞았을 게 틀림없었다. 이것은 용의자가 아버지와 마주보고서 말다툼하고 있었다고 하므로, 어느 정도 유리한 증언이었다. 그러나 그렇다고 해도 그다지 유리하다고는 생각되지 않는다. 아버지가 저쪽을 향했을 때 뒤에서 때렸다고 하는 일도 있을 수 있지 않은가. 그렇지만 홈즈에게 귀띔해 둘 만한 가치는 있으리라. 다음으로, 죽을 때에 쥐에 대해서 말했다는 기묘한 사실에 대해서는 대체 뭐라고 해석해야만 할까? 설마 헛소리라고는 생각되지 않는다. 보통 뒤에서 별안간 얻어맞아서 죽어 가고 있는 사나이라면 헛소리를 할 상태에는 이르지 않는 법이다. 아니, 이것은 오히려 어떻게 습격되었는가를 설명하고자 한 말이 아니었을까. 이렇게 생각하는 편이 진상에 가까운 것 같다. 그렇다고 한다면 그것은 무엇을 의미하는가? 어떻게 설명이 될 수 없을까, 하고 나는 머리를 쥐어짜 보았다. 그리고 또 매카시 청년이 보았다고 하는 저 잿빛 옷에 대한 것이 있다. 그가 하는 말이 진실이라고 한다면, 범인은 달아날 때 몸에 걸치고 있던 것——아마도 외투——을 떨어뜨리고 갔다가 대담하기 이를 데 없이 되돌아와서는 12, 3야드밖에 떨어져 있지 않은 곳에서 아들이 아버지 곁에 무릎 꿇고 내려다보는 극히 짧은 틈에 그것을 집어갔으리라. 생각해 보면 사건 전체가 어딘지 이상한, 상식적으로는 있을 수 없는 일만으로 구성되어 있는 게 아닌가. 나는 제임스를 진범이라고 하는 레스트레이드 경감의 의견을 당연하다고도 생각하지만 한편으로는 셜록 홈즈의 통찰력을 깊이 신뢰하고 있기에 차례차례로 나타나는 새 사실이 매카시 청년은 무죄라고 믿는 홈즈의 신념을 뒷받침한다고 생각되는 한 청년을 살릴 희망을 버릴 수가 없었다.

셜록 홈즈는 밤이 이슥해서야 돌아왔다. 레스트레이드는 시내의 다른 숙소에 묵고 있었으므로, 홈즈 혼자뿐이었다.

"기압계의 눈금이 아직 높군." 그는 의자에 앉으며 말했다. "현장에 가서 지면을 조사할 때까지 비가 오지 않는 것이 중요한 문제일세. 그러나 또 이처럼 세심한 주의가 필요한 일을 하자면, 이쪽이 원기 있고 머리가 맑지 않으면 곤란하단 말이야. 그러므로 긴 여행으로 피로해 있을 때에는 하고 싶지가 않아. 그것은 그렇고, 매카시 청년을 만나고 왔네."

"무엇인가 알아 낸 일이라도 있나?"

"아무것도 없었어."

"조금 단서가 될 만한 것도 말하지 않던가?"

"전혀 없었어. 한때는 그 청년이 진범을 알고 있으면서 그것을 두둔하려는 것이라고 생각했었는데, 만나고 온 지금에 와서는 그도 남들과 마찬가지로 조금도 짐작이 가지 않는 것을 알았네. 그는 호남자로 마음씨는 좋지만, 별로 눈치가 빠른 편은 아니니까 말야."

"나는 생각해 보았네. 터너 양 같은 귀여운 아가씨와의 결혼을 싫어하는 것이 사실이라면, 그의 취미를 인정할 수는 없지."

"응, 하지만 거기에는 나름대로 딱한 이야기가 있더구만. 그는 그녀에게 홀딱 빠져서 미친 듯이 사랑하고 있기는 한데, 2년쯤 전 그가 아직 어린아이 같았고 그녀는 5년간이나 기숙 학교에 가 있어 그녀를 잘 몰랐을 무렵에, 하필이면 브리스틀의 술집 여자에게 걸려 등기소에서 결혼하고 말았던 거야. 하기야 현재로선 아무도 이 일을 모른다네. 그런 처지라 터너 양과의 결혼을 목마르게 열망하면서도 실제로 실현할 수 없건만, 아버지로부터는 결혼하지 않는 게 괘씸하다고 야단맞고 있으니 머리가 이상해지는 것도 무리는 아닐 걸세. 자네도 그것을 상상할 수 있으리라고 생각하네. 마지막으로 아버지와 만났을 때, 터너 양에게 결혼을 청하라고 책망받고서 그만 손을 대고 말았던 것도 그러한 까닭이 있어서였지. 더욱이 제임스에겐 자립할 능력이 없는데다가 아버지는 완고하기 이를 데 없어 만의 하나라도 비밀 결혼을 한 사실이 들통나면 그야말로 집에서 쫓겨날 게 뻔하지. 최근 브리스틀 시에 사흘이나 가 있었다고 하는 것도 그 술집 여자를 만나기 위해서였던 거야. 물론 아버지는 그런 일을 모르지. 여기가 중요한 곳이니까 주의해 주게나. 그러나 전화위복이 되었어. 그 여자는 신문으로 그의 이번 재난을 알고 교수형이 될 것 같은 상황이 되자 그에게 완전히 정나미가 떨어져, 자기에게는 옛날부터 남편으로 정해진 사람이 버뮤다 조선소에 있으니까 앞으로는 서로 관계가 없는 걸로 생각해 달라는 편지를 보내 왔던 것일세. 이로써 고뇌하고 있던 매카시 청년도 얼마쯤은 가슴을 쓸어내리고 있을 거야."
"그렇긴 하더라도, 그가 무죄라면 누가 범인이지?"
"글쎄, 누가 했을까? 특히 두 가지 점에 자네의 주의를 기울여 주기 바라네. 첫째는 이렇다네. 살해된 아버지가 늪가에서 누구와 만날 약속을 하고 있었다는데, 그것이 아들이라고는 생각되지 않아. 아들은 그때 없었고, 더구나 아버지는 아들이 언제 돌아올지도 몰랐거든. 둘째는 아들이 돌아와 있음을 아직 모르고 있는 사이 아버지가 '쿠이'라고 외쳤다는 일이야. 이 두 가지 점이 이 사건을 결정적으로 좌우하는 열쇠이지. 자, 어떤가, 와트슨, 한 번 조지 메리디스(1828~1907. 영국의 소설가)의 이야기라도 하지 않겠나. 그리하여 자세한 문제는 또 내일 생각하기로 하는 게 어떨까."
홈즈가 바랐던 대로 비는 오지 않고, 이튿날은 한 점의 구름도 없이 활짝 갠 아침이 되었다. 9시쯤에 레스트레이드 경감이 마차를 타고 마중왔으므로 우리들은 그것에 올라 해저리 농장으로 해서 보스콤 계곡 쪽으로 가기 위해 출발했다.

"오늘 아침에 중대한 뉴스가 있었습니다"라고 레스트레이드는 곧 말을 걸어 왔다. "지주인 터너 씨의 병세가 심해져 이제는 틀렸다는 이야기입니다."

"나이가 상당할 테지요?" 홈즈가 물었다.

"예순 안팎인데 식민지 생활로 완전히 건강을 해쳐서 최근에는 차츰 쇠약해졌던 모양입니다. 특히 이번 사건으로 몸에 영향이 있었겠지요. 매카시와는 친한 사이로, 더구나 해저리 농장을 무상으로 빌려 주고 있었던 만큼 매카시에겐 대은인이기도 한 겁니다."

"그거 재미있는데······" 홈즈가 말했다.

"그럼요. 그뿐인가요, 터너는 매카시를 그밖에도 여러 가지 일로 도와 주고 있었습니다. 이 근방 사람이라면 그의 친절을 모르는 사람이 없지요."

"그렇긴 하지만 매카시라는 사람은 자기의 재산이라고 할 만한 것을 별로 가지고 있지 않았고, 게다가 그렇듯 터너의 신세를 지고 있으면서 그 위에 터너의 재산 상속인이 될 딸과 자기의 아들을 결혼시킬 생각이 있었다고 하는 건 조금 이야기가 이상하다고 생각되지 않습니까? 게다가 그 말솜씨가 말입니다. 아들이 청혼만 하면 결혼이 척척 진행되기나 할 것처럼 독단적인 태도였던 것도 어떠한 속셈이 있었던 게 아닐까요? 더구나 터너 씨는 이 결혼에 반대했다고 하니 이야기가 더욱 이상하지요. 이 점은 아가씨도 말한 것인데, 여기서 무엇인가 추론할 수 없겠습니까?"

"드디어 언제나의 추리추론이 나왔군요." 레스트레이드는 나에게 눈짓을 하며 말했다.

"그런데 홈즈 씨, 저는 공리공론의 뒤를 좇지 않고 사실과의 씨름만으로서도 벅찰 정도입니다."

"정말이오." 홈즈는 시치미를 떼고 대답했다. "당신은 사실과 씨름하는 것만 해도 벅찰 거요."

"어쨌든 나는 하나의 사실만은 확신하고 있어요. 이것은 홈즈 씨라도 좀처럼 규명할 수 없는 것이지요." 레스트레이드는 약간 누그러지며 대답했다.

"하나의 사실이라니요?"

"매카시 노인은 아들에게 살해되었다는 사실입니다. 그러므로 이것에 반대하는 추리는 달빛처럼 엷기만 한 꿈이야기에 지나지 않아요."

"하지만 달빛은 안개보다 밝은 법이오." 하고 홈즈는 웃으면서 말했다. "그건 그렇고, 왼쪽에 보이는 게 해저리 농장이겠지요?"

"네, 저것입니다." 널찍널찍하고 살기 좋은 듯한 농장은 2층 건물로, 슬레이트 지붕이며 잿빛 벽에 노란 이끼의 얼룩점이 군데군데 나 있었다. 그러나 지금은 덧문을 굳게 닫고 굴뚝의 연기도 보이지 않아 집 전체가 어딘지 모르게 슬픔에 잠겨 있었고, 이 무서운 사건의 무게가 아직도 그 위를 짓누르고 있는 것만 같았다. 현관에서 방문을 알리자 하녀가 나왔다. 홈즈는 그녀에게 부탁하여 주인이 살해된 날에 신고 있었던 구두와 아들의 구두를 가져오게 하였다. 물론 아들의 것은 그날 신고 있었던 것이 아니었다. 홈즈는 두 켤레의 구두 치수를 여러 방향에서 예닐곱 군데나 면밀히 재더니, 이윽고 뜰로 안내를 부탁하여 거기서부터 우리들을 불러 보스콤 계곡으로 통하는 구불구불한 길을 걸어갔다.

셜록 홈즈는 이렇듯 단서를 좇으며 열중하고 있을 때는 사람이 아주 달라지고 만다. 그를 베이커 거리의 조용한 사색가이며 이론가로만 알고 있는 사람은 이것이 홈즈라고 생각하지 못할 것이다. 얼굴이 붉게 상기되고 이어 어두운 느낌으로 변한다. 눈썹은 팽팽해져 두 가닥의 단단한 검은 줄이 되고 눈은 그 아래에서 강철처럼 차갑게 번쩍인다. 얼굴은 앞으로 향해서 웅크린 것처럼 되고 어깨가 구부러지며, 입술은 굳게 다물어지고 길고 건장한 목덜미에는 혈관이 노끈처럼 굵게 두드러지는 것이었다. 콧구멍은 사냥감을 쫓는 단순한 동물적 욕망만으로 벌름거리는 듯하고, 마음은 눈앞의 문제에 모두 집중되고 말기 때문에 누가 묻든가 말을 걸든가 해도 깨닫지 못하거나 아니면 짜증스러워하며 빠른 말로 고함을 질러 대꾸한다. 목장을 빠져나가는 길을 그는 묵묵히 잰걸음으로 나아갔고, 숲을 지나 보스콤 계곡 기슭으로 내려갔다. 이 일대의 토지가 그렇듯이 이곳도 습하여 오솔길이나 그 양쪽의 짧은 풀 위에 발자국이 점점이 남아 있었다. 홈즈는 발걸음을 빨리하는가 싶더니 딱 멈춰서 한 번은 목장 쪽으로 가는 길을 꽤나 돌기도 하였다. 그 동안 레스트레이드 경감과 나는 그 뒤를 따라 걸었는데, 경감은 무관심하게 자못 냉소적인 태도였었지만 나는 친구의 일거일동이 확고한 하나의 목표를 향해서 이루어지고 있음을 믿고 있었기 때문에 깊은 흥미를 갖고 그의 움직임을 지켜보았다.

보스콤 계곡은 지름이 50야드 가량이며 사방이 갈대로 둘러싸인 작은 수면으로, 해저리 농장과 부유한 터너 씨의 사유지인 사냥터 중간에 있었다. 계곡의 맞은편 기슭에는 무성한 숲 위로 빨간 소첨탑이 솟아 있는 게 보였는데, 거기가 지주의 저택이 있는 곳이었다. 해저리 농장 쪽은 깊은 숲으로 싸여 있고 숲과 갈대가 우거진 물가 사이에 폭이 20보쯤되는 습기찬 풀밭이 계곡을 둘러싸고 있다. 레스트레이드는 시체가 발견된 정확한 장소를 가르쳐 주었는데, 그곳의 흙이 매우 축축하기 때문에 피해자가 쓰러질 때 남긴 자국은 나라도 똑똑히 확인해 볼 수 있을 정도였다. 홈즈의 불타는 듯한 얼굴 표정이며 찌르는 듯한 눈초리로 헤아리건대, 그는 짓밟힌 잡초 위에서 나 따위는 알지도 못하는 많은 것들을 알아낸 것이리라. 마치 냄새를 맡은 개처럼 뛰어다니더니, 이윽고 레스트레이드 쪽을 돌아봤다.
"당신은 무엇 때문에 늪 속에 들어갔습니까?" 홈즈는 물었다.
"쇠스랑으로 밑바닥을 찾아보았던 겁니다. 흉기나 무언가 단서가 되는 것이라도 발견되지 않을까 생각해서죠. 하지만 당신이 어떻게 그걸?"
"그러한 것을 설명할 틈이 없소. 당신의 그 안짱다리 왼발 자국이 곳곳에 나 있지 않소. 두더지같이 눈뜬 장님이라도 이 발자국은 알 수 있지. 그리고는 갈대밭으로 사라지고 있더군요. 오, 모두들 물소 떼처럼 몰려와서 이 늪의 진흙 속을 뒹굴어 엉망진창으로 만들어 놓았군. 이렇게 되기 전에 내가 왔다면 얼마나 간단했을까. 여기는 오두막집의 관리인과 함께 온 녀석들이 걸은 곳이로군. 이 녀석들이 시체 주변의 6피트 내지 8피트의 지면을 마구 짓밟아 놓았어. 하지만 이곳에 세 개, 똑같은 발자국이 남아 있군."
이렇게 말하고 홈즈는 확대경을 꺼내어 발자국을 면밀히 조사하기 위해 방수외투를 펼치고 그 위에 배를 깔았다. 그리하여 그 동안도 우리들에게 말을 건넨다기보다도 혼잣말처럼 계속하고 있었다.
"이것은 매카시 청년의 발자국이야. 두 번 걸었군. 한 번은 뛴 것이라서 발부리 쪽만이 깊이 남아 있고 뒤꿈치 자국은 거의 알 수 없어. 이것은 그의 진술과 일치되는군. 아버지가 쓰러져 있는 걸 보고서 달려온 거야. 그리고 이쪽에 아버지가 걸아다녔던 발자국이 있어! 아니, 이것건 뭐지? 아들이 아버지의 설교를 듣고 있었을 때 난 총의 개머리판 자국이로군. 이것은? 흠, 무엇일까? 소리가 나지 않도록 살며시 걸은 자국이다. 앞이 각진 모양의 구두야! 오고, 가고, 또 오고 있군. 물론 외투를 가지러 돌아온 것일 게야.

그런데 이놈은 어디서부터 왔을까?"
그는 그 근처를 뛰어다니며 발자국을 잃어버릴라치면 다시 찾아내어 마침내 숲속으로 꽤나 깊이 들어갔으며, 이 구역에서 가장 큰 나무인 너도밤나무 아래에 이르렀다. 그는 나무 뒤로 돌아가더니 기쁜 듯이 작은 소리로 외치고는 다시 한 번 땅바닥에 배를 깔았다. 그리하여 오랫동안 주위의 낙엽이며 고엽을 헤치더니, 나에게는 티끌로밖에 보이지 않는 것을 들어 보이며 소중한 듯 봉투에 담자 이번에는 확대 렌즈를 꺼내어 지면뿐 아니라 나무의 줄기도 손이 닿는 한 조사해 보았다. 이끼 사이에 톱니 모양의 돌멩이가 하나 있었는데, 그는 그것도 신중히 조사하고 간직했다. 그리고 숲의 오솔길을 빠져나와 길가로 나섰다. 여기까지 오자 발자국은 이제 완전히 없어져 있었던 것이다.

"꽤나 재미있는 사건인걸" 하고 홈즈는 평소의 얼굴로 돌아가서 말했다. "저기 오른쪽에 보이는 잿빛의 집이 관리인의 오두막이라고 생각되는데, 나는 그곳에 들어가 모랑과 잠깐 이야기를 하고 짧은 편지를 하나 쓸 작정이네. 점심식사는 돌아가서 하기로 하세. 미안하지만 자네들은 먼저 마차까지 가 있게나. 나도 곧 뒤따라가겠네."

우리들이 마차에 올라타 로스 시내로 되돌아간 것은, 그로부터 10분쯤 지나서였다. 홈즈는 숲 속에서 주워 온 돌멩이를 아직도 가지고 있었다.

"레스트레이드 씨, 재미있는 것이 있었소." 그는 말했다. "이것으로 죽인 겁니다."

"하지만 그런 흔적은 남아 있지 않습니다."

"그러한 것은 없죠."

"그럼, 어떻게 알 수 있습니까?"

"돌멩이 아래에는 풀이 나 있었죠. 즉 거기에 돌을 놓은 지 2, 3일밖에 되지 않은 셈이오. 또 처음에 파낸 곳도 발견되지 않았소. 그러나 피해자의 상처와 들어맞는 데다가 달리 흉기가 될만한 것도 보이지 않습니다."

"그래, 누가 죽였다는 겁니까?"

"키가 크고 왼손잡이고 오른발을 절룩거리며 창이 두꺼운 사냥용 구두를 신고 잿빛 외투를 입고 인도 산 시가 파이프를 사용하고 있는 사나이오. 주머니에는 별로 잘 들지 않는 주머니칼을 가지고 있지요. 그 밖에도 두서너 가지 특징이 있지만, 수사에는 이것만 있으면 충분할 거요."

레스트레이드는 웃기 시작했다. "누군지 아직 납득이 가지 않는군요. 추리로서는 훌륭할지도 모르지만, 아무튼 우리들은 완고한 배심원을 상대로 하지 않으면 안 되니까요."

"이제 알게 될 겁니다." 홈즈는 조용히 대답하고 "당신은 당신 방법대로 하십시오. 저는 제가 믿는 식으로 해나갈 테니까요. 오후엔 꽤 바빠질 것 같지만, 아마 저녁 기차로 런던에 돌아가게 될 거요."

"아니, 사건을 팽개친 채로?"

"아니오, 물론 해결하고 나서지요."

"그러나 미궁에 빠진 이 사건을?"

"벌써 해결했습니다."

"그럼, 진범은?"

"방금 제가 말한 인물입니다."

"그러나 그렇게 말해서는……"

"범인을 찾는 것은 쉬울 거요. 아무튼 이 근방은 주민들도 그리 많지 않으니까요."

레스트레이드는 어깨를 움츠렸다. "저는 현실적인 사람이라서 말이죠." 그는 말했다. "절름발이고 왼손잡이인 사나이는 없습니까, 하고 여기저기를 찾아다니는 듯한 짓은 절대로 할 수 없죠. 그런 짓을 했다가는 경시청의 웃음거리가 될 테니까요."

"알았소." 홈즈는 조용히 대답했다. "나는 당신에게 기회를 주었을 뿐이오. 자, 당신의 숙소 앞에 왔습니다. 안녕, 출발하기 전에 편지를 남겨 두리다."

레스트레이드를 거기서 내려주고 우리가 호텔로 돌아오니 식탁에 식사 준비가 되어 있었다. 홈즈는 생각에 잠겨 있었는데, 얼굴에 긴장된 표정을 떠올리고 극히 곤란한 입장에 빠져 있는 사람 같았다.

"그런데 와트슨." 식사가 끝나자 홈즈는 말했다. "이 의자에 앉아 잠시 나의 설명을 들어 주었으면 하네. 나는 지금 대체 어떻게 하면 좋을지 짐작이 가지 않네. 자네의 조언이 필요한데, 시가라도 피우면서 들어 주지 않겠나?"

"응, 듣겠네."

"여기서 이 사건을 다시 생각해 보면, 매카시 청년의 진술 중에서 우리의 주의를 끈 점이 두 가지 있었네. 그렇지만 나는 그에게 유리하도록 해석했고, 자네는 불리하게 해석했다고 하는 차이는 있지만 말일세. 아무튼 그건 어찌되었든간에 이 두 가지 점이라고 하는 것은, 첫째로 제임스의 진술에 따른다면 아버지가 아들의 모습을 보기 전에 '쿠이'라고 외쳤던 일, 둘째로 아버지가 죽을 때 쥐가 어떠니 하는 기묘한 말을 남겼다는 것이네. 아버지는 물론 좀더 뭔가 말하고 있었을 테지만, 아들의 귀에 들렸던 건 쥐라는 말뿐이었지. 그래 우리들은 이 두 가지 점에서 추리를 진행시켜 나가지 않으면 안 되는데, 그러자면 우선 이 청년이 한 말을 절대로 진실이라고 가정하고서 출발해야 하네."

"그럼, '쿠이'라고 외친 것은 어떠한 의미가 되지?"

"물론 그것은 아들을 향해 외친 것이 아니야. 아버지는 그때 아들이 브리스틀 시에 있는 줄로만 알고 있었던 걸세. 아들은 근처에 있다가 우연히 들은 것에 불과해. 그렇다고 볼 때 아버지가 '쿠이'라고 부른 것은 누구인지는 모르나, 어쨌든 그와 만날 약속이 되어 있었던 인물의 주의를 끌기 위해서였어. 그런데 말이야, '쿠이'라고 부르는 말은 오스트레일리아의 원주민들 사이에서 흔하게 사용되었지. 그래서 매카시와 만나기로 약속되어 있었던 상대방은 옛날 오스트레일리아에 살고 있었다는 강력한 추정이 생겨나는 셈이지."

"그럼, 쥐라는 건?"

셜록 홈즈는 주머니에서 차곡차곡 접은 종이를 꺼내어 그것을 테이블 위에 펼쳤다.

"이것은 오스트레일리아 빅토리아 주의 지도일세." 그는 말했다. "어젯밤 브리스틀에 전보를 쳐서 가져오게 한 거야." 그는 이렇게 말하고 나서 한 손으로 지도의 일부를 가리고 "이것을 뭐라고 읽을 수 있지?" 하고 물었다.

"ARAT(한 마리의 쥐)"라고 나는 읽었다.

"그럼, 이 고장의 이름은?" 그가 그 손을 치웠다.

"BALLARAT"

"그렇지. 이것이 살해된 사나이의 마지막 말로, 아들은 그 끝의 두 음절만 알아들었던 것일세. 매카시는 범인의 이름을 말하려고 했어. 발러래트의 아무개라고 말이야."

"훌륭하군." 나는 감탄했다.

"명백하잖아. 그럼, 이걸로 수사의 범위가 꽤 좁혀졌군. 다음으로, 아들이 하는 말이 옳다면 범인은 잿빛 윗옷을 입었던 것이 분명하네. 우리는 지금 막연한 암중모색에서 벗어나 발러래트에서 온 잿빛 윗옷의 오스트레일리아 인이라는 명확한 관념에 도달한 셈이지."
"그렇군."
"그와 동시에 범인은 이 근처의 지리에 익숙하다는 것도 말할 수 있지. 왜냐하면 보스콤 계곡으로 가는 길은 농장에서거나 그렇지 않으면 터너의 소유지를 지날 수밖에 없으니까 말일세. 도저히 다른 고장의 사람이 갈 수 있는 장소가 못 돼."
"하긴 그래."
"그리고 오늘 실지로 답사한 결과, 현지의 지면을 조사해 보고 범인의 특징에 관하여 두서너 가지 더 자세한 점을 알 수 있었어. 그것을 나는 멍텅구리 레스트레이드에게 가르쳐 주었지만 말이야."
"하지만 어떻게 그러한 것을 알았나?"
"자네는 나의 방법을 알고 있잖나. 그것은 극히 사소한 것으로 조립되는 거야."
"범인의 키는, 자네라면 걸음걸이 폭에서 어림하여 대략을 잴 수 있단 말이지. 구두도 발자국에서 판단했을 것이고."
"그렇지, 색다른 모양의 구두였어."
"하지만 절름발이인 줄은 어떻게 알았나."
"오른쪽 발자국이 왼쪽만큼 뚜렷이 남아 있지 않았기 때문이지. 즉 오른발에 힘이 덜 쏠렸다, 그 이유는 절름발이이기 때문이야."
"그리고 왼손잡이에 대해서는?"
"검시한 의사의 진단서에 나와 있던 상처의 모양에 대해서는 자네도 깨닫고 있지 않았는가? 뒤에서 내리쳤건만 상처가 왼쪽에 있네. 왼손잡이가 아니면 그런 일이 가능할 턱이 없지. 범인은 부자가 말다툼하고 있는 동안 너도밤나무 그늘에 숨어서 담배까지 피우고 있었어. 나는 현장에서 시가 재를 발견했는데, 담뱃재에 대한 나의 특수한 지식을 갖고서 감정해보니 그것은 인도산의 시가였네.

담뱃재에 관해서는 자네도 알다시피, 내가 조금 흥미를 가진 일이 있었지. 파이프 담배, 시가, 시거렛 140종의 재에 대해 소논문을 쓴 일도 있다네. 재를 발견하고 주위를 둘러보았더니 이끼 사이에 피우다 만 것이 버려져 있더군. 인도산 시가로, 로테르담에서 팔고 있는 종류였네."
"시가용 파이프를 사용했다는 것은?"
"그 피우다 만 것을 입에 물었던 흔적이 없어. 파이프를 사용한 거지. 이빨로 물어뜯지 않고 칼로 잘랐는데, 자른 자국이 날카롭지가 않았어. 그래서 잘 들지 않는 주머니칼을 쓴 것이라고 추론했지.
"홈즈," 나는 말했다. "거기까지 그물을 둘러치고 나면, 이제 그 사나이는 도망갈 길이 없겠군. 이제 자네는 한 사람의 무고한 인간을 구한 것일세. 문자 그대로 마치 교수대의 밧줄을 끊어 버리듯이 아슬아슬한 지경에서 말이야. 거기까지 들으면 나도 대강 짐작이 가네. 범인은……"
그때 "존 터너 씨가 오셨습니다" 하고 호텔의 급사가 문을 열고 한 사람의 손님을 들여보냈다.
들어온 사람은 좀 특이하고 인상적인 용모를 지니고 있었다. 천천히 절룩거리며 걷고 어깨를 앞으로 떨군 자세로는 자못 노쇠했다는 느낌을 주지만, 더구나 그 엄격한 주름이 깊이 잡힌 딱딱한 얼굴 생김이며 남달리 두드러지게 큰 사지를 보니 이 인물이 예사롭지 않은 체력과 강한 성격의 소유자라는 게 곧 느껴졌다. 더부룩한 수염, 흰 머리칼이 섞인 머리, 사람들의 시선을 끄는 늘어뜨려진 눈썹 등이 하나가 되어 이 사람의 풍모에 일종의 위엄과 힘을 주고 있었다. 그러나 얼굴에 핏기가 없고 입술이며 콧구멍의 가장자리에 검푸른 반점이 있는 것으로 보아, 만성적인 중병에 걸려 있다는 것을 나는 첫눈에 알 수 있었다.

"이 소파에 앉으시지요." 홈즈는 조용하게 말했다. "저의 편지를 받으셨습니까?"

"네, 오두막의 관리인이 가져왔습니다. 남의 이목이 시끄러우니까 여기서 만나고 싶다는 말씀이셨는데……"

"제가 댁을 방문하면 이웃 사람들이 결코 입을 가만히 두지 않을 테니까요."

"그래, 저를 만나고 싶다고 하신 것은 어떠한 용건인가요?"

그는 대답을 듣기 전에 이미 대답을 알고 있기나 한 것처럼 피로한 눈에 절망의 빛을 띠고 나의 친구를 응시했다.

"네." 홈즈는 상대편의 말보다도 그 눈초리에 대답했다. "실은 그것입니다만, 매카시의 일을 저는 모두 알고 있습니다."

노인은 두 손으로 얼굴을 가렸다.

"오, 하느님, 살려 주십시오!"라고 그는 외쳤다. "하지만 저는 그 청년을 괴롭힐 작정은 아니었습니다. 맹세하고서 말하지만, 순회 재판이 되어 만일 그 청년이 유죄가 된다면 저 모든 걸 이야기할 각오를 하고 있었습니다."

"그 말씀을 듣고서 안심했습니다." 홈즈는 무거운 목소리로 말했다.

"귀여운 딸만 없다면 언제라도 자수하려고 했습니다. 제가 체포되면 딸의 마음은 찢어질 것만 같을 겁니다. 아니, 찢어질 게 뻔하지요."

"그런데 그렇게 되지 않을지도 모르지요." 홈즈가 말했다.

"네?"

"저는 경찰이 아닙니다. 제가 출장을 온 것은 따님이 희망하셨기 때문이며, 저는 지금도 그녀와 한편이라고 생각하고서 일하고 있지요. 그러나 제임스 청년만은 석방시켜 주도록 모두들 힘을 다하지 않으면 안 됩니다."

"저는 앞날이 멀지 않은 몸입니다." 터너 노인은 말했다. "여러 해 동안 당뇨병을 앓고 있어 의사로부터 한 달을 살지 어떨지 모른다는 말을 듣고 있습니다. 똑같은 죽음이라면 감옥에서 죽기보다 내 집의 지붕 아래에서 죽기를 원하고 있지요."

홈즈는 일어서서 펜을 잡고 테이블 앞에 고쳐 앉더니, 한 묶음의 종이를 펼쳤다. "진상을 한 번 말씀해 주시지 않겠습니까?" 그는 말했다. "전 그저 기록해 두고 싶은 겁니다. 그것에 당신의 서명을 받으면 여기에 있는 와트슨이 증인이 되어 주겠지요. 그렇게 해 두면 매카시 청년의 입장이 더욱더 불리해졌을 때 당신의 고백서를 제출하여 그를 구해 낼 수가 있습니다. 약속해 두겠습니다만, 이것은 절대로 필요한 때 이외에는 사용하지 않겠습니다."

"그것도 좋겠지요. 순회 재판까지는 도저히 살아 있을 수 없으므로, 저야 어느 쪽이라도 상관없지만 앨리스에게 충격을 주지 않도록 해주고 싶을 뿐입니다. 그렇다면 이야기하지요. 그 일을 실행하기까지에는 긴 세월이 걸렸습니다만, 말로 하자면 그렇게 시간이 걸릴 것도 없습니다.

당신은 죽은 매카시를 알지 못하지만, 그는 인간의 탈을 뒤집어 쓴 악마입니다. 정말로 그렇습니다. 당신도 그 같은 자에게 결코 붙잡히지 않도록 조심하십시오. 저는 실로 20년이라는 기나긴 세월에 걸쳐 그의 뜻대로 움직여져 생명의 샘까지 말라붙고 말았습니다. 그렇다면 먼저, 어째서 제가 그의 손아귀에 걸려들었는지 그 자초지종부터 이야기를 시작하지요.

1860년대 초, 오스트레일리아의 금광 지대에서의 일입니다. 그 무렵 아주 혈기왕성하고 천방지축인 젊은이였던 저는 무엇에든지 손을 대어보고 싶어했지요. 그러나 어쩌다 나쁜 친구들과 어울리게 되었고, 술이나 마시고, 제 광산에는 행운도 따라주지 않았기에 결국 오지로 도망치고 말았습니다. 그리하여 이쪽 말로 노상 강도라고 불리는 것이 되었던 겁니다. 한 패거리인 여섯 명과 목장을 습격하거나 금광을 왕래하는 마차를 세우면서 난폭하고 멋대로 굴었던 겁니다. 발러래트의 블랙 재이 저의 별명으로, 발러래트 갱단이라고 하면 지금도 그 식민지에서는 기억하고 있습니다. 어느 날 발러래트에서 멜버른으로 가는 금괴 수송대가 있기에 우리는 잠복하고 있다가 마차를 습격했습니다. 상대도 기마병이 6명이었고 우리도 6명이니 아주 대등한 싸움이었지만, 최초의 일제사격으로 상대편 4명을 안장에서 떨어뜨렸던 겁니다. 그러나 이쪽도 전리품을 손에 넣기까지 세 사람이 살해되었습니다. 저는 마부의 머리에 권총을 들이대었는데, 그 녀석이 바로 매카시였던 거지요. 그때 그 녀석을 죽여 버렸으면 좋았을 것을. 매카시는 저의 인상을 자세히 기억해 두기라도 하는 것처럼 조그맣고 음흉스러운 눈으로 제 얼굴을 물끄러미 쳐다보고 있었건만, 그런데도 용서했던 겁니다. 우리들은 금괴를 손에 넣어 부자가 되었고 그 뒤 누구에게도 의심받지 않고 본국에 돌아왔습니다. 돌아오고 나서 옛 패거리와도 헤어지고 저는 자리잡고 건실한 생활을 하리라 결심했습니다. 때마침 이 토지가 팔려고 나와 있길래 사들이고, 돈을 벌기 위해 저지른 과거의 죄를 속죄하기 위해 가지고 있던 돈으로 조금이라도 착한 일을 하고자 애썼습니다. 결혼도 했습니다만 아내가 일찍 죽고 귀여운 앨리스만 남았습니다. 그때 딸은 갓난아기였는데 그 귀엽고 조그만 손이야말로 무엇보다도 저를 옳은 길로 이끌어 주는 듯한 느낌이 들었던 겁니다. 한 마디로 말하면 저는 완전히 마음을 고쳐먹고 과거의 죄를 속죄하기 위해서 가능한 일들을 모두 해 왔습니다. 그런데 모든 일이 잘 되어 가고 있을 때 돌연 매카시에게 붙잡히고 말았습니다.

어느 날 투자 관계의 볼일로 런던에 갔을 때, 저는 리젠트 거리에서 그 녀석과 마주쳤던 것입니다. 그는 입고 있는 윗옷도 신고 있는 구두도 보잘것없는 가엾은 꼴이었지요. '오, 잭.' 그는 나의 팔을 붙잡고 말했습니다. '이제부터는 가족과 마찬가지로 대해 주기를 바라네. 나는 아들과 둘뿐이니까, 잘 부탁해. 만일 자네가 싫다고 한다면…… 그렇지, 여기는 법률이 엄한 고마운 영국이니 조금만 큰 목소리로 부르면 언제라도 경관이 달려오지.' 이런 식이라서 저는 그 사나이를 데리고 이 서부 지방으로 돌아왔습니다. 그리곤 오늘날까지 아무리 해도 떼어버리지 못하고, 저의 토지에서 가장 좋은 농장에서 소작료 없이 그가 살도록 해 왔습니다. 저로서는 하루라도 마음 편할 날이 없고 옛일을 잊을 수도 없을 뿐 아니라, 어디를 가나 그 녀석의 교활하고 이기죽거리는 웃음이 눈앞에서 사라지지 않습니다. 더구나 앨리스가 성장하면서 제 처지는 더욱 난처해졌습니다. 제가 경찰보다 딸에게 과거가 알려지는 것을 더 두려워한다는 사실을 그가 눈치채기 시작했기 때문입니다. 어떠한 것이라도 그가 원한다면 주지 않을 수 없었고, 땅이나 돈, 집 할 것 없이 말하는 대로 주었습니다. 그 결과가 무엇이었겠어요? 마침내 그는 도저히 줄 수 없는 것까지 탐내게 되었습니다. 앨리스를 아들의 아내로 달라고 말했던 겁니다. 아시다시피 그의 아들도 성장하고 저의 딸도 커 갔습니다. 그리하여 그는 제 건강이 좋지 않음을 알고 자기의 아들이 이 재산의 상속자가 되면 신나는 일이라고 생각했던 거지요. 그러나 저는 이 일에는 완강히 반대했습니다. 그의 저주받은 피가 저의 자손에 섞이는 것을 결코 용납할 수 없었습니다. 특별히 그 아들이 싫어서가 아니라, 그 사나이의 핏줄을 이어받고 있다고 생각만 해도 참을 수가 없었습니다. 저는 굽히지 않았고, 매카시는 협박했습니다. 저는 어떠한 흉악한 수단으로 나오더라도 겁나지 않는다고 버텼습니다. 이런 일이 있었으므로 저는 어쨌든 이야기를 결판내기 위해 양쪽 집의 중간에 있는 늪가에서 만날 약속을 했던 것입니다. 제가 기슭에서 내려가려니까 그는 아들과 이야기를 하고 있었기에 저는 시가를 피우면서 그가 혼자 되기를 나무 그늘에서 기다리고 있었습니다. 그런데 이야기를 엿듣고 있는 사이, 암담함과 비통함이 마음 속에서 솟아오름을 느꼈습니다. 그 사나이는 아들에게 제 딸과 결혼하라고 계속 윽박질렀는데 딸의 심정 같은 건 조금도 생각지 않고 그저 거리의 여자 정도로 취급하는 듯한 말투였습니다. 저는 자신뿐 아니라 귀여운 딸까지 이런 사나이의 손아귀에 쥐여 살 것을 생각하자 미칠 것만 같았습니다. 어떻게 이 저주의 사슬을 끊을 수는 없는 것일까, 이미 저는 언제 죽을지도 모르는 아무런 희망도 없는 몸입니다. 지금 당장은 머리도 정상이고 손발도 튼튼합니다만, 앞날이 뻔한 목숨입니다. 이대로 죽으면 죽은 뒤 얼마나 나쁜 평판이 날지도 모르며 딸의 장래도 염려되었습니다. 만일 지금 저 미운 사내의 입을 막을 수만 있다면 제 걱정도 없어지겠지요. 홈즈 씨, 그래서 저는 감행했습니다. 같은 지경에 이르면 몇 번이라도 할 겁니다. 저는 옛날엔 큰 죄를 지었던 몸이니 그것을 속죄하기 위하여 순교자 비슷한 생활을 보내 왔던 겁니다. 하지만 저의 딸까지도 똑같은 그물 속에 붙잡혀야만 되는가를 생각만 해도 도저히 견딜 수 없는 일이었습니다. 그래서 저놈이야말로 저주스러운 지독한 짐승이라 생각하고서 양심의 가책 따위도 느끼지 않고 그를 쓰러뜨리고 말았습니다. 비명을 듣고 아들이 되돌아왔을 때에는 숲의 나무 그늘에 몸을 숨길 수가 있었습니다만, 달아날 때 떨어뜨린 외투를 가지러 돌아가지 않으면 안 되었던 겁니다. 이것이 이 사건의 진상입니다."

"하지만 당신을 심판하는 것은 제 역할이 아닙니다."

홈즈는 노인이 진술서에 서명을 했을 때 말했다.
"저는 제가 결코 그런 유혹에 빠지지 않기를 바라고 있습니다."
"정말 그렇습니다. 그럼, 어떠한 조처를 하실 작정이십니까."
"당신의 건강 상태를 보아 어떻게 할 작정도 없습니다. 당신도 잘 알고 계시리라고 생각합니다만, 당신은 머잖아 순회 재판보다 훨씬 높은 심판의 마당에서 과거에 저지른 죄를 속죄할 각오를 하실 필요가 있겠지요. 저는 이 진술서를 보관하는 데 그치겠습니다. 다만 만일, 매카시 청년이 유죄 판결을 받게 된다면 그때는 부득이 이용하도록 하겠습니다. 그렇지 않는 한, 이것을 남의 눈에 보일 생각은 추호도 없습니다. 당신의 생사에 불구하고 비밀은 우리들만의 것으로 해 두겠습니다."
"그렇다면 안녕히……"
노인은 엄숙한 목소리로 말했다.
"당신 덕분에 저는 마음 편안하게 죽을 수 있습니다. 어차피 당신들도 일생이 끝나는 날이 오겠습니다만, 그때 이 늙은이에게 평안한 죽음을 베풀어주신 일을 생각한다면 당신네들 죽음의 자리도 절로 평안한 것이 되겠지요."
노인은 크게 몸을 떨더니 위태로운 발걸음으로 비틀거리면서 천천히 방을 나갔다.
"오, 하느님!" 홈즈는 말없이 꼼짝 않고 있다가 말했다. "왜 운명은 가엾고 연약한 인간에게 이와 같은 장난을 하는 것일까. 나는 이번 사건과 같이 딱한 이야기를 들으면 언제라도 신학자 백스터(리처드 백스터. 1615~1661. 영국 청교도 신학자)의 말을 생각해 내고 이렇게 말하고 싶어진다네. '신의 은총이 없다면 설록 홈즈도 똑같은 모습이 되리라.'"

제임스 매카시는 홈즈가 작성하여 변호사에 의탁한 여러 항목에 걸친 이의신청서에 의해 순회 재판소에서 무죄로 선고되었다. 터너 노인은 우리와 만난 뒤에도 7개월이나 더 살아 있었는데, 지금은 이미 세상을 떠났다. 그리하여 아들과 딸 두 사람은 그 과거를 덮고 있었던 검은 구름에 대해서는 아무것도 모르는 채, 행복하게 맺어질 것이라는 소문이다.

다섯 개의 오렌지 씨앗

　1882년부터 1890년에 걸쳐 셜록 홈즈가 다룬 사건에 대한 나의 노트나 기록을 보면 색다르고 재미있는 사건이 매우 많으므로, 그 가운데서 어떤 것을 골라내고 버릴지 알기란 쉬운 일이 아니다. 그러나 그 가운데는 이미 신문을 통해 세상에 널리 알려진 사건도 있고, 또 나의 친구가 그 독특하고도 풍부한 재능을 발휘할 필요도 없이 금방 해결되어 이 책의 목적에 맞지 않는 듯한 사건도 섞여 있다. 또 어떤 것은 그의 탄복할 분석력도 마침내 미로에 빠져 이야기가 용두사미로 전락하거나 부분적으로만 해결이 되어, 그가 가장 존중하는 순수한 논리적 설명에 의한 것이 아니라 억측이나 추측으로 설명될 수 밖에 없는 경우도 있다. 그러나 이 첫 부류에 속하는 것 중에서 다음 이야기는, 두서너 군데 도저히 설명되지 않는 부분이 있어 영원한 수수께끼로 남을 성싶지만 그래도 내용이 특이하고 결과도 의외였으므로 여기에 써 두고 싶다고 생각하게 되었다.
　1887년에는 우리들이 크고 작은 흥미로운 사건에 연달아 부딪치게 되었고 나는 그것들을 여러 가지로 기록했다. 그 12개월 동안의 사건을 제목으로 살펴 보면 파라돌의 방의 괴사건이니, 가구 도매상 지하실에 사치스러운 본거지를 갖고 있었던 아마추어 걸인 클럽 같은 사건이며, 돛대 셋짜리 영국 범선 소피 앤더슨 호의 행방불명에 얽힌 사건, 아파 섬의 글라이스 페터슨 일가의 괴사건에, 나아가서는 캠파우엘 구(區)의 독살 사건 등에 이르기까지 여러 가지가 있다. 아직 기억하고 있는 사람도 있으리라 생각하지만, 이 최초의 사건에서 셜록 홈즈는 죽은 사람의 시계 태엽을 감아 보고서 그것이 2시간 전에 감겨진 것이며, 그러므로 피해자가 잠자리에 들어가고 나서 아직 2시간 이상을 경과하지 않았음을 추리하여 사건 해결의 중대한 단서를 잡았던 것이다. 나는 이것들 전부에 대해서 기회가 있으면 펜을 잡을 수도 있겠지만, 그 어느 이야기 보다도 지금 여기에 쓰고자 하는 일련의 사건만큼 이상야릇하고 기이한 양상을 띤 것은 없었다.

9월 말, 추분의 태풍이 예년보다 한층 심하게 맹위를 떨칠 무렵이었다. 바람이 하루 종일 불고 비가 심하게 창문을 두들겨 대는 통에, 우리들은 인공의 극치를 자랑하는 런던의 한복판에 있으면서도 마음이 들떠 평상의 생활을 잊고 자연의 맹위가 우리 속에 갇힌 야수처럼 문명의 쇠창살을 통하여 인류에게 짖어 대고 몰아닥쳐 오는 것을 새삼스레 인식하지 않을 수 없었다. 저녁때가 되면서 폭풍우는 더욱 더 심해졌고, 바람은 굴뚝 속에서 어린아이처럼 울부짖으며 흐느꼈다.

셜록 홈즈는 우울한 얼굴로 난로가에 진을 치고 범죄 기록에 대조 색인을 달고 있었고 나는 난로의 반대쪽에 앉아 클라크 러셀(1888~1911. 영국의 해양소설가)의 걸작인 해양소설에 빠져 있었는데, 나중에는 문 밖 폭풍우의 포효가 책 속에 섞여 들고 거세게 들리는 빗소리는 커다랗게 부서지는 파도의 굉음처럼 여겨졌다. 나는 아내가 아주머니 댁에 4, 5일 묵으러 갔으므로 그 동안 또 베이커 거리의 옛 보금자리에 돌아와 있었던 것이다.

"아니?" 나는 문득 얼굴을 들어 친구를 보면서 말을 걸었다. "벨 소리가 분명하잖나. 이런 밤에 대체 누가 온 것일까? 자네의 친구일까?"

"내 친구라면 자네뿐이야." 그가 대답했다. "다른 사람에게 놀러 오라고 한 일도 없지."

"그럼, 사건 의뢰인일까?"

"그렇다면 중대한 사건이겠지. 이런 폭풍우가 몰아치는 날에, 그것도 이런 시간에 찾아오다니 어지간한 일일 거야. 하지만 이 집 여주인의 이야기친구라도 온 것일 테지."

그러나 셜록 홈즈의 이 예상은 빗나갔다. 복도에 발소리가 나고 문을 노크하는 소리가 들렸던 것이다. 그는 긴 손을 뻗쳐 램프를 자기 곁에서 방문객이 앉는 의자 쪽으로 향하게 하면서 "들어오십시오"라고 대답했다.

들어온 사람은 겨우 22살이 될까말까한 젊은 사나이로, 몸가짐이 단정하고 옷차림도 나무랄 데 없었으며 태도도 어딘지 세련되고 품위가 있었다. 소지품인 물이 떨어지는 우산이며 젖어서 번뜩이는 레인코트로 보아서 그가 걸어온 밖의 폭풍우가 얼마나 심한지 알 수 있었다. 그는 램프의 불빛을 받고서 주저주저 주위를 둘러보고 있었는데, 얼굴은 창백하고 눈은 수심에 젖어 커다란 불안으로 마음아파하고 있음을 나타내 보였다.

"정말 죄송합니다." 그는 금테 코안경을 고쳐 쓰면서 말했다. "방해가 되지 않았으면 좋겠습니다만, 모처럼 편안히 쉬고 계신데 이런 꼴로 뛰어들어와서 죄송합니다."

"우산과 레인코트를 이리 주십시오." 홈즈가 말했다. "여기 걸어두면 곧 마르지요. 남서부 쪽에서 오셨군요."

"그렇습니다. 서섹스의 호샴에서 왔습니다."

"그 지방 특유의 진흙과 백토의 혼합물이 당신의 구두 끝에도 묻어 있군요."
"의견을 들으려고 왔습니다만……"
"쉬운 일이지요."
"그리고 도움도 부탁드리고 싶습니다."
"글쎄, 그것이 간단히 될지 어떨지."
"명성은 듣고 있습니다, 홈즈 씨. 턴커빌 클럽의 스캔들 사건에서 플렌더거스트 소령을 도와 주셨을 때의 솜씨를, 소령께서 말씀해 주셨습니다."
"아, 그것 말입니까. 소령은 트럼프에서 속임수를 썼다는 억울한 누명을 뒤집어썼었지요."
"당신 손으로 해결하지 못하는 사건은 없다고 소령께서 말씀하셨습니다."

다섯 개의 오렌지 씨앗 153

"조금 과장된 것 같군요."
"실패하신 일이 없다고 들었습니다."
"아니오, 네 번 실패했어요…… 상대가 남자일 때에 세 번, 여자일 때에 한 번."
"성공하신 횟수에 비한다면 문제도 안 됩니다."
"뭐, 거의 성공하고 있다고 할 수도 있습니다만……"
"그럼, 제 경우도 염려없겠군요."
"자, 의자를 불 쪽으로 당기고 당신의 사건을 자세히 들려주십시오."
"실은 그것이 평범하진 않습니다."
"여기에 오는 사건은 모두 그렇지요. 특별 공소원(控訴院)이라고 불려야할 만큼."
"그러나 저의 집안에서 연달아 일어나는 이 사건 만큼 기괴하고 설명하기 어려운 것은 당신도 아직 만나 보지 못했으리라고 생각합니다."
"제 호기심을 끄는군요"라고 홈즈가 말했다. "그럼, 처음부터 순서대로 사건의 내용을 들려주시지요. 그렇게 하면 가장 중요하다고 생각되는 점을 나중에 물을 수가 있습니다."
청년은 의자를 당기고 젖은 발을 불 쪽으로 뻗었다. 그리고 말하기 시작했다.
"제 이름은 존 오픈쇼라고 합니다. 그러나 제가 판단한 바로는, 이 무서운 사건은 제 자신과는 별로 관계가 없는 데서부터 생기고 있는 듯합니다. 이것은 선대부터 계속되고 있는 사건으로, 그 때문에 사정을 아시기 위해서는 옛날로 거슬러 올라가서 이야기하지 않으면 안 됩니다.

 미리 말씀드리면 할아버지에게는 두 아들이 있는데, 형은 일라이어스이고 저의 아버지가 되시는 동생 쪽은 조제프라고 했습니다. 아버지는 워리크셔의 코벤트리에 소규모 공장을 가지고 있었는데, 자전거의 발명 기세를 타고서 공장을 확장했습니다. 오픈쇼의 내구 타이어 특허를 땄기 때문에 나중에는 그것을 팔아서 상당한 자산을 모았고 은퇴 뒤에 편안한 생활을 할 만큼 성공했습니다.

큰아버지이신 일라이어스는 젊은 시절에 미국으로 건너가 플로리다에서 농장을 경영해서 꽤 성공했다고 들었습니다. 그러다 남북전쟁 때에는 남군인 잭슨 장군의 군대에 들어가 싸웠고, 나중에는 후드 장군 아래에서 대령으로 승진했습니다. 그러나 65년에 남군의 총사령관 리 장군이 항복하자 다시 농장에 돌아가 3, 4년 거기서 살았습니다. 그런 후 1869년인가 1870년쯤 유럽으로 돌아와서, 서섹스의 호샴 근처에 조그만 토지를 사들여 거기에서 살게 되었습니다. 큰아버지는 미국에서 어마어마한 재산을 모았습니다만, 영국으로 돌아온 이유는 흑인을 몹시 싫어하고 그들에게 선거권을 주는 공화당의 정책이 마음에 들지 않았기 때문이라고 합니다. 별난 사람으로 성급한 데다가 성미가 난폭하고 화가 나면 지독한 독설을 퍼부었으며, 또 굉장히 사교를 싫어하는 사람이었습니다. 호샴 근처에는 몇 년이나 사셨지만, 그 동안 한 번이라도 시내에 나간 일이 있었는지 어떤지 의심스러울 정도입니다. 집 둘레에는 뜰과 두서너 뙈기의 밭이 있어 거기에서 자주 운동을 하셨으나, 몇 주일이고 내내 방에 틀어박혀 있는 일도 드물지 않았습니다. 브랜디를 많이 마셨고 담배도 꽤 피웠습니다만, 사람들과 만나는 것을 싫어해서 친구를 원하지도 않았으며, 동생에게조차 마찬가지였지요.

큰아버지를 처음 뵀을 때 저는 12살쯤 된 어린아이였는데, 저만은 예외로 그분께 정말 귀여움을 받았습니다. 큰아버지가 영국에 돌아오신지 8년인가 9년째 되던 해니까 1878년일 겁니다. 큰아버지는 아버지에게 부탁하여 저를 자기 집에 데려가셨는데, 그분 나름대로 다정하게 대해 주었습니다. 술을 마시지 않을 때에는 저를 상대로 주사위놀이나 장기를 즐겼고 하인이며 드나드는 상인들에게 저를 대리인으로 내세웠으므로, 저는 16살이 되자 집안일을 감독할 수 있게끔 되었습니다. 열쇠도 전부 맡아서, 그분의 은둔생활을 소란케 하지 않는 한 원하는 곳에서 좋아하는 일을 할 수 있었습니다. 그러나 여기에는 한 가지 이상한 예외가 있었지요. 큰아버지는 지붕 밑에 있는 잡동사니 다락방에 늘 자물쇠를 채워 두고, 거기에는 나뿐 아니라 어느 누구도 절대로 들이지 않는 것이었어요. 저는 어린아이다운 호기심에 열쇠 구멍으로 들여다본 일도 있습니다만, 거기에는 그런 방에 있기 마련인 헌 트렁크며 흔해 빠진 보통 물건들로 가득 뒤섞인게 보일 뿐이었습니다.

　1883년 3월 어느 아침에, 외국 우표를 붙인 한 통의 편지가 식탁 위 '대령'의 접시 앞에 놓여 있었습니다. 큰아버지네 집은 전부 현금 지불이었고 교제하는 사람도 없기 때문에 편지가 오는 것은 신기한 일이었습니다. '인도에서로군' 하고 말하면서 큰아버지는 그것을 집어들었습니다. '폰디셀리 소인이야. 대체 무슨 일일까?' 그리고는 급히 봉투를 뜯었습니다. 그러자 안에서 말린 작은 오렌지 씨앗이 다섯 개 제멋대로 굴러나와 접시 위에 떨어졌습니다. 그것을 보고 저는 그만 웃음을 터뜨렸지만, 큰아버지의 얼굴을 본 순간 웃음이 얼어붙었습니다. 그의 입술은 축 늘어지고 눈은 튀어나왔으며 얼굴은 잿빛이 되어 있었습니다. 그리고 떨리는 손으로 봉투를 쥔 채 지그시 쏘아보는 것이었습니다. 'KKK다!' 하고 쥐어짜는 듯한 목소리로 외치며 '아, 마침내 나도 죄의 보답을 받을 날이 왔구나!'라고 말했습니다.

　'왜 그러세요? 큰아버지?' 저도 외쳤습니다. '죽음이야.' 그는 이렇게 말하자마자 식탁에서 일어나 방에 틀어박히고 말았기 때문에 남은 저는 무서워서 그저 벌벌 떨 뿐이었습니다. 봉투를 보았더니 봉투 안쪽의 풀을 붙이는 바로 위에 K라는 글자가 세 개 붉은 잉크로 난폭하게 씌어져 있었습니다. 그밖에는 말린 오렌지 씨앗이 다섯 개 들어 있을 뿐 아무것도 없었습니다. 큰아버지의 저 몸서리치는 듯한 공포는 무슨 이유에서일까? 식사를 그만두고 2층으로 올라가다가 계단에서 잡동사니 다락방용이 틀림없을 낡고 녹슨 열쇠를 한 손에 들고 다른 손에는 금고로 보이는 작은 놋쇠 상자를 가지고 내려오는 큰아버지와 딱 마주쳤습니다.

'멋대로 하라지. 나는 지지 않을 테다.' 그는 혼자서 저주의 말을 하다 저를 보자 말했습니다. '메리에게 말하여 내 방에 불을 넣도록 해라. 그리고 호샴의 포담 변호사에게 와 달라고 전해.'

시킨 대로 한 후에 변호사가 왔을 때 저도 방으로 불려갔습니다. 거기에는 불이 벌겋게 타고 있고 종이를 불살랐던 모양으로 난로 바닥에는 너울너울한 검은 재 덩어리가 널려 있었습니다. 그 옆에는 아까 본 놋쇠 상자가 텅 빈 채 뚜껑이 열려 있었는데 놀랍게도 그 뚜껑에는 아침에 봉투에서 본 것과 같은 K자가 세 개 나란히 적혀 있었습니다.

'존.' 큰아버지는 말했습니다. '내 유언장의 증인이 되어 다오. 나는 이 토지와 권리 일체를 동생인 너의 아버지에게 물려주려고 한다. 그러면 이 다음에는 네가 상속받겠지. 무사히 이 토지를 소유할 수 있게 된다면 참으로 다행이겠구나. 그러나 만일 그것이 될 수 없다면…… 나쁜 말은 하지 않을 테니 악마와 같은 적에게 순순히 내주어라. 이런 이득이 될지 손해가 될지 모를 재산을 물려주지 않으면 안 되어 나로서는 유감이지만, 지금은 사태가 어떻게 변할지 모르겠구나. 자, 포담 씨가 가리키는 곳에 서명하거라.'

제가 시키는 대로 서명했더니 변호사는 그 종이를 가지고 돌아갔습니다. 물론 이 이상한 사건은 저의 마음에 깊이 박혀 저는 여러 가지로 생각해 보았지만 무슨 일인지 전혀 짐작이 가지 않았지요. 그러면서도 정체를 알 수 없는 공포감은 늘 남아 있었습니다. 그러나 그것도 날이 갈수록 엷어지고 매일 별일 없이 평범하게 지냈습니다. 단지 큰아버지만은 옛날과 달라졌습니다. 주량도 더 늘고 전보다도 더 남과 사귀기를 싫어했지요. 거의 하루 종일 안에서 자물쇠를 잠그고 자기 방에 틀어박혀 있었습니다만, 어쩌다가 나타났다 싶으면 술에 취해 집 밖에까지 뛰어나가 권총을 손에 들고 온 뜰을 날뛰며 돌아다니면서 '나는 아무도 겁내지 않는다, 악마가 오든 무엇이 오든 양처럼 우리에 갇혀 있지만은 않을 테다'라는 둥 고함을 질러 대는 것이었습니다. 그러나 이 광란의 발작도 가라앉고 나면 허둥지둥 방으로 뛰어들어가 빗장을 지르고 자물쇠를 채운 다음 마음 속에 뿌리내린 공포에 맞설 만한 힘이 없는 것처럼 되어 버리는 것이었습니다. 저는 그런 큰아버지의 얼굴을 본 일이 있는데, 추운 날인데도 마치 세수대야에서 얼굴을 갓 든 것처럼 땀으로 번들거렸습니다.

홈즈 씨, 답답하시리라 생각됩니다만, 이 긴 이야기도 곧 끝이 납니다. 어느 날 밤, 큰아버지는 여느 때처럼 취해서 난동을 부리다가 집을 뛰어나간 채 돌아오지 않았습니다. 찾으러 나가 보았더니 정원 끝에 있는 파란 거품이 떠 있는 작은 연못에서 앞으로 엎어져 죽어 있었습니다. 폭행을 당한 흔적도 없고 불과 2피트 깊이의 연못이므로, 배심단은 그의 별나다고 소문난 성격을 고려하여 자살이라는 평결을 보내왔습니다. 그러나 저는 누구보다 죽음을 겁낸 큰아버지가 일부러 그런 곳으로 죽으러 가셨다고는 좀처럼 믿어지지 않았습니다. 하지만 사건은 그것으로 마무리되어, 저의 아버지는 토지와 은행에 있던 약 1만 4천 파운드의 예금을 명의를 바꾸어 상속했습니다."

"잠시만요." 홈즈가 입을 열었다. "당신의 이야기는 이제까지 들은 일이 없을 만큼 이상한 것이 될 듯싶습니다. 큰아버지가 편지를 받으신 것은 언제이고, 자살이라고 생각되는 상태로 돌아가신 것은 언제입니까?"

"편지가 온 것은 1883년 3월 10일이며 돌아가신 것은 그로부터 7주가 지난 5월 2일 밤입니다."

"알았습니다. 부디 다음을 말씀해 주십시오."

"아버지는 호삼의 저택을 상속하자 제 요구를 받아들여, 언제나 자물쇠가 잠겨 있던 지붕 밑 다락방을 샅샅이 조사했습니다. 예의 놋쇠 상자도 있었습니다만, 내용물은 완전히 없어진 뒤였습니다. 뚜껑 안쪽에는 종이가 붙어 있고 그 종이 위에는 K자가 셋, 아래에는 '편지, 부본(副本), 영수증, 명부'라고 씌어져 있었습니다. 오픈 쇼 대령이 불태워 버린 서류는 이것으로 대강 짐작이 갑니다. 지붕 밑 다락방에는 이밖에 별로 중요한 것은 없었습니다만, 큰아버지의 미국 생활과 연관이 있는 서류며 수첩이 흩어진 채 산더미처럼 쏟아져 나왔습니다. 그 중에는 남북 전쟁 당시의 것도 있어, 그가 의무를 성실히 다하고 용감한 군인으로서의 평판을 얻고 있었던 일을 나타내는 것도 있었습니다. 또 남부 각 주가 재건될 무렵의 정치와 관계된 것도 있었습니다만, 이것은 전쟁 뒤의 혼란을 틈타 북부에서 찾아온 정치 브로커에 대항하여 그가 커다란 활동을 했기 때문입니다.

아버지가 호삼에 살게 된 것은 1884년 초였습니다. 그로부터 이듬해 1월까지는 아주 무사한 나날이 계속되었습니다. 그런데 새해를 맞이하여 나흘째 되는 날 아침, 함께 식탁에 앉아 있는데 아버지가 별안간 커다란 비명 소리를 질렀습니다. 보니 한 손에는 막 뜯은 봉투를 들었고 또 크게 펼쳐진 다른 손바닥에는 말린 오렌지 씨앗을 다섯 개 올려놓고 있지 않겠어요. 아버지는 여느 때 제가 큰아버지 이야기를 하면 엉터리라고 하면서 웃어넘겼습니다만, 똑같은 일이 자기에게 생기자 그만 기분이 나빠지고 겁이 났던 모양입니다.

'존, 이, 이것은 어떤 뜻일까?' 아버지는 더듬거렸습니다.

저의 마음은 납덩이처럼 무거워졌습니다. 'KKK입니다.'

아버지는 봉투 속을 조사해 보았습니다. 그리고는 '응, 그렇군'

하고 외쳤습니다. '여기에 그렇게 씌어 있어. 하지만 그 위의 이것은 무엇일까?'
'서류를 해시계 위에 놓아라.' 저는 아버지의 어깨 너머로 들여다보며 읽었습니다.
'서류란 뭐냐? 게다가 해시계라는 건?' 아버지는 물었습니다.
'정원에 있는 해시계를 말하겠지요, 그것 말고는 없습니다.' 저는 대답했습니다. '그러나 서류란 큰아버지가 불살라 버린 것이겠지요.'
'흠!' 아버지는 쓰러지려는 몸을 간신히 지탱하고 있었습니다. '여기는 문명국이다. 이런 뚱딴지 같은 일이 도대체 말이나 되느냐. 편지는 대체 어디서 부친 것이지?'
'스코틀랜드의 단디입니다.' 저는 소인을 보고 대답했습니다.
'괘씸하기 이를 데 없는 장난이로군.' 아버지는 말했습니다. '내가 해시계며 서류하고 무슨 관계가 있다는 거냐. 이런 우스꽝스러운 일에 일일이 신경쓸 수는 없어.'
'저라면 경찰에 신고하겠습니다'라고 저는 말했습니다.
'일부러 경찰까지 가서 웃음거리가 되란 말이냐. 난 싫다.'
'그럼, 저를 보내 주십시오.'
'아니, 안 된다. 이런 하찮은 일로 떠드는 건 용서 않겠어.'
아버지는 무척이나 완고했으므로 더 이상 다투어 봐야 소용이 없었습니다. 그러나 저는 불길한 예감에 완전히 겁을 집어먹고 어쩔 줄을 몰랐습니다. 편지가 오고 나서 3일째에, 아버지는 포츠다운 언덕의 요새 사령관인 옛 친구 프리보디 소령을 방문하러 갔습니다. 집에 있지 않으면 그만큼 위험이 적은 것처럼 여겨졌으므로, 저는 아버지가 집을 떠나 있는 데 찬성이었습니다. 그런데 실은 그것이 잘못이었던 거예요. 아버지가 떠나고 나서 이틀째 되는 날,

소령으로부터 곧 오라는 전보가 날아들었습니다. 아버지는 그 부근 일대에서 발굴되고 있는 한 깊은 석회석 채굴광에서 추락하여 두개골이 깨지고 의식불명이 되어 쓰러져 있었던 것입니다. 저는 곧 달려갔습니다만 아버지는 한 번도 의식을 되찾지 못하고 그대로 사망했습니다. 페어럼에 갔다가 저녁때 돌아오는 도중이었던 모양으로, 아버지는 그 고장의 지리에 익숙치 않은데다 채굴광에 울타리가 쳐져 있지 않았기 때문에 배심원은 아무 의문 없이 '사고사'라는 평결을 내렸습니다. 저는 아버지가 돌아가신 상황을 꼼꼼히 조사해 보았습니다만, 타살을 암시하는 건 아무것도 발견되지 않았습니다. 폭행을 당한 흔적도 발자국도, 또 도둑맞은 물건이나 부근에서 낯선 사람의 모습을 본 이도 없었습니다. 그런데도 제 마음은 아무래도 불안했지요. 그리하여 아버지 둘레에 무서운 흉계가 그물 쳐져 있었던 것이라고 거의 확신했습니다.

이런 음산한 결과로 제가 가문의 상속인이 되었습니다. 어째서 저택을 처분해 버리지 않느냐고 틀림없이 물으시겠지요? 저로서는 우리들에게 닥친 재난은 큰아버지의 일신상에 생긴 어떤 사건에 얽힌 것이므로, 다른 집으로 이사간다고 해서 위험이 줄어들지는 않으리라고 생각되었던 거지요. 아버지가 최후를 맞으신 것은 1885년 2월로, 그로부터 2년 8개월이 무사히 지났습니다. 그 동안 저는 호샴에서 행복한 생활을 보내고 있었기 때문에, 이 정도라면 저희 집안에 가해진 저주도 큰아버지나 아버지의 대에서 끝났다고 생각하기 시작했습니다. 그러나 제가 너무 대수롭지 않게 생각했던 모양입니다. 어제 아침 아버지의 몸에 닥친 것과 똑같은 형태로 무서운 전조가 찾아왔던 겁니다."

청년은 조끼 주머니에서 마구 구겨진 봉투를 꺼내더니 테이블 쪽을 향하여, 그 위에 다섯 개의 작은 말린 오렌지 씨앗을 떨어뜨렸다.

"이것이 그 봉투입니다" 하고 그는 말을 이어 나갔다. "소인은 런던이고 동부 구내로 되어 있습니다. 역시 아버지가 받았던 편지와 같은 내용입니다. 종이 윗부분에 'KKK', 그리고 그 아랫부분에 '서류를 해시계 위에 놓아라'라고 씌어져 있습니다."

"그래, 당신은 어떻게 했습니까?" 홈즈가 물었다.

"아무것도 않고 있습니다."

"아무것도 하지 않았다구요?"

"실은 말입니다……" 그는 얼굴을 가늘고 흰 두 손에 묻었다. "저는 어떻게 하면 좋을지 모르겠습니다. 마치 뱀에게 쫓겨 괴로워하는 토끼가 된 느낌입니다. 저항해도 할 수 없는 무자비한 악마의 손에 붙잡혀, 아무리 앞을 내다보고 조심하더라도 살아날 것 같지 않은 느낌이 듭니다."

"아니!" 셜록 홈즈가 외쳤다. "당신은 재빨리 행동하지 않으면 당하고 말아요! 당신을 구하는 것은 활동력뿐입니다. 절망하고 있을 때가 아닙니다."

"경찰에는 신고했습니다."

"그래서?"

"사정을 이야기했더니 웃더군요. 아무래도 경감은 편지가 전부 장난이고, 큰아버지나 아버지의 죽음은 배심원의 말처럼 순전히 사고사이며 편지와는 관계가 없다고 판단한 모양입니다."

홈즈는 주먹을 들어 공중에 휘둘렀다. "정말 어처구니없는 바보들이군!" 그가 외쳤다.

"그래도 제 집의 감시를 위해 경관을 한 사람 보내 주었습니다."

"오늘 밤도 당신과 함께 왔습니까?"

"아니오, 집을 감시하라는 명령이어서……"

홈즈는 또 미치광이처럼 주먹을 휘둘렀다. "왜 당신은 여기에 왔습

다섯 개의 오렌지 씨앗 163

니까? 아니, 왜 당장 오지 않았습니까?"
"몰랐기 때문이지요. 실은 오늘 처음으로 플렌더거스트 소령에게 털어놓았더니, 당신한테 가도록 권해 주었습니다."
"편지가 오고 나서 벌써 이틀이나 지났습니다. 좀더 빨리 손을 써야만 했었습니다. 지금 보여 주신 것 외에 무슨 자료가 없을까요? 단서가 될 만한 사소한 것이라도."
"하나 있습니다."
존 오픈쇼는 이렇게 말하면서 윗옷의 주머니를 뒤지더니 빛깔이 바랜 파란 종이를 꺼내어 책상 위에 놓았다.
"큰아버지가 서류를 태운 날 재 속에서 타다 남은 종이조각이 이것과 똑같은 색깔이었지요. 이 한 장은 그의 방 바닥에 떨어져 있었던 것인데, 많은 것들 중에서 한 장만 빠뜨려 미처 태우지 못했던 것이 아닐까요. '씨앗'이라는 글자가 나옵니다만, 나머지 글귀는 별로 쓸모가 있다고는 생각되지 않습니다. 제가 본 바로는 은밀한 일기의 일부분처럼 보입니다. 필적은 틀림없이 큰아버지의 것입니다."
홈즈가 램프를 움직였으므로 나도 함께 들여다보았는데, 종이의 한끝이 톱니 자국처럼 되어 있어 노트에서 뜯어 낸 것임을 알 수 있었다. 위쪽에 1869년 3월이라고 되어 있고, 그 아래에 다음과 같은 수수께끼 비슷한 글귀가 씌어 있었다.

4일 허드슨 찾아오다. 논조 변치 않음.
7일 파라모아의 매컬리와 세인트 어거스틴의 존 스웨인에게 씨앗을 보냄.
9일 매컬리 가다.
10일 존 스웨인 가다.

12일 파라모아를 방문. 모든 일이 순조로움.

"고맙소." 홈즈가 종이를 집어 손님에게 돌려주면서 말했다. "자, 이제 한시도 지체하고 있을 수가 없습니다. 이야기의 내용을 여기서 검토하고 있을 틈도 없지요. 당신은 이제부터 곧 돌아가서 행동을 취해 주십시오."
"무엇을 하면 좋겠습니까?"
"할 일은 단 한 가지입니다. 즉시 하지 않으면 안 됩니다. 우선 보여 주신 이 종이를 당신이 이야기한 놋쇠 상자에 넣는 겁니다. 그리고 다른 서류는 큰아버지가 전부 불태워 버렸기 때문에 이것 한 장밖에 남아 있지 않다고 쓴 노트를 함께 상자 속에 넣으십시오. 상대편이 납득하도록 잘 쓰지 않으면 안 됩니다. 그렇게 하고 나서 곧 지정한 대로 해시계 위에 상자를 내놓으십시오. 알겠습니까?"
"잘 알았습니다."
"지금으로서는 복수를 하겠다든가 하는 그러한 일을 생각해서는 안 됩니다. 그것은 법률의 힘으로 해야 하는 일이라고 생각하시오. 그러나 지금 적은 이미 그물을 치고 있기 때문에 이쪽도 그물을 쳐 나가지 않으면 안 됩니다. 그러자면 우선 당신 몸에 가해질 수 있는 눈 앞의 위험을 없애는 일이 첫째입니다. 수수께끼를 풀든가 악인을 벌주든가 하는 건 다음 단계입니다."
"고맙습니다." 청년은 일어나 외투를 입으면서 말했다. "당신은 저에게 살 수 있다는 희망을 주셨습니다. 반드시 시키신 대로 하겠습니다."
"한시라도 빨리 하시오. 그리고 무엇보다도 먼저 몸조심하십시오. 당신의 몸에 무서운 위험이 닥치고 있는 것이 확실하니까요. 어떻게 돌아가시겠습니까?"

"워털루 역에서 기차로."

"아직 9시 전입니다. 사람의 왕래가 많으니까 뭐 걱정없겠지요. 그러나 아무리 조심해도 지나치지 않습니다."

"저는 무기를 가지고 있습니다."

"그것도 좋겠지요. 저는 내일부터 조사를 시작하겠습니다."

"그럼, 호샴에 와 주시겠습니까?"

"아니오, 수수께끼의 근원은 런던에 있습니다. 저는 여기에 있으면서 그것을 알아 내겠습니다."

"그럼, 상자를 해시계 위에 내놓은 결과도 알릴 겸 하루이틀 사이에 또 찾아뵙겠습니다. 충고는 틀림없이 지키겠습니다." 청년은 악수를 청하며 작별을 고했다. 집 밖에는 여전히 바람이 불어 대고 비가 물보라를 일으키며 창문을 때렸다. 이 이상하고 흉악하고 사나운 이야기는 사납게 울부짖는 자연에서 나와 폭풍우에 날리고 떠밀리는 해초같이 우리들에게 뛰어들어왔다가 다시 폭풍우에 의해 날아가 버린 것처럼 느껴졌다.

셜록 홈즈는 잠시 활활 타오르는 불길을 말없이 응시하고 있었다. 그리고 파이프에 불을 붙이더니 의자등받이에 깊숙이 기대어 천천히 피어오르는 파란 담배 연기를 바라보았다.

"와트슨." 겨우 그가 입을 열었다. "우리의 경험으로도 이런 이상야릇한 이야기는 처음이라고 생각하네."

"그렇지,《네 사람의 서명》과 비슷한 사건일 거야."

"하긴, 그건 참 특별한 사건이었지. 그렇지만 이번의 존 오픈쇼라는 청년이 그때의 숄트 일가보다 더 무서운 위험 속을 걷고 있는 것 같네."

"그러면?" 나는 물었다. "자네는 벌써 위험이 어떠한 것인지 정확히 알고 있나?"

"위험의 성질은 알고 있지." 그가 대답했다.
"그러면 어떠한 사건인가? 이 KKK라는 것은 누구이며 왜 저 불행한 일가만 노리고 있는 거지?"
셜록 홈즈는 눈을 감고 두 팔꿈치를 의자의 팔걸이에 얹더니, 손가락 끝을 맞추었다.
"이상적인 추리가라는 것은 온갖 의미를 포함한 하나의 사실이 제시되면, 거기에 이르기까지의 일련의 사건을 남김없이 헤아려 살펴야 할 뿐만 아니라 나아가서는 그 사실로부터 발전해 가는 앞으로의 결과도 모두 꿰뚫어볼 수가 있는 법이야. 퀴비네(1769~1832. 프랑스의 박물학자)가 한 개의 뼈만을 관찰하여서 그 동물의 전신상을 정확히 그려 낼 수 있듯이, 연속된 사건에서 하나의 고리를 충분히 이해할 수가 있는 관찰자는 그 앞뒤로 이어지는 사건도 당연히 정확하게 이야기할 수 있을 걸세. 우리들은 아직 결론을 완전히 파악하고 있지는 않지만, 어쩌면 추리만으로도 도달할 수 있겠지. 사람들이 감각을 활동시켜 해결하려 하였으나 완전히 좌절된 사건도, 서재 안에서 풀 수 있을지 모르는 거야. 그러나 이 기술을 고도로 발휘하자면 추리가는 알 수 있는 사실을 남김없이 활용할 만한 힘을 갖지 않으면 안 되며, 자네도 곧 알게 될 테지만, 그러자면 우선 온갖 지식을 미리 가지고 있는 것이 필요하지만 고등교육과 백과사전의 혜택을 받고 있는 오늘날이라도 좀처럼 갖추기 힘든 요소지. 그러나 자기가 하는 일에 꼭 필요하다고 생각되는 범위 안에서 온갖 지식을 머리에 간직하는 건 절대 불가능한 일이 아니야. 내 경우에도 그런 노력을 해 왔어. 언젠가 우리가 갓 알게 되었을 무렵에 자네가 내 지식의 한계를 매우 명확하게 판정한 일이 있었지?"
"있었네." 나는 웃으면서 말했다. "재미있는 성적표가 작성되었지. 아마 철학, 천문학, 정치는 0점이었을 걸세. 박물학은 정해지지 않았고, 지리학은 런던 주변 50마일 이내 옷에 묻는 진흙이나 흙먼지에 관해서 조예가 깊었고, 화학은 한쪽에 치우치고 해부학은 체계적이 아니며, 색다른 일의 문헌이나 범죄 기록에 대해서는 타의 추종을 불허하고, 그 밖에 바이올린에 능숙하며 전투, 검술을 알고 있고, 법률에 밝으며 코카인과 담배 중독자. 내 분석의 주요점은 이를테면 그런 것이었지."

홈즈는 마지막 항목에서 히죽 웃었다. "그래서 말인데, 그때도 말했던 것처럼 두뇌라는 작은 지붕 밑 다락방에는 곧 쓸모있는 도구만을 넣어두고, 나머지는 필요하면 곧 꺼낼 수 있는 서재라는 이름의 잡동사니 방에 처박아 두면 되는 것일세. 그런데 오늘 밤 가져온 사건 말인데 이러한 문제에는 우리들에게 축적된 지식 전부를 확실히 꺼내올 필요가 있어. 미안하지만 자네, 그 책장에서 미국 백과사전의 K자 부분을 꺼내 주지 않겠나? 고맙네. 자, 이제부터 상황 판단에 의해 어떠한 일이 끌려나오는지 보기로 하세. 우선, 오픈쇼 대령이 미국을 떠난 것은 무엇인가 그럴 만한 이유가 있었으리라는 극히 당연한 추정에서부터 출발해 보세. 인간은 그 나이쯤 되면 좀처럼 습관을 바꾸기가 어렵네. 더구나 대령은 기후가 좋은 플로리다를 버리고 일부러 영국의 촌구석에 들어가 고독한 생활을 시작했던 거야. 영국에 돌아오고 나서 완전히 교제를 피하고 있었던 것을 보면, 그가 누군가를 혹은 무슨 일인가를 겁내고 있었다고 하는 암시를 받네. 따라서 그가 미국을 떠난 것은 그 누구인가 또는 무슨 일인가를 두려워했기 때문이라는 유력한 가정이 성립되지. 그럼, 그가 무엇을 두려워하고 있었던가 하는 문제에 대해서는 그와 그 상속인들이 받은 무서운 편지로부터 추측할 수밖에 도리가 없어. 자네는 세 통의 편지의 소인에 관심을 가졌나?"

"맨 처음 것은 인도의 폰디셀리, 다음은 스코틀랜드의 단디이고, 마지막이 런던이었어."
"런던의 동부였지. 거기서 무엇인가 끌어낼 수 없나?"
"모두 항구로군. 발신인은 배에 타고 있었을 걸세."
"멋지군. 이미 하나의 단서가 생겼네. 발신인이 배에 타고 있는 사나이라는 점은 의심할 여지가 없는 확실한 가능성이 있네. 다음은 다른 방향에서 생각해 보세. 폰디셀리에서 편지를 부쳤을 경우에는 협박장이 닿고 나서 참극이 벌어지기까지 7주일의 사이가 있네. 그러나 단디의 경우는 겨우 4일이야. 여기서부터 무엇인가 암시를 받지 않는가?"
"여행 거리의 길이에 의해서 말인가?"
"하지만 편지도 똑같은 거리에서 왔다네."
"그렇게 말하니 더욱 모르겠는걸."
"적어도 그, 또는 그들이 타고 있는 배가 범선이라는 추정을 내릴 수 있어. 그들은 사명을 띠고 출발하기 전에 그들의 이상야릇한 경고, 또는 암호를 보내고 있었던 모양이야. 단디에서의 경우는 편지가 오고 나서 실행하기까지 시간이 극히 짧았네. 폰디셀리의 경우도 그들이 만일 기선에 타고 있는 거라면 편지와 거의 동시에 모습을 보였을 거야. 하지만 실제로는 7주나 늦어지고 있어. 7주란 편지를 날라온 우편선과 발신인이 타고 있었던 범선과의 속도 차이를 의미하는 것이라고 생각하네."
"그럴지도 모르겠군."
"아니, 거의 확실하다네. 그러므로 이번 경우 사태가 극히 절박하다는 걸 알 테지. 그래서 오픈쇼 청년에게 조심하도록 전했던 것일세. 참극은 두 번 다 발신인이 발신지로부터 이쪽으로 여행하여 올 만큼의 날짜를 두고서, 그 뒤 바로 생겼네. 하지만 이번 경우는 런던에서 부친 만큼 한시도 지체할 수 없어."
"그거 큰일이로군!" 나는 외쳤다. "그래, 이 잔인한 박해는 대체 무엇을 의미하는 거지!"
"오픈쇼 대령이 가지고 있던 서류가 범선에 타고 있던 한 사람 내지 그 이상 되는 자들에게는 생사를 좌우할 만큼 중요한 것일 게야. 나는 아무리 생각해 보아도 몇 명이 있는 거라고 추측되는군. 한 사람으로서는 검시의 배심원단을 감쪽같이 속일 만큼 교묘하게 두 번씩이나 살인을 저지를 수가 없을 걸세. 아마 서너 명은 될 테고, 모두 책략이 풍부하고 담력이 있는 놈들일 게 분명해. 그러니 그들이 찾는 서류가 누구에게 있건 반드시 손에 넣을 작정인 것이지. 여기까지 오면, KKK라는 것이 개인의 머리글자가 아니라 어떤 단체의 상징이라는 것을 자네도 알 수 있겠지?"
"하지만 어떤 단체일까?"
"자네는 아직……" 셜록 홈즈는 몸을 앞으로 내밀고 목소리를 낮췄다. "쿠우클럭스 클란에 대해서 들어본 적 없나?"
"없는데……"
홈즈는 무릎 위에서 사전의 페이지를 넘겼다.
"여기에 있네." 그는 곧 찾아내어 읽기 시작했다.

'쿠우 클럭스 클란. 총의 방아쇠를 당길 때 나는 소리와 비슷한 데서 붙여진 비밀결사의 이름. 이 무서운 비밀결사는 남북 전쟁 뒤 남부 각 주의 일부 전역군인들에 의해 만들어진 것으로 곧 전국에 퍼져 각 지역에 지사를 두기에 이르렀으며, 특히 테네시, 루이지애나, 남북 캐롤라이나, 조지아, 플로리다의 각 주에서 세력을 떨쳤다. 단체의 압력은 정치 목적에 사용되어, 주로 흑인 유권자에 대한 테러를 행하거나 결사의 정치적 견해에 반대하는 자를 살해하며 국외 추방을 그 일로 삼았다. 결사가 폭행을 감행할 때에는 우선, 기발한 것도 있지만 보통은 일반에게 알려진 형태, 어떤 지방에서는 떡갈나무의 작은 나뭇가지, 또 어떤 지방에서는 멜론이나 오렌지 씨앗을 목표 인물에게 보내는 것을 경고로 하였다. 이 경고를 받은 자는 종래의 자기 견해를 포기한다는 뜻을 공개적으로 알리거나 국외로 도망하거나 하지 않으면 안 된다. 만일 이에 도전하면 반드시 죽음의 방문을 받고 더구나 그 방법은 기발하고도 예측하기 어려운 것이었다. 조직의 결속력이 상당히 강하고 또 그 실행 방법이 조직적이었기 때문에, 경고에 거슬려 죽음을 면했거나 또 범행으로서 가해자가 밝혀진 기록은 없다고 한다. 이 결사는 미국 정부며 남부 사회의 선량한 사람들의 노력에도 불구하고 여러 해 동안 전성기를 누렸으나, 뜻밖에도 1869년 돌연 해체했다. 그러나 그 뒤에도 같은 종류의 단체가 산발적으로 생겨나고 있다.'

"이걸로 보면" 홈즈는 사전을 아래에 내려놓으면서 말했다. "결사가 갑자기 해체한 것은 오픈쇼 대령이 미국에서 서류를 가지고 귀국한 시기와 서로 들어맞네. 원인 결과의 관계가 있다고 보아도 좋을 것 같아. 대령과 그 일족이 집요하게 추적을 받고 있는 것도 이상할 것은 없네. 명부나 일기가 남부의 지도자들에 관한 것으로, 그것을 되찾기까지는 편안하게 잠잘 수 없는 자가 여럿 있다는 것도 알 수 있어."

"그러면 아까 본 그 종이조각이······"

"우리들이 상상하는 그러한 것일 게야. 'ABC에 씨앗을 보냈다'고 씌어 있었지만, 아마도 그것은 결사가 경고를 보냈다고 하는 의미일 것일세. 다음에 A와 B가 갔다고 되어 있는 건 국외로 도망간 것이며, 마지막으로 C가 방문되었다고 하는 건 틀림없이 불길한 일을 의미하는 것이야. 이봐, 와트슨, 우리들은 어쩌면 암흑의 세계에 조금이나마 메스를 집어넣게 될지도 모르네. 그리고 존 오픈쇼는 내가 말했던 것처럼 하지 않고서는 살 길이 없을 거야. 자, 이걸로 오늘밤에는 이제 이야기할 것도 없으니까, 그곳의 바이올린이라도 집어 주게. 이 지독한 날씨와 그것보다도 좀더 지독한 인간 세상의 일을 30분 정도만이라도 잊어버리자구."

다음날 아침은 활짝 개어, 태양은 대도시 위에 걸친 엷은 안개를 통해서 부드러운 광채를 드러냈다. 내가 내려가 보았더니 셜록 홈즈는 벌써 아침 식사를 하고 있었다.

"먼저 실례하고 있네. 오늘은 오픈쇼 청년의 사건으로 몹시 바쁘리라고 생각되어서 말이야."

"어떠한 행동으로 나갈 건가?" 하고 나는 물어 보았다.

"글쎄, 그것은 첫 조사의 결과 나름이지. 결국은 호샴에 가게 될 거야."

"거기부터 먼저 가지는 않나?"

"아니, 런던에서 시작하겠어. 잠깐 벨을 울려 주게나. 하녀가 자네 커피를 가져올 걸세."

커피를 기다리는 동안 나는 테이블에서 아직 접힌 채로인 신문을 집어 훑어보았다. 문득 어떤 표제가 눈에 띄어 나는 오한을 느꼈다.

"이봐, 홈즈!" 나는 외쳤다. "이미 늦었어!"

"뭐라고?" 그는 커피잔을 내려놓으면서 말했다. "그런 일이 생기지 않을까 하고 걱정하고 있었지. 어떻게 당했는가?" 그의 목소리는 조용했지만 강한 충격을 받고 있는 것이 명백했다.

"오픈쇼라는 이름과 '워털루 다리 부근의 참극'이라는 표제가 눈에 띄었어. 읽어 보겠네……"

'어젯밤 9시부터 10시 사이, 쿡 순경은 워털루 다리 부근에서 근무하던 중 구원을 청하는 비명 소리와 물이 튀는 소리를 들었다. 몇 명의 통행인도 협력했지만, 때마침 몰아치는 폭풍우와 어둠 때문에 구조는 전혀 불가능했다. 그러나 경보에 의해 수상 경찰이 출동해서 시체 인양에 성공했다. 신원은 양복 주머니에 있던 봉투로 호샴 시 근방에 사는 존 오픈쇼라는 청년 신사라고 판명되었다. 그는 워털루 역에서 막차를 탈 작정으로 서두르던 중 시야가 깜깜 어두워서 길을 잘못 잡고, 강 똑딱선 선창에서 발을 헛디딘 것이라고 추정된다. 시체에 폭행의 흔적은 없어 뜻밖의 재난이라고 생각되지만, 이와 같이 위험한 선창이 강가에 자리잡고 있는 일에 대해 당국의 주의를 환기시키기에 충분한 사건이다.'

우리들은 잠시 말없이 있었으며, 홈즈는 지금까지 본 일이 없을 만큼 의기소침하여 동요되고 있었다.

"나의 자존심도 상처받았군." 그는 겨우 입을 열었다. "물론 시시한 감정이지만, 내 자존심이라는 것은 땅에 떨어지고 말았어. 이렇게 되면 이제 나 역시도 가만 내버려 둘 수 없는 문제야. 이 목숨이 붙어있는 한 반드시 이 갱단을 잡고 말겠어. 간신히 이곳에 의지하러 왔건만 돌아가는 길에 무참하게 죽이다니!" 그는 의자에서 일어나더니 창백해진 얼굴을 붉게 물들이고 신경질적으로 길쭉한 양손을 움켜잡았다 놓았다 하면서 흥분을 누르지 못하고 방 안을 왔다갔다하기 시작했다.

"간교한 악마들이야!"라고 그는 흥분해서 소리쳤다. "어떤 식으로 그러한 장소에 꾀어냈던 것일까? 강기슭 길은 역으로 가는 길이 아니야. 그렇듯 폭풍우 치는 밤이라도 다리 위는 사람 왕래가 많으니만큼 살인을 하기에는 적합하지 않았을 걸세. 좋아, 와트슨, 마지막으로 어느 쪽이 이기는가 봐주게. 나는 이제 외출하겠네."

"경찰에 가겠는가?"

"아니, 내가 경찰을 자청하고 나서는 걸세. 내가 그물을 친 뒤라면, 경찰은 파리쯤은 잡을 테지만, 그때까지 그들에게 무엇을 기대할 수 있단 말인가?"

나는 그날 하루 종일 본업인 의사 일이 바빠서 베이커 거리에 돌아간 것은 밤이 되고 나서였다. 셜록 홈즈는 아직 돌아오지 않았다. 그는 10시가 다 되어 피로하여 창백해진 얼굴로 들어왔는데, 곧 찬장으로 가더니 꿀꺽꿀꺽 물을 삼키면서 빵을 뜯어 걸신들린 듯 먹기 시작했다.

"배가 고팠나?" 나는 말을 걸었다.

"허기져 죽을 것만 같아. 먹는 것을 잊고 있었어. 아침부터 아무것도 먹지 않았네."
"아무것도?"
"물 한 모금도. 그런 일을 생각할 틈도 없었지."
"그래, 일은 잘 되었나?"
"응."
"단서를 잡았단 말이지."
"이 손아귀에 놈들을 움켜잡고 있네. 오픈쇼 청년의 원수를 갚는 것은 먼 일이 아니야. 자, 와트슨, 이번에는 이쪽에서 놈들에게 저 악마적인 경고장을 보내 주세. 이것은 멋진 아이디어지?"
"아니, 뭐라구?"
홈즈는 벽장에서 오렌지를 꺼내 잘게 쪼개더니 테이블 위에 씨를 발라냈다. 그리고 그것을 5개 주워 봉투 속에 넣고 봉함지 안쪽에 'JO의 대리, SH(존 오픈쇼의 대리, 셜록 홈즈)'라고 적었다. 봉함을 하고 나서 겉봉에는 '미국 조지아 주 사바나 항구, 돛대 셋짜리 범선 론 스타 호의 선장 제임스 칼푼 귀하'라고 수신자 이름을 썼다.
"배가 항구에 들어가면 이것이 기다리고 있는 거야" 하며 그는 웃었다. "놈이 이것을 보면 밤에 잘 수 없게 될걸. 오픈쇼에게 들이대어졌을 때와 마찬가지로 편지에 의해 피할 수 없는 운명이 예고되었다고 느낄 테지."
"그 칼푼 선장이란 어떠한 자인가?"
"일당의 우두머리일세. 다른 놈들도 해치우겠지만 우선 우두머리부터야."
"어떤 방법으로 알아냈나?"
홈즈는 주머니에서 날짜에 이름을 가득 써넣은 커다란 종이를 꺼냈다.

"나는 오늘 꼬박 하루를 걸려 로이드 선박 등록부와 헌 신문철을 조사하여, 1883년 1월부터 3월 사이에 폰디셸리에 기항한 배의 그 뒤의 동정을 알아보았네. 이 2개월 동안에 보고되어 있는 톤수가 큰 배는 36척이나 되더군. 그 중에서 론 스타라는 배가 곧 나의 눈에 띄었어. 런던 출항이라고 되어 있었지만, 이 배의 이름은 미국 어느 주의 별명이니까 말일세."
"텍사스일 테지."
"글쎄, 거기까지는 기억하고 있지 않고 지금도 자신이 없네. 어쨌든 미국계의 배가 틀림없다고 보았네."
"그래서 어떻게 했나."
"다음으로 단디 항구의 기록을 조사해 보았더니 론 스타가 1885년 1월에 기항했음이 밝혀졌으므로 혐의는 확신으로 바뀌었지. 그리고 이번에는 현재 런던 항구에 정박 중인 배를 조사해 보았네."
"그랬더니?"
"론 스타가 지난 주 입항했더군. 곧 템즈 강의 앨버트 독으로 달려가 본즉, 오늘 아침 썰물을 타고 사바나 항구를 향해서 귀항길에 올랐음이 밝혀졌네. 하구(河口) 글레이브젠드에 전보로 문의했더니 조금 전에 그곳을 통과했다는 대답이므로, 바람도 동풍이라 지금쯤은 아마 굿윈의 얕은 여울을 지나 와이트 섬 근처를 지나고 있을 걸세."
"그래서 이제부터 어떻게 할 셈인가."
"뭐, 이제 붙잡은 거나 마찬가지야. 내가 조사한 바로는 선원 중에서 순수한 미국인은 선장과 두 명의 항해사뿐이었어. 그밖에는 핀란드 인과 독일인이야. 그런데 이 세 사람의 미국인은 어젯밤 함께 상륙했다는군. 배의 짐을 실어 준 부두의 인부가 가르쳐 주었지. 자, 이것으로 그 범선이 사바나 항구에 닿을 무렵에는 이 편지가 수신자에게 가 있을 것이고, 그쪽 경찰에게는 해저전신으로 사바나 항구에서 살인한 혐의로 세 명의 미국인을 체포해 달라는 연락이 되어 있을 걸세."

하지만 인간이 세운 계획은, 비록 최선의 것이라 할지라도 어딘가에 허점이 있는 법이다. 존 오픈쇼 살해의 공범자들은 오렌지의 씨앗을 받지 못했으며, 따라서 그들 못지 않게 교활함과 결단력이 풍부한 사나이가 그들 뒤를 추적하고 있음을 영원히 모르고 말았다.

그해 추분의 폭풍은 전에 없이 길었고 또한 격렬했다. 우리들은 사바나 항구에서 론 스타의 소식이 들어오기를 오랫동안 목마르게 기다렸지만 결국 아무 소식도 없었다. 그 뒤 가까스로 알게 된 일은, 대서양의 아득한 저편 어딘가에서 보트에서 부서진 선미재(船尾材)가 하나 파도 사이에 떠돌고 있었으며 거기에 'LS(론 스타의 머리글자)'라고 새겨져 있었다고 했는데, 그것이 론 스타호의 운명에 대해서는 더 이상 영원히 모르리라는 것을 말해주었다는 사실이다.

입술이 뒤틀린 사나이

성 조지 신학교의 교장이었던 고(故) 일라이어스 위트니 신학박사의 동생인 아이저 위트니는 아편에 깊이 중독되어 있었다. 내가 들은 이야기로는, 그의 이 악습은 학생 시절의 바보스런 장난에서 시작되었다고 했다. 그는 저 유명한 드 퀸시(1785~1859. 영국의 비평가, 수필가. 대표작《아편중독자의 고백》)의 아편의 꿈과 관능의 흥분을 그린 문장을 읽고 자기도 똑같은 효험을 얻으려고, 담배를 아편에 담갔다가 피웠던 것이었다. 하지만 그 역시 일반적인 아편중독자들처럼 이 습관에 물들기는 쉬웠지만 막상 그만두려고 해도 좀처럼 그만둘 수 없는 지경에 이르러, 여러 해 동안 아편의 노예가 되어 친구며 친척에게 무섭게 여겨지든가 가엾게 취급받았다. 지금의 그는 푸석푸석한 노란 얼굴에 눈 가장자리가 축 늘어지고 동공이 바늘끝처럼 가늘어져 언제나 의자에서 구부정하게 등을 구부리고 앉아 있었기에, 내게는 이미 귀족의 말로를 걷고 있는 산송장으로밖에 느껴지지 않았다.

1889년 6월 어느 날 밤, 슬슬 하품이라도 하면서 시계를 올려다볼 시간에 현관벨이 울렸다. 나는 의자에 앉은 채 몸을 일으켰다. 아내도 무릎 위에 뜨개질 감을 놓고 좀 달갑지 않은 표정을 지었다.
"환자인가 봐요"라고 아내는 말했다. "또 왕진이겠군요!"
나는 피로한 하루에서 금방 풀려난 참이었기에 으음 하고 신음했다.
현관문이 열리는 소리가 나고 다그치듯 두서너 마디 이야기하는 목소리가 들리는가 싶더니, 누군지 리놀륨 바닥 위를 잰걸음으로 걸어 이쪽으로 오는 모양이었다. 이윽고 우리 방문이 열리고 거무죽죽한 복장에 검은 베일을 쓴 부인이 들어왔다.
"너무 늦게 찾아와서"라고 그 부인은 인사하더니 별안간 자제심을 잃고 아내에게 달려가서 목에 팔을 감고 어깨에 얼굴을 파묻고는 흐느껴 울었다. "전 정말로 어쩌면 좋아요?"라고 그녀는 외쳤다. "도와 주세요."
"어머나!" 아내는 그 부인의 베일을 들어올리더니 말했다. "케이트 위트니 부인 아니세요. 깜짝 놀랐어요. 들어오실 때 누군지 몰랐답니다."
"전 어떻게 해야 좋을지 몰라서 곧장 당신 댁으로 뛰어왔어요."
나는 이와 같은 광경에 익숙해져 있었다. 비탄에 젖어 있는 사람들이 곧잘 등대에 모이는 새마냥 아내한테 의논하러 오곤 했던 것이다.
"잘 오셨습니다. 포도주에 물을 타 드릴 테니 마시면 좋아질 거예요. 그리고 거기 의자에 편안히 앉아서 털어놓으세요. 거북하시면, 남편은 먼저 자리에 들게 하고 우리끼리만 이야기할까요?"
"아니오, 선생님도 들어 보시고 충고와 도움을 부탁드리고 싶어요. 실은 아이저 때문인데 벌써 이틀이나 집을 비우고 들어오지 않아서 정말로 걱정이에요."
위트니 부인이 남편을 걱정하여 의논하러 온 것은 이번이 처음은

입술이 뒤틀린 사나이 179

아니다. 나는 의사의 입장에서, 아내는 여학교 시절부터의 오랜 친구로서 그녀의 의논 상대가 되어주고, 그럴 때마다 우리 부부는 가능한 모든 것을 다하여 그녀를 위로해 주었다. 그런데 그녀는 남편이 있는 곳을 알고 있을까? 우리에게 데려와 달라는 얘길까?

이야기를 듣고 보니, 역시 짐작대로였다. 위트니 부인은 위트니가 요즘 발작이 일어나면 런던의 동쪽 변두리에 있는 아편굴로 찾아간다는 확실한 정보를 듣고 있었다. 그래도 지금까지는 약의 효력이 하루밖에 안가서 밤에는 몸에 경련이 일어나 꿈틀대면서 돌아왔던 것이다. 그런데 이번에는 어떻게 된 일인지, 효력이 48시간이나 이어지는 모양이었다. 보나마나 그는 선창 하역장의 아편 상습자들 사이에서 뒹굴며 독한 연기를 빨아대거나 약이 깰 때까지 정신없이 잠들어 있을 게 뻔했다. 어퍼 스윈댐 골목에 있는 '황금덩어리'라는 이름의 집으로서, 거기에 가면 반드시 남편을 만나리라는 것을 위트니 부인도 알고 있었다. 하지만 그녀가 어떻게 하겠는가. 젊고 수줍음 타는 여자가 그러한 나쁜 장소에 혼자 뛰어들어가 사방에서 뒹굴고 있는 망나니들 속에서 남편을 데리고 돌아오는 일을 할 수 있을까?

사정이 그러니 지금 할 수 있는 수단은 단 한 가지밖에 없었다. 내가 위트니 부인을 호위하여 그 집까지 따라가는 게 좋지 않을까. 하지만 다시 한 번 생각해 보면, 그녀가 거기까지 가야할 이유가 없었다. 나는 위트니의 주치의니까 그러한 점에서는 그를 움직일 만한 힘은 있을 터였다. 게다가 혼자서 가는 편이 모양새가 좋으리라. 나는 그렇게 생각하고, 아이저가 예의 그 집에 있기만 하면 2시간 안에 꼭 영업용 마차로 댁으로 보내 드리겠다고 케이트에게 굳게 약속한 뒤, 10분 뒤에는 안락한 내 집의 팔걸이의자를 뒤에 두고 마차를 동쪽으로 달리게 하였다. 아무튼 그때는 별난 사명을 다 맡게 되었다고 생각했는데, 나중에 다시 생각해 보니 그것이 얼마나 기묘한 일인지 새삼 뼈저리게 느껴졌던 것이다.
 그래도 처음에는 별로 곤란한 사태는 없었다. 어퍼 스원댐 골목은 런던 다리의 동쪽, 템즈 강의 북쪽 기슭에 늘어선 높은 하역장 뒤에 있는 더러운 골목이다. 싸구려 양복을 매달아 늘어놓은 가게와 술집 사이에 동굴의 아가리처럼 뚫린 어두운 틈바구니를 향해 가파른 돌계단을 내려가면 거기가 찾고 있던 아편굴이다. 영업용 마차를 기다리게 해놓고 일 년 내내 술주정뱅이의 구두에 밟혀 가운데가 움푹해진 층계를 따라 내려가서, 문간에 매달린 석유 램프의 흔들거리는 불빛을 의지삼아 문의 걸쇠를 발견하고 그 안으로 들어갔다. 안은 길쭉하니 속이 깊고 천장이 낮은 방이었는데, 이민선의 선실처럼 나무 침대가 층층으로 마련돼 있고 뭉게뭉게 피어오르는 갈색 아편 연기가 주위에 자욱했다.
 어둠침침한 방 안을 두리번거리자 침대 위에 이상한 환영처럼 괴상한 자세로 누워 있는 사람의 그림자가 어렴풋하니 보였다. 등을 구부리고 있는가 하면, 무릎을 세우고 있는 자도 있고, 머리를 뒤로 젖히고 턱을 천장으로 내미는 자도 있었다. 그런가 하면 여기저기에서 어둡고 흐릿한 눈으로 새로 들어온 나를 올려다보는 자들도 있었다. 어두운 사람들 그림자 사이로 반짝 둥그렇게 떠오르는 금속제 불접시 속에서 조그맣고 붉은 불이 약을 들이마시는 숨결에 밝아졌다 희미해졌다 했다. 대개는 묵묵히 들이마시고 있지만 어떤 자는 도란도란 중얼거리기도 하고 기묘하게 단조로운 나직한 목소리로 옆 사람에게 말을 거는 자도 있었다. 그 이야기 소리는 별안간 흘러나온듯 하더니 이내 스르르 사라져 침묵 속에 가라앉고, 옆 사람의 말 따위는 서로 들은 척도 하지 않고 자기 멋대로 생각난 말을 지껄이는 데 지나지 않았다. 가게 안쪽의 숯이 벌겋게 불타고 있는 화로 곁에서는, 키가 크고 여윈 한 노인이 세발 의자에 앉아 양 팔꿈치를 무릎 위에 얹고 양손의 주먹으로 턱을 누르며 지그시 숯불을 응시하고 있다.
 내가 들어가자 얼굴빛이 노란 말레이 인 급사가 아편 담뱃대와 1회분의 약을 가지고 급히 다가와서 비어 있는 침대로 안내하려 했다.
 "고맙지만 신경 쓰지 말게" 하고 나는 말했다. "나는 손님으로 온 게 아니라 아이저 위트니라는 친구에게 볼일이 있어 들러본 걸세."
 그때였다.
 사람이 움직이는 기척이 나더니 바로 오른쪽에서 나를 부르는 소리가 들려서 어둠 속을 들여다보았더니, 위트니의 푸르죽죽한 여윈 얼굴이 머리를 흩뜨리고 나를 응시하고 있었다.
 "아니, 와트슨 씨가 아닙니까!"
 그는 큰 소리로 말했다. 마약이 효과가 떨어지자 초라한 반동 상태에 빠져들면서 온 몸의 신경이 떨리고 있는 것이었다.
 "저, 와트슨 씨, 지금 몇 시입니까?"
 "11시 좀 못 되었소."
 "그러면 며칠인가요?"
 "금요일. 6월 19일입니다."
 "네, 뭐라구요! 수요일이 아닙니까? 아냐, 수요일이 틀림없어. 놀라게 하지 마십시오."
 위트니는 양팔에 얼굴을 파묻고 날카로운 목소리로 훌쩍거렸다.
 "오늘은 정말로 금요일입니다. 이틀 동안 당신 아내는 굉장히 걱정하며 기다렸단 말이오. 조금은 부끄럽게 생각하십시오."
 "그야 부끄럽지요. 하지만 당신은 잘못 알고 계십니다. 여기에 온 것은 틀림없이 두서너 시간 전이고 세 봉지를 피웠을 뿐인데. 아냐, 네 봉지인가? 아무래도 생각이 나지 않는군요. 어쨌든 당신과 함께 돌아가겠어요. 저는 케이트를 걱정시키고 싶지 않으니까요. 가엾은 케이트, 용서해 주오. 자, 손을 좀 빌려 주십시오. 마차는 있습니까?"
"밖에 대기시켜 놓았소."
"그럼, 그걸 타고 돌아가기로 하지요. 하지만 계산을 하고 오지 않으면 안 되는데, 얼마일까요? 저는 비틀거려서 아무것도 못하겠습니다."

나는 양쪽에 나란히 누워 있는 이들의 사이로 난 좁은 통로를 지나 머리가 띵해지는 듯한 저주스런 마약의 연기를 빨아들이지 않으려고 숨을 죽이고 이곳 주인의 모습을 찾아 안쪽으로 걸어갔다. 그런데 화로 옆에서 버티고 있는 키가 큰 노인 곁을 지나가려고 했을 때 별안간 누가 내 양복 자락을 잡더니 "지나치고 나서 뒤돌아보게나" 하고 낮은 목소리로 말을 걸어 온 듯한 느낌이 들었다. 아니, 내 귀로 확실히 그렇게 들었다. 그래서 나는 눈길을 떨구었다. 그 목소리는 옆에 있는 노인의 입에서 나온 것이라고밖에 생각되지 않았지만, 엄청나게 마르고 주름살투성인데다 허리가 구부러진 그 노인은 무릎 사이에 아편의 담뱃대를 마치 지칠 대로 지친 손가락 사이에서 금방이라도 떨어뜨릴 것처럼 축 늘어뜨린 채 여전히 꿈결 같은 환상 속을 헤매고 있었다. 두 걸음 앞으로 지나치고 나서 뒤돌아보았다. 그 순간, 하마터면 앗 하고 외칠 뻔했으나 가까스로 참았다. 그는 나에게만 얼굴이 보이게끔 몸을 내쪽으로 틀었는데, 이상하게도 온 몸에 원기가 넘쳐 있고 얼굴에 주름살 하나 보이지 않을 뿐 아니라 바로 전까지만 해도 흐릿했던 눈이 광채를 되찾고 있었다. 그야말로 까무러칠 듯이 놀라는 나에게 화롯가에 걸터앉아 히죽 웃어 보이는 그 노인은 셜록 홈즈, 바로 그가 아닌가! 그는 나에게 가까이 오라고 몸짓으로 신호하고서 곧 다른 사람 쪽으로 얼굴을 다시 돌렸는데, 그때는 벌써 입가에 탄력이 없는 늙어빠진 모습으로 바뀌어 있었다.

"홈즈!"

나는 목소리를 죽이고 물었다.
"이런 시궁창에서 대체 무엇을 하고 있는 건가?"
"되도록 나직한 목소리로 부탁하네"라고 그는 대답했다. "내 귀에는 잘 들리니까. 그런데 미안하지만, 자네 친구인 마약 환자를 혼자 돌려보낼 수는 없겠나. 나중에 좀 의논하고 싶은 일이 있는데……"
"밖에 마차가 대기하고 있네."
"그렇다면 그 마차로 친구를 돌려보내게나. 아마 염려없을 거야. 저렇듯 발이 휘청거리는 자는 도리어 도중에서 이상한 짓을 저지르지 않는 법이지. 자네 부인에게는 마부를 통해 편지를 전하도록 하고, 홈즈와 함께 있게 되었다고 말해 두는 편이 좋을 거야. 밖에서 기다려 주게. 5분쯤 있으면 나갈 테니까."
셜록 홈즈가 나에게 무엇인가 요구할 때, 그는 언제나 우월한 위치에 있다는 듯이 단정적으로 말하기 때문에 나는 거절하기가 무척 어려웠다. 그러나 오늘밤은 나도 썩 마음이 없는 것은 아니었다. 위트니를 마차로 돌려보내기만 하면, 그걸로 어쨌든 실질적인 내 역할은 끝나니까. 그리고 나서 나는 친구와 함께 예의 그 신기한 모험——그에게는 늘 있는 일이겠지만——에 참가할 수 있다면 그만큼 재미난 일도 없으리라. 나는 한 4, 5분만에 편지를 쓰고 위트니의 계산을 치러준 다음 그를 마차에 밀어넣고 마차가 어둠 속으로 달려 가는 걸 전송했다. 이윽고 늙어빠진 노인이 아편굴에서 나오길래 셜록 홈즈와 나는 거리를 걸어갔다. 그는 두 구역 정도 몸을 구부리고 비실비실 걸었다. 그러더니 재빨리 주위를 둘러보고 몸을 꼿꼿이 하며 소리 높여 웃었다.
"와트슨." 그는 말했다. "자네는 내가 코카인 주사로 만족치 않고 아편까지 시작하여, 아니, 자네의 의학적 견지로 보아 그 외에도 이런저런 한탄스런 버릇들이 늘어간다고 생각할 테지?"

"그런 곳에서 자네와 만나다니, 정말 뜻밖이었네."
"나야말로 깜짝 놀랐어."
"나는 친구를 찾으러 갔지만……"
"나는 적을 찾으러 간 걸세."
"적이라고?"
"그래, 숙명의 원수. 아니, 나의 희생양이라고 하는 편이 좋을지도 모르네, 와트슨. 간단히 말하면, 나는 지금 실로 놀랄 만한 사건의 조사하고 있는데 전에도 곧잘 했던 것처럼 그런 곳에 있는 마약 환자들의 뜻없는 한 마디에서라도 어떤 단서가 잡히지나 않을까 하고 가 보았던 것일세. 물론 거기서 나라는 걸 알면 그야말로 내 목은 1시간도 가지 못했겠지. 아무튼 전에도 그곳을 이용한 적이 있어서, 그 집 주인인 뱃사람 출신 인도인이 나에게 복수하겠다고 설치고 있으니까 말이야. 폴 하역장 쪽으로 난 그 집의 뒤꼍에 비밀 출입문이 있는데, 그 문에 입이 있다면 달이 없는 밤 무엇이 운반되어 나갔는지 하는 괴상야릇한 이야기를 들을 수 있을 텐데."
"뭐라구! 설마 시체를 말하는 것은 아닐 테지?"
"바로 시체라네, 와트슨. 그 아편굴에서 사람이 하나 죽어나갈 적마다 천 파운드씩 받는다고 한다면 부호가 될 테지. 거기는 강기슭에서도 가장 더럽고 저주받은 집이야. 그러니 네빌 세인트클레어도 거기에 들어간 채 이미 살아서는 돌아오지 않는 게 아닐까 하고 걱정하고 있는 걸세. 그런데 이 근처에 마차가 기다리고 있을 텐데……"
그렇게 말하고 홈즈는 두 손가락을 입에 대고 획하며 날카롭게 휘파람을 불었다. 그러자 멀리서도 똑같은 휘파람 신호가 나더니 마차의 바퀴 소리와 말발굽 소리가 뒤섞여서 다가왔다.
어둠 속에서 높다란 경마차가 한 대 나타났고, 그 양쪽 등불에서 두 가닥 금색 불빛이 흘렀다.
"자, 와트슨" 하고 홈즈는 말했다. "어떤가, 함께 가 주겠나?"
"내가 도움이 된다면."
"신뢰할 수 있는 친구는 언제라도 도움이 되는 법이라네. 게다가 내 기록담당이니 군말이 필요없지. 이제 곧 가게 될 삼나무 저택에서 마련해 준 내 방에는 마침 침대도 두 개 있네."
"삼나무 저택이란 무엇하는 곳인가?"
"세인트 클레어 씨 집이지. 이번 조사 동안 거기 머무르고 있다네."
"장소는 어딘가?"
"켄트 주의 리 근처야. 여기서 7마일이나 되지."
"그건 그렇고, 대체 어떠한 사건인지 전혀 짐작이 가지 않는데……?"
"그럴 테지. 그러나 곧 알게 되네. 자, 타게. 존, 이제 돌아가도 되네. 여기 반 크라운일세. 그리고 내일 아침 11시쯤, 또 부탁하네. 고삐를 주게나. 수고했네."
홈즈가 채찍을 한 번 휘두르자 마차는 어둡고 쓸쓸한 거리를 힘차게 달리기 시작했다. 점점 길폭이 넓어지고 이윽고 난간이 있는 큰 다리에 이르렀다. 강의 수면은 어둠침침하고 느릿느릿 물이 흐르고 있다. 다리를 건너가자 벽돌과 모르타르로 된 집들이 고요하게 잠든 거리가 나왔는데, 야경 순경의 규칙적인 무거운 발소리와 이집저집 술집을 순례한 주정뱅이들의 노랫소리, 고함 소리만이 때때로 주위의 정적을 깨는 정도였다. 하늘에는 구름의 그림자가 해초처럼 떠돌고 여기저기 구름이 걷힌 사이로 별이 한두 개 희미하게 깜박였다. 홈즈는 턱을 가슴에 파묻고 깊은 생각에 잠긴 모습으로 묵묵히 고삐를 잡고 있다. 옆에 나란히 앉아 있던 나는 이만큼 그의 정력을 기울이게 하는 이번 사건의 내용을 알고 싶어 견딜 수가 없었지만, 그의 사색을 방해해서는 안 된다고 생각하여 입을 열지 않았다. 몇 마일은 족히 달리고 나서 마차가 교외의 별장 지대 끝에 이르렀을 때, 그는 느닷없이 몸을 움직이며 어깨를 추켜세우더니 지금의 모든 자기 행동에 충분히 자신이 선 태도로 파이프에 불을 붙였다.

"와트슨, 자네는 침묵이라는 훌륭한 천성을 가지고 있네."
이윽고 홈즈가 말했다.
"그 점이 자네가 친구로서 매우 귀중한 점일세. 사실 나에게 이야기하고 싶을 때 말벗이 되어 주는 친구가 있다는 것은 고마운 일이야. 내가 생각하고 있는 일이 아무튼 그다지 유쾌한 일이 아니니까 말이야. 나는 오늘밤도 저 집에서 맞이해 주는 친절하고 다정한 부인에게 뭐라고 말하면 좋을지 모르겠네."
"자네는 내가 아직 아무것도 모른다는 걸 잊고 있군."
"리에 닿기 전에 대충 사건을 이야기해 둘 만한 시간은 있을 거야. 이번 사건은 얼핏 보기에 우스꽝스러울 만큼 간단하게 보이지만, 그러면서도 지금껏 어디서부터 손을 대야 좋을지 모르고 있다네. 물론 사건을 구성하고 있는 가설은 많아. 그러나 최초의 단서가 얻어지지 않는군. 그럼 와트슨, 이제부터 사건의 자초지종을 알기 쉽게 간추려서 말하겠네. 그렇게 하면 내가 어둠 속에서 헤매고 있는 일 가운데서 자네가 어떤 빛을 찾아내 줄지도 모르니까."
"그렇다면 이야기해 보게."
"몇해 전——정확히 말하면 1884년 5월이지만——네빌 세인트 클레어라고 하는 부유한 신사가 리에 나타나 커다란 별장을 한 채 사들이고 뜰을 아름답게 꾸미면서 호화롭게 살기 시작했네. 그러는 사이 이웃 사람들과 교제도 하게 되고 1887년에는 근처 양조장 집 딸과 결혼해서 현재 두 아이가 있다네. 세인트 클레어 씨는 일정한 직업은 없지만 몇몇 회사에 관계하고 있어, 매일 아침 규칙적으로 런던으로 출근하고 저녁에는 5시 14분의 캐논발 열차로 돌아왔어. 37살로 품행이 단정하고 좋은 남편이자 애정이 깊은 아버지며 누구를 만나더라도 곧 호감을 주었지. 덧붙여 말해 두면, 내가 알고 있는 한 현재 88파운드 10실링의 빚이 있고 캐피털 앤 카운티 은행에 2백 20파운드의 예금이 있으니까 금전 문제로 골머리를 썩이고 있었다고 생각될 이유는 없네.

이번 월요일에 네빌 세인트 클레어 씨는 여느 때보다 조금 일찍 런던에 갔는데, 집을 나설 때 오늘은 중요한 볼일을 두 가지 끝내지 않으면 안 된다고 하면서 볼일이 끝나면 아이에게 집짓기 장난감을 한 상자 선물로 사오겠다고 했다네. 그런데 우연하게도 같은 월요일에 그가 집을 나가고 난 바로 뒤에 전보가 와서 전부터 부인이 기다리던 중요한 소포가 애버딘 기선 회사 사무실에 도착했으니 수령해 가라고 했네. 런던 지리에 밝은 사람이라면 알고 있을 테지만, 그 기선 회사는 오늘밤 자네를 만난 어퍼 스윈댐 골목에서 갈라지는 프레스노 거리에 있지. 세인트 클레어 부인은 점심 식사 후 런던에 가서 두서너 군데 물건을 사러 돌아다닌 뒤 사무실로 가서 소포를 찾아 정거장으로 가려고 스윈댐 골목을 걸어갔네. 그때가 정각 4시 35분이었다고 하더군. 여기까지는 알 수 있겠지?"

"잘 알겠어."

"자네도 기억하리라 생각하는데 이번 월요일은 참으로 더웠지. 게다가 세인트 클레어 부인은 그러한 곳을 걷는 게 싫어서 영업용 마차라도 있었으면 하고 앞뒤를 둘러보며 천천히 걷고 있었다네. 부인이 스윈댐 골목을 걷고 있는데 고함 소리와 비명이 들려서 그쪽을 본 순간, 온 몸이 굳어질 만큼 놀라고 말았다지 뭔가. 왜냐하면 눈앞의 3층 창문에서 남편의 얼굴이 그녀를 굽어보고 있는데, 그녀에게는 그 모습이 계속 손을 흔들어 부르고 있는 거라고밖에 생각되지 않았던 걸세. 창문이 열려 있었으므로 남편 얼굴이 똑똑히 보였는데, 몹시 두려워하며 당황한 표정이었다고 나중에 말했네. 그는 미치광이처럼 손을 흔들고 있었는데, 곧 어떤 무지무지한 힘에 끌려가듯 안으로 사라지고 말았다네. 다만 그때 그녀의 여성적인 예민한 눈에 이상하다고 생각한 일이 하나 있었지. 그것은 집을 나섰을 때 입었던 검은 윗옷은 입고 있었으나 칼라도 넥타이도 하고 있지 않았다는 점일세.

그에게 무슨 사고가 난 게 틀림없다고 생각한 세인트 클레어 부인은 돌계단을 뛰어올라가——실은 그 집이 오늘밤 자네와 만난 그 아편굴인데——정면의 방을 지나 2층으로 가는 계단을 오르려고 했다네. 하지만 그곳에, 아까 이야기한 인도인 망나니가 나와 계단 입구에서 그 부하인 덴마크 인과 둘이서 힘을 합쳐 그녀를 거리로 내쫓고 말았지. 그녀는 미칠 것만 같은 의혹과 공포로 가득차서 거리를 뛰어가다가, 정말로 운좋게 프레스노 거리를 순찰하고 있는 경감과 몇 사람의 부하 경관과 마주쳤네. 경감과 두 명의 경관이 그녀와 함께 그곳으로 되돌아가, 다시 주인의 방해를 뿌리치고 세인트 클레어 씨가 창문에서 모습을 보인 방으로 뛰어들었네. 그러나 벌써 그의 모습은 커녕 그림자도 없었어. 그 방에는 방주인인 듯한 어딘지 으스스한 느낌의 앉은뱅이가 있을 뿐이었다네. 이 앉은뱅이와 인도인이 입을 모아 그날 오후에는 아무도 그 방에 들어오지 않았다고 굳게 주장했지. 너무나 강력히 그들이 부인하므로 경감도 주춤한 상태로 세인트 클레어 부인이 잘못 본 게 아닐까 하고 망설이고 있는데, 그때 부인이 테이블 위에 있는 소나무로 만든 작은 상자를 발견하고는 깜짝 놀라 소리치며 달려가더니 뚜껑을 열었다네. 그 안에서 어린아이의 집짓기 장난감이 쏟아져 나왔어. 아침에 세인트 클레어 씨가 집을 나서면서 선물로 사오겠다고 말한 것이었지.

이 장난감의 발견과 또 앉은뱅이의 얼굴에 떠오른 당황한 기색으로 말미암아, 경감은 사건이 꽤나 심각한 것이라고 생각했지. 그래서 모든 방을 면밀히 수사한 결과 하나같이 끔찍한 범죄의 자취를 나타내고 있었다네. 정면 방은 가구가 조잡했지만 거실로 사용되고 있고, 안에 작은 침실이 있으며 그곳의 창문에서 하역장의 뒤를 굽어볼 수 있었네. 하역장과 침실 창문 사이에는 길쭉한 공터가 있고 썰물 때에는 물이 빠지지만 밀물이 되면 적어도 4피트 반은 물이 올라오는 모양이야. 창문은 크고 밀어올려 여는 식으로 되어 있는데, 잘 조사해 보았더니 창틀에 핏자국이 묻어 있고 마룻바닥 위에도 점점이 흩어져 있었다네. 다음으로 방의 커튼 뒤를 조사했더니 세인트 클레어 씨의 옷가지가 윗도리만 빼고 모두 나왔네. 구두에서 양말, 모자, 시계에 이르기까지 모두 거기에 있었던 걸세. 하지만 발견된 의류에는 폭행의 흔적이 없고 세인트 클레어 씨가 있었다는 명백한 증거도 없었네. 물론 다른 출구라곤 없으니 그 뒤창문으로 모습을 감추었을 게 분명해. 그러나 창틀에 피가 묻어 있을 정도라면, 비록 밑으로 달아나 강을 헤엄쳐 건너가고자 하여도 그 일이 있었던 시각이 공교롭게도 만조시에 해당되므로 도저히 살 가망은 없어.

다음으로 사건과 관련있어 보이는 악당들을 생각해 보세. 우선 인도인은 흉악하기 이를 데 없는 전과자로 알려져 있는데, 이번에 세인트 클레어 부인의 말로도 알 수 있듯이 그녀의 남편이 창문에 모습을 드러낸 지 몇 초 뒤에 벌써 계단 입구에 나와 있었던 걸로 보아 이 범죄에 대해서는 아마 하수인 이상은 아닐 걸세. 그는 이 사건에 대해서 일체 모른다고 주장했고, 방을 세든 앉은뱅이 휴 분이 무슨 짓을 했는지 아무것도 모르며, 행방불명된 신사의 의류가 그 방에서 나온 사실에 대해서도 자기는 뭐라고 설명할 도리가 없다고 하네.

 인도인 쪽은 그런 정도고, 다음은 아편굴 3층의 기분나쁜 그 앉은뱅이인데, 이자는 분명 네빌 세인트 클레어 씨를 마지막으로 보았을 게 틀림없네. 이름이 휴 분이라고 하며, 그 추악하고 괴상야릇한 얼굴은 그 주변을 오고가는 사람들에게는 잘 알려져 있는 자이지. 경찰 단속시 방패막이로 납성냥을 파는 척 가장하지만, 본업은 걸인이야. 스레드니들 거리를 조금 가면, 자네도 알고 있을 테지만, 왼쪽 담이 조금 꺾인 곳이 있네. 거기가 앉은뱅이의 일터로 길거리에 책상다리를 하고 앉아 무릎 위로 성냥을 조금 꺼내놓고 있는데, 그 모습이 자못 가련하므로 무릎 앞에 놓은 땟국에 찌든 가죽 모자에 한 푼 두 푼 동정의 비가 쏟아지는 걸세. 나는 이런 사건에 관련하여 그 녀석과 친구가 되리라고는 생각지도 못했지만, 전에도 두세 번 그 녀석을 본 일이 있어 얼굴도 알고 있거니와 사실 극히 잠깐 동안에 돈벌이가 잘도 되더군. 아무튼 그런 얼굴이니 오가는 행인들의 눈에 띄지 않을 수가 없지. 흐트러진 오렌지빛 머리털에다 얼굴로 말하자면 창백한데다가 무서운 상처까지 있고 윗입술은 가장자리가 당겨 올라갔고 턱은 불독 그대로인데, 유난히도 날카로운 검은 눈이 머리털 색깔과는 기분나쁜 대조를 이루고 있어 모든 게 예사로운 거지와는 뚜렷하게 다른 인상을 준다네. 게다가 녀석은 또 머리도 보통보다 좋아 통행인이 놀려대면 척척 대꾸를 하는 걸세. 이런 자가 이번 사건에서, 아편굴에 살고 있으며 우리들이 찾고 있는 세인트 클레어 씨를 마지막으로 본 사나이로 떠오른 거야."

"하지만 그자는 앉은뱅이가 아닌가" 하고 나는 말했다. "한창 원기왕성한 사나이를 상대로 제 혼자 무엇을 할 수 있겠는가?"
"아냐, 앉은뱅이라고는 하지만 절뚝거리면서 걸을 수가 있네. 다만 다리가 불편할 뿐, 힘도 세 보이고 영양 상태도 좋은 사나이지. 자네는 의사이니까 잘 알겠지만, 한쪽 발이 불편하면 그 대신 몸의 다른 부분이 그것을 보충하는 의미로 특별히 강해지는 건 흔한 일이잖나?"
"그렇다치고, 자, 이야기를 계속해 주게."
"세인트 클레어 부인은 창틀의 피를 보고 정신을 잃었으므로, 그녀가 있더라도 수사에 그다지 도움이 되지 않는 만큼 경관이 마차에 태워 집까지 돌려보냈네. 나중에 이 사건을 담당한 바튼 경감이 집의 내부를 철저하게 조사했지만 단서가 될 만한 것은 아무것도 나오지 않았어. 도대체 앉은뱅이 분을 그 자리에서 체포하지 않았던 것은 확실히 실수였다고 나는 생각해. 단지 몇 분 동안이라도 그자를 자유롭게 내버려두었기 때문에 한패인 인도인과 진술을 맞출 기회를 가졌을지도 모르네. 하지만 언제까지 실수만 하고 있었던 것은 아니고, 앉은뱅이를 체포하여 신체검사를 했지만 이자가 범죄를 저지른 증거는 나타나지 않았지. 셔츠의 오른쪽 소맷부리에는 핏자국이 묻은 얼룩이 분명히 있었지만, 그것도 양손가락의 손톱 뿌리께에 있는 상처를 내보이며 거기에서 자기도 모르게 피가 흘러나왔을 게 틀림없다고 주장하는가 하면, 조금 전에 창가에 갔으므로 창틀의 피도 그 상처에서 묻은 것이라고 말하지 뭔가. 그리고 네빌 세인트 클레어라는 사람은 본 일이 없다고 강하게 부인했으며, 그 옷이 자기 방에서 발견된 일은 경찰과 마찬가지로 자신도 이상하기만 하다고 잡아뗐지. 세인트 클레어 부인이 3층 창문에서 남편의 모습이 보였다고 하는 것은, 정신이 돌았거나 꿈이라도 꾼 것일 거라고 주장했다네. 그러면서 욕설을 퍼붓고 저항했지만 마침내 경찰에 연행되었고, 경감은 조수가 빠지면 무언가 단서가 나올지 모른다는 생각에 그 집에 머물러 있었네.
 기다린 보람이 있어 나오긴 나왔지만, 진흙바닥에서 은근히 기대했던 것은 보이지 않았네. 조수가 빠지고 나타난 것은 세인트 클레어 씨의 시체가 아니라 윗옷이었거든. 더구나 그 주머니에 무엇이 들어 있었다고 생각되나?"
"상상도 못하겠어."
"그렇지, 자네가 짐작할 거라고 생각되지 않네. 주머니란 주머니마다 1펜스와 반 펜스짜리 동전이 나왔던 걸세. 모두 합해서 1펜스가 421개, 반 펜스가 270개 있었어. 그러니 윗도리가 조수에 떠내려가지 않았던 것도 무리는 아니지. 그러나 시체라면 이야기가 달라. 하역장과 아편굴 사이는 썰물일 때 무서운 기세로 물이 흐르기 때문에 무거운 윗옷만 남고 알맹이인 시체는 벌거숭이가 되어 강 한가운데로 흘러가 버렸다고도 충분히 생각할 수 있지."
"하지만 다른 옷가지 대부분은 고스란히 3층 방에서 발견되었지 않은가? 그러면 시체에 윗도리만 입힌 걸까?"
"아니, 그렇진 않아. 하지만 사태는 그럴듯하게 설명되네. 분이란 놈이 네빌 세인트 클레어 씨를 창문에서 밀어 떨어뜨렸다고 하더라도, 아무도 현장을 보지 못했을 것이네. 그리고 나서는 무엇을 할까? 물론 맨 먼저 머리에 퍼뜩 떠오른 것은 증거가 될 만한 옷 처치하지 않으면 안 된다는 것이지. 그는 윗도리를 움켜잡고 창문으로 내던지려고 했지만, 던지더라도 가라앉지 않고 물흐름에 떠내려갈 것이 틀림없다고 깨달았을테지. 우물쭈물하고 있을 수는 없었겠지. 부인이 올라오려고 계단 밑에서 옥신각신하고 있는 소리가 들려오고 게다가 그때 이미 경관들이 거리를 달려왔다는 것을 인도인에게서 들었을 지도 모르네. 어쨌든 1분 1초를 다투는 상황이므로 그는 동냥한 것을 모아두는 비밀 보관 장소로 뛰어가 닥치는 대로 동전을 꺼내 주머니에 쑤셔넣어 그 윗도리가 가라앉도록 한 걸세. 그것을 창문 밖으로 던지고 이어서 다른 옷도 마찬가지로 처리하려고 했지만 벌써 계단을 뛰어올라오는 발소리가 들렸으므로 경관이 방에 나타났을 때에 창문을 닫은 게 고작이었지."
"과연, 확실히 그렇다고 할 수도 있겠군."
"달리 좋은 설명이 없으므로, 우선 이것을 당장의 가설로 해두세. 앞서도 말했 듯이 분은 체포되어 경찰에 끌려갔지만, 경력상 그에게 불리한 사실은 나오지 않았던 거야. 여러 해 동안 동냥질은 하고 있지만 온순한 사나이로서 나쁜 일은 아무것도 하지 않은 모양이야. 현재로선 알고 있는 것이 이 정도일세. 앞으로 해결하지 않으면 안 될 문제는, 네빌 세인트 클레어가 아편굴에서 대체 무엇을 하고 있었는가, 거기서 그가 어떠한 사건에 부딪혔는가, 지금 어디에 있는가, 휴 분이 그의 실종과 어떠한 관계를 가지고 있는가 등등 여러 가지인데, 그것이 모두 해결되지 않고 있는 것일세. 나의 경험으로 말하면 이것만큼 간단해 보이면서도 또한 어려운 사건은 드물다네."

셜록 홈즈가 이 일련의 기괴한 사건 이야기를 하고 있는 동안에도 마차는 대도시의 교외 지대를 내내 달렸으며, 이윽고 점점이 흩어진 집들을 뒤로 하고 양쪽에 생울타리가 있는 시골길로 들어섰다. 그리하여 그가 겨우 이야기를 마쳤을 무렵에는 아직 불빛이 창문에서 깜박이는 집도 보이는 두 마을을 좌우로 보며 달리고 있었다.

"리 시 변두리까지 온 모양이군."

내 친구가 말했다.

"마차를 조금 달렸을 뿐인데 세 주(州)를 스쳐 지나온 셈일세. 미들섹스에서 출발하여 서리의 일각을 지나고 마침내 켄트에 닿았네.

저기 나무들 사이에 불빛이 보이지 않나. 저것이 삼나무 저택이야. 지금쯤 아마 남편의 안전을 염려하며 램프 곁에 한 여성이 앉아 있겠지. 그녀의 귀에 틀림없이 이 말발굽 소리가 울리고 있을 걸세."

"그러나 여보게, 이번에는 왜 베이커 거리에서 사건을 처리하지 않나?" 하고 나는 물었다.

"그것은 이쪽에 와서 조사하지 않으면 안 될 일이 많이 있기 때문이야. 세인트 클레어 부인은 친절하게도 방 둘을 자유롭게 쓰도록 해주었으며, 자네가 나의 친구이자 협력자라는 걸 알면 환영은 보증할 테니 안심하게나. 그러나 와트슨, 나는 남편의 소식에 대한 뉴스를 가지고 오는 게 아니니, 아무래도 부인의 얼굴을 보는 게 괴롭네. 자, 닿았군. 이랴! 이랴! 이랴!"

마차는 뜰로 둘러싸인 커다란 별장 앞에 멎었다. 마부가 달려와서 말의 고삐를 잡았다. 나는 마차에서 뛰어내려 홈즈의 뒤를 따라 꼬불꼬불하고 비좁은 자갈길을 걸어 현관으로 갔다. 현관에 이르자 안에서 문이 열리고 목과 소맷부리에 북슬북슬한 감촉의 분홍색 시폰이 달린 얇은 모슬린 옷을 걸친 몸집이 작은 금발 부인이 나타났다. 그녀의 윤곽은 뒤에서 흘러나오는 실내의 불빛에 비춰지고 있었는데, 한 손을 문에 대고 또 다른 손은 설레임으로 조금 들고 몸이 약간 구부러지면서 얼굴을 앞으로 내밀고 눈은 힘이 들어가 빛났고 입도 반쯤 벌어진, 그야말로 초조하기 이를 데 없는 얼굴이었다.

"어머나!" 그녀는 외쳤다. "어머, 세상에!" 홈즈가 혼자가 아닌 것을 보고 그녀는 남편이 돌아온 거라고 오해했는지 기쁜 환성을 올렸으나, 홈즈가 그에 답하여 고개를 가로젓고 어깨를 으쓱해 보였으므로, 그 외침은 곧 실망의 신음으로 바뀌었다.

"좋은 소식은 없나요?"

"없습니다."

"그렇다면 무언가 좋지 않은 일이라도?"
"그런 것도 없습니다."
"그것만으로도 하느님에게 감사하지 않으면 안 되겠지요. 어서 들어오세요. 이렇듯 늦게까지 일하시느라 피로하시지요?"
"이 사람은 저의 친구로, 와트슨 박사입니다. 이제껏 자주 도움을 받았고 큰 힘이 되었지요. 참으로 다행스러운 우연으로 이 사람을 끌어내어 이번 수사에 힘을 빌리게 되었습니다."
"잘 와 주셨습니다."
부인은 반기며 나의 손을 덥석 잡았다.
"불편한 점도 있겠지만, 이런 엄청난 일을 당하고 있으니 아무쪼록 그 점은 부디 용서해 주세요."
"부인" 하고 나는 말했다. "저는 군대 경험도 있으니 걱정하지 마십시오. 설령 그렇지 않다하더라도 이렇게 어려워하시지 않아도 됩니다. 저는 다만 부인을 위해, 또 이 친구를 위해 조금이라도 도움이 되었으면 하고 바랄 뿐이니까요."
"그런데 셜록 홈즈 씨." 부인은 테이블 위에 냉동 고기 등의 밤참 준비가 되어 있는 밝은 식당에 우리들을 안내하면서 물었다. "간단한 일이지만 한두 가지 여쭤어 보아도 괜찮을까요? 사실대로 대답해 주시기 바랍니다."
"부디 말씀하십시오, 부인."
"저의 감정 같은 건 염려하지 마세요. 저는 히스테리도 없거니와 기절하는 일도 없을 겁니다. 당신의 거짓 없는 정직한 의견을 꼭 듣고 싶은 거예요."
"어떤 점에 대해서입니까?"
"당신은 정말로 마음 속으로부터 네빌이 아직 살아 있다고 믿고 계시나요?"

셜록 홈즈는 그렇게 질문받자, 난처한 표정을 지었다.
"부디 솔직하게 말씀해 주세요."
부인은 난로가의 깔개 위에 선 채 등의자에 앉은 홈즈를 가만히 굽어보며 되풀이했다.
"그럼 부인, 솔직히 말씀드리면 어려울 거라고 생각합니다."
"죽었다고 생각하시는 거로군요?"
"그렇습니다."
"살해되었을까요?"
"그렇다고는 말씀드리기 어렵습니다만, 어쩜 그럴지도 모릅니다."
"죽은 것은 언제쯤일까요?"
"월요일이겠지요."

"그렇다면 홈즈 씨, 오늘 남편에게서 이런 편지가 온 것은 어떻게 된 일인지 설명이 가능할까요?"

셜록 홈즈는 감전된 것처럼 의자에서 벌떡 일어났다.

"뭐라고요!" 그는 목소리를 높였다.

"바로, 오늘이었어요."

부인은 작은 종이쪽지를 높이 들고 미소지었다.

"봐도 되겠습니까?"

"네."

홈즈는 그녀의 손에서 그 종이쪽지를 잡아채고는 테이블 위에서 구겨진 것을 펴고 램프를 끌어당겨 열심히 살펴보았다. 나는 의자에서 일어나 그의 어깨 너머로 들여다보았다. 봉투는 몹시 조잡한 것이지만, 글레이브젠드 국의 소인이 찍혔고 날짜는 오늘, 아니, 벌써 한밤중은 훨씬 지난 뒤였으니 어제라고 하는 편이 옳으리라.

"형편없는 글씨로군." 홈즈는 중얼거렸다. "부인, 이 필적은 남편 것이 아닐 테지요?"

"네, 하지만 속의 것은 그의 필적이에요."

"누가 이 봉투에 주소 성명을 썼던지 도중에 펜을 놓고 그것을 남에게 물었군요."

"어떻게 그걸 아시죠?"

"보시다시피 부인의 이름은 완전히 검은 잉크로 씌어졌고 저절로 말랐습니다만, 주소 쪽은 잿빛에 가깝기 때문에 이것은 압지를 사용했다는 증거입니다. 만일 단숨에 쓴 것이라면, 압지를 사용했다 하더라도 이름만 새까맣게 될 리가 없습니다. 그 사나이는 먼저 이름을 쓰고 다음에 주소를 쓰려고 잠시 쉬었습니다. 즉 그 사람은 주소를 몰랐다는 뜻이지요. 물론 이것은 사소한 일이지만, 사소한 일보다 중요한 것은 없습니다. 그럼, 내용을 볼까요? 아니, 이 편지에는 무언가 들어 있었군요?"
"네, 반지가 들어 있었습니다. 그의 도장이 달린 것이었지요."
"그리고 이것은 분명히 주인의 필적이겠지요?"
"주인의 필적 가운데 하나입니다."
"하나라고 하시면?"
"급히 쓸 때의 필적이지요. 평소의 것과는 꽤 다르지만, 저는 잘 압니다."
"'걱정할 것 없소. 곧 모든 일이 잘 될 거요. 커다란 착오가 생겨서 시간은 좀 걸리겠지만, 잠시 참고 기다려 주시오. 네빌'
 팔절판 책의 속표지인 백지를 찢어내어 연필로 썼군. 종이에 투명 무늬는 없는데? 흐음, 오늘 글레이브젠드에서 엄지손톱이 더러운 사나이가 우체통에 넣었구나. 허허. 그 녀석은 씹는 담배를 질겅거리면서 혓바닥으로 핥아 봉함을 한 모양이지. 헌데 부인, 이게 남편이 보낸 편지가 분명하다는 말씀이지요?"
"네, 네빌이 이 글씨를 썼습니다."
"그리고 오늘 글레이브젠드에서 부쳤다──그렇단 얘기지…… 자, 부인, 앞길이 조금 밝아졌군요. 이걸로 위험이 사라졌다고는 말씀 드리기 어렵지만."
"하지만 홈즈 씨, 그는 살아 있는 게 틀림없어요."
"우리들을 속이기 위해 교묘히 씌어진 가짜 편지가 아니라면 말이죠. 특히 반지 따위에 안심해서는 안 됩니다. 다른 사람이 뽑아서 보냈을지도 모르니까."
"아니에요, 아니에요. 남편이 자기 손으로 쓴 거예요."
"어쩜, 그럴 수도 있겠지요. 하지만 월요일에 쓰신 것을 오늘에야 우체통에 넣었을지도 모릅니다."
"그것도 그렇군요."

"그렇다고 하면 그 동안에 여러 가지 일이 생겼다는 것도 생각할 수 있겠지요."

"어머나, 실망스런 말씀은 하지 말아 주세요. 전, 남편이 잘 있다고 믿습니다. 우리들 사이에는 매우 특별히 통하는 느낌이 있기에, 그의 신상에 무슨 일이 생겼다면 곧 느낄 수 있어요. 그 날만 하더라도 아침에 그가 침실에서 가벼운 부상을 입었었는데, 그때 아래층 식당에 있던 저는 무슨 일이 생긴 게 틀림없다고 느꼈기 때문에 바로 2층으로 뛰어올라갔답니다. 그런 사소한 일에도 육감이 있는데 그가 죽기라도 한다면 어떻게 모를 수 있겠어요."

"저는 여러 가지 경험을 해 왔기 때문에 분석적인 추리에 의한 결론보다 여성의 직관이 더 뛰어난 경우도 있다는 것을 모르지 않습니다. 그러니까 이 편지가 당신의 신념을 뒷받침하는 극히 유력한 증거가 된다고 부인은 확신하시는 셈이겠군요. 그러나 만일 남편이 살아 계시고 편지까지 쓸 수 있는데 왜 당신한테 돌아오지 않는 것일까요?"

"이상해요. 그런 일은 생각할 수도 없어요."

"월요일 이야기로 다시 돌아갑니다만, 그날 아침 집을 나설 때 아무 말도 않고 가셨습니까?"

"네."

"그리고 당신은 스윈댐 골목에서 남편의 얼굴을 보고 놀라셨다는 말씀이었지요?"

"네, 아주."

"창문은 열려 있었습니까?"

"네."

"그럼, 그가 당신을 부르려고 했다면 부를 수도 있었겠군요?"

"그랬을 거예요."

"그때, 의미를 알 수 없는 기묘한 고함 소리만 질렀을 뿐이라고 하셨는데."

"네."

"구원을 청하는 고함 소리라고 생각하셨지요?"

"네, 손을 흔들고 있어서……"

"그러나 생각하기에 따라서는 그것이 놀라서 외치는 소리였던 게 아니었을까요? 뜻하지 않은 당신의 모습을 보고 깜짝 놀라 양손을 들었다고도 생각됩니다."

"있음직한 일이군요."

"그런 다음, 그가 뒤에서 누군가에게 끌어당겨진 것처럼 보였다고요?"

"네, 앗 하는 사이 그의 모습이 사라졌거든요……"

"자기 자신이 뒤로 몸을 뺐다고도 할 수 있습니다. 그때 방에서 다른 사람은 아무도 보이지 않았지요?"

"보이지는 않았지만 그 무서운 앉은뱅이가 거기 있었다고 자백했고, 인도 사람은 계단 올라가는 입구에 서 있었습니다."

"참, 그랬었군요. 그래, 당신이 보신 바로는 남편의 의복이 평소와 똑같았습니까?"

"칼라와 넥타이를 하고 있지 않아서 목젖이 드러나 있는 것이 똑똑히 보였습니다."

"그는 지금까지 스윈댐 골목에 대해서 말한 일이 있습니까?"

"아니오, 한 번도."

"아편을 피우는 듯한 눈치는?"

"결코."

"고맙습니다, 세인트 클레어 부인. 말하자면 이와 같은 일이 제가 절대로 명백히 해 두고 싶었던 주요한 문제였습니다. 이제부터 밤

참이라도 먹고 쉬기로 합시다. 내일은 또 매우 바빠지리라고 생각됩니다."

세인트 클레어 부인이 마련해 준 방은 크고 안락하며 침대가 둘 있었다. 나는 하룻밤 모험으로 피로했기 때문에 곧장 시트 사이로 기어 들어갔다. 그러나 해결되지 않은 문제가 있어 마음에 걸리는 때는 며칠이라도, 아니, 몇 주일이라도 쉬지 않고 그 문제를 되풀이 생각하며 사실의 배열을 바꾸어 보거나 온갖 각도에서 고찰해 보거나 하여 마침내 알아내든가 아니면 자료가 부족하다는 것을 자기 자신에게 납득시키든가 하기까지 끈질기게 노력을 하는 것이 셜록 홈즈라는 사나이였다. 그날 밤도 그가 밤을 샐 준비를 하고 있음을 나는 곧 알아채었다. 윗도리와 조끼를 벗고 크고 파란 가운을 입은 뒤 침대에서 베개를 가져오고 소파와 팔걸이 의자에서 쿠션을 모아 왔다. 그리하여 이것들로 동양풍의 긴의자를 만들고 그 위에 책상다리를 하고서 앉아, 무릎 앞에 1온스들이의 파이프용 담배와 성냥갑을 놓았다. 나는 아련한 램프의 불빛 속에서 즐겨 쓰는 브라이어(철쭉과의 낙엽 관목. 남 유럽산인 에리카의 일종으로서 뿌리는 파이프 재료로 최적임) 파이프를 입에 문 그가 멍하니 천장 한 부분을 바라보며 푸른 연기를 올려보내고, 말없이 꼼짝하지 않고 불빛에 비춰진 얼굴을 독수리처럼 날카롭게 긴장시키고 있는 것을 보았다.

내가 잠들려고 했을 때 그는 그와 같은 자세로 앉아 있었는데, 갑자기 커다란 목소리가 나의 잠을 깨우고 여름의 아침 햇빛이 온 방안에 드리워 있음을 보았을 때에도 아직 그는 그 자세 그대로였다. 여전히 파이프를 입에 물고 있어 연기는 소용돌이를 일으키며 솟아오르고 방 안은 연기로 자욱해 있었으나, 어젯밤 본 파이프용 담배 무더기는 깨끗이 없어져 있었다.

"와트슨, 잠이 깨었나?" 하고 그는 말했다.

"응."
"아침 식사 전에 한바탕 달릴 기운이 있겠나?"
"좋지."
"그럼, 옷을 입게. 아직 아무도 일어나지 않았지만, 마부가 자고 있는 장소를 알고 있으니까 마차는 곧 준비시킬 수 있네."
그렇게 말하며 그는 기분좋게 소리내어 웃었고 눈도 빛나고 있어서, 어젯밤 그렇듯 시무룩하여 생각하고 있던 바로 그라고는 믿어지지 않았다.
옷을 갈아입으면서 시계를 보았더니 아무도 일어나지 않는 것도 당연했다. 아직 4시 25분이었다. 나는 준비가 끝날까말까한데 벌써 홈즈가 돌아와서 마부에게 말을 달도록 준비시킨 참이라고 했다.
"나는 나의 조그만 이론을 시험해 보고 싶은 거야." 그는 장화를 신으면서 말했다. "와트슨, 자네는 지금 유럽 제일의 바보 멍텅구리를 앞에 두고 서 있는 것일세. 나는 여기서부터 런던 한복판 체링 크로스까지 발길로 차여도 마땅해. 그러나 지금이야말로 겨우 사건을 해결할 열쇠를 발견한 셈일세."
"어디에 있던가?" 나는 미소지었다.
"욕실에 있었지." 홈즈가 대답했다. "오, 농담하는 게 아니네."
그는 나의 못 믿겠다는 표정을 보고 계속해서 말했다.
"아까 욕실에 갔을 때 가져왔지. 지금 이 여행 가방 속에 넣어 두었지만, 과연 열쇠 구멍에 딱 들어맞을지 어떨지 해보지 않으면 모르겠지. 자, 출발하세."
되도록 발소리를 내지 않고 계단을 내려가 아침 햇살이 빛나는 집 밖으로 나가 보았더니, 문 앞에는 이미 말이 준비되어 있고 옷을 반쯤 걸친 마부가 그 앞에 서 있었다.
우리는 급히 마차에 뛰어올라 런던 가도를 곧장 달렸다. 도중에 수도의 시장으로 야채를 나르는 농가의 짐마차가 두서너 대 움직이고 있었을뿐, 길 양쪽에 늘어선 별장은 꿈 속의 거리처럼 고요하기만 하였다.

"어떤 점에서는, 이번의 사건은 꽤나 색다른 것이야."

홈즈는 가볍게 채찍을 한 번 휘둘러 말을 재촉하면서 말했다.

"고백하면, 나는 사실 두더지나 다름없는 장님이었네. 하지만 뒤늦게나마 배운 것은, 전혀 모르는 것보다는 조금 나을 테지."

런던 시내에 들어가 템즈 강의 서리 주 쪽 거리들을 지날 때에야 일찍 일어난 사람들이 창문에서 졸음이 묻은 얼굴을 내밀었다. 워털루 다리의 거리를 빠져서 강을 건너고 웰링턴 거리를 곧장 달려 왼쪽으로 구부러지면, 보우 거리이다. 셜록 홈즈는 이 곳의 중앙 경찰 재판소에도 얼굴이 알려져 있는 모양으로, 우리들이 도착하자 수위실에 있던 두 명의 경찰이 곧 경례를 했다. 한 사람이 말의 고삐를 잡고 있는 동안 다른 경관이 우리들을 안으로 안내했다.

"당직은 누구입니까?" 하고 홈즈가 물었다.

"브래드스트리트 경감입니다."

"오, 브래드스트리트 씨, 잘 주무셨나요?"

때마침 키가 큰 뚱뚱한 경감이 끝이 뾰족한 모자를 쓰고 가슴에 장식끈을 단 제복을 입고 돌이 깔린 복도를 걸어왔다.

"브래드스트리트 씨, 잠깐 드릴 말씀이 있어 왔는데요."

"그러시다면 홈즈 씨, 저의 방으로 가시지요."

그 방은 조그마한 사무실풍으로 책상 위에 커다란 장부가 있고 벽에는 전화기가 장치되어 있었다. 경감은 자기 자리에 앉았다.

"어떤 용건입니까, 홈즈 씨?"

"비렁뱅이 분의 일로 왔지요. 리 거리 네빌 세인트 클레어 씨의 실종 사건 관계 용의자로 기소되어 있는 녀석 말입니다."

"아, 분이라면 아직 취조할 일이 남아서 이곳에 재구류되어 있지요."

"그래서 왔습니다. 아직 여기 있습니까?"

"독방에 있습니다."

"얌전히 하고 있습니까?"

"네, 말썽은 피우지 않아요. 그러나 지저분한 놈이죠."

"그렇게 더럽습니까?"

"뭐라 말할 수 없을 만큼 심하답니다. 손은 겨우 씻겼습니다만, 시꺼먼 얼굴은 마치 땜장이는 저리가라지요. 취조가 끝나고 형이 정해지면 형무소 규칙대로 그 안의 목욕통에 집어넣을 수 있지만 말입니다. 아무튼 한 번 보시게 되면, 제가 하는 말을 이해하실 겁니다."

"꼭 만나 보고 싶습니다."

"직접 보시겠습니까? 그야 어렵지 않습니다. 그럼, 안내해 드리지요. 가방은 여기 두셔도 좋습니다."

"아니오, 가지고 가겠습니다."

"그렇다면 이리로 오십시오."

경감을 따라 복도를 끼고 가다가 빗장이 걸린 문을 열고 나선계단으로 내려가니, 양쪽에 문들이 늘어선 석회를 바른 복도가 나타났다.

"우측 세 번째에 있습니다." 경감은 말했다. "여기입니다." 그리고는 문 위쪽에 달려 있는 널빤지로 된 작은 창을 열고 안을 들여다 보았다.

"아직 자고 있습니다"라고 경감은 말했다. "잘 보이지요?"

우리들은 격자로 된 문으로 들여다보았다. 죄수는 얼굴을 문 쪽으로 향하고 누워 무겁고 느릿느릿한 숨을 쉬면서 깊이 잠들어 있었다. 보통 키의 사나이로 거지 신세에 자못 어울리는 누더기를 입고 있었다. 너덜너덜 찢어진 윗도리 사이로 흰 셔츠자락이 보였다. 경감 말마따나 참으로 더러운 거지인데, 얼굴에 더덕더덕 붙은 때도 그 불쾌한 추악함을 감출 수는 없었다. 눈에서 턱에 걸쳐 오래된 상처인 듯한 굵은 흉터가 나 있고, 그것이 오므라들면서 윗입술 한쪽이 말려 올라가 세 개의 이빨이 금방이라도 물어뜯을 것처럼 드러나 있었다. 게다가 새빨간 수세미 같은 머리털은 이마에서 눈언저리까지 늘어뜨려져 있는 것이었다.
"대단한 몰골이지요?" 하고 경감은 말했다.
"이 녀석은 씻겨 주지 않으면 안 되겠군요" 하고 홈즈는 말했다.
"그럴 것 같아서 맘대로 도구를 가져왔습니다." 그는 그렇게 말하며 여행가방을 열고 놀랍게도 안에서 엄청나게 큰 목욕용 스펀지를 꺼냈던 것이다.
"허허! 당신은 재미있는 사람이로군요." 경감은 웃었다.
"죄송하지만, 되도록 살며시 그 문을 열어 주시지 않겠습니까? 여러분의 눈앞에서 훨씬 고상하고 깨끗한 미남으로 만들어 주고 싶으니까요."
"거절할 것도 없죠." 경감이 말했다. "이렇듯 더러운 거지는 보우 경찰 구치소의 불명예니까요."
그가 열쇠를 꺼내 살짝 자물쇠를 땄고 우리들도 소리없이 감방 안에 들어갔다. 거지는 조금 뒤척였지만 다시 깊은 잠에 빠지고 말았다. 홈즈는 물독 옆에 웅크리고 스펀지에 물을 잔뜩 적셔 잠자는 사나이의 얼굴을 가로 세로 두 번 힘차게 문질렀다.
"여러분을" 하고 홈즈는 커다란 목소리로 말했다. "켄트 주 리 시에 사는 네빌 세인트 클레어 씨에게 소개하겠습니다."
나는 지금까지 그런 광경은 본 일이 없다. 잠자던 사나이의 얼굴은 스펀지로 나무껍질이 벗겨지듯 씻겨 떨어졌다. 지저분하기만 한 갈색

살갗도 사라졌다. 얼굴에 비스듬히 나 있던 기분나쁜 오래된 상처 자국도, 보기 흉하게 비웃거나 하듯이 뒤틀렸던 입술도 모두 사라졌다. 한 번 잡아흔들자 헝클어진 새빨간 머리털도 벗겨져 떨어지고, 그 침대에는 머리가 검고 피부가 매끄러우며 창백하고 슬픈 듯한, 고상한 얼굴의 사나이가 일어나 앉아 잠에 취하여 눈을 비벼 대다가 깜짝 놀란 것처럼 주위를 둘러보았다. 그리고 곧 정체가 발각된 것을 깨닫자 비명을 올리며 베개에 얼굴을 파묻고 말았다.

"이거! 놀랍습니다" 하고 경감은 외쳤다.

"이놈은 바로 실종된 본인이 아닌가! 사진에서 본 그대로입니다."

죄수는 자포자기한 인간의 저돌적인 태도로 따지며 대들었다.

"그렇다면 나를 무슨 죄로 끌고 온 것이지요?"

"네빌 세인트 클레어 씨 살해…… 오, 이런 바보 같은 일이! 아니, 자살 미수죄라면 몰라도 고소할 수 없겠는걸."

그렇게 말하고 경감은 쓴웃음을 지었다.

"나는 27년이나 경찰 밥을 먹어 왔지만 이런 이야기는 처음입니다."

"내가 네빌 세인트 클레어라면 도저히 범죄가 성립될 수 없으므로, 구류해 두는 것은 불법입니다."

"그렇지. 범죄가 되지는 않지. 그러나 당신은 굉장히 괘씸한 사람이오" 하고 경감이 말했다. 그때 홈즈가 말했다. "부인을 믿고 있었다면 이런 일은 생기지 않았을 거요."

"아내 때문이 아닙니다. 아이들 쪽입니다."

죄수는 신음 소리를 냈다.

"무슨 일이 있어도, 이런 아버지라는 것이 알려져 아이들에게 부끄러운 기분을 갖게 하고 싶지 않았던 거요. 하지만 이미 정체가 드러나고 말았으니 어떻게 하면 좋은가!"

셜록 홈즈는 그와 나란히 침대에 걸터앉아 부드럽게 어깨를 토닥거렸다.

"이 일의 흑백을 명백히 하는 것은 법에 맡기시오" 하고 그는 말했다. "물론 이 비밀을 세상에 감추어 둘 수는 없겠지요. 하지만 당신이 경찰 당국에 아무런 위법 행위를 하지 않았음을 인정받을 수만 있다면 이 일의 자초지종이 신문에 날 염려는 없다고 생각하오. 브래드 스트리트 경감이 당신에게서 구술서를 받아 적당한 상관에게 그것을 제출하겠지. 그러면 사건은 법정에 넘어가지 않아도 될 것이오."

"고맙습니다."

죄수는 감동하여 울기 시작했다.

"치욕스러운 저의 비밀을 세상에 남기고 더럽혀진 집안의 이름을 아이들에게까지 뒤집어씌워야한다면 저는 차라리 감옥에 들어가겠습니다. 아니, 사형이라도 받겠습니다."

저는 지금 당신들에게 처음으로 저의 신상을 이야기하는 것입니다. 아버지는 체스터필드에서 학교 교장을 하고 계셨으므로 전 거기서 훌륭한 교육을 받았습니다. 젊었을 때부터 이곳저곳 여행도 많이 했고 무대에도 섰으며 나중에는 런던의 어느 석간 신문의 기자가 되었습니다. 그런데 어느 날, 신문사에서 런던 걸인들의 실태를 테마로 연재 기사를 싣고 싶다고 해서 제가 지원했습니다. 그리하여 저의 모든 모험이 시작되었던 거예요. 아무튼 기사 재료를 얻기 위해서는 아마추어 걸인 행세를 해보는 도리밖에 없었던 겁니다. 무대 생활을 하고 있었을 무렵 저는 당연히 분장 기술도 여러 가지 배웠습니다. 분장이 꽤 능숙했으므로 극단 안에서도 조금은 평판을 얻었지요. 그래서 곧 이 특기를 이용했습니다. 얼굴을 칠하고 되도록 가련하게 보이기 위해 커다란 상처를 만들었으며, 살색 반창고를 사용하여 입술 한끝을 말아올렸습니다. 그리고 붉은 가발을 쓰고 거지처럼 누더기를 입고 번화한 거리에 나가 자리를 잡고 앉아, 겉으로는 성냥을 파는 척하면서 실은 동냥을 한 것입니다. 7시간 자리를 벌이고 저녁때 돌아와 보았더니 글쎄, 동냥으로 번 돈이 26실링 4펜스나 되지 않겠어요!

저는 그 경험을 밑천삼아 기사를 써내고 나서 한동안은 그 일을 잊고 있었습니다만, 그 뒤 친구가 어음을 교환하는 데 보증을 서서 운 나쁘게도 25파운드의 지불 영장을 받고 말았습니다. 어떻게 돈을 마련할까 막막하기만 했을 때, 문득 그 생각이 났던 거지요. 저는 채권자에게 2주일의 말미를 얻고 회사에는 휴가를 얻은 뒤 변장하여 거리에서 걸인 행세를 시작했습니다. 그리하여 열흘 동안에 필요한 돈을 모아서 빚을 갚았던 것입니다.

이해하시겠지만 그때부터 겨우 주당 2파운드 받자고 죽도록 다시 일하기란 도저히 어려웠습니다. 왜냐하면 얼굴에 조금 진흙을 바르고 길에 모자를 놓고 그저 앉아 있기만 하면 그만한 돈쯤 하루에 벌 수가 있다는 것을 안 거지요. 그로부터 오랜 동안 자부심과 돈과의 싸움이 이어졌습니다만, 마침내 돈이 이겨서 저는 기자직을 버리고 처음에 맡아 놓은 예의 장소에 매일 나가 앉아, 세상에서도 비참한 얼굴로 길 가는 사람들의 동정을 사며 동전으로 주머니를 채웠습니다. 그 비밀을 알고 있는 자는 하숙으로 정한 스원댐 골목의 아편굴 주인뿐이었습니다. 거기서 매일 아침 때투성이인 걸인 모습으로 나오고 밤이 되면 잘 차려입은 도시인으로 바뀌는 것이었지요. 인도인 주인에게는 하숙비로 충분한 금액을 건네주고 있었으므로, 그 사나이에게서는 비밀이 샐 염려가 없었지요.

잠깐 사이에 저금이 늘어갔습니다. 1년에 7백 파운드라는 금액은 런던 길거리의 거지라면 누구나 벌 수 있는 것은 아닙니다만, 저의 평균 연수입은 그것보다도 웃돌았습니다. 저에게는 분장이라는 특수 기술이 있고 손님의 농담을 척척 받아넘기는 재능이 있었기 때문이겠지요. 그 말대꾸는 하면 할수록 더욱 숙달됐고 그 때문에 요즘에는 런던 시의 명물이 되고 말았습니다. 아침부터 밤까지 은화도 섞인 동전의 비가 저에게 쏟아지고, 2파운드도 벌지 못하는 날은 어지간히 재수없는 날뿐이었습니다.

돈이 모일수록 야심이 커져서 시골에 집을 사고 마침내 결혼도 했습니다만, 저의 진짜 직업을 알고 있는 이는 아무도 없습니다. 아내는 내가 런던 한복판에서 사업을 하고 있는 것으로 알고 있습니다. 그것이 어떠한 것인지는 모릅니다만.

이번 월요일, 제가 하루 일을 끝내고 아편굴 3층 방에서 옷을 갈아입으며 문득 창문을 보았더니 그 길바닥에 서서 아내가 저를 물끄러미 쳐다보고 있는 게 아니겠습니까. 그렇듯 깜짝 놀라고 오싹해진 때는 없었습니다. 저도 모르게 비명을 지르고 팔로 얼굴을 가렸으며, 비밀을 알고 있는 인도인에게 달려가서 누가 오더라도 3층

방에 올려보내지 말라고 부탁했습니다. 아래층에서는 아내의 목소리가 들려왔지만, 올라오지 못한다는 건 알고 있었습니다. 저는 급히 옷을 벗고 거지의 누더기를 걸치고 얼굴을 칠하고 가발을 썼습니다. 아내조차 알아채지 못한 완전한 변장이었습니다. 그러나 그 후에 가택 수색이 되고 거기에 있는 옷으로 제 정체가 탄로나게 될 거라고 생각했습니다. 저는 서둘러 창문을 열었습니다만, 거칠게 창문을 열었으므로 그날 아침 침실에서 벤 손가락의 상처가 그때 다시 터지고 말았습니다. 그리고서 윗도리를 집어들었습니다. 주머니에는 마침 동냥질하여 모은 돈을 넣어 두는 가죽 자루에 동전이 한 주먹 가득 들어 있어서 창문 밖으로 내던지자 바로 템즈 강에 가라앉았습니다. 그리고 다른 의복도 그럴 작정이었던 참에 한 무리의 경관이 우르르 계단을 올라왔습니다. 그런데 정직히 말해서 저는 한숨 돌렸습니다. 제가 네빌 세인트 클레어 씨가 아닌 그를 죽인 자로 체포되었으니까요.

 이제 달리 설명할 만한 일은 없다고 생각합니다. 저는 끝까지 변장을 계속할 각오였기에, 더러운 얼굴로 있는 편을 택했습니다. 다만 아내가 몹시 걱정하리라는 걸 잘 알고 있었기 때문에, 경관이 감시하는 틈을 타서 아내에게 걱정할 것 없다고 몇 자 휘갈겨쓰고 반지를 뽑아 편지와 함께 인도인에게 슬며시 건네 주어 심부름을 부탁했습니다."
"그 편지는 어제야 가까스로 부인의 손에 닿았소." 홈즈가 말했다.
"그렇다면 아내는 얼마나 무서운 한 주일을 보냈을까요……"
"그 인도인은 경찰이 그 뒤 내내 엄중한 감시를 했습니다."
브래드스트리트 경감이 말했다.
"그러므로 이 사람의 편지를 우체통에 넣을 틈이 없어서 아마 단골 선원에게라도 부탁한 모양인데 그 사나이가 깜박 잊고 있었던 게

지."

"정말 그랬을 겁니다" 하고 홈즈는 끄덕이며 말했다. "그게 틀림없습니다. 하지만 당신은 이제까지 동냥질을 하면서 처벌된 일은 없나요?"

"몇 번 있었습니다만, 벌금 따위는 문제도 아니니까요."

"하지만 이번에야말로 절대로 그만두어야 합니다." 브래드스트리트 경감은 말했다. "경찰에서 이 사건을 쉬쉬 해주기 바란다면, 이제 두 번 다시 휴 분이 되어 나타나서는 안 되오."

"인간이 할 수 있는 모든 맹세로써 진심으로 약속하겠습니다."

"그렇다면 이 사건은 아마 이 이상 추궁되지는 않으리라고 생각하오. 하지만 만일 다시 한 번 이런 짓을 하면, 모든 것을 다 공표하겠소. 홈즈 씨, 이 사건도 완전히 해결을 볼 수가 있었습니다. 모두 당신 덕분입니다. 그런데 어떻게 결정적인 단서를 찾아 내셨는지 알고 싶군요."

"이 결론에 도달하기까지" 하고 나의 친구는 대답했다. "다섯 개의 베개 위에 앉아 파이프 용 담배를 1온스나 피우고 나서야 결정적인 단서를 찾아냈답니다. 와트슨, 이제부터 베이커 거리로 달려가면 아침 식사에 늦지 않겠지?"

푸른 가닛

나는 크리스마스 이틀 뒤 아침에, 명절 인사도 할 겸해서 셜록 홈 즈를 방문하였다. 그는 푸른 실내복을 입고 긴 의자에 비스듬히 누워 있었는데 오른팔이 닿을 만한 곳에는 담뱃대 걸이가 있고, 또 바로 그 옆에는 방금 읽다가 놓은 것 같은 조간신문이 구겨진 채 한 뭉치 놓여 있었다. 긴의자 옆으로 나무 의자가 하나 있었는데, 등받이 한 쪽에 다 헐어빠진 중산모가 걸려 있었다. 그 볼품없는 중산모는 오래 써서 많이 낡았고 몇 군데 금이 가 있었다. 의자 위에 현미경과 족집 게가 놓여 있는 걸 보니 아마도 이 중산모는 무슨 검사를 받기 위하여 이렇게 걸려 있는 것 같았다.

"약속이 있나? 내가 자네를 방해하는 거 같은데." 나는 이렇게 말했다.

"아냐. 누구하고 결과를 의논하려던 차에 마침 잘 왔네. 사건이란 아주 간단한 것이야."

그는 엄지손가락으로 중산모를 가리키면서 말을 이었다.

"그러나 이 사건은 흥미도 있을 것 같고, 또 교훈도 있을 것 같거든."

나는 그의 안락의자에 앉았다. 그리고 탁탁 튀는 난롯불에 손을 쬐었다. 그날 아침에는 짙은 서리가 내렸고, 유리창에 성에가 두껍게 얼어붙었다.

"글쎄, 보기에는 아무렇지도 않은 듯싶지만, 이 중산모가 무시무시한 사건에 관련되어 범죄의 처벌 단서가 될 것도 같군."

홈즈는 웃으면서 "아냐, 범죄는 없어. 400만이나 되는 사람들이 몇 평방 마일의 장소 안에서 서로 어깨를 부딪치면서 살아가는 데서 생기기 쉬운, 대단하지 않은 사건 가운데 하나야. 이렇게 많은 사람들이 움직이려면 별별 사건이 다 생기기 쉬운데, 그런 사건들이란 큰 범죄는 안 되면서, 놀랍기도 하고 또 한편 흥미도 있거든. 왜, 우리도 진짜로 그런 경험이 있지 않은가?"

"그래 맞아, 내가 내 노트에 적어넣은 여섯 개 사건 중에서 세 개나 법적으로는 범죄로 성립되지 않는 것이었으니까."

"그래, 지금 자네가 말하는 것은 아이린 애들러 서류 발견 사건, 메어리 서더랜드 양의 괴상한 사건, 그리고 입술이 뒤틀린 사람의 위험담 말이지. 그래 이 사건도 그런 종류의 하릴없는 범주에 들 것일세. 자네, 알지? 경비원 피터슨 말야."

"알고 말고."

"이 전리품들은 그 사람 것일세."

"그 사람 모자란 말인가?"

"아냐, 그 사람이 얻은 걸세. 모자 주인은 누구인지 알 수 없어. 자네 저 모자를 찌그러진 중산모로만 보지 말고, 지적인 문제로 보게. 자, 우선 이 모자가 여기 오게 된 내력부터 설명함세. 이건 크리스마스 날 아침에, 지금쯤 틀림없이 피터슨네 집 화덕에서 구어지고 있을 살찐 거위하고 같이 왔네. 크리스마스 날 새벽 4시에 그

피터슨이——잘 알지만 아주 고지식한 사람이 아닌가——그래 그 사람이 연회에서 술을 먹고 터튼엄 코트 로드로 해서 집으로 돌아오던 길이었대. 가스등 밑에서 앞을 보니까 웬 키 큰 사람이 조금 비틀거리면서 어깨에다 하얀 거위를 메고 오더라나. 그 사람이 굿지 거리 모퉁이까지 왔을 때, 웬 뜨내기 싸움패들하고 처음 보는 이 사람 사이에 싸움이 벌어졌다네. 패거리 중 하나가 그 신사의 모자를 쳐서 떨어뜨렸는데, 그것을 막으려고 지팡이를 들고 머리 위로 휘두르다가 그만 뒤에 있는 가게 유리창을 깨뜨렸단 말야. 피터슨이 혼자 봉변을 당하는 신사를 보호해 주려고 앞으로 뛰어가니까, 신사는 유리창을 깨뜨린 데 놀랐던 터라 제복을 입은 경관 같은 사람이 달려오는 것을 보고 그만 거위를 내던지고 터튼엄 코트 로드 뒤로 난 꼬불꼬불한 골목 안으로 도망쳐 버렸거든. 패거리들

도 피터슨을 보고 도망갔기 때문에 빈 싸움터에는 그와 승리의 전리품인 쭈그러진 이 모자와 훌륭한 크리스마스 거위만 남게 되었더란 말일세."

"그래, 그것들을 주인에게 돌려보냈나?"

"이 사람아, 그것이 문제일세. 거위 발목에 '헨리 베이커 씨 부인에게'라고 쓴 작은 명패가 동여매 있었고, 또 모자 안쪽에 HB라는 이름 첫 글자가 씌어 있는 것이 사실이지만 베이커란 성을 가진 사람이 이 런던 안에 수천 명이나 있고, 헨리 베이커란 이름도 수백 명은 될 텐데, 누가 이 모자의 주인인 줄 알고 습득물을 돌려보낼 수 있겠나."

"그래서 피터슨은 어떻게 했나?"

"크리스마스 날 아침에 모자하고 거위를 가지고 내게로 왔더군. 아무리 사소한 사건이라도 내가 흥미있어 하는 것을 아니까 말야. 거위는 오늘 아침까지 두었는데, 아무리 서리 내린 아침이지만 일찌감치 먹는 것이 좋을 것 같은 조짐이 보였어. 그래서 줏은 사람이 잡아먹으려고 가지고 갔지. 그래서 크리스마스 요릿감을 잃어버린 이름 모를 신사의 모자만 내가 여기 가지고 있는 걸세."

"잃은 사람이 광고 안 했던가?"

"아니."

"그럼, 무슨 단서로 주인을 찾을 건가?"

"추측할 수 있는 데까지 해보는 거지."

"모자를 가지고 말인가?"

"그럼."

"자네, 농담 말게. 이 헐어빠진 모자에서 무슨 단서를 얻을 수 있단 말인가."

"여기 현미경이 있네. 자네, 내 방법을 알겠지? 이 모자를 쓰고 있던 사람의 특징에 대해서 자넨 얼마나 알아낼 수 있겠나?"
나는 헌 모자를 손에 들고 슬픈 듯이 그것을 돌려보았다. 그것은 보통 흔히 있는 둥근 모양의 검은 모자인데 많이 써서 몹시 헐어 있었다. 안은 붉은 비단인데 빛깔이 꽤 바래 있었다. 모자 만든 회사의 이름은 없었다. 그러나 홈즈 말대로 HB라는 이름 첫 글자가 한쪽에 휘갈겨 씌어 있었다. 모자 챙에 나비는 있었지만, 고무줄은 없었다. 그밖에는 군데군데 금이 가고, 먼지가 몹시 끼었고, 두어 군데 더러운 점이 번져 있는데, 잉크를 칠해서 그 번져 있는 점을 감추기 위해서 애쓴 흔적도 보였다.
"나는 아무것도 모르겠는데."
나는 모자를 홈즈에게 도로 주면서 이렇게 말하였다.
"그 반대야. 와트슨, 자네는 모든 것을 다 잘 보고 있지 않은가. 다만 본 것을 가지고 추측을 하지 않을 따름일세. 추리하기를 주저해서 안 하는 것일세."
"그럼, 자네가 이 모자에서 어떤 것을 추측해 낼 수 있는지 말해보게."
그는 모자를 들고 그 특유의 깊이 생각하는 것 같은 태도로 한참 바라보았다. 그리고 입을 열었다.
"내가 알아낸 것은 이것이 암시하는 것보다 아마 훨씬 적을 걸세. 그러나 몇 개는 분명하고, 또 몇 개는 대개 유력한 가능성이 있을 듯하네. 첫째 이 사람이 높은 교양을 가졌다는 것은 겉으로 보기에도 분명하고, 지금은 몰락해서 불운한 나날을 보내고 있지만 적어도 3년 전에는 꽤 넉넉했을 것일세. 예전만 못하지만 지금도 선견지명이 있고, 그 사람의 운명의 몰락과 함께 시작된 도덕적 타락에 대해서라면, 아마 술먹는 나쁜 습관이 생겼다는 걸세. 끝으로 그 부인이 그를 사랑하지 않는 것도 한 가지 분명한 사실일 것일세."

"여보게, 뭐라고!"
그러나 홈즈는 내 항의를 들은 체 만 체하고 계속했다.
"그러나 그는 아직도 다소의 자존심이 있어. 그는 앉아서 하는 일에 종사하고 있기 때문에 별로 외출을 하지 않고 운동도 전혀 안 하고, 나이는 중년, 며칠 전에 머리를 깎았고, 또 머리에다 식물성 크림을 발랐네. 이런 점들이 모자를 보고 알아낼 수 있는 분명한 점일세. 그리고 끝으로 하는 말이지만, 그의 집에 가스가 없는 것도 확실한 것일세."
"홈즈, 자네 모두 농담이지? 안 그런가?"
"천만에. 내가 이런 결론들을 가르쳐 주어도 그래, 어떻게 추리한 것인지 모르겠단 말인가?"
"물론 나는 우둔하긴 하지만, 바른대로 말해서 도무지 자네 말을 알아들을 수가 없네. 가령 이 사람이 교양이 높다는 것은 어떻게 추측한 것인가?"
대답 대신 홈즈는 모자를 머리 위에 써 보았다. 모자는 이마를 지나서 코끝에 와서 닿았다. 그는 말하였다.
"이것은 입체의 용적 문제일세. 이렇게 큰 뇌를 가진 사람은 그 속에 무엇이든지 들었을 것일세."
"그러면 그의 운이 기울었다는 것은?"
"이 모자는 3년은 되었네. 모자챙의 끝이 말려올라간 것은 이미 3년 전의 유행일세. 그리고 이 모자는 품질이 퍽 좋아. 줄 있는 비단테를 보게. 안도 훌륭하지 않나? 3년 전에 이런 좋은 모자를 살 수 있었을 만큼 풍족하던 사람이 그 뒤로 모자를 못 샀다는 것은 분명히 운을 잃었다는 것일세."
"응, 그건 모두 충분히 알겠네. 그러나 선견지명이라든지, 도덕적 타락은 어떻게 아나?"

셜록 홈즈는 웃었다.
"이것이 선견지명일세."
그는 모자 나비의 조그만 원반과 실줄을 가리켰다.
"이것들은 모자에 끼어 팔지는 않네. 이 사람이 이것을 주문했다면, 그것은 어느 정도 앞날에 대비하는 선견지명이 있다는 표시일세. 바람에 대해 대항할 준비를 하고 나섰으니까 말일세. 그러나 고무줄이 끊어졌어도 새로 갈려고 하지 않은 것을 보면, 이전보다 이런 준비심이 덜한 증거이고, 성질이 약해진 증거일세. 그러나 한편으로는 잉크를 가지고 더러운 점들을 지우려고 애쓴 것을 보면, 지금도 자존심을 아주 잃지는 않았다는 증거일세."
"자네 말이 매우 그럴 듯하군."
"그 다음으로 나이는 중년이고, 머리털이 곱슬거리고 깎은 지 얼마 안 되며 식물성 크림을 쓰고 있다는 것은 모두 모자 안을 자세히 조사해서 안 것일세. 확대경은 무수한 머리카락 잘린 것을 보여 주었네. 이발소의 가위로 바르게 자른 걸세. 머리털이 모두 끈적끈적하고, 식물성 크림 냄새가 나네. 보는 바와 같이 이 먼지는 큰길에 있는 모래 같은 잿빛 먼지가 아닐세. 집안에 있는 가느다란 갈색 먼지야. 이것은 모자가 대부분 방 안에 걸려 있던 증거이거든. 또 모자 안의 물기 있는 점들은 그가 땀을 많이 흘린 표시인데, 이것은 말할 것도 없이 운동을 하지 않은 증거일세."
"그러나 자네 말은 그 사람의 부인이 그를 사랑하지 않는다는 거였지."
"이 모자는 몇 주일 동안 솔질을 안 했네. 와트슨, 만일 자네 모자에 한 주일 동안이나 먼지가 쌓여 있다면, 그리고 그런 모자를 그냥 쓰고 나가도록 자네 부인이 그대로 내버려둔다면, 나는 자네도 부인의 애정을 잃었다고 말할 수밖에 없을 것일세."

"그러나 독신자라면 어쩌겠나?"
"아냐. 그 사람은 아내에게 화해의 선물로 거위를 가져가던 참이었네. 거위 발목에 있던 명함이 생각나겠지?"
"자네 한 가지도 안 빼놓고 다 설명했지만, 대체 그 집에 가스가 들어가지 않는 것은 어떻게 추측했나?"
"촛농 한둘은 어떻게 우연히 모자에 떨어질 수 있네. 그러나 다섯 개나 촛농이 떨어진 것을 보면 그 사람이 불타는 촛불을 자주 가지고 다녔다고밖에 볼 수 없네. 밤중에 한 손에 모자를 들고 다른 한 손에는 촛불을 들고 2층으로 올라간 것일세. 어쨌든 가스가 뿜어나는 데서는 촛농이 안 떨어질 것이 아닌가? 이제 만족했나?"
나는 웃으면서 대답했다.
"아주 놀랍네. 그러나 자네 말대로 아무 죄도 없고, 거위를 떨어뜨린 것밖에는 범죄가 일어난 것도, 잘못이 저질러진 것도 아니라면, 모두 쓸데없는 정력의 낭비가 아닌가?"
셜록 홈즈가 막 입을 열어 대답하려고 하는데 문이 탁 열리며 피터슨이 몹시 놀라서 정신이 나간 사람 모양으로, 얼굴이 벌게 가지고 방 안으로 뛰어들어왔다.
"거위가요, 선생님! 거위가요!"
그는 숨을 헐떡거렸다.
"뭐! 왜 그래. 거위가 다시 살아나서 자네 집 부엌 창문으로 날아갔단 말인가?"
홈즈는 의자에서 몸을 비틀어 흥분한 그의 얼굴을 자세히 보려 했다.
"보세요, 선생님! 집사람이 거위 뱃속에서 이것을 발견했답니다."
그는 손을 내밀었다. 그 손바닥에서는 광채가 찬연한 푸른 돌이 나타났다. 그 돌은 콩알만 할까, 마치 움푹 들어간 그의 손바닥에서 번쩍이는 전기불 같이 그렇게 맑고 빛났다.

셜록 홈즈는 휘파람을 불면서 일어났다.

"피터슨, 이거야말로 참 횡재일세. 자네가 손에 넣은 것이 대체 무엇인지나 아나?"

"다이아몬드, 보석이지 뭐예요? 유리를 담벼락같이 썩썩 베어 버리는 비싼 돌이죠."

"보통 흔한 보석이 아니야. 정말로 귀한 보석일세."

"모카 백작 부인의 푸른 가닛이 아닌가?"

나는 무의식중에 이렇게 외쳤다.

"그래, 그거야. 요즘 날마다 타임즈 신문에 광고가 났으니 그 크기와 모양을 보면 알지. 그 보석은 하나밖에 없는 정말 귀중한 보석일세. 그 가치는 그저 추측만 할 수 있을 뿐이지만 찾아 주는 사람에게 사례로 준다는 1천 파운드는, 이 보석 시가의 20분의 1도 안 될걸!"

"1천 파운드요! 그거 참, 굉장한데요."

피터슨은 의자에 털썩 주저앉아서 우리들을 보았다.

"그게 사례야. 그리고 그 배후에는 복잡한 사정이 있기 때문에 백작 부인은, 그 보석을 찾기만 하면 전 재산의 반이라도 내놓겠다는 거야."

"아마, 내 기억이 틀림없다면 그 보석은 코스모폴리탄 호텔에서 잃어버렸을걸."

내가 말하였다.

"그래, 바로 닷새 전인 지난 12월 22일에 잃어버렸지. 땜장이 존 호너가 백작 부인의 보석상자에서 그것을 훔친 혐의로 잡혔어. 그 사람한테 불리한 증거가 많기 때문에 결국 순회 재판으로 넘어갔지. 내게 그 사건이 난 기사가 있을 걸세."

그는 신문철을 뒤적거려 날짜를 보더니 한 장을 꺼내 다음과 같은 기사를 읽었다.

코스모폴리탄 호텔의 보석 도난 사건. 26살 된 땜장이 존 호너는 모카 백작 부인의 보석 상자에서 푸른 가닛이라고 알려진 보석을 훔친 혐의로 지난 22일 검거되었다. 그 호텔의 수석 웨이터 제임스 라이더는 다음과 같은 증언을 하였다. 그는 호너를 그 도난 사건이 발생하던 날 백작 부인의 의상실로 안내해서, 문 경첩이 떨어진 것을 떼어붙이게 하였다. 그는 잠시 동안 호너와 같이 있다가 볼일이 있어서 불려 나갔다. 다시 와 보니까 호너는 없고 장롱이 억지로 열려 있었으며 백작 부인이 보석을 넣어 두는 것으로 뒤에 판명된 조그만 모로코 가죽으로 만든 상자는 텅 빈 채 화장대 위에 열려 있었다. 라이더는 즉시 경찰보를 울려 호너는 그날 밤에 체포되었다. 그러나 보석은 그의 방에도 없었고, 그의 몸에도 없었다. 백작 부인의 심부름하는 하녀 캐서린 쿠잭은 라이더가 도난 사건을 발견하고 떠드는 것을 듣고, 그 방에 뛰어가서 먼저 증인인 라이더가 진술한 것과 똑같은 사실을 발견했다는 것이다.

  B구역의 브래드스트리트 경감은 호너의 체포에 대해, 그가 몹시 흥분해서 강하게 무죄를 주장했다고 말했다. 그러나 절도 전과자인 사실이 피고에게 불리해서 판사는 곧 판결하기를 거절하고 순회 재판에 붙여 버렸다. 재판이 진행되는 동안 극도로 흥분해 있던 호너는 그 말을 듣고 기절해 버려서 법정에서 끌어내었다.

"흥, 경찰국에서는 그렇게 할 수밖에."
홈즈는 신문을 던지면서 생각하는 듯이 이렇게 말했다.
"지금 우리가 풀어야 할 문제는, 보석이 없어진 보석 상자라는 한쪽 끝과 터튼엄 코트 로드에서 얻은 거위의 뱃속에서 나온 보석이라는 끈이 어떻게 연결되느냐 하는 것일세. 여보게, 와트슨, 조금 전에 우리가 한 추측이 퍽 중대한 의미를 띠게 되었고 범죄도 그 속에 있을 것 같으이. 여기 보석이 있는데, 이 보석은 거위 뱃속에서 나왔고, 그 거위는 헨리 베이커 씨에게서 나왔고, 그 헨리 베이커 씨는 헐어빠진 모자를 가진 분으로 그밖의 여러 가지 특징에 대해서는 방금 말한 바와 같네. 그러므로 우리들은 먼저 이 신사를 찾는 것으로부터 출발해서, 그가 이 사건에서 어떠한 일을 했나 하는 것을 따져 보세. 그러기 위해서는 가장 간단한 방법에서 출발해야 하는데, 바로 오늘 석간신문에 광고를 쭉 내는 것일세. 만일 이것이 실패하면, 또 다른 방법을 써야지."
"뭐라고 광고를 낼까?"
"연필과 종이를 주게. 자, 뭐라고 하는고 하니, '굿지 거리 모퉁이에서 거위 한 마리와 검은 중산모를 발견함. 헨리 베이커 씨는 오늘 저녁 6시 반에 베이커 거리 221번지 B호로 오면 그 물건을 찾을 수 있음.'――이렇게 하면 분명하고 간단하지."
"그렇군. 하지만 그 사람이 이 광고를 볼까?"
"그럼, 없는 사람에게는 이만한 물건도 큰 것이니까. 그 사람은 늘 신문을 주의해서 볼 것일세. 그때 그 사람은 유리창을 깨뜨린 것과, 피터슨이 가까이 오는 것에 놀라서 도망갈 생각밖에 없었을 걸세. 그러나 뒤에 거위를 떨어뜨리고 온 것을 퍽 유감으로 생각했을 것일세. 그 사람을 아는 사람은 모두 그 일에다 주의를 쓰게 될 터이니까 그 사람의 이름이 나면 필경 보게 될 것일세. 피터슨, 광고 대행사에 가서 이것을 석간에 내달라고 하게."
"어느 신문엡니까?"
"흐음, 글러브, 스타, 펠멜, 세인트 제임스, 가제트, 이브닝 뉴스,

스탠더드, 에코, 그리고 그 밖의 아무 데나 자네 생각나는 대로 내게.”
“알았습니다. 그리고 이 보석은 어떻게 합니까?”
“아참, 그 보석은 이리 내게. 내가 가지고 있지. 그리고 피터슨, 갔다올 적에 거위를 한 마리 사다가 나를 주게. 지금 자네 식구들이 맛있게 먹을 거위 대신 다른 것을 사다가 그 신사에게 주어야 하지 않나.”
피터슨이 나간 뒤에 홈즈는 보석을 들어서 해에 비춰보았다.
“이건 참 훌륭한 보석일세. 이 번쩍이는 광채를 좀 보게. 물론 이것이 모든 범죄의 근원이지. 좋은 보석이 다 그렇듯이, 악마가 잘 쓰는 낚싯밥이란 말야. 좀더 크고, 오래된 보석은 그 한쪽 한쪽이 피비린내 나는 행동을 나타내고 있거든. 이 보석은 발견된 지 10년밖에 안 되었지. 중국 남쪽 아모이 강 연안에서 발견되었는데 빛깔이 루비처럼 붉지 않고 푸르기는 하지만, 가닛의 모든 특징을 다 가지고 있거든. 세상에 나온 지 얼마 안 되었는데도, 벌써 많은 범죄 경력을 가지고 있어. 살인 사건이 두 번, 황산을 던진 사건이 한 번, 자살 사건이 한 번. 그리고 많은 도난 사건이 이 작은 40그레인 무게의 목탄 결정체 때문에 일어났다네. 이런 아름다운 장난감이 교수대나 감옥으로 사람을 보내는 매개체나 될 줄 누가 생각인들 했겠나. 이것을 금고 속에 넣어 두고, 백작 부인한테 내가 이것을 가지고 있다고 한 줄 써 보내게.”
“자네는 호너가 애매하게 죄를 뒤집어썼다고 생각하나?”
“뭐라고 말할 수 없네.”
“그러면 자네는 다른 한 사람, 헨리 베이커가 이 사건과 관련하여 무슨 일인가 했다는 건가?”
“헨리 베이커란 사람은 훨씬 더 무죄일 것일세. 그 사람은 자기가 가지고 가는 거위가 순금으로 만든 거위보다 더 값지다는 사실을 몰랐을 것일세. 우리 광고가 효과를 나타내면, 그것은 간단한 시험으로 알 수 있을 것일세."

"그때까지는 아무것도 할 일이 없겠군."

"없네."

"그러면 나는 왕진을 마치고 오겠어. 자네가 말한 시간에 틀림없이 대겠네. 이런 복잡한 사건이 어떻게 해결되는지 구경 좀 해야지."

"꼭 오게. 저녁은 7시네. 산비둘기 요리가 나올 걸세. 참 그런데, 오늘 생긴 사건으로 보아서, 나도 우리 허드슨 부인보고 그 산비둘기 위를 살펴보라고 해야겠군!"

나는 환자 때문에 좀 늦어졌다. 내가 다시 베이커 거리로 왔을 때에는 6시 반이 조금 지나 있었다. 그 집에 가까이 오니까 어떤 스카치 보닛을 쓴 키 큰 사람이 외투 단추를 턱에 닿을 것같이 모두 끼고, 부챗살 같은 불빛에서 나오는 반원형 광선 아래 서서 기다리고 있었다. 내가 도착하자 문이 열리고, 우리 두 사람은 곧 방으로 안내되었다.

"헨리 베이커 씨지요?"

홈즈가 팔걸이 의자에서 일어나며 온화한 태도로 방문객을 맞이했다.

"이 난롯가 의자에 앉으시지요, 베이커 씨. 몹시 추운 밤이니까요. 게다가 제가 보기에 당신의 체질은 겨울보다 여름에 더 잘 적응할 것 같으니 말입니다. 아, 와스튼, 때 맞춰 잘 왔네. 베이커 씨, 저것이 당신의 모자입니까?"

"네, 그렇습니다. 제 모자가 맞군요."

그는 머리가 크고 둥근 어깨를 한 체구가 큰 남자였다. 지적으로 보이는 넓은 얼굴 아래 반백의 갈색 턱수염이 뾰족하게 나 있었다.

뺨과 코에 나타난 붉은 기운과 내민 손의 떨림이, 그의 습관에 대한 홈즈의 추측을 떠올리게 했다. 그는 낡아빠진 검은색 프록코트의 단추를 끝까지 채우고 칼라를 세워 입고 있었다. 소매 밑으로 여윈 팔목이 비어져나와 있었는데, 셔츠의 소맷부리는 보이지 않았다. 그는 단어를 신중하게 선택하여 낮은 목소리로 딱딱 끊어서 말했다. 불운한 식자층 같은 인상을 풍겼다.

"우리가 이것을 여러날 동안 보관해 왔어요." 홈즈가 말했다. "당신이 광고에 주소를 실을 거라고 기대했었지요. 왜 광고를 내지 않았던거죠?"

방문객은 멋쩍게 웃었다.

"요즘엔 형편이 좋지 않답니다. 내게 덤벼든 패거리가 모자와 거위를 다 가져갔을 거라고 생각했어요. 그래서 괜한 헛수고를 하여 돈을 낭비하고 싶지 않았던 겁니다."

"그렇군요. 그런데, 거위 말인데요——우리가 먹어버렸답니다."

"먹었다구요?"

흥분한 방문객은 의자에서 몸을 반쯤 일으켰다.

"우리가 먹지 않았더라면 결국 누구에게도 소용없게 되었을 겁니다. 하지만 찬장 위에 놓인 저 거위는 당신의 것과 무게도 똑같고 아주 신선한데, 어떻습니까? 가지고 가시겠습니까?"

"아, 그렇겠죠, 그렇고말고요."

베이커 씨가 안도의 한숨을 쉬며 대답했다.

"물론 당신 거위의 깃털과 다리와 끈도 그대로 남아있습니다. 원하시면……"

그 남자가 웃음을 터뜨렸다.

"그것들이 크리스마스 새벽에 겪은 일을 기억하는 데는 소용이 있을지도 모르지만, 그 이상은 아닙니다. 허락하신다면, 찬장 위의 훌륭한 거위만 가지고 가겠습니다."
셜록 홈즈는 힐끗 나를 건너다보며 어깨를 으쓱했다.
"그러시다면 여기 당신의 모자와 거위가 있습니다. 그런데, 거위를 어디에서 사셨는지 궁금하군요. 그렇게 좋은 거위는 별로 못 보았습니다."
"그러실 겁니다." 일어서서 그의 새로운 거위를 팔 밑에 끌어당기며 베이커 씨가 말했다. "우리는 대영박물관 근처의 알파 여관에 자주 가는데——낮에는 보통 박물관 안에 있답니다. 올해는 윈디게이트라는 이름의 여관 주인이 거위클럽을 조직했지요. 매주 얼마씩 내서 크리스마스에 거위 한 마리씩 받는 겁니다. 저는 그동안 돈을 내왔고, 그 다음은 아시는 대로입니다. 이거 대단히 감사합니다. 스카치 보닛은 제 나이에도 안 맞고, 체격에도 어울리지 않습니다."
그는 뽐내는 듯한 우스운 모습으로 우리 둘한테 공손히 인사하고, 뚜벅뚜벅 걸어나가 버렸다.
그 사람 뒤에서 문을 닫으면서, 홈즈는 내게 말하였다.
"헨리 베이커 씨에 대해서는 이제 충분하네. 이 사건에 대해서 아무것도 모르는 것이 확실해. 자네, 시장한가?"
"별로 시장하지 않아."
"그럼, 저녁은 밤참으로 먹기로 하고 단김에 아주 뿌리를 빼버리세."
"좋을대로 하세나."
추운 밤이었다. 우리들은 긴 외투를 입고, 목도리를 둘렀다. 밝은 별들이 구름 없는 하늘에 차갑게 번쩍이고, 오가는 사람들이 피스톨 연기처럼 입김을 내뿜었다. 우리들은 활발하고 크게 발소리를 내며 닥터스 쿼터, 윔플 거리, 할리 거리를 지나 위그모어 거리를 거쳐, 옥스퍼드 거리로 들어섰다. 15분 지나서 우리들은 알파 주점이 있는 블룸스베리에 다다랐다. 홀본으로 통하는 거리 모퉁이에 있는 작은 술집이었다. 홈즈는 술집 문을 밀고 들어가서 얼굴이 붉고, 흰 에이프런을 두른 주인에게 맥주 두 잔을 청하였다.
"당신네 거위만 같다면, 맥주도 훌륭할 거요!"
"우리 집 거위라니요?"
주인은 놀라는 것 같았다.
"그렇소, 우리는 바로 반 시간 전에, 당신네 거위 조합원이던 헨리 베이커 씨한테서 그 말을 들었소."
"아, 그러세요, 그렇지만 그 거위는 우리 집 거위가 아닙니다."
"그래요? 그럼, 누구 집 것이오?"
"커벤트 가든의 도매상한테서 24마리 사 왔습니다."
"나도 거기 가게를 몇 군데 아는데, 누구 가게요?"
"주인 이름이 브레킨리지랍니다."
"흠, 그 사람은 모르겠는걸. 자, 주인장, 축배를 듭시다. 장사가 잘 되길 바라오, 또 봅시다. 자, 이제 브레킨리지에게로 가세."
밖의 찬 바람을 쏘이자, 외투 단추를 끼면서 홈즈는 말을 이었다.
"여보게 와트슨, 한쪽에는 거위 같은 귀여운 물건이 있지만, 또 한쪽에는 우리들이 무죄를 변명해 주지 않으면 적어도 7년 징역을 받을 사람이 있네. 또 혹은 우리 조사가 오히려 그 사람의 유죄를 확증할지도. 그러나 어쨌든 우리들은 지금 경찰이 손을 대지 못하고 있는, 우연히 우리 수중에 들어온 이상한 사건의 실마리를 붙들고 있는 셈일세. 우리 한 번 끝까지 해 보세. 자, 남쪽으로 돌아서서, 뛰어가!"
우리들은 홀본을 지나, 엔델 거리를 거쳐 커벤트 가든 시장의 빈민굴이 있는 굽은 골목에 들어섰다. 어느 큰 가게에 브레킨리지라는 이름이 붙어 있었다. 경마 같은 노름을 좋아할 것같이 보이는 주인은 날카로운 얼굴에 구레나룻을 길렀는데, 막 가게를 닫으려고 애들에게 셔터 내리는 것을 거들게 하고 있었다.
"안녕하시오. 날이 춥습니다."
홈즈의 소리였다.
주인은 고개를 끄덕이고 우리를 이상한 눈으로 바라보았다.
"거위가 다 팔렸군요."
홈즈는 대리석으로 만든 빈 책상을 가리키면서 말하였다.
"내일 아침이면 500마리 갖다드리지요."
"그건 소용없소."
"그럼, 저기 불이 켜진 곳간에 몇 마리 남았습니다."
"나는 누가 이 집을 추천해서 온 것이오."
"누가 추천했어요?"
"알파 주점 주인입니다."
"아, 알죠. 우리 집에서 그리로 24마리 보냈습니다."
"그 거위가 참 좋습디다. 어디서 사들이셨소?"
뜻밖의 이 질문에 그 상인은 별안간 크게 성을 냈다.
"여보쇼, 당신, 당신네들 대체 무엇을 찾는 거요? 좀 솔직히 말해 주시오."
상인은 머리를 조금 젖히고 뒷짐을 지면서 이렇게 묻는 것이었다.
"내 말이 뭐 솔직하지 않소? 당신이 알파 주점에 보낸 거위를 어디서 사왔느냐는 말이오."
"그런 건 난 말할 수 없소! 가 주시오."
"아, 뭐 그리 대단한 일도 아니건만, 나는 왜 당신이 그까짓 일에 버럭 화를 내는지 모르겠소."
"화를 왜 내요? 여보, 당신도 누가 시비를 걸면 나같이 화를 낼 거요. 돈 주고 물건 사왔으면 그만 아뇨. 그것을 가지고 그 거위를 어디다가 팔았느냐는 등, 어디서 사왔느냐는 등, 그 거위를 얼마 받고 팔았느냐는 등, 줄곧 귀찮게 구니…… 그래, 이 세상에는 그 거위밖에 없단 말이오?"
"나는 그런 질문을 하는 다른 사람들과는 아무 상관이 없소."
이렇게 홈즈는 가볍게 말하고 다시 이어서 말했다.
"당신이 말해주지 않는다면 내기에서 지게 될 뿐이오, 그것뿐이오. 나는 늘 가축에 대해서는 내기를 하는 버릇이 있는데, 내가 먹은 거위는 시골에서 온 것이라고 5파운드 내기를 걸었소."
"그럼, 당신은 5파운드를 뺏겼소. 그 거위는 도회지에서 기른 것이오."
주인은 소리를 버럭 질렀다.
"그럴 리가 없소."
"그렇다니까 그러오."
"나는 아무래도 못 믿겠소."
"아이적부터 그것들을 만져온 나보다 당신이 그 일을 더 잘 안다고 생각하오? 똑똑히 들으시오. 알파 주점에 보낸 거위는 모두 시내에서 기른 것이오."
"당신이 아무리 말해도 나는 못 믿겠소."
"그럼, 내기할 테요?"
"내 짐작이 옳을 테니까, 당신은 괜히 돈만 잃는 거요. 그러나 당신에게 너무 자신있는 소리를 하지 말라고 가르치기 위해서 1파운드를 내기로 걸겠소."
주인은 쓴웃음을 지었다.
"빌, 장부를 가져오너라."
소년은 작고 얇은 책과 크고 기름때 묻은 책을 갖다가 램프 등잔 아래 놓았다.

"그럼, 여보시오, 고집 부리는 양반, 나는 거위를 다 판 줄 알았더니 또 한 마리 사갈 거위가 남아 있나 봅니다. 이 작은 책을 보시오."
"네."
"이것들은 거위를 흥정해 들인 고장의 주소와 성명부입니다. 알겠습니까? 그리고 이쪽 페이지에는 시내에서 사온 것들인데, 성명 뒤에 있는 숫자가 원부(原簿)에 있는 판매가격이 적혀 있는 페이지입니다. 자, 다음은 이쪽 페이지의 붉은 잉크로 쓴 것을 보시오. 그것이 시내에 있는 거위 파는 집입니다. 세번 째 이름을 내게 크게 읽어 들려주십시오."
"브릭스턴 로드 117번지, 옥쇼트 부인――249"
홈즈가 읽었다.
"옳소, 그럼, 원부의 그 페이지를 찾아보시오."
홈즈는 그 페이지를 넘겨보았다.
"그렇소, 브릭스턴 로드 117번지, 옥쇼트 부인, 계란과 가축 도매상."
"그럼, 맨 나중에 쓴 것을 보시오."
"12월 22일, 7실링 6펜스에 거위 24마리."
"옳소, 그 아래를 읽어보시오."
"알파의 윈디게이트 씨에게 10실링에 판매하였음."
"자, 이제 또 할 말이 있소?"
홈즈는 매우 언짢아 보였다. 그는 1파운드를 주머니에서 꺼내 책상 위에 던지고는 불쾌해서 말하기도 싫은 사람 같은 인상으로 그 집을 뛰어나왔다.
　어느 정도 멀어지자 그는 가로등 아래 서더니 독특한 소리없는 큰 웃음을 웃었다.

"그런 구레나룻을 하고 주머니에 붉은 수건을 찌르고 있는 사람은, 내기를 걸어서 꾀어낸단 말야. 참말이지, 100파운드를 그 사람 앞에 놓아도 이만큼 완전한 지식을 얻을 수는 없네. 그가 내기로 나를 이길 작정으로 덤볐거든. 와트슨, 이제 우리 조사도 종말이 가까워 왔는데, 지금 우리가 결정할 것은 오늘 저녁에 옥쇼트 부인 집을 찾아가느냐, 내일로 미루냐일세. 그런데 그 놈팽이 말을 들으면, 우리들 외에도 이 문제를 알고 싶어하는 사람이 있는 모양이지?"

홈즈의 말은 우리가 막 나온 가게에서 일어난 떠들썩하는 싸움 때문에 별안간 중단되었다. 돌아다보니 쥐같이 생긴 작은 사람이 흔들거리는 램프에서 비치는 노란 빛의 원 한 가운데 서 있고, 브레킨리지라는 상인은 가게문 앞에 버티고 서서 그의 앞에 움츠리고 있는 사람한테 마구 주먹을 휘두르는 것이었다.

"당신네들의 거위 이야기에 나는 진절머리가 날 지경이오, 모두들 악마한테 가버렸으면 좋겠소. 자꾸 그따위 쓸데없는 일로 귀찮게 굴면, 개를 시켜서 쫓을 테요. 옥쇼트 부인을 이리 불러오면 내가 말한대두 그래요. 그러나 대체 당신은 무슨 관계가 있소? 내가 당신한테 그 거위를 샀단 말이오?"

"아닙니다. 그 중 한 마리가 내 것이란 말입니다."

키 작은 친구는 울 듯한 소리를 내었다.

"그럼, 좋소, 옥쇼트 부인한테 물어보시오."

"거기서는 여기 와서 물어보라던데요."

"그럼, 내가 알 바 아니니 프러시아 왕한테 물어 보시구려. 나는 더 할 말이 없소. 어서 가 주시오."

그는 몸을 앞으로 내밀었다. 묻던 사람은 어둠 속으로 사라져 버렸다.

"하하, 아마 우리가 브릭스턴 로드로 가지 않아도 될 것 같군. 자, 나를 따라오게. 저 친구에게서 무엇이 나오나 보세."

가게 언저리로 모여든 구경꾼들을 헤치고 나서서 홈즈는 키작은 친구를 붙들더니 탁 쳤다. 그 사람은 깜짝 놀랐는데, 불 밑에서 보니까 얼굴이 핏기 하나 없이 해쓱해진 것 같았다.

그 사람은 떨리는 소리로 물었다.

"당신은 누구세요? 무슨 할 말이 있습니까?"

홈즈는 온화하게 대답하였다.

"실례하겠습니다. 나는 당신이 저 가게 주인과 이야기하는 것을 어깨 너머로 모두 들었습니다. 내가 당신에게 도움이 될지도 모르겠습니다."

"당신께서요? 당신은 누구세요? 어떻게 그 일을 아십니까?"

"내 이름은 셜록 홈즈요. 아무도 모르는 일을 아는 것이 내 일이죠."

"그러나 이 일만은 아무것도 모르실 겁니다."

"그러나 나는 모두 알고 있소. 당신은 지금 브릭스턴 거리에 있는 옥쇼트 부인 집에서 브레킨리지라는 상인에게 팔리고, 다시 알파 주점 윈디게이트에게로 팔려가고, 또 그 술집 조합원의 한 사람 헨리 베이커한테로 넘어간 어떤 거위를 찾는 것이 아니오?"

"네, 당신이 바로 내가 만나고 싶은 분입니다."

키작은 친구는 이렇게 외치며 손가락이 떨리는 손을 내밀었다.

셜록 홈즈는 지나가는 4륜마차를 불렀다. 그러면서 이렇게 말하였다.

"이런 때에는 바람 부는 시장에서 이야기하는 것보다 편한 방 안에서 이야기하는 것이 좋을 것 같습니다. 가기 전에 실례지만 성함이?"

푸른 가닛

그 사람은 잠시 주저하더니 흘끗 곁눈질을 하면서 말했다
"내 이름은 존 로빈슨입니다."
"아닙니다. 본명을 말씀하십시오. 가명을 쓰면 어째 재미가 없습니다."
그 사람의 흰 뺨은 잠시 붉게 물들었다.
"네, 그럼. 내 본명은 제임스 라이더입니다."
"아, 그렇습니까. 코스모폴리탄 호텔의 수석 웨이터시죠. 자, 어서 마차에 타십시오. 이제 곧 알고 싶으신 것을 모두 이야기해 드리겠습니다."
키작은 사람은 반은 겁나고 반은 기대하는 눈으로 우리들을 번갈아 바라보았다. 마치 뜻하지 않은 행운이 올지, 또는 파멸에 빠질지 의아해 하는 사람 같았다. 그리고 나서 마차를 타고 반 시간쯤 걸려 베이커 거리의 홈즈 집으로 돌아왔다. 마차에서는 아무 말도 없었다. 다만 새로 만난 그 친구의 높았다 낮았다 하는 숨소리와 손을 쥐었다 폈다 하는 것이 그 사람 마음 속의 불안과 긴장을 말하는 것 같았다.
한 사람씩 방 안에 들어가자, 홈즈는 즐거운 듯이 소리쳤다.
"자, 모두 왔군! 이런 때에는 불이 좋아요. 라이더 씨, 추우시죠? 이 의자 앞으로 다가오십시오. 이야기를 하기 전에 슬리퍼를 갈아 신겠습니다. 그러면 자, 거위가 어떻게 되었나를 알고 싶으시다고 했지요?"
"네, 그렇습니다."
"그 거위 중의 한 마리만이지요? 당신이 찾으시는 것은 희고, 꼬리에 걸쳐서 검은 줄이 있는 거위지요?"
라이더는 감격해서 떨었다.
"네네, 그래요. 그게 어디 있는지 아십니까?"
"이리로 왔습니다."

"여기로요?"

"네, 참 정말 훌륭한 거위입니다. 당신이 흥미를 가지실 만합니다. 죽은 뒤에 그 거위는 아름답고 빛나는 푸른 알을 낳았지요. 지금 내 금고 속에 있습니다."

그 친구는 비틀거리면서 일어섰다. 그리고 오른손으로 난로 위 선반 턱을 붙들었다. 홈즈는 금고를 열고 푸른 가닛을 꺼냈다. 그 보석은 차고 빛나는 광선을 던지면서 별같이 빛났다. 라이더는 일어서서 일그러진 얼굴로, 그 보석을 달라고 해야 할지, 포기해야 할지를 몰라 그저 바라보고 있었다.

홈즈는 조용히 말하였다.

"모든게 끝났다, 라이더. 손들어! 안 들면 불 속으로 집어넣을 테다. 와트슨, 의자에다가 팔을 뒤로 젖혀서 앉히게. 핏기가 너무 없어서 중죄를 감당해 내기 어려울 것 같으니, 브랜디를 한 잔 주게. 이제 되었군, 이제 사람같이 보이는군! 참 난쟁이 같은 놈팽일세!"

그는 곧 쓰러질듯 비틀거렸다. 그러나 브랜디가 뺨에 핏기를 약간 회복시켜 주었다. 그는 두려운 눈으로 홈즈를 보고 있었다.

"나는 수중에 모든 단서를 가지고 있고, 필요한 증거도 다 있으니까, 물을 것도 없어. 그러나 이 사건을 완전히 하기 위해서는 조금 더 분명히 해야할 것이 있어. 라이더, 너는 모카 백작 부인의 이 푸른 보석 이야기를 누구에게 들었지?"

"캐서린 쿠잭이 내게 이야기했습니다."

그는 달달 떠는 목소리로 대답하였다.

"알았어. 백작 부인의 시중드는 계집애 말이지. 어쨌든 쉽게 큰 부자가 되겠다는 생각은, 예나 지금이나 주제넘은 생각이야. 또 네가 쓴 방법도 그리 적중하지는 못했어. 라이더, 네게는 악한이 될 소질이 있어. 너는 땜장이 호너가 비슷한 전과가 있으니 혐의가 쉽게 그 사람에게 갈 줄 알았지. 그래, 어떻게 했나? 백작 부인 방에서 너와 한패인 쿠잭이 보석을 집어 낼 계획을 세운 뒤에 네가 호너를 부르자고 그랬지. 그래서 호너가 간 뒤에 네가 보석 궤짝을 훔쳐내고, 경보를 울리고, 그리고 불쌍한 호너가 잡혔지. 그리고!"
라이더는 별안간 바닥에 주저앉아서 홈즈의 무릎을 붙들었다. 그리고 소리쳤다.
"하느님, 제발 살려줍쇼. 아버지와 어머니를 생각하니 가슴이 터집니다. 전에는 아무 죄도 없었습니다. 다시는 나쁜 짓을 안 하겠습니다. 맹세합니다. 하느님 이름으로 맹세합니다. 제발 법정에 서지 않도록 해 주십시오. 네, 제발 빕니다."
홈즈는 엄격히 말했다.
"네 의자로 돌아가. 넌 지금 이렇게 엄살을 떨지만, 아무 죄도 없이 피고석에 앉아 있는 호너 생각을 좀 해봐!"
"홈즈 선생, 저는 도망가겠습니다. 프랑스로 도망가겠습니다. 그러면 호너는 무죄가 될 것이 아닙니까."
"흥, 그 이야기는 차차 하지. 그 다음 일을 자세히 설명해. 어떻게 해서 그 보석이 거위 뱃속으로 들어가고, 그 거위가 시장에 나오게 되었느냔 말이야. 진실을 말해야 네 죄가 가벼워질 거야."
"네, 바른 대로 말하겠습니다. 호너가 잡히자, 언제 나를 조사하고 내 방을 조사할는지 몰라서 얼른 보석을 가지고 도망가야만 했습니다. 호텔 안에는 안전한 장소가 없었습니다. 나는 핑계를 만들어 밖으로 나와서 곧 누이 집으로 갔습니다. 누이는 옥쇼트란 사람에게 시집가서 브릭스턴 로드에서 새를 길러서 장에 내다 팝니다. 가는 길은 만나는 사람마다 순경이나 형사였습니다. 추운 날이건만 브릭스턴 로드에 왔을 때는 얼굴에 땀이 흘렀었습니다. 누이는 무슨 일이 있느냐고, 왜 얼굴이 그렇게 창백하냐고 물었습니다. 나는 호텔의 도난 사건 때문에 마음이 산란해서 그렇다고 대답했습니다. 그리고 뒤뜰로 나가서 담배를 한 대 피면서 어떻게 하면 좋을까 하고 생각하였습니다. 저한테 모슬리란 친구가 있는데, 나쁜 짓을 하여서 펜턴빌 감옥에서 징역을 치르고 나온 사람입니다. 어느 날 그 친구를 만나서 도둑질을 하는 법과, 또 도둑질한 물건을 처분하는 법을 들었습니다. 나는 그가 나에게 대해서 진심으로 대해 줄 것을 알기 때문에 다시 그가 사는 킬번으로 가서 의논해 보려고 하였습니다. 그는 보석을 돈으로 바꿀 줄도 알 것입니다. 그러나 어떻게 안전하게 그의 집까지 갈 수 있겠습니까. 나는 호텔에서 나와 경험한 그 고통을 생각했습니다. 정말 언제 잡혀서 몸을 수색 당할지 몰랐습니다. 내 조끼주머니에는 보석이 있지 않습니까. 나는 누이 집 담벼락에 기대어, 내 발 아래로 왔다갔다하는 거위를 보고 있었습니다. 그러나 어떠한 형사라도 감쪽같이 속일 수 있는 좋은 생각이 떠올랐습니다.

누이가 몇 주일 전에 내게 크리스마스 선물로 제일 좋은 거위를 한 마리 주겠다고 한 것을 생각했습니다. 그녀는 약속을 잘 지키는 성격입니다. 나는 지금 거위를 달라고 해서 거위 뱃속에 보석을 넣어 킬번으로 가리라 작정하였습니다. 뒤뜰에는 작은 헛간이 있었습니다. 나는 그곳으로 제일 크고 희며 꼬리에 줄무늬가 있는 놈을 몰고 갔습니다. 그놈을 붙들어 아가리를 벌리고 목구멍 속으로 있는대로 손을 쑤셔박아 보석을 집어 넣었습니다. 거위는 꿀꺽 삼켰고, 보석이 식도를 지나서 밥통 속으로 들어가는 것을 느꼈습니다. 거위가 헐떡이며 버둥거리자 누이는 무슨 일이 있나 보러 왔습니다. 내가 누이한테 이야기하려고 돌아다보는 사이에 거위는 내빼서 무리 속으로 들어갔습니다. 누이는 내게 물었습니다.

'왜, 거위에게 어떻게 했니?'
'크리스마스 선물로 내게 한 마리 준다고 그러지 않았소. 그래, 지금 어떤 놈이 살쪘나 하고 고르는 중이오.'
'애, 네 것은 벌써 따로 골라 놓았다. 네 이름을 붙였단다. 저기 있는 희고 큰 놈이야. 모두 26마리 있는데 한 마리는 너 주고, 또 한 마리는 우리 먹고, 나머지 24마리는 시장에 팔 테다.'
'그러나 이왕이면 지금 내가 만져본 것을 주구려.'
'하지만 내가 골라 놓은 게 3파운드는 더 나갈걸. 우리가 특별히 살찌웠으니까.'
'고맙지만 나는 내가 고른 것을 가져갈래요. 지금 가져가요.'
'마음대로 하려무나.'
누이는 화가 나 뽀로통해서 말했습니다.
'어느 것이 네가 고른 것이냐?'
'저기, 저 희고 꼬리에 줄 있는 것. 저 거위들의 가운데서 조금 오른편에 있는.'
'그럼, 죽여서 가지고 가렴.'
그래서 나는 그 거위를 죽여 가지고 킬번으로 가지고 갔습니다. 나는 그 친구에게 모든 이야기를 했습니다. 우리들은 그런 이야기를 해도 괜찮은 사이였습니다. 그는 웃으며 칼로 거위 배를 갈랐습니다. 나는 간이 콩알만해졌습니다. 보석이 없었습니다. 큰 실수를 한 것이었습니다. 나는 거위를 버리고 누이 집으로 달려가 뒤뜰로 갔습니다.
그러나 거위는 없었습니다.
'거위 다 어쨌수?'
나는 소리쳐 물었습니다.
'도매상으로 넘겼어.'

'어느 도매상으로?'
'커벤트 가든의 브레킨리지네 집이란다.'
'그런데 꼬리에 줄 있는 것이 또 있었수? 내가 가져간 것 말고.'
'똑같은 것이 둘 있었어. 우리도 분간 못하게 똑같은 거야.'
 그래서 나는 브레킨리지네 집으로 한 걸음에 뛰어갔었습니다. 그랬더니 벌써 거위를 팔아버렸는데 어디다 팔았는지 도무지 한 마디도 알려 주지 않는단 말이에요. 오늘 저녁에 보셨죠. 늘 그렇게 대답했답니다. 내 누이는 내가 미친 줄 알았습니다. 참, 때때로 나도 내가 미쳤나 하고 생각합니다. 그런데 지금 나는 내 인격을 팔고 벼락부자가 되기는커녕, 도둑놈이라는 낙인이 찍혔습니다. 하느님 맙소사, 하느님 맙소사."
 그는 두 손에 얼굴을 파묻고 흐느껴 울었다.
 그 동안 오랜 침묵이 흘렀다. 그의 무거운 숨소리와 홈즈가 규칙적으로 책상을 두드리는 소리가 들릴 뿐이었다. 그러다 나의 친구는 일어나서 문을 활짝 열었다.
"나가!"
 홈즈는 소리쳤다.
"네? 오 하느님, 고맙습니다."
"잔말 말고, 나가."
 긴 말이 필요하지 않았다. 달음질치는 소리, 덜거덕대며 계단을 내려가는 소리, 문닫는 소리, 그리고 거리로 내달리는 발소리만 들릴 뿐이었다.
 홈즈는 사기 파이프를 집으려고 팔을 뻗으면서 말했다.
"와트슨, 결국 나는 경찰에서 도와 달라고 의뢰받은 것도 아니거든. 호너가 위험 속에 있다면 그것은 다른 문제야. 그러나 이 녀석은 다시는 나타나지 않을 테니까 이 사건은 실패로 돌아갈 수밖에.

나는 중죄인을 놓아준 셈이지만 한 사람을 구한 셈이니 괜찮지, 뭐. 이 녀석은 다시는 못된 짓을 안 할 것일세. 끔찍이 놀란 모양이니까. 만일 지금 그 녀석을 감옥살이 시켰다가는 평생 감방을 들락거리게 될거야. 더구나 지금은 용서할 때가 아닌가. 우연히 괴상하고 기이한 사건에 부딪친 것이니, 이 사건의 해결이 노력의 보수일 테지. 여보게, 벨을 누르게. 또 하나 거위가 주인공이 된 사건을 시작하세."

얼룩끈

　지난 8년 동안 셜록 홈즈의 수사 방법을 연구해온 70개나 되는 괴상한 사건 기록을 읽어보면 많은 비극과 몇 개의 희극과 또 그저 이상한 수많은 사건을 발견할 수가 있지만, 평범한 사건은 하나도 없다. 그것은 무슨 까닭인고 하니 그는 부자가 되는 것보다도 자기의 기술을 사랑해서 일하는 것이기 때문에, 이상하지 않다든지 환상적인 그 무엇이 없는 사건에는 손대지 않으려고 했기 때문이다.
　이 모든 이상한 사건 가운데에서, 서리의 스톡 모란에 사는 로일로트 집안의 그 유명한 가족과 관련된 사건보다 더 괴상한 사건은 생각해 낼 수 없다. 문제의 그 사건은 우리들이 아직 독신으로 베이커 거리의 같은 방에서 지내던 때에 일어난 일이었다. 나는 이 사건의 기록을 벌써 해 두었을 것이지만, 그때 비밀로 해 달라는 약속이 있어서 못했다. 그런데 바로 지난달에 우리가 약속한 주인공이 갑작스럽게 세상을 떠났기 때문에 이제 우리는 그 약속에서 해방된 것이다. 의사 그림스비 로일로트의 죽음에 대해서는 정말이지 사실보다 더 무서운 소문이 널리 떠돌아다니므로 이제 사건을 사실대로 밝히는 것이 좋으리라.
 1883년 4월 초순이었다. 어느 날 아침 잠에서 깨어나보니 홈즈가 옷을 다 입고 내 침대 옆에 서 있었다. 그는 대체로 늦잠을 자는 편인데 벽난로 선반 위의 시계를 보니 7시 15분밖에 안 되었다. 나는 약간 놀라기도 하고 또 불쾌감하기도 하여 그를 처다보았다. 나는 언제나 규칙적인 습관을 갖고 있었다.
 "와트슨, 잠을 깨워서 미안하이. 그러나 오늘 아침은 나도 같은 일을 당했네. 허드슨 부인이 먼저 일어나고, 그녀가 나를 깨워서 일어났고 또 내가 자네를 깨우게 됐네."
 "무슨 일이야. 불이라도 났나?"
 "아니, 손님일세. 젊은 부인이 아주 흥분해서 나를 자꾸 만나자는 거야. 지금 저 방에서 기다리고 있네. 젊은 부인이 새벽같이 도시를 헤매어 잠자는 사람을 깨운다는 것은 아무래도 급한 사정이 있을 거야. 만일 재미있는 사건이면 자네도 처음부터 같이 덤비잔 말일세. 어쨌든 내가 자네를 불러서 기회를 주려고 한 참이네."
 "여보게, 제발 그 기회를 놓치지 않게끔 해주게."
 나는 홈즈의 그 직업적 탐색을 따라다니는 데 비상한 흥미를 가졌다. 그가 결국 그에게 굴복하는 문제를 풀 때 항상 논리적 토대 위에서 있는 그의 직곤처럼 재빠른 추리에 감탄하기 때문이었다. 나는 재빨리 옷을 입고, 몇 분 뒤에 친구를 따라 그와 같이 방으로 들어갔다. 검은 옷을 입고 두터운 베일을 쓴 부인이 창 앞에 앉아 있다가 우리를 보자 일어섰다. 홈즈는 쾌활하게 말하였다.
 "안녕하십니까. 제가 셜록 홈즈입니다. 이 사람은 저의 친한 친구이며 동료인 와트슨 의사입니다. 물론 이 사람 앞에서도 저와 다름없이 터놓고 이야기하십시오. 아, 마침 허드슨 부인이 벌써 불을 피워 놓았군요. 자, 이 앞으로 다가오십시오. 추우신 모양이니 곧

뜨거운 커피를 한 잔 드리겠습니다."

여인은 권하는 대로 자리를 옮기면서 낮은 목소리로 말했다.

"추워서 떠는 게 아닙니다."

"그럼, 왜 그러십니까?"

"홈즈 씨, 무서움 때문입니다. 공포 때문입니다."

그 여자는 말하면서 베일을 벗었다. 그래서 우리는 그 여자가 정말로 고민하는 불쌍한 상태에 있는 것을 알 수 있었다. 얼굴은 초췌해서 검은 빛이 돌면서 불안해 보였고, 눈은 무엇에 놀라 있어 마치 사냥꾼에게 쫓겨다니는 짐승의 눈과 같았다. 그녀의 얼굴이나 모습은 30살로밖에 보이지 않았지만, 머리는 허옇고 표정은 찌들고 여위어서 훨씬 늙어보였다. 홈즈는 특유의 눈길로 재빨리 그녀를 아래위로 훑어보았다. 한순간에 모든 것을 파악한 듯한 눈치였다.

홈즈는 허리를 굽혀 그 여자의 팔을 가볍게 만지면서 위로하듯 말하였다.

"무서워하실 것 없습니다. 우리가 모든 것을 잘 처리해 드릴 것입니다. 오늘 아침에 기차를 타고 오셨군요."

"어머나, 저를 아세요?"

"아닙니다. 왼쪽 장갑 속에 보이는 왕복 기차표 반쪽을 보고 아는 것입니다. 일찍 댁을 나오셔서 정거장까지 2륜마차를 타고 나쁜 길을 달려오셨군요."

이 말에 그 여인은 몹시 놀라서 어쩔 줄 모르며 나의 친구를 바라보았다. 홈즈는 웃으며 먼저 대답하였다.

"별로 이상하게 여기실 것 없습니다. 윗옷 왼편 팔에 진흙 점이 일곱 개나 있군요. 그 흙점이 아직 마르지도 않았습니다. 흙점을 올려 튀게 하는 것은 2륜마차밖에 없습니다. 그리고 마부 왼쪽에 앉을 때에만 그렇게 되지요."

"어떻게 아셨든, 지금 하신 말씀은 모두 옳습니다. 6시 전에 집을 나와서, 6시 20분에 레더해드에 닿아 첫차로 워털루에 왔습니다. 그러나 저는 더 이상 이런 긴장을 참을 수 없습니다. 계속된다면 미칠 겁니다. 저는 의지할 사람이 아무도 없습니다. 딱 한 사람, 사랑하는 사람이 있긴 하지만 그는 약해서 아무 도움도 안 됩니다. 나는 파린터시 부인에게서 선생님 말씀을 들었습니다. 그 부인은 퍽 긴급한 때에 선생님의 은혜를 입었다더군요. 그녀에게서 선생님의 주소를 알았습니다. 선생님, 저도 좀 도와 주실 수 있겠습니까. 저를 에워싸고 있는 암흑에 적어도 한 가닥의 빛을 던져 주실 수는 없겠습니까. 지금 당장은 선생님의 노력에 대해서 보수를 드릴 수 없습니다. 그러나 한두 달 뒤면 결혼하게 되고, 그때는 제 재산을 마음대로 쓸 수 있으니까, 제가 은혜를 잊어버리지 않는다는 걸 아시게 해드리겠습니다."

홈즈는 자기 책상 앞으로 가서, 문을 열고 그가 이때까지 취급하여 온 사건 노트를 꺼냈다.

"파린터시, 네, 그 이름을 기억하겠습니다. 호박이 박힌 왕관에 대한 사건이었습니다. 와트슨, 자네하고 만나기 전일세. 저는 부인께 확실히 말씀드립니다만, 부인의 친구에게 했듯이 부인의 일에도 기꺼이 힘써 드리겠습니다. 보수에 대해서는, 제 직업이 바로 보수입니다. 그러나 제가 쓴 비용에 대하여 제일 편하신 때 갚아 주시거나 말거나 마음대로 하십시오. 그리고 지금 당신의 사건에 대해서, 우리들의 의견을 세우는 데 도움이 되는 이야기를 모두 들려주십시오."

"지금 제가 처해있는 곤경은 퍽 막연합니다. 그리고 지금 제가 의심을 품고 있는 점이란 모두 사소한 일들이기 때문에, 도움과 충고를 청할 만한 약혼자까지도 신경이 너무 날카로운 여자의 공상으로 돌려버립니다. 제 약혼자는 대놓고 그렇게 말하지는 않지만, 위로하는 말이나 외면하는 눈치로 보아서 알 수 있습니다.

그러나 선생님께서는 복잡한 사람 마음 속의 나쁜 생각을 잘 들여다보신다고 들었습니다. 선생님께서는 지금 절 에워싸고 있는 위험 속을 어떻게 걸어야 할 것인지를 알려 주실 줄로 믿습니다."

"네, 잘 듣고 있습니다."

"제 이름은 헬렌 스토너입니다. 지금 같이 살고 있는 사람은 의붓아버지인데, 그는 서리의 서쪽 변두리에 있는 스톡 모란 지방의 로일로트라는 영국에서 가장 오랜 집안의 유일한 후손입니다."

"그 집안 이름은 잘 압니다."

홈즈는 머리를 끄덕이었다.

"그 집안은 한때 영국에서 제일 가는 부자였습니다. 땅이 변경을 넘어서 북쪽은 버크셔까지, 서쪽으로는 햄프셔까지 이르렀습니다. 그러나 지난 세기에 선조 네 분이 대대로 방탕하고 낭비하는 성질이셨는 데다 노름을 좋아한 섭정시대의 조상 때문에 결국 가산을 탕진하였습니다. 그래서 몇 마지기의 논밭과 몇 번이나 저당을 잡힌 200년 묵은 집 한 채밖에 남지 않았습니다. 할아버님 되는 분은 그곳에서 겨우 연명해 가면서 가난뱅이 귀족으로 비참한 생활을 해 왔습니다.

그러나 그분의 외아들인 제 의붓아버지는 새로운 환경에 순응해야 할 것을 결심하고, 일가 친척에게 돈을 꾸어 그것으로 의학 공부를 해서 인도의 캘커타에 가서 굳은 의지와 의술로 큰 병원을 세웠습니다. 그러나 언젠가 한 번 집안에서 생긴 도난 사건 때문에 격분해서 인도 본토인이었던 하인을 때려서 죽게 했습니다. 겨우 사형만은 면하게 되었지만 오랜 옥고를 치른 뒤에 우울하고 좌절한 사람이 되어서 영국으로 돌아왔습니다.

로일로트 박사가 인도에 있을 때 저의 어머니와 결혼하였습니다. 저의 어머니는 벵골 주의 포병 육군 소령이었던 스토너의 젊은 미망인이었지요. 언니 줄리아와 저는 쌍둥이였는데, 우리가 두 살 때 어머니가 재혼했습니다. 어머니는 막대한 재산을 가지고 있어서 이자만 해도 1년에 천 파운드가 넘었습니다. 어머니는 우리가 결혼하면 각자에게 연간 일정한 액수를 주는 조건으로 우리가 그와 사는 동안 전 재산을 그에게 남겼습니다. 영국에 돌아온 지 얼마 안 되어 어머니는 돌아가셨습니다. 지금으로부터 8년 전, 크루 부근의 기차 사고 때문이었습니다. 그래서 로일로트 박사는 런던에서 다시 개업할 생각을 버리고 우리들을 데리고 스톡 모란의 옛집으로 돌아왔습니다. 어머니가 남겨 놓은 재산은 우리들이 생활하기에 넉넉하였으므로 우리들의 행복에는 아무런 지장도 없었습니다.
　　그러나 그때부터 의붓아버지에게는 무서운 변화가 생겼습니다. 스톡 모란의 로일로트 박사가 다시 옛집으로 돌아온 것을 환영하기 위하여 찾아오는 동네 사람들과 만나서 교제하기는커녕, 집안에 틀어박혀서 뜰 안으로 잘못 들어온 사람들과 무서운 싸움을 하는 것 이외에는 밖에 나오지 않았습니다. 거의 미친 사람에 가까운 난폭한 성질은 이 집안 사람들의 내력인데, 제 의붓아버지는 오랫동안 열대지방에 살았기 때문에 더욱 심했던 것입니다. 여러 번 떠들썩한 싸움이 벌어져서 두 번이나 경찰서에까지 갔었습니다. 그래서 결국 마을의 골칫거리가 되어, 사람들이 그를 보면 모두 피하였습니다. 그 힘이 무섭게 세고, 성이 나면 어떻게 할 수 없기 때문입니다.
　　지난 주일에도 그는 마을의 대장간 주인을 담 너머 개천 속으로 처넣어서, 저는 다른 사람들에게 공공연히 떠벌여지는 것을 막기 위해 있는 돈을 모두 모아서 주었습니다. 친구라고는 떠돌아다니는 집시밖에 아무도 없습니다. 그는 집시들에게 우리집 농장 안에 있는 넓은 풀밭에다가 천막을 치게 하고, 그리고 자기도 그 천막 속에 들어가 쉬며, 때로는 몇 주일씩 그들과 같이 여러 곳으로 떠돌아다니기도 합니다. 그는 또 인도산 동물들에게 애착을 가져서 인도에 있는 친구들이 보내온 표범과 다른 맹수를 지금도 키우고 있습니다. 그 동물들이 뜰로 막 돌아다니기 때문에 동네 사람들은 그 주인과 똑같이 무서워합니다.

선생님들은 지금 제가 말씀드린 이야기로 언니와 제가 생활이 크게 즐겁지 않다는 것을 아실 것입니다. 하인들이 도무지 집에 붙어 있지 않아서 우리들은 오랫동안 집안일을 우리 손으로 해 왔습니다. 줄리아는 죽을 때 30살밖에 안 되었지만, 지금 저같이 머리가 허옇게 세어 오기 시작했습니다."

"그러면 언니는 돌아가셨습니까?"

"언니는 바로 두 해 전에 죽었습니다. 제가 말하려는 것은 언니의 죽음입니다. 방금 말씀한 바와 같은 생활을 해 왔기 때문에 우리에게는 같은 나이 또래의 친구가 없었습니다. 호노리아 웨스트펠이라는 결혼하지 않은 이모가 한 분 해로우언더힐 근처에 사십니다. 저희들은 때때로 이모댁에 잠시 다녀오는 것을 허락받을 뿐입니다. 줄리아는 2년 전 크리스마스 때, 이모댁에 갔다가 우연히 휴직중인 해군 소령을 만나서 약혼을 하였습니다. 의붓아버지는 언니가 돌아온 뒤에 약혼했다는 말을 듣고 반대하지는 않았습니다. 그러나 결혼식을 2주 가량 앞두고, 무서운 일이 생겨서 제 하나밖에 없는 언니를 빼앗아갔습니다."

홈즈는 의자에 기대앉아서 눈을 감고 머리를 방석에다가 파묻고 있더니, 다시 눈을 반쯤 뜨고 우리의 방문객을 바라보았다.

"세부까지 자세하게 말씀해 주십시오."

"그 무서운 시각에 일어났던 일은 제 머릿속에 새겨져 있으므로 저는 자세히 이야기할 수 있습니다. 저택은 말씀드린 것같이 아주 낡았고, 지금은 한쪽 날개 부분에서만 살고 있습니다. 날개쪽에 있는 침실은 모두 아래층에 있고, 거실은 가운데 건물에 있습니다. 침실이 죽 나란히 있는데 첫 번째가 의붓아버지 방, 그 다음이 줄리아 방, 그리고 다음이 제 방이었습니다. 방 셋은 직접 드나드는 문이 없지만, 똑같이 복도로 문이 나 있습니다. 알아들으실 수 있습니까?"

"잘 알겠습니다."

"그리고 세 방의 창들이 모두 풀밭을 향해 나 있습니다. 그날 밤은 의붓아버지가 일찍 침실로 들어갔습니다. 그가 늘 피우는 강렬한 인도담배 냄새 때문에 언니는 퍽 괴로웠기 때문에 그가 자려고 들어간 것이 아니라는 것을 우리들은 알았습니다. 그래서 언니는 자기 침실에서 나와서 제 방으로 왔습니다. 언니는 퍽 오랫동안 제 방에 앉아서 얼마 안 남은 결혼이야기를 하였습니다. 11시가 되어서 언니는 자리에서 일어나 방을 나가다가 문턱에 서서 저를 돌아다보았습니다.

'헬렌, 너 밤중에 누가 휘파람 부는 것을 들었니?'

'아니, 못 들었는데.'

'자면서 휘파람을 불 수는 없겠지?'

'그럼. 그런데 왜 그래?'

'나는 요즘 한 사나흘쩨 밤 3시쯤 되면 분명하게 낮은 휘파람 소리를 듣는단다. 나는 잠귀가 밝아서 그 소리에 곧 깨거든. 그 휘파람 소리가 어디서 나는지 모르겠어. 옆방에서 나는지, 또는 풀밭에서 나는지 모르겠어. 너도 그런 소리를 들었는지 알아보려고 그러는 거야.'

'아니, 나는 못 들었어. 아마 풀밭에 있는 집시들 짓이겠지.'
'그럴까? 하지만 풀밭에서 나면 네가 어째 못 들었을까?'
'나는 잠귀가 어두워서 그렇지.'
'뭐, 그까짓 것은 대단하지 않은 일이니까.'
줄리아는 나를 돌아보고는 웃으면서 문을 닫고 갔습니다. 그리고 몇 분 뒤에 문을 잠그는 소리가 들렸습니다."
"그랬습니까. 그런데 밤에 문을 잠그고 자는 것이 당신네들의 습관입니까?"
"그렇습니다."
"왜 그럽니까?"
"의붓아버지가 짐승들을 기른다고 말씀드렸지요? 문을 잠그지 않으면 마음이 놓이지 않습니다."
"그렇겠군요, 이야기를 계속하십시오."
"그날 밤은 잠이 안 왔습니다. 닥쳐올 불행에 대한 막연한 예감이 들었던 것입니다. 기억하시겠지만 저와 언니는 쌍둥이입니다. 우리들이 얼마나 긴밀하게 연결되어 있는지 잘 아실 것입니다. 무서운 밤이었습니다. 밖에서는 바람이 사납게 불고, 비가 퍼부어서 창에 부딪쳤습니다. 비바람이 몰아치는 속에서 별안간 무서움에 떠는 여자의 외침이 들려 왔습니다. 저는 그것이 줄리아의 소리임을 알았습니다. 저는 자리에서 일어나서 숄을 걸치고 복도로 뛰어나갔습니다. 제가 제 방문을 열 때 언니가 말했던 휘파람 소리를 들은 것 같았습니다. 그리고 조금 뒤에 문고리가 떨어지는 것 같은 쨍경하는 쇳소리를 들었습니다. 복도로 뛰어가니 언니의 방문이 열려 있고, 문짝이 흔들거렸습니다. 저는 방 안에서 무엇이 뛰어나오지나 않나 하고 잔뜩 겁을 집어먹고 들여다보았습니다. 복도의 흐린 불빛으로 보니까, 언니가 문 앞에 서 있는데 얼굴이 무서움으로 파랗게 질린 채 손을 허우적거리면서 온몸이 술주정꾼같이 앞뒤로 휘청대고 있었습니다.

저는 달려가서 언니를 껴안았습니다. 그러나 그때에는 벌써 다리가 휘청거려 마룻바닥에 쓰러졌습니다. 언니는 끔찍한 고통을 겪는 사람같이 몸을 뒤틀고 손발을 무섭게 떨었습니다. 처음에 저는 언니가 저를 몰라보는 줄만 알았었습니다. 그런데 제가 머리를 수그리자 언니는 별안간 저에게 외쳤습니다. 잊혀지지 않는 소리로 '오, 하느님, 헬렌, 끈이었어. 얼룩진 끈이었어!' 하고 크게 외쳤습니다. 그리고 다른 말을 좀더 하려고 하는 것같이 손으로 아버지 방 쪽 허공을 가리켰지만 또 경련이 일어나서 말을 못했습니다. 저는 뛰어가서 아버지를 불렀습니다. 그러자 침실에서 잠옷을 입고 나오는 아버지를 만났습니다. 그가 언니 옆에 왔을 때 언니는 정신을 잃었습니다. 그는 언니의 목구멍에 브랜디를 흘려넣고 마을에 가서 의사를 불러왔으나 모든 것은 헛수고였습니다. 언니는 쓰러져서 정신을 차리지 못하고 그만 세상을 떠났습니다. 이것이 사랑하는 언니의 무서운 최후였습니다."

"잠깐만요. 그 휘파람 소리와 쇳소리는 확실합니까? 맹세할 수 있습니까?"

"시골 검시관이 심문할 때에 제게 그 점을 물었습니다. 제가 그 소리를 들었다는 사실은 강렬하게 남아 있었지만, 혹시 비바람 속의 허물어진 집에서 나온 소리를 잘못 들었는지도 알 수 없습니다."

"언니는 옷을 입었습니까?"

"아닙니다. 잠옷을 입었습니다. 오른손에는 타다 남은 성냥개비와 왼편에는 성냥갑이 있었습니다."

"그것은 언니가 불을 켜 가지고, 그 소동이 일어났을 때에 사방을 휘둘러본 것으로 대단히 중요한 점입니다. 그리고 검시관은 어떤 결론을 얻었습니까?"
"의붓아버지의 행동이 오랫동안 시골에서 유명했기 때문에 검시관은 대단히 신중하게 이 사건을 취급했습니다. 그러나 끝내 죽음의 원인에 대해서 만족한 확답을 얻지 못했습니다. 저의 증언은 문이 안쪽으로 잠겼었고, 창들은 안에서 쇠빗장으로 거는 옛날식 덧문으로 날마다 닫혀 있었다는 것이었습니다. 벽들도 꼼꼼히 조사해 보았지만 모두 속이 비어 있지 않고 차 있었으며, 마룻바닥도 역시 마찬가지였습니다. 굴뚝이 넓었으나 큰 못이 네 개나 가로박혀 있습니다. 그 때문에 언니가 혼자서 그 참변을 당한 것이 확실해졌습니다. 더구나 몸에는 조금도 폭행을 당한 상처가 없었습니다."
"독약에 대해서는?"
"의사가 그것도 조사해 보았습니다. 그러나 찾아내지 못했습니다."
"그럼, 무엇 때문에 이 불행한 여인이 사망했다고 생각하십니까?"
"저는 단순한 공포심과, 신경과민 때문에 언니가 죽었다고 믿습니다. 언니가 무엇을 무서워했는지는 상상할 수 없지만."
"그때 풀밭에 집시들이 있었습니까?"
"네, 있었습니다. 거기는 언제든지 몇 사람씩 와 있었습니다."
"아, 그리고 그 끈——얼룩진 끈이란 말을 어떻게 생각하십니까?"
"어느 때는 그것이 정신착란 속에서 일어난 소리에 지나지 않는 것이라고 생각도 하고, 또 어느 때에는 어느 집단의 사람——즉 풀밭 속에 있는 그 집시들을 가리키지 않았나 하고도 생각했습니다. 집시들이 머리에 감고 다니는 점 있는 수건을 보고, 얼룩진 끈이라는 이상한 형용사를 썼는지도 모르겠습니다."
홈즈는 절대로 만족스럽지 않다는 듯이 머리를 흔들었다. 그리고 말하였다.

"이것은 중요한 문제입니다. 다음 이야기를 계속하십시오."
"그리고 2년이 지났습니다. 제 생활은 최근까지 퍽 고독했습니다. 그런데 한 달 전 오랜 남자친구가 저에게 결혼을 신청했습니다. 그의 이름은 퍼시 아미테이지인데, 레딩 근처의 크랜워터에 사는 아미테이지 씨의 둘째 아들입니다. 의붓아버지도 아무 반대가 없어서 올 봄에 결혼하기로 했습니다. 이틀 전부터 우리가 지금 살고 있는 집에 공사가 시작되어 제 침실 벽을 뚫어냈습니다. 그래서 저는 죽은 언니 방으로 옮겨와서 언니가 자던 그 침대에서 자게 되었습니다.

그런데 어젯밤에 혼이 났습니다. 잠이 깨어 언니가 당한 무서운 운명을 생각하고 있는데 별안간 한밤중의 고요 속에서 언니를 죽음으로 인도했던 나직한 휘파람 소리가 들려 왔습니다. 벌떡 일어나 램프불을 켜니까, 방 안에 아무것도 없었습니다. 마음이 산란해서 다시 잠을 이루지 못하고, 옷을 입고 일어나 있다가 날이 밝자 집을 빠져나와 크라운 여관 앞에서 마차를 빌려타고 레더헤드 정거장으로 달려와, 거기서 아침차로 선생님을 뵙고 의논하러 온 것입니다."
"잘 하셨습니다. 그런데 당신은 모든 것을 다 말씀하시지 않았습니다. 아버님을 두둔하고 계십니다."
"네? 무슨 말씀이세요?"
대답 대신 홈즈는 그 여자의 무릎 위에 놓인 손을 덮고 있는 검은 레이스를 벗겼다. 엄지손가락과 네 손가락의 자국인, 다섯 개의 분명한 검은 상처가 그녀의 흰 팔목에 나 있었다. 홈즈는 말하였다.
"당신은 지독하게 혹사당했습니다."
그 여자는 얼굴이 붉어져서 상처 입은 팔목을 가렸다.
"그는 우락부락한 양반이에요. 자기의 힘이 얼마나 억센지 몰라서 그래요."
그리고는 오랜 침묵이 이어졌다. 그 동안 홈즈는 손으로 턱을 고이고, 탁탁 튀는 불을 바라보았다. 그러다가 입을 열었다.
"이것은 실로 중대한 문제입니다. 우리들의 활동 방침을 결정하기 전에 자세히 조사해야 할 일이 퍽 많습니다. 그리고 또 일 분이라도 지체해서는 안 됩니다. 우리가 오늘 스톡 모란에 간다면, 당신 아버님이 눈치채지 않게 방들을 조사할 수 있습니까?"
"마침 아버지 말씀이, 오늘 무슨 긴급한 일 때문에 시내로 들어오신다고 그랬어요. 아마 온 종일 집에 없을 것입니다. 그이만 없으면 아무 방해도 없어요. 가정부가 하나 있지만 늙고 빙충맞아서 힘 안 들이고 내몰 수가 있습니다."
"잘되었습니다. 와트슨, 여보게, 잠깐 갔다 와도 괜찮겠나?"
"괜찮아."
"그럼, 둘이 가겠습니다. 그리고 이제 어떻게 하시렵니까?"
"시내에 들어왔으니, 한두 가지 볼일을 보고 정오차로 돌아가겠습니다. 그래야 선생님이 오시는 걸 맞을 수 있겠죠."
"오후에 곧 갈 테니 그렇게 아십시오. 저는 지금 끝내야 할 자질구레한 일들이 있습니다. 더 계시다가 아침을 드시고 가시지 않으시겠습니까?"
"아니에요. 곧 가야만 합니다. 선생님께 모두 말씀 여쭈었더니 속이 후련합니다. 그럼, 오후에 기다리고 있겠습니다."
그녀는 검고 두꺼운 베일을 얼굴에 다시 쓰고 방에서 빠져나갔다.
"와트슨, 자네 이 사건을 어떻게 생각하나?"
홈즈는 의자에 기대앉으면서 물었다.
"아주 무섭게 악질적인 사건으로 보이네."
"굉장히 음험하고 악질적이고말고!"

"그러나 만일 그 여자 말대로 마룻바닥과 벽들이 탄탄해서 별 이상이 없고, 문이나 창이나 굴뚝 같은 것이 밖에서 통할 수 없게 되어 있다면, 그녀의 언니는 괴상한 죽음을 당하였을 때에 정녕 혼자 있었을 것일세."

"그렇다면 밤중에 들린 휘파람 소리라든지 언니가 죽어가면서 말한 그 이상한 말은 어떻게 생각해야 하나?"

"어떻게 생각해야 좋을지 모르겠네."

"밤중에 휘파람 소리가 난 것과, 늙은 의사와 친밀한 집시들이 있다는 것과, 의사가 의붓딸의 결혼을 반대하는 데 이해관계를 가졌다고 믿을 수 있는 여러 가지 사실들과, 죽을 때 얼룩끈이라고 한 말과, 그리고 최후로 헬렌 양이 덧문을 잠그는 쇠빗장이 다시 이전 자리로 닫기는 것 같은 쇳소리를 들었다는 것, 이러한 모든 것들을 종합하여 생각할 때에 이 사건이 그쪽 방향으로 해결되지나 않나 하고 생각할 충분한 증거가 있다고 보네."

"그러면 집시들이 무슨 짓을 했단 말인가?"

"알 수 없어."

"나는 그런 의견에 대해서 무리가 많다고 보는데."

"나 역시 그렇기도 해. 오늘 우리가 스톡 모란에 가려는 것은 사실 그 때문이지. 반대 이유가 절대적인가, 또는 훌륭히 설명이 되는가를 가서 보려는 것이야. 그런데 대체 이게 웬일일까."

문이 별안간에 떠밀려 열리는 것을 보고 나의 친구는 이렇게 소리질렀다. 보니까 웬 거대한 몸집을 가진 사람이 문턱에 버티고 서 있었다. 그의 옷차림은 의사의 옷과 농부의 옷이 이상하게 뒤범벅된 복장이었다. 검은 실크햇을 쓰고, 긴 프록코트를 입고, 높이 올린 각반을 치고, 손에는 사냥꾼의 회초리를 들고 있었다. 키가 어찌나 큰지 모자가 문설주에 닿을락말락하고, 그의 입김이 문설주의 한쪽 옆에서 다른 쪽까지 교차하여 닿는 것 같았다. 주름살이 많이 잡히고 햇볕에 누렇게 탄 큰 얼굴은 흉악스러운 빛을 띠고 있는데, 그런 얼굴로 우리 둘을 번갈아 보고 있었다. 그의 쑥 들어간 눈과 높고 얇은 살 없는 코는 흡사 무서운 맹수 같았다.

"당신들 중의 어느 쪽이 홈즈요?"

귀신 같은 사람이 이렇게 물었다.

"내 이름이 홈즈요. 그런데 당신 이름은 무엇입니까?"

나의 친구는 이렇게 조용히 대답하였다.

"나는 스톡 모란에 사는 그림스비 로일로트 박사요."

"아, 그러십니까. 앉으십시오."

홈즈는 공손하게 말했다.

"그럴 필요 없소. 내 의붓딸이 여기 왔었죠? 내가 뒤를 따라왔소. 그애가 무슨 말을 했소?"

"철보다 날이 꽤 춥습니다."

"그애가 무슨 말을 했느냐니깐!"

늙은이는 사납게 소리쳤다.

"벚꽃이 잘 필 것 같다는 말을 합디다."

나의 친구는 태연히 대답을 계속하였다.

"허어, 당신이 나를 놀리는 거요."

새로 온 사람은 한 발자국 나서면서 회초리를 휘둘렀다.

"이 못된 친구, 나는 당신을 알고 있소. 나는 예전부터 당신 이야기를 들었소. 당신이 쓸데없는 일에 참견 잘 하는 홈즈란 자가 아니오?"

나의 친구는 웃었다.

"일 좋아하는 홈즈지요."

그리고 더 크게 웃었다.

"경찰국 끄나풀 홈즈지."
홈즈는 또다시 껄껄 웃었다.
"당신 말씀이 대단히 재밌군요. 나갈 때 문이나 꼭 닫으십시오. 바람이 몹시 부니까요."
"할 말 다한 뒤에 가겠소. 행여 우리 일에 참견마시오. 딸애가 여기 올 줄 알았소. 그래서 내가 따라왔소. 나한테 싸움 걸었다가는 큰코 다칠 거요! 이것 좀 보오!"
그는 재빨리 앞으로 다가와서, 부젓가락을 집더니 누렇게 큰 손으로 활같이 구부려 놓았다.
"내 손에 안 잡히도록 정신 차리슈!"
그는 이렇게 외치고, 휘어진 부젓가락을 화로에 내던진 뒤 성큼성큼 방에서 걸어나갔다. 홈즈는 웃으면서 말했다.
"퍽 단순한 친구로군! 나는 몸집은 크지 않지만, 그 친구가 좀더 있었더라면 내 손아귀 힘도 그만 못지 않다는 것을 보여 주었을 텐데!"
이렇게 말하면서 부젓가락을 집어서 잠깐 힘쓰더니 본래대로 펴놓았다.
"나를 경찰 끄타풀이라고 모욕하는 것을 생각해 보게. 이 일 때문에 우리는 이 사건에 더 힘을 쓰게 되었네. 걱정되는 것은 그 여자가 저 친구를 따라 오게 해서 무슨 화나 입지 않을까 하는 것일세. 자, 와트슨, 아침이나 먹세. 그런 뒤에 나는 의사 등기소에 가서 혹시 이 사건에 도움이 될지 모르니 무슨 자료를 구해 보겠네."
홈즈가 돌아온 것은 거의 1시나 되어서였다. 그는 글씨와 숫자를 아무렇게나 갈겨 쓴 푸른 종이 조각을 손에 들고 있었다. 그는 말하는 것이었다.
"나는 죽은 부인의 유언을 보았네. 그 가치를 좀더 똑똑히 알려고 그 재산의 현 시가를 계산하여 보았지. 부인이 죽었을 때에는 총수입이 1천 백 파운드 조금 모자랐었지만, 요즘은 농산물 가격이 떨어졌기 때문에 750파운드밖에 안 되더군. 딸이 결혼할 때엔 각각 250파운드의 수입을 청구할 테지. 그래서 두 딸이 다 결혼해 버리면 아까 그 친구는 얼마 안 되는 연금밖에 갖지 못 할거야. 딸이 하나만 시집가도 큰 타격을 받을 것이야. 오늘 아침 조사는 헛수고가 아니네. 그 친구가 딸들의 결혼에 대해서 방해를 놓을 강한 동기가 발견되었거든. 그런데 와트슨, 지금 우물쭈물할 때가 아닐세. 더구나 늙은 친구가 우리들이 이 사건에 관계하고 있는 것을 안 이상에는 말야. 자네 준비되었거든 차를 불러 타고 곧 워틸루 정거장으로 나가세. 주머니에 권총을 집어넣고 가면 고맙겠네. 무쇠 부젓가락을 구부리는 친구에게는 일리 2호가 알맞은 적수일 것일세. 그 권총하고 칫솔을 가지고 가면 좋을 것일세."

워틸루 역에서 우리는 운좋게 레더해드로 가는 기차를 탔다. 차에서 내려서 정거장에 있는 여관에 가서 마차를 불러 아름다운 서리 길로 4, 5마일 달렸다. 하늘에는 태양이 밝고 구름이 조금 떠 있는 좋은 날씨였다. 나무와 길가 울타리에는 이제 처음 푸른 싹이 나오고 있었다. 공기는 습한 땅의 상쾌한 냄새를 갖고 있었다. 봄의 아름다운 기대와 지금 우리가 하고 있는 좋지 못한 일 사이에는 기묘한 대조가 느껴졌다. 나의 친구는 마차 앞에 앉아서 팔짱을 끼고 모자를 눈 밑까지 숙여 쓰고 턱을 가슴속에 파묻고는 깊은 생각에 잠겨 있었다. 그런데 별안간 벌떡 일어나서 내 어깨를 치면서 풀밭을 가리켰다.

"저기를 보게!"

짙은 수풀에 싸인 풀밭이 느린 경사를 이루고 올라가서 맨 끝은 작은 삼림이 되었다. 나뭇가지 사이로 낡은 지붕과 대들보가 두드러져 보였다.

"저기가 스톡 모란이오?"

그는 마부에게 물었다.

"네, 저것이 그림스비 로일로트 박사의 집일 겁니다."

마부는 대답하였다.

"저기 저, 집을 짓는 데가 있지 않소, 거기가 우리들이 가는 데요."

"저기가 마을입니다." 하고 마부는 왼쪽으로 얼마 떨어진 지붕들을 가리키면서 말하였다.

"그렇지만 그 집에 가시려면 이 언덕을 넘어서 들길로 가시는 것이 빠르실 겁니다. 저기, 저 부인이 가는 길 말입니다."

홈즈는 손으로 볕을 가리고 보면서 말하였다.

"저 여자가 스토너 양이로군. 그럽시다. 당신 말대로 하는 것이 좋겠소이다."

우리들은 내려서 마차삯을 치렀다. 마차는 다시 덜그럭거리면서 오던 길로 돌아갔다. 홈즈는 언덕을 오르면서 말하였다.

"나는 마부가 우리들이 건축가나 다른 확실한 일 때문에 온 것으로 생각하도록 하였단 말야. 그래야 소문이 퍼지지 않거든. 스토너 양, 안녕하세요. 약속대로 우리들이 왔습니다."

아침에 만난 이 여인은 기쁨에 넘치는 얼굴로 우리를 맞이하러 급히 앞으로 걸어왔다.

"두 분을 퍽 기다렸습니다."

그녀는 우리들과 악수하면서 이렇게 말하였다.

"모든 일이 다 잘 되었습니다. 로일로트 박사는 시내에 들어가서 저녁 전까지는 돌아오지 않을 것 같습니다."

"우리들은 박사를 만나뵈었습니다."

이렇게 말하고 홈즈는 간단히 일어난 일을 그림 그리듯 설명하였다. 스토너 양은 그 이야기를 듣자 입술까지 하얘졌다.
"저걸 어째! 그럼, 저를 뒤따라온 거로군요."
"그렇게 생각됩니다."
"그는 어찌나 음흉한지, 그의 감시를 받지 않을 때가 없어요. 이제 돌아오면 뭐라고 할까요?"
"아, 정신을 바짝 차리겠지요. 자기보다 더 영악한 사람이 자기 뒤를 따라다니는 걸 알 테니까 말이오. 오늘밤에는 그가 못 들어오게 방 안에 꼭 들어앉아 계십시오. 만일 그가 무슨 폭행을 가할 것 같으면 우리들은 당신을 해로우언더힐에 있는 이모댁으로 모셔다 드리지요. 자, 우리는 시간을 유용하게 써야겠는데, 빨리 조사해야 할 방들을 보여 주십시오."
그 건물은 잿빛의 이끼 낀 돌로 되어 있었다. 높은 중앙부가 있고 그 양 옆으로 두 채의 구부러진 날개가 마치 게발처럼 삐죽이 나와 있었다. 한쪽은 유리창이 깨져서 나무 널판으로 막아놓은 한편, 지붕도 부분적으로 내려앉아서 폐가 같은 광경이었다. 가운데 건물은 조금 낫게 고쳐져 있었다.
그러나 오른편 건물은 비교적 신식이고, 창에는 덧창까지 있는 데다 굴뚝에서 올라오는 푸른 연기로 보아 사람이 살고 있음을 알게 했다. 사다리를 벽에 기대어 세워 놓았고, 돌 벽에다가 구멍을 팠지만 우리가 갔을 때에는 어떤 장식의 흔적도 없었다. 홈즈는 잘 가꾸지 않은 풀밭을 오르락내리락하면서, 주의깊게 유리창 바깥을 조사하였다.
"이 방이 당신이 늘 잠자는 방이고, 가운데가 언니, 가운뎃방에서 바로 다음이 아버님의 방이지요?"
"맞았습니다. 그러나 나는 지금 가운뎃방에서 자고 있습니다."

"고칠 동안만이라고 그러셨지요. 그런데 저 맨 끝방을 뜯어고쳐야 만 할 시급한 이유는 없는 것 같은데요."
"그렇습니다. 저를 다른 방으로 옮기게 할 핑계 같아요."
"아, 그 말씀이 퍽 암시적입니다. 그리고 저쪽에 세 방문이 열린 복도가 있단 말이죠. 방마다 창들이 있겠죠, 물론?"
"네, 작은 창들이 있습니다. 그러나 좁아서 아무도 못 드나듭니다."
"당신이 밤에 문을 걸고 들어가 계시면, 아무도 밖에서 들어올 수 없다는 거죠. 자, 이제 당신 방 쪽으로 가서 덧문을 닫아 봅시다."
스토너 양은 그렇게 했다. 홈즈는 열어젖힌 창을 통해서 자세히 조사하고 여러 가지 방법으로 덧문을 열려고 했으나 도저히 열리지 않았다. 빗장을 벗기기 위하여 칼날 하나도 들어갈 수 없었다. 현미경을 꺼내서 경첩을 조사해 보았으나 단단한 쇠로 만들어 돌 속에 튼튼하게 박혀 있었다. 홈즈는 당황하여 턱을 긁으면서 말했다.
"흠, 내 생각이 어째 잘 안 맞는군. 빗장만 질러 놓으면 아무도 못 들어가겠는걸. 그러면 안쪽에서 무슨 좋은 단서가 나타나는지 볼까."
작은 문 옆으로 해서 흰 칠을 한 복도로 들어갔다. 홈즈는 셋째 방은 조사하려고 하지 않았으므로 우리들은 곧장 두 번째 방으로 들어갔다. 지금은 스토너 양이 자고 있고 그 전에는 그녀의 언니가 최후를 마친 방이었다. 평범한 작은 방으로 천장은 낮고 벽난로가 입을 벌리고 있는, 모든 것이 오래된 시골집 그대로였다. 한모퉁이엔 갈색 옷장이 있고, 또 한쪽에는 흰 시트를 씌운 좁은 침대가 놓였고, 창의 왼편에는 화장대가 놓여 있었다. 한가운데 깔려 있는 월톤 양탄자 한 장을 제외하면 두 개의 고리버들 의자와 함께 이 물건들이 방 안에 있는 가구 전부였다. 주위의 마루판과 담벼락은 모두 벌레먹은 갈색

참나무인데, 어찌나 오래되고 퇴색되었던지 집을 지을 때부터 그대로 붙어 있는 것 같았다.

홈즈는 한편 구석에서 의자를 끌어내어 잠자코 앉았다. 그러나 그의 눈은 사방과 아래위를 훑어보면서 방 안의 모든 부분을 세밀하게 검사하고 있었다.

"저 벨은 어디로 통합니까?"

홈즈는 마침내 침대 옆으로 늘어져 있는 굵은 벨 줄을 가리키면서 물었다. 줄이 베개 위에 닿아 있었다.

"가정부 방으로 통하게 되어 있습니다."

"그 줄은 다른 것보다 비교적 새 것 같습니다."

"네, 두 해밖에 안 되었습니다."

"언니가 만들어 달라고 그랬습니까?"

"아니에요. 언니가 그것을 쓴다는 이야기는 들은 일이 없어요. 우리는 필요한 것이 있으면 우리가 직접 가져오는걸요."

"그러니 거기다가 새로 좋은 벨 줄을 맬 필요가 없겠구먼. 마룻바닥을 조사할 테니 몇 분 동안만 용서하십시오."

그는 손에 돋보기를 들고 마룻바닥에 엎드려서, 마루 널빤지 사이의 벌어진 틈을 자세히 살피면서 앞뒤로 재빠르게 기어다녔다. 그리고 방 아래 굽도리를 한 널빤지도 똑같이 조사하였다. 나중에 침대로 와서 한참 동안 침대를 바라보았다. 그리고는 벽을 아래위로 오르락내리락 훑어보았다. 나중에 벨을 맨 줄을 잡아 가지고 힘껏 잡아당겼다.

"웬일일까? 소리가 안 나다니 이상하군!"

"소리가 나지 않나요?"

"아니오, 이 끈은 철줄에도 닿아 있지 않습니다. 퍽 흥미롭군요. 자, 이걸 보세요. 이 줄이 저 위에 있는 작은 구멍 위에 박힌 못에

매어져 있습니다."
"어머나, 웬일일까요. 전 도무지 모르고 지냈어요."
홈즈는 또다시 줄을 잡아당기면서 중얼거렸다.
"이상한걸! 이 방에 대해서는 한두 가지 퍽 이상한 점이 있습니다. 어떤 멍청한 건축가가 다른 방으로 통하는 통기 구멍을 만듭니까? 같은 힘을 들이면 바깥으로 통하는 구멍을 뚫을 수 있는데."
"그 구멍은 뚫은 지 얼마 안 돼요."
여자는 이렇게 대답하였다.
"벨 줄을 달 때 같이 뚫었겠지요?"
홈즈가 물었다.
"네, 그때 몇 가지 고쳤답니다."
"대단히 재미있습니다. 벙어리 벨 줄과 통기하지 않는 통기 구멍! 그러면 스토너 양, 좀더 안쪽 방으로 들어가 볼까요."
그림스비 로일로트의 방은 딸의 방보다는 컸지만, 똑같이 간단하게 장식되어 있었다. 접이식 침대와, 전문서적이 가득 찬 작은 나무 선반과, 벽에 기대어 놓은 평범한 나무의자, 침대 옆에 있는 안락의자, 둥근 탁자, 그리고 큰 금고가 우리들의 눈에 띈 주요한 물건들이었다. 홈즈는 천천히 돌아다니면서, 이것들을 모두 날카로운 관심을 가지고 검사하였다.
"이 속에 무엇이 들었습니까?"
홈즈는 금고를 툭툭 치면서 물었다.
"의붓아버지의 서류들이에요."
"그럼, 안을 보신 일이 있군요."
"몇 해 전에 꼭 한 번 보았어요. 종이가 가득 차 있었던 것 같아요."
"그럼, 고양이 같은 것은 없습니까?"

"아니오, 왜 그런 이상한 말씀을 하세요?"
"그럼, 이걸 보십시오."
홈즈는 금고 위에 놓인 작은 우유 접시를 들어올렸다.
"아니에요. 고양이는 안 길러요. 바깥에서 큰 표범들은 기르죠."
"아, 네, 압니다. 표범은 큰 고양이가 아닙니까. 그러나 이런 접시에 든 우유로는 표범의 양이 차지 않을 것입니다. 마지막으로 결정해야 할 한 가지 문제가 남았습니다."
그러면서 나무의자 앞으로 가서 허리를 구부리고 앉는 자리를 주의 깊게 조사하였다.
"고맙습니다. 이제 다 끝났습니다."
홈즈는 일어나면서 돋보기를 주머니 속에 넣었다.
"여보게, 여기 재미있는 게 있네."
그가 보고 있는 것은 침대 모서리에 걸린 작은 채찍이었다. 그 채찍은 저절로 말려져서 둥그렇게 되어 있었다.
"와트슨, 자네 이것을 무엇으로 보나?"
"뭐, 흔히 있는 채찍이지. 그런데 왜 말려져 있을까?"
"그게 이상한 점이거든. 응, 알겠나? 아, 참, 고약한 세상이야. 영리한 사람이 나쁜 데 머리를 쓰면 더 악질이거든. 자, 스토너 양, 이제 충분히 보았다고 생각되니까, 바깥 풀밭으로 나갈까요."
나는 일찍이 내 친구 얼굴이 그렇게 찡그려지거나 그의 이마가 그렇게 어두워져 있는 것을, 그가 이 방들을 검사하고 난 이외의 다른 어떤 곳에서도 보지 못하였다.
우리들은 풀밭을 몇 번이나 오르락내리락하였다. 그러나 홈즈가 상념에서 깨어날 때까지 나도 스토너 양도 그의 사색을 깨뜨리려고 하지 않았다.
마침내 홈즈가 말하였다.

"스토너 양, 지금은 대단히 중요한 때이니까 모든 점에 있어서 절대로 제 말을 들으셔야 합니다."
"네, 틀림없이 그렇게 하겠습니다."
"일은 조금도 지체할 수 없이 급박해졌습니다. 당신의 목숨은 당신의 순종 여하에 달렸습니다."
"네, 무엇이든지 하라시는 대로 하겠습니다."
"첫째로 나와 내 친구가 오늘밤 당신 방에서 지내야겠습니다."
나와 스토너 양은 놀라서 그를 쳐다보았다.
"네, 꼭 그렇게 해야 합니다. 자, 설명하지요. 저 건너에 마을 여인숙이 있겠죠?"
"네, 크라운이라는 집이 있습니다."
"좋습니다. 당신 방 창이 거기서 보입니까?"
"보입니다."
"당신 의붓아버지가 돌아오거든 머리가 아프다고 핑계대고 방에 들어가 계십시오. 그리고 당신 의붓아버지가 자려고 방으로 들어가거든, 곧 바깥 창 덧문을 열고 빗장을 벗겨, 우리에게 신호하는 뜻으로 램프를 창 앞에 놓으십시오. 그리고는 지금 방에서 주무시는 데 필요한 물건을 가지고 그전 방으로 가주십시오. 그 방을 수리 중이지만, 하룻밤쯤은 어떻게 지낼 수 있겠지요."
"네, 있고말고요. 됩니다."
"그 뒷일은 우리들에게 맡기십시오."
"그럼, 어떻게 하실 건가요?"
"우리들은 당신 방에서 자면서, 당신을 불안하게 한 소리가 무엇인지 그 원인을 조사하려고 하는 것입니다."
"선생님, 벌써 대책이 다 서신 모양이시지요?"
스토너 양은 내 친구 무릎 위에 손을 놓으면서 말하였다.

"네, 그런 것 같습니다."
"그럼, 제발 저한테 어째서 제 언니가 죽었는지 말씀해 주세요."
"말씀드리기 전에 먼저 확실한 증거를 얻어야겠습니다."
"언니가 별안간 놀라서 죽었다는 제 추측이 정말 옳은지 그것만이라도 가르쳐 주세요."
"아니오, 그렇게 생각하지 않습니다. 아마 좀더 구체적인 원인이 있을 것입니다. 자, 그런데, 우리는 그만 떠나겠습니다. 만일 로일로트 씨가 돌아와서 우리를 보면 이번 일은 낭패입니다. 그럼, 용기를 내고 잘 계십시오. 제 말씀대로 하시면 당신을 괴롭힌 모든 위험을 몰아낼 수 있을 테니 마음놓으십시오."

홈즈와 나는 크라운 여관에 가서 힘들지 않게 침실 하나와 거실 하나를 얻었다.

그 방들은 위층에 있어서 창문으로 그집 바깥 대문과 스톡 모란 집 근처의 지금 살고 있는 집을 환히 내다 볼 수 있었다.

저녁때가 되어 우리들은 로일로트가 마차를 타고 지나가는 것을 보았다. 커다란 몸집이 옆에 앉은 작은 마부를 압도하였다. 마부가 무거운 쇠문을 여는 데 잘못하여 시간이 걸리자, 로일로트가 소리지르면서 마부를 향해 주먹을 휘두르는 모습이 보였다.

마차는 가버리고 몇 분 뒤에, 방 하나에 불이 켜져 나무 사이로 그 불빛이 보였다.

우리들이 깊어가는 어둠 속에 앉아 있을 때 홈즈가 말하였다.
"여보게, 와트슨, 오늘밤에는 어쩐지 자네를 데리고 가기가 퍽 꺼려지네. 위험할 게 분명해."
"내가 자네 도움이 될 수 있겠나?"
"자네가 더할 나위 없이 필요하기는 하지만."
"그럼, 꼭 가야지."

"미안하네."
"자네, 위험하다고 말했지? 그 방에서 내가 본 것보다 자네는 훨씬 많이 봤을 테니……"
"아냐, 그저 좀더 추측했을 뿐이야. 자네도 내가 본 대로 보았을 테니까."
"나는 벨 줄밖에 이상한 것을 못 보았네. 그러나 무슨 까닭에 그런 줄을 매었는지는 알 수 없었네."
"자네 통기 구멍도 봤나?"
"봤어. 그러나 두 방 사이에 작은 구멍을 뚫은 것이 뭐 그리 수상하다고는 보지 않았네. 겨우 쥐나 들락날락할 작은 구멍이던걸."
"나는 스톡 모란에 오기 전부터 통기 구멍이 있으리라고 생각했다네."
"정말인가?"
"그럼, 정말이고말고. 자네, 그 여자의 말에서 자기 언니가 닥터의 담배 냄새를 맡을 수 있었다는 것을 기억하겠지. 그것이 그 두 방 사이에 반드시 무슨 구멍이 있으리라는 것을 암시했네. 그것은 퍽 작은 구멍일 것일세. 그렇지 않으면 검시관의 조사 때 드러났을 것이 아닌가. 그래, 나는 통기 구멍일 것이라고 추측했다네."
"그러나 그런 게 있다고 해서 해로울 게 뭐가 있겠나?"
"하지만 적어도 거기에는 날짜의 우연한 일치가 있었네. 통기 구멍이 뚫리고, 줄이 매어지자 침대에서 자던 여자가 죽었네. 자네는 아무것도 느껴지는 게 없나?"
"나는 도무지 무슨 관련이 있는지 모르겠는데."
"침대에서 무슨 이상한 것을 보지 못했나?"
"아니."
"침대가 마룻바닥에 못으로 박혀 있더군. 자네, 그렇게 못으로 움직이지 못하게 박혀 있는 침대를 봤나?"

"못 봤는데."

"그 여인은 침대를 움직일 수 없었던 거야. 침대는 항상 통기 구멍과 줄에 대해서 똑같은 상대적 위치를 가지고 있거든. 줄이래야 사실인즉 벨 줄도 아무것도 아니지만."

"홈즈, 나는 이제 자네가 무엇을 노리고 있는지 희미하게나마 알 수 있네. 우리는 아주 교묘하고 무서운 범죄를 예방하는 데 마침 알맞게 온 거로군."

"교묘하고말고, 무섭고말고. 의사가 나쁜 짓을 하면 제일 흉악한 범인이 되거든. 담력도 있고, 지식도 있으니까 말야. 옛날 파머나 프리처드가 다 그 방면의 두목이 아니었나. 이 친구는 더 교묘하거든. 그러나 와트슨, 우리는 좀더 교묘하게 맞설 수가 있네. 이제 우리는 밤이 새기 전에 무서운 일을 당할 걸세. 하느님 덕분에 조용하게 한 대 피우고, 몇 시간 동안 지독한 일에 마음을 돌리세."

9시 가량 해서 나무 틈으로 보이던 등잔불이 꺼지고, 가운데 건물 쪽은 전혀 암흑이었다. 2시간이 느리게 지난 뒤에 11시를 치자 별안간 우리 바로 앞으로 한 줄기 밝은 빛이 비쳐 나왔다.

홈즈는 일어서면서 말하였다.

"저게 우리 신호로군. 가운뎃방 창에서 비치지 않나?"

우리가 나갈 때 홈즈는 주인과 몇 마디를 나누었다. 우리는 친구를 늦게 방문하러 가는데 어쩌면 거기서 밤을 지내고 올는지도 모르겠다고 말하였다.

잠시 뒤에 우리는 어두운 길로 나섰다. 찬바람은 우리의 얼굴을 스치고 한 개의 누런 불빛이 어둠을 뚫고 우리 앞에서 반짝이며 우리를 기분 나쁜 목적을 향해 인도하였다. 헐어진 담에 수리하지 않은 부분이 입을 벌리고 있었으므로, 집 안뜰로 들어가는 데 별로 힘들지는 않았다. 나무 사이를 걸어서 풀밭에 이르러 다시 풀밭을 건너 창을 넘어 들어가려고 하는데, 월계나무 속으로부터 소름끼치고 뒤틀린 아이 같은 것이 튀어나와서 비비꼬인 다리로 풀밭에 넘어지더니 다시 풀밭을 지나 어둠 속으로 사라져 버렸다.

"저런! 자네, 보았나?"

나는 속삭였다.

홈즈는 잠시 동안 나만큼이나 놀란 모양이었다. 그는 흥분해서 내 팔목을 무섭게 꼭 쥐었다. 그리고는 낮게 웃으면서 내 귀에 입을 대었다.

"아름다운 이집 식구일세. 표범이야."

나는 로일로트가 귀여워하는 이상스런 동물들을 잊고 있었다. 그밖에 다른 짐승도 있었다. 언제 우리 어깨 위에 이것들이 달라붙을지 모른다. 나는 고백하거니와 홈즈가 하는 대로 따라서 신발을 벗고 침실에 들어간 뒤에야 비로소 안심을 했다. 모든 것은 우리가 낮에 보던 바와 같았다. 홈즈는 내게로 기어와서 손을 나팔같이 해 가지고 내 귀에다 속삭였다. 어찌나 소리가 작던지 내가 알아들을 수 있는 것은 다음의 몇 마디뿐이었다.

"조금이라도 소리를 내면 우리 계획은 실패일세."

나는 알아들었다는 표시로 고개를 끄덕였다.

"우리 불 끄고 앉아 있으세. 통기 구멍으로 볼지도 모르니까."

나는 또 고개를 끄덕였다.

"잠들지 말게. 잠들면 생명이 위험할지도 모르네. 필요할 때 곧 쓸 수 있도록 권총을 재 두게. 나는 침대 모서리에 앉았을 테니, 자네는 저 의자에 앉아 있게."

나는 권총을 꺼내서 책상 모퉁이에 놓았다.

홈즈는 긴 지팡이를 가지고 와서 그것을 침대 위 자기 옆에 놓았다. 또 그 옆에 성냥갑과 타고 남은 초를 놓았다. 그리고 나서는 램프를 끄고, 어둠 속에 앉아 있었다.

어떻게 내가 그 무서운 밤의 일을 잊을 수 있으랴. 아무런 소리도 들을 수 없었다. 숨소리조차 들을 수 없었다. 그러면서도 나는 내가 앉은 자리로부터 몇 발자국 안 되는 곳에서 나의 친구가 눈을 크게 뜨고 나처럼 신경을 곤두세우면서 앉아 있는 것을 알 수 있었다. 덧문은 불빛 한 줄 못 들어오게 되었다. 우리들은 완전한 어둠 속에서 기다리고 있었다. 바깥에서는 때때로 밤새 소리가 들리고 한 번은 유리창 근처에서 길게 뽑는 고양이 같은 울음소리도 들렸다. 그것은 표범이 뛰어다니는 것을 말하는 것이었다. 멀리서 15분마다 울리는 교회 시계의 은은한 소리를 들을 수 있었다. 그 15분이 얼마나 길게 들렸던가. 12시가 되고 1시, 2시…… 우리들은 무슨 일이든지 빨리 일어나기를 기다리면서 묵묵히 앉아 있었다.

별안간 통기 구멍 쪽에서 순간적으로 불빛이 번쩍했다. 그러나 곧 꺼지고, 다음으로 기름 끓는 냄새와 불에 단 쇠냄새가 났다. 옆방에서 누가 랜턴을 켰다. 나는 사람이 움직이는 조용한 소리를 들을 수 있었다. 그리고는 모든 것이 다시 고요해졌다. 다만 그 냄새만이 더 심해질 뿐이었다. 반 시간 동안 나는 귀를 기울이고 앉아 있었다. 그러자 별안간 새 소리가 들렸다. 작고 부드러운 소리, 마치 주전자에서 수증기가 뻗쳐오르는 소리 같았다. 우리가 이 소리를 들은 순간 홈즈는 침대에서 뛰어 일어나서 성냥불을 켜고 지팡이로 무섭게 벨 줄을 쳤다.

"자네 봤나, 와트슨? 응, 봤나!"

그는 소리쳤다.

그러나 나는 아무것도 보지 못했다. 홈즈가 성냥을 켤 때 나는 분명히 낮고 또렷한 휘파람 소리를 들었다. 그러나 별안간 불빛이 어리둥절한 눈에 들어왔으므로 홈즈가 무엇을 그렇게 난폭하게 때리는지 알지 못했다. 나는 다만 그의 얼굴이 무섭도록 파랗게 질리고 두려움과 혐오로 가득 차 있는 것을 볼 수 있었다.

그는 때리기를 그치고 통기 구멍을 바라보았다. 그때 별안간 밤의 정적을 뚫고, 일찍이 들어본 적이 없는 무서운 외침 소리가 터져나왔다. 그 소리는 점점 커졌다. 그 소리는 고통과 무서움과 노여움이, 커다란 외침 속에 섞여 있는 그런 쉰 목소리였다. 나중에 알게 된 것이지만 마을에서 멀리 떨어진 곳까지 이 소리가 들려 잠자는 사람들을 깨웠다고 한다. 그 소리는 간담을 서늘하게 하였다. 나는 다만 홈즈를 바라보고 그도 나를 바라볼 뿐이었다. 마침내 그 소리도 멎고 다시 정적에 감싸였다.

"무슨 소리일까?"

나는 숨을 헐떡이며 물었다.

"다 끝났네. 아마도 가장 좋은 결말일 걸세. 권총을 들고 로일로트의 방으로 가세."

홈즈는 심상치 않은 얼굴로 램프를 켜 들고, 복도로 나섰다. 그가 두 번 문을 노크했으나 안에서는 아무런 대답도 없었다. 그래서 홈즈는 손잡이를 돌리고 들어갔다. 나는 총알을 잰 권총을 들고 뒤를 따랐다.

눈에 보이는 것은 이상한 광경이었다.

탁자 위에는 셔터가 반쯤 닫힌 랜턴이 놓여 있는데 거기서 나오는 불빛이 방긋이 열린 금고 속을 비치고 있었다. 탁자 옆 나무의자에 로일로트가 앉아 있었다. 그는 기다란 회색 잠옷을 입고, 발뒤꿈치가 툭 삐져나온 뒤축 없는 붉은 슬리퍼를 신고 있었다. 그 무릎 위에는 낮에 우리들이 본 기다란 채찍이 붙은 짧은 나무 자루가 놓여 있었다. 턱을 위로 쳐들고, 눈은 무섭게 흘긴 채 천장 모퉁이를 노려보고

있었다. 이마 언저리에는 이상한 누런 끈나풀이 머리를 꼭 동여맨 것 같이 감겨 있었다. 우리가 들어갔는데도, 그는 소리도 없었고 동작도 없었다.

"끈이야! 얼룩끈이야!"

홈즈는 중얼거렸다.

나는 한 발자국 내디뎠다. 그 순간 그 이상한 머리 장식이 움직이기 시작하면서 로일로트의 머리에서 평평한 다이아몬드처럼 생긴 대가리와, 흉측하게 툭 불거진 뱀 모가지를 번쩍 들었다. 홈즈는 소리쳤다.

"습지에 있는 독사야. 인도에 있는 제일 무서운 뱀이지. 저자는 물린 지 10초만에 죽었어. 정말로 나쁜 짓은 나쁜 짓을 한 자에게 돌아가거든. 남을 해치려고 함정을 판 자가 도리어 그 함정 속에 빠진단 말야. 자, 이 놈을 제 집에 다시 넣고, 스토너 양을 다른 조용한 곳으로 옮기게 한 다음에, 경찰서에 사실을 알리세."

그는 말하면서 죽은 사람의 무릎에서 채찍을 집어서 뱀의 모가지 가장자리로 둥근 갈구리를 던졌다. 이렇게 하여 그 무서운 뱀을 자리에서 움직이게 하여 팔을 펼쳐 금고 안으로 집어놓고 문을 닫아 버렸다.

이상이, 스톡 모란의 그림스비 로일로트가 죽은 진상이다. 우리들이 무서움에 떨고 있는 스토너 양에게 어떻게 이 슬픈 소식을 알려주었다든지, 또 우리들이 그녀를 새벽 차로 해로우언더힐에 있는 이모집으로 어떻게 보냈는지, 또는 시간을 끌면서 경찰서 조사가 박사의 죽음이 위험한 동물을 부주의하여 다루었기 때문에 온 것이라는 결론에 어떻게 도달하였는지는, 이미 이야기가 길어졌으니 더 길게 늘어놓을 필요가 없을 것이다. 사건에 대해서 내가 알고 싶은 나머지 작은 일들은 홈즈가 다음날 돌아오는 기차 안에서 이야기해 주었다.

"와트슨, 나는 처음에 전혀 잘못된 결론에 도달하였네. 그것은 불충분한 재료를 가지고 추측하는 것이 얼마나 위험한가를 가르쳐주는 것이야. 집시들이 있었다는 것, 불쌍한 여자가 말한 '끈'이라는 말, 그 말은 성냥불빛으로 급하게 본, 그곳에 나타난 물건을 의미하는 것인데, 이것들은 나에게 완전히 잘못된 광경을 상상하게 하는 데 충분했네. 그러나 방 안에 있는 사람한테 위해를 가하려면 창으로나 문으로는 도저히 들어올 수 없다는 것이 분명해지자 나는 즉시 그 생각을 고쳤는데, 이것이 말하자면 큰 공로였네. 자네도 본 바와 같이 나의 주의는 통기 구멍과 침대 위에 늘어선 벨줄로 신속하게 움직였네. 벨이 울리지 않는다는 것, 침대가 마룻바닥에 못박혀 붙어 있다는 것은 이 줄이 구멍을 통해서 침대까지 무엇을 통과시키는 통로가 되기 위하여 거기 달린 것이라는 의심을 갖게 했네. 그래서 뱀이란 생각이 떠오르고, 더구나 로일로트가 인도로부터 동물들을 얻어온다는 이야기를 함께 생각할 때에 올바른 방향으로 들어섰다는 생각을 갖게 되었네.

　화학적 실험으로 발견할 수 없는 독약을 쓴다는 생각은, 동양에 있었던 적이 있는 영리하고 잔인한 사람들이 생각해 내기 쉬운 일일세. 그 독이 급속히 효과를 나타낸다는 점도 그들에게 유리한 점일세. 독 있는 이빨이 문 자리를 가리키는 두 개의 검은 점은 진실로 날카로운 검시관이 아니고서는 발견할 수 없네. 그리고 나는 휘파람을 생각하였네. 물론 아침 햇빛으로 그 뱀이 피해자의 눈에 띄기 전에 다시 불러와야 할 것일세. 아마 우리들이 본 우유를 가지고, 그가 부를 때에 돌아오도록 훈련을 시켰을 것일세. 뱀이 줄을 타고 침대로 내려갔다는 확신을 했을 때에, 적당한 시기를 보아서 통기 구멍을 통해서 그 우유를 내밀었을 것일세. 뱀이 자는 사람을 물었거나 안 물었거나 한 주일 동안을 내내 피하는 일이 있다 하더라도 결국은 뱀의 희생이 되고야 말걸세.

　나는 방에 들어가기 전에 이런 결론을 가졌었네. 의자를 보았을 때에 나는 그가 통기 구멍에 닿기 위하여 그 위에 늘 일어서는 습관이 있는 것을 발견하였네. 금고가 있고 우유 접시가 있고, 채찍 굴레가 있는 것으로 보아 나머지 의문이 전부 다 풀렸네. 스토너 양이 들은 금속성의 소리는 박사가 급히 뱀을 금고 속에 넣고 문을 닫을 때에 난 소리일 것일세. 이렇게 한 번 마음이 정해지자 이 사건을 사실로 증명하기 위하여 취한 수단은 이미 자네가 다 아는 대로일세. 나는 뱀이 기어오는 소리를 듣고――자네도 그 소리를 들었겠지만――즉시 불을 켜서 그 뱀을 공격했네."

"그리하여 통기 구멍을 통해서 뱀을 쫓았군!"

"그 결과 저쪽 방에 있는 주인한테 달려들게 되었지. 내가 지팡이로 친 것에 화가 난 뱀이 맞닥뜨린 맨 처음 사람한테 화풀이를 한 셈이지. 그 점으로 보아서 로일로트의 죽음에 대해 나는 간접적으로 책임이 있네. 그러나 그것이 내 양심에 부담이 될 것 같지는 않으이."

기사의 엄지손가락

내가 셜록 홈즈와 친하게 지낸지는 이미 여러 해가 지났지만, 그 동안 그가 해결을 위탁받은 수많은 문제 가운데 내가 그를 끌어들인 것은 딱 두 번뿐이다. 해저리 씨의 엄지손가락 사건과 워버튼 대령의 광기(狂氣) 사건이 그것이다. 이들 두 가지 가운데, 두뇌가 날카롭고 독창성이 풍부한 관찰자에게는 후자가 활약할 보람이 있는 것이었을 게 틀림없지만, 전자는 전자대로 기괴한 발단으로 시작하여 극적인 전개를 나타낸 것이었기 때문에, 항상 빛나는 성과를 거두었던 그의 추리 방법에 안성맞춤인 재료를 제공하는 것은 아니었을지라도 기록에 남겨질 만한 자격은 더 많이 갖추고 있는 게 아닐까 생각한다.

이 이야기는 이미 한 번 이상 신문에 보도되었을 터이지만, 이와 같은 이야기가 대개 그러하듯 불과 반 단 정도의 신문 지면에 대략적인 표현으로 소개된 것으로서는, 온갖 사건이 사람들의 눈앞에 천천히 차례로 나타나고 하나가 새롭게 발견할 때마다 완전한 진실에 한 걸음씩 가까워지면서 그에 따라 조금씩 수수께끼가 밝혀져가는 경우와 비교하면 극히 감명이 적은 법이다. 그 무렵 나는 이 사건에 깊은 인상을 받았는데, 그후 2년의 세월이 지난 지금도 이 인상은 조금도 흐려지지 않았다.

내가 이제부터 짤막하게 이야기하려고 하는 사건이 일어난 것은 1889년 여름으로, 내가 결혼하고 얼마 안 된 무렵이었다. 결혼한 뒤로 다시 개업하게 되어 홈즈를 혼자 남겨 두고 베이커 거리의 옛 보금자리를 떠났지만, 그를 방문하는 일은 그만두지 않았고 때로는 그를 설득하여 그 자유분방한 생활 습관을 고치게 하여 우리 부부를 찾아오게끔 만들기도 했다. 나의 병원은 꾸준히 발전해 갔는데, 나는 파딘턴 역과 그리 멀지 않은 곳에 살았으므로 역무원들 가운데서 몇몇 환자를 맡아보기도 했다. 그 중에 오래 끌어 고통스러운 질병을 치료받은 한 사람은 내 실력을 선전하는데 지치지도 않고 조금이라도 그의 말을 들을 만한 환자는 모두 나에게 보내주기 위해 애쓰는 것이었다.

어느 날 아침, 7시 조금 전에 나는 하녀가 파딘턴 역에서 온 두 명의 사나이가 진찰실에서 기다리고 있다는 것을 알리기 위해 문을 노크하는 소리에 잠이 깨었다. 철도 사고로 오는 환자는 가벼운 증세가 드물었던 경험상 나는 급히 옷을 입고 내려갔다. 내려가 보았더니 나의 오랜 협력자인 예의 그 차장이 진찰실에서 나오며 뒤의 문을 꼭 닫았다.

"데리고 왔습니다요." 그가 엄지손가락으로 어깨 너머를 가리키면서 작은 목소리로 말했다. "이제 안심이군요."

"대체 무슨 일인가?" 그의 태도로 보아 나는 진찰실에 갇혀 있는 게 어쩐지 별난 녀석 같은 느낌이 들어서 이렇게 물었다.

"새로운 환자입지요"라고 그는 목소리를 조그맣게 낮추어 속삭였다. "제가 데리고 오는 편이 좋으리라고 생각해서 말입지요. 그러면 도중에 도망칠 염려는 절대로 없으니까요. 녀석은 별일 없이 건강하답니다요. 그럼 선생님, 실례합니다. 선생님이나 저나 할 일이 산더미같이 있으니까요."

그리고 나의 이 충실한 호객꾼은 내가 고맙다는 인사를 할 틈도 주지 않고 성큼 나가버렸다.

진찰실에 들어가 보았더니 한 신사가 책상 옆에 앉아 있었다. 색색으로 된 트위드 양복을 수수하게 입고 있으며 가벼운 천으로 된 모자가 나의 책 위에 놓여 있었다. 한 손에 손수건을 감고 있는데, 핏자국이 배어 있었다. 나이는 25살이 넘지 않으리라고 생각되는 젊은 사나이로 늠름하고 사나이다운 얼굴 생김인데, 엄청나게 피를 흘린 모양으로 격렬한 공포와 동요에 빠져 자제력을 완전히 잃고 고뇌하는 사람이라는 인상을 주었다.

"선생님, 아침 일찍부터 깨워서 죄송합니다" 하고 그는 말했다. "하지만 어젯밤 엄청난 재난을 만났기 때문에…… 오늘 아침 기차로 파딘턴 역에 닿아 의사 선생님 댁이 어디냐고 물었더니, 친절한 사람이 여기까지 안내해 주었던 겁니다. 하녀에게 명함을 주었습니다만, 벽 가의 작은 테이블에 놓고 간 것 같습니다."

나는 명함을 집어들고 보았다. '빅터 해저리, 수력기사, 빅토리 거리 16번지 A(4층)'라는 게 아침 방문객의 성명과 직업과 주소였다. "기다리게 하여 죄송합니다." 나는 진찰 의자에 앉으면서 말했다. "야간 열차로 도착하셨겠군요. 어지간히 지루하셨을 겁니다."

"아니, 그다지 지루했다고는 할 수 없습니다"라고 말하며 그는 껄껄 웃기 시작했다. 높이 울리는 목소리로 의자에 몸을 벌렁 젖히고서 옆구리를 흔들며 뱃속으로부터 우러나오는 소리로 웃는 것이었다. 나는 의사의 직관으로 그 웃음이 위태롭다고 생각했다.

"웃지 마시오!" 나는 외쳤다. "마음을 진정시켜 주십시오"라고 말하고서 주전자에서 물을 따라 마시게 했다.

하지만 헛일이었다. 그는 어떤 중대한 고비를 넘기고 나서 성격이 강한 사람에게 닥쳐오는 히스테릭한 발작의 하나를 일으켰다. 이윽고 제정신으로 돌아갔지만, 몹시 피로한 모습으로 부끄러워했다.

"정말 못난 추태를 보여 드려……"라고 그는 헐떡거리며 말했다.

"아니오, 조금도. 아무튼 이것을 마시도록 하십시오."

물에 브랜디 몇 방울을 타서 마시게 했더니 핏기없는 얼굴이 제 빛을 찾기 시작했다.

"기분이 좋아졌습니다." 이윽고 그는 말했다. "그럼 선생님, 제 엄지손가락을, 아니 이전에 엄지손가락이 있었던 곳을 보아주시겠습니까?"

그는 스스로 손수건을 풀고 손을 내밀었다. 어지간히 무신경이 되어 있는 나이기는 했지만, 그것은 몸서리치지 않고서는 볼 수 없을 정도였다. 내밀어진 네 손가락 옆에, 엄지손가락이 있어야만 할 장소가 뭐라 할 수 없을 만큼 무서운 새빨간 해면체의 표면을 하고 있었다. 뿌리께부터 잘려 나갔거나 아니면 잡아 찢겨지거나 한 것이리라.

"이거 정말 지독하군."

나는 나도 모르게 외쳤다.

"끔찍한 상처로군요. 피를 많이 흘리셨겠군요?"

"네, 나왔습니다. 당했을 때 정신이 가물가물해져서 오랫동안 기절해 있었습니다. 의식이 되돌아왔을 때까지도 피를 흘리고 있다는 걸 알았기 때문에, 손수건 끝으로 손목을 단단히 잡아매고 작은 나뭇가지를 끼워 돌리면서 지혈했습니다."

"참 잘하셨습니다. 외과의사 자격이 있군요."

"그것은 말입니다, 수력학의 문제이고 즉 저의 영역인 셈입니다."

"이 상처는……" 나는 상처를 자세히 살피며 말했다. "무겁고 잘 드는 칼로 베인 것이로군요."

"고기를 써는 식칼 같은 것입니다"라고 그는 말했다.
"과일칼이겠지요?"
"아니오, 천만에요."
"뭐라고요! 죽일 작정이었단 말씀입니까?"
"바로 그렇습니다."
"무서운 일이군."

상처를 스폰지로 깨끗이 닦은 후 치료를 하고 나서 가제를 대고 석탄산 소독 붕대를 감았다. 환자는 의자에 기댄 채 꼼짝하지 않고서 참고 있었지만, 때때로 입술을 깨물지 않을 수 없는 모양이었다.

"기분이 어떻습니까?" 처치를 끝내고 내가 물었다.
"아주 좋습니다. 브랜디와 붕대 덕분으로 완전히 살아난 것 같은 느낌입니다. 상당히 의기소침해 있었거든요. 아무튼 엄청난 꼴을 당했으니만큼……"
"그 이야기는 하시지 않는 게 좋겠소. 신경에 해로울 테니까."
"그렇습니다, 지금 이야기하려고는 생각지 않습니다. 하지만 어차피 경찰에 가서 이야기하지 않으면 안 되겠지요. 하기야 여기니까 하는 이야기입니다만, 이 상처라는, 움직일 수 없는 증거가 없다면 경찰이 내 말을 믿어 줄지 어떨지조차 의심스러워요. 아무튼 이것은 터무니없는 이야기이고, 증거가 될 만한 것도 거의 가지고 있지 않으니까요. 가령 경찰이 저를 믿어 준다고 하더라도, 제가 제공할 수 있는 단서는 극히 막연한 것이므로 과연 이 범죄에 심판이 내려지게 될지 어떨지 의문이라고 생각하고 있습니다."
"허어!"라고 나는 외쳤다. "그러한 종류의 문제를 굳이 해결하기 원하신다면, 경찰에 가기 전에 저의 친구 셜록 홈즈한테 가 보시기를 권하겠습니다."
"아, 그분에 대한 이야기라면 들은 일이 있습니다."
환자는 이렇게 대답하며 말을 이었다.
"물론 경찰에도 부탁하지 않으면 안 되겠지만, 그분이 맡아 주신다면 정말로 기쁘겠군요. 소개해 주시겠습니까?"
"말할 나위도 없는 일입니다. 그러면 제가 모시고 가지요."
"정말 고맙습니다."
"마차를 불러 함께 갑시다. 지금 가시면 마침 아침 식사를 함께 할 수 있습니다. 어때요, 가실 기운이 있겠습니까?"
"네, 염려없습니다. 이야기를 모두 해 버리기 전까지는 아무래도 마음이 가라앉지 않을 것 같습니다."
"그렇다면 마차를 부르도록 하인에게 이르고 곧 돌아오겠습니다."
나는 2층에 뛰어올라가 아내에게 짤막하게 사정을 설명하고 5분 뒤에는 영업 마차에 앉아 갓 알게 된 사나이와 베이커 거리를 향해 달리고 있었다.

생각 대로 셜록 홈즈는 타임즈 지의 사람 찾는 광고에 눈길을 주면며 식사 전의 파이프를 물고 가운 차림으로 거실을 걸어다니고 있었는데, 이 파이프에는 전날 피운 담배의 온갖 찌꺼기를 모아 맨틀피스 구석에서 꼼꼼히 말린 것이 채워져 있는 것이다. 언제나처럼 조용하고도 붙임성 있는 태도로 우리들을 맞이하여, 신선한 베이컨 에그를 만들게 하여 함께 멋진 식사를 했다. 식사가 끝나자, 그는 새로운 친구를 소파에 앉혀 안정시키고 머리 아래 베개를 대어 주는 한편 손이 닿는 곳에 물을 탄 브랜디 잔을 놓았다.

"해저리 씨, 당신이 경험한 사건이 세상에 흔해 빠진 것이 아님은 잘 알고 있습니다."

그는 이렇게 입을 열며 말을 계속했다.

"누워서 부디 마음을 완전히 편히 갖도록 해주십시오. 되도록 모든 일을 상세히 이야기해 주시도록 하고, 피로하면 이야기를 끊고 거기 있는 정신나는 술을 마시어 기운을 내주십시오."

"고맙습니다." 나의 환자는 말했다. "선생님께 치료를 받아서 다시 살아난 것처럼 되었을 뿐 아니라, 아침 식사까지 대접받아 완전히 회복한 느낌이 듭니다. 귀중한 시간을 낭비하지 않도록 바로 저의 괴상야릇한 경험을 모두 이야기하기로 하겠습니다."

홈즈는 나른한 듯 눈꺼풀을 늘어뜨린 예의 표정을 떠올리며 예민하고 정열적인 본성을 감추면서 애용하는 커다란 팔걸이 의자에 자리잡고, 나는 홈즈의 맞은편에 앉아 둘이서 우리들의 손님이 자세하게 말하는 기이한 이야기에 묵묵히 귀를 기울였다.

"우선 무엇보다도 먼저 알아 두셔야 할 것은, 저는 아버지도 어머니도 없는 외토리로 런던의 하숙에 혼자 살고 있다는 점입니다. 직업은 수력 기사이고 그리니치에 있는 유명한 베너 앤 매시슨 상회에서 7년 동안 견습을 했기 때문에 경험은 꽤 되는 편입니다. 2년 전 고용 계약이 만료되었을 때 마침 아버지가 세상을 떠나 상당한 목돈을 상속받았으므로 자신의 힘으로 일을 시작하려고 빅토리아 거리에다 사무실을 냈습니다.

누구라도 독립하여 사업을 시작한 당초에는 처량한 생각을 하게 되는 법이라고 합니다. 그런데 특히 저는 심했습니다. 일거리 의뢰는 2년 동안에 상담이 3회, 잡일 비슷한 것 1회가 고작이었습니다. 총수입이 27파운드 10실링이었지요. 매일 아침 9시부터 오후 4시까지 작은 사무실에 앉아 기다리는 게 일이므로, 나중에는 저도 낙담해 독립 영업 따위는 도저히 성공하지 못하리라고 생각하게 되었습니다.

그런데 어제, 이제 슬슬 돌아가리라 생각하고 있던 참인데 직원이 들어와서 한 신사가 일 때문에 만나고 싶다며 기다리고 있다고 말했습니다. 가져온 명함에는 '육군대령, 라이샌더 스타크'라고 인쇄돼 있었습니다. 직원의 뒤를 따라서 대령을 만나보았더니 키는 보통보다 큰 편이지만 유난스럽게도 비쩍 말랐습니다. 그렇듯 마른 사람은 본 일이 없습니다. 얼굴 전체가 깎아지른 듯 뾰족했는데 특히 코와 턱 부분은 극단적으로 심했고, 튀어나온 광대뼈 탓인지 피부를 있는 힘껏 잡아당겨 놓았다는 느낌이 들었습니다. 마른 몸집은 천성적으로 타고난 모양이었습니다. 병으로 그렇게 된 것이 아니라는 증거로, 눈은 빛나고 걸음걸이도 활발하며 태도에도 자신이 넘쳐 있었습니다. 검소하지만 말쑥한 몸차림을 하고 있으며, 나이는 제가 보기에 40에 가까웠습니다. '해저리 씨지요?'라고 그는 얼마쯤 독일 사투리가 뒤섞인 어투로 말했습니다. '당신은 일도 익숙하신 데다가 사려 분별도 있고 비밀을 엄수해 주시는 분이라고

듣고 찾아왔습니다.'

 이러한 칭찬을 듣게 되면 대개 젊은 사람은 기분이 좋아지는 법이지요. 저도 머리를 수그려 감사의 뜻을 나타내며 말했습니다. '실례지만, 그렇게 추천해 주신 분은 누구십니까?'

 '아니, 지금은 말씀드리지 않는 편이 좋겠지요. 또한 양친이 안 계시고 런던에서 혼자 사신다고 들었습니다.'

 '네, 정말 그대로입니다.'라고 저는 대답했습니다. '하지만 그 일이 저의 직업상의 자격과 어떠한 관계가 있는지는 모르겠지만······, 일에 대해 의논하러 오셨겠지요?'

 '그렇습니다. 하지만 제가 말씀드리는 것이 말의 낭비가 아니라는 것을 이제 알 것입니다. 저는 일을 부탁하러 찾아뵈었지만, 절대 비밀을 엄수한다는 게 중요한 점이거든요. 알겠습니까? 절대 비밀이란 말입니다. 그러므로 이 일은 가족에 둘러싸여 살고 있는 사람보다 혼자 생활하는 편이 훨씬 적임자인 셈입니다.'

 '일단 비밀을 지킨다고 약속하면' 하고 저는 말했습니다. '신뢰해 주셔도 절대 염려없습니다.'

 그렇게 대답하는 동안 그는 저의 얼굴을 흘금흘금 쳐다보았는데, 그렇듯 의심스럽게 눈치를 살피는 듯한 얼굴은 이제껏 본 일이 없었습니다.

 '그럼, 약속해 주시는 거지요?' 이윽고 그는 말했습니다.

 '네, 약속합니다.'

 '일을 시작하기 전에도, 일을 하는 중에도, 나중에도 절대 완전한 침묵을 지켜야 합니다. 구두든 서면이든 이 건을 일체 누설해선 안 되는 겁니다.'

 '단단히 약속드립니다.'

 '좋소.' 대령은 갑자기 일어섰다 싶더니 번갯불처럼 방 안을 달려가서 문을 홱 열었습니다. 그러나 복도에 사람 따위는 없었습니다.
'응, 염려없군.' 대령은 돌아와서 말했습니다. '직원이라고 하는 사람들은 아무튼 주인이 하는 일을 알고 싶어하는 법이니까요. 이제 안심하고서 이야기할 수 있겠습니다.' 그는 의자를 저의 바로 옆에 끌고 와서, 또 그 탐색하는 듯한 주의깊은 눈으로 흘금흘금 제 얼굴을 뜯어보는 것이었습니다.

저는 이 비쩍 마른 사나이의 괴상야릇한 거동을 보고 있는 동안 일종의 혐오감과 공포 비슷한 것을 마음속으로 느끼기 시작했습니다. 손님을 놓치면 큰일이라고 한편으로는 생각하면서도 참다 못해 짜증스러운 심정을 겉으로 드러내고 말았습니다.

'부디 용건을 말씀해 주십시오'라고 저는 말했습니다. '저의 시간은 굉장히 귀중한 가치가 있으니까요.' 하느님, 이 마지막 말을 용서해 주시기를⋯⋯ 저도 모르게 그만 입에서 나오고 말았던 거예요.

'하룻밤만의 일인데, 50기니면 되겠습니까?' 하고 그는 물었습니다.

'네, 좋습니다.'

'하룻밤이라고 했지만, 1시간쯤이라고 말하는 편이 맞을 겁니다. 전동장치가 나간 수력 압착기를 검사해 주었으면 하는 거지요. 어디가 나쁜가를 말해 주시면 나머지는 우리들이 손을 보겠습니다. 어떻게 생각하십니까?'

'일도 간단한 것 같고 보수도 아주 좋군요.'

'그렇습니다. 오늘밤 막차로 와주십시오.'

'어디로 말입니까?'

'버크셔의 아이퍼드입니다. 옥스퍼드셔와의 경계에 가까운 작은 읍으로, 레딩에서 7마일 남짓 되지요. 파딘턴 역에서 타면 11시

15분쯤 도착하는 기차가 있습니다.'
'알았습니다.'
'마차로 마중나가겠습니다.'
'그럼, 거기서 또 더 가야 되는군요?'
'그렇습니다. 우리 집은 완전히 시골이라서요. 아이퍼드 역에서 7마일은 넉넉히 되지요.'
'그럼, 한밤중까지는 닿을 수 없겠네요. 돌아오는 기차는 도저히 안 될 테니 묵지 않으면 안 되겠군요.'
'그러니 임시 변통의 침대쯤은 준비해 드리지요.'
'꽤 불편하군요. 좀더 좋은 시간에 가면 안 되나요?'
'우리들 생각으로는 밤늦게 와 주시는 편이 좋다고 판단했기 때문입니다. 이렇게 불편한 사정이 있으므로 일류 기사의 감정을 받는 만큼의 보수를 당신과 같은 무명의 청년에게 지불하겠다는 겁니다. 하지만 물론 이 일에서 손을 떼고 싶다고 생각하신다면 아직 그럴 여유는 있습니다.'
저는 50기니를 떠올리고 그만한 돈이 있으면 얼마나 도움이 될까 하고 생각했습니다. 그리하여 '손을 떼다니, 천만에요.'라고 대답했습니다. '기꺼이 희망에 응하겠습니다. 그러나 제가 할 일이 어떠한 것인지 좀더 분명히 알고 싶습니다.'
'당연한 말씀입니다. 이렇게까지 말하며 비밀 엄수의 약속을 받아 내니 당신이 이상한 느낌을 갖는 것도 당연합니다. 저로서도 자세히 설명도 않고서 일을 맡기려고는 생각하지 않습니다. 그런데 이 방은 도청될 위험이 없겠지요?'
'전혀 없습니다.'
'그럼, 말씀드리죠. 산성 백토(모직물의 마무리 공정인 유지 제거에 사용됨)라는 것은 굉장히 값비싼 것으로서 영국에서는 한두

군데밖에 산출되지 않는다는 건 알고 계실 테죠?'
'네, 들었습니다.'
'얼마 전에 저는 레딩에서 10마일 남짓한 곳에 조그만 토지, 아주 작은 땅을 샀습니다. 그런데 운좋게도 토지의 일부분에서 산성 백토 층이 발견되었던 거예요. 이것을 조사해 보았더니, 이 지층 자체는 그다지 큰 것이 아니고 좌우의 거대한 층을 잇는 맥에 불과하다는 걸 알았습니다. 그러니까 오른쪽 층도 왼쪽 층도 이웃 사람들의 토지에 있는 것입니다. 그렇건만 이웃 사람들은 자기 토지 속에 금광만큼이나 값어치가 있는 산성 백토층이 있음을 모르고 있습니다. 말할 것도 없이 그들이 자기네 토지의 진가를 깨닫기 전에 땅을 사버린다면 굉장한 돈벌이가 되는 것입니다만, 유감스럽게도 그만한 목돈이 없었습니다. 그러나 몇 명의 친구에게 비밀을 털어놓았더니, 그렇다면 우리 땅에 있는 층을 비밀리에 조용히 발굴하여, 그걸로 이웃 토지를 살 돈을 만드는 게 좋을 거라고 말해 주지 않겠어요. 그래서 얼마 전부터 그렇게 하고 있는 것입니다만, 능률을 올리기 위해 수력 압착기를 장치했던 거지요. 이 압착기가 앞서 말했던 것처럼 고장이 났으므로 당신에게 봐달라고 도움을 부탁하려는 겁니다. 그러나 우리들은 비밀이 새지 않도록, 아주 조심을 해야 한단 말입니다. 집에 수력 기사가 온 일이 알려지기라도 한다면 곧 탐색의 눈이 번뜩거리기 시작할 것이고, 일이 탄로나면 땅을 사들이는 것도, 큰 돈벌이를 하겠다는 계획도 모두 물거품이 되고 맙니다. 그리하여 오늘밤의 아이퍼드 행을 누구에게도 발설하지 말라고 당신에게 다짐을 받았던 겁니다. 이걸로 제 입장이 분명해졌다고 생각됩니다……'
'잘 알겠습니다' 하고 저는 말했습니다. '다만 한 가지 납득이 가지 않는 점이 있습니다. 산성 백토라고 하는 것은 자갈처럼 파내는

거라고 생각합니다만, 그 채굴 작업에 수압기가 어떠한 쓸모가 있을까요?'
'아아, 그것 말입니까?' 그는 대수롭지 않다는 듯이 말했습니다. '우리들의 독특한 방식이라서요. 흙을 벽돌마냥 압축시켜 무언지 알아볼 수 없게 만들어 운반해 내는 겁니다. 하지만 이런 일은 대단한 일이 아닙니다. 이것으로 완전히 비밀을 털어놓은 셈입니다, 해저리 씨. 당신을 얼마만큼 믿고 있는지 아시겠지요?'
그렇게 말하면서 그 사람은 일어섰습니다.
'그럼, 11시 15분에 아이퍼드에서 기다리겠습니다.'
'네, 반드시 가겠습니다.'
'한 마디라도 누설해서는 안 됩니다.' 그는 다시 한번 탐색하듯 한참이나 저를 바라 보고서야 악수하고 나갔습니다. 땀에 젖은 차가운 손이었지요.
그런데, 두 분 다 이해해 주시리라고 생각합니다만, 냉정하게 잘 생각해 보자 느닷없이 의뢰받은 이 일이 굉장히 이상하게 생각되었습니다. 그 반면, 물론 기쁘기도 했습니다. 보수가 이쪽이 요구할 수 있는 액수의 적어도 열 갑절이나 되고 이것이 실마리가 되어 차례차례 일거리가 들어올지 누가 알겠느냐고 생각했기 때문입니다. 그러나 또 한편으로는 손님의 얼굴 생김이며 태도에서 받은 불쾌한 인상이 남아 있는 데다 산성 백토 운운하는 설명만으로선 왜 한밤중에 가지 않으면 안 되는지, 또 이 일이 남에게 누설되는 것을 어째서 그렇듯 걱정하고 있는지 납득이 가지 않았습니다. 그렇지만 어쨌거나 불안 따위는 말끔히 바람에 날려보내 버리고 단단히 요기를 하고서 마차로 파딩턴 역으로 달려가 기차를 탔습니다. 말하지 말라는 당부도 굳게 지켰지요.
레딩에서 기차를 갈아 탈 뿐 아니라 역에서 또 다른 곳으로 가지 않으면 안 되었습니다. 그래도 아이퍼드 행의 막차에 대어 11시 지나서 어둠침침한 작은 역에 닿았습니다. 이 역에 내린 승객은 저뿐이며 플랫폼에는 짐꾼 한 사람이 졸린 얼굴로 랜턴을 들고 서 있을 뿐이었습니다. 그러나 정거장 문을 나서자 오늘 아침의 그 사람이 건너편 어둠 속에서 기다리고 있는 게 보였습니다. 아무런 말도 않고 저의 팔을 움켜잡더니 문짝을 열어젖혀 놓은 마차에 저를 밀어 넣었습니다. 양쪽 창문을 닫고 마차의 칸막이 널빤지를 두들기자, 우리들이 탄 마차는 말의 힘이 닿는 최대의 속도로 마구 달리기 시작했습니다."

"말은 한 필뿐이었습니까?" 홈즈가 한 마디 끼여들었다.

"네, 한 필뿐이었습니다."

"말의 색깔을 보셨습니까?"

"네, 올라탈 때 옆 등불의 불빛으로 보았습니다. 밤색 말이었습니다."

"피로해 보였습니까, 아니면 힘이 있었습니까?"

"기운차고 반들반들 윤이 났습니다."

"고맙소, 이야기의 허리를 끊어서 미안합니다. 계속해 주실까요, 꽤나 재미있는 이야기입니다."

"그리하여 적어도 1시간은 줄곧 달렸다고 생각됩니다. 라이샌더 스타크 대령이 전에 한 이야기로는 겨우 7마일이라고 했는데, 제 생각에는 속도와 걸린 시간으로 보아도 12마일은 될 겁니다. 대령은 내내 말없이 옆에 앉아 있었습니다만, 제가 그가 있는 쪽을 볼 때마다 뚫어질 듯 바라보는 대령의 눈길을 여러번 느꼈습니다. 그 근처는 시골이라 도로상태가 꽤 좋지 못한 듯 마차는 심하게 비틀거리거나 흔들리곤 했습니다. 대체 어떠한 곳을 달리고 있는지 알고 싶어도, 창문은 공교롭게도 불투명한 유리가 끼워져 있어 이따금 지나치는 등불의 뿌여스름한 그림자 말고는 아무것도 보이지 않았습니다. 때때로 지루함을 잊으려고 큰마음을 먹고 말을 걸어 보아도, 대령은 '예' '아니오'로만 대답할 뿐 이야기는 곧 끊기고 말았습니다. 그러거나 말거나 덜커덩거리는 길도 그럭저럭 끝나고, 차르르륵 자갈 밟히는 소리와 함께 매끄럽게 굴러가더니 이윽고 마차가 멎었습니다. 라이샌더 스타크 대령은 마차에서 뛰어내리기가 무섭게 정면에 열려 있던 현관으로 따라 내린 저를 끌어들였습니다. 그러니까 마차에서 곧장 현관에 뛰어든 격이라 집이 어떻게 생겼는지 볼 틈도 없었습니다. 문지방을 넘는 순간 삐익하며 문이 닫히고 마차가 떠나는 소리가 희미하게 들렸습니다.

집안은 그야말로 암흑 천지였고, 대령은 무어라 중얼거리며 더듬더듬 성냥을 찾았습니다. 불빛이 차츰 퍼지는 듯하더니 램프를 손에 든 어떤 부인이 등불을 머리 위로 높이 쳐들고 얼굴을 내밀어 우리를 계속 살피는 것이었습니다. 아름다운 부인이었고 램프의 불빛에 반사되는 광택으로 보아 그 거무스름한 드레스도 고급 천이라는 걸 알았습니다. 그녀가 알 수 없는 외국어로 몇 마디 묻는 것 같았는데 대령이 쏘아 부치듯 한 마디 하자 부인은 램프를 떨어뜨릴 만큼 움찔하는 것 같았습니다. 스타크 대령은 그녀에게 다가가 뭐라고 귓속말을 하더니 그녀를 방으로 도로 밀어넣고 램프를 가지고 다시 저 있는 쪽으로 왔습니다.

'잠시 이쪽 방에서 기다려 주실까요'라고 그는 말하며, 또 다른 문을 열었습니다. 간소하게 꾸민 작고 조용한 방으로, 중앙의 둥근 테이블 위에 독일어 책이 몇 권 흩어져 있었습니다. 스타크 대령은 램프를 문 옆에 있던 오르간 위에 놓았습니다. '1분 이상 기다리게 하지는 않겠소'라는 말을 남기고 어둠 속으로 사라져 갔습니다.

테이블 위의 책을 보았더니, 독일어는 모릅니다만 그 한 권이 과학 논문이고 나머지는 시집이라는 걸 알았습니다. 시골 경치라도 좀 볼 생각으로 창문 가까이로 걸어갔습니다만, 떡갈나무로 만든 덧문이 닫혀 있고 단단히 빗장이 질러져 있었습니다. 이상하리만큼 조용하기만 한 집이었습니다. 복도 어딘가에서 낡은 벽시계가 큰 소리로 울리고 있을 뿐, 그밖에는 모든 것이 죽은 듯이 고요했습니다. 막연한 불안이 저를 엄습해 왔습니다. 이 독일인들은 어떠한 사람들일까, 이렇게 마을과 떨어진 기묘한 장소에 살면서 무엇을 하고 있는 걸까, 여기는 대체 어디일까, 아이퍼드에서 10마일 가량 되는 장소라는 건 알고 있지만 그 북쪽인지, 남쪽인지, 동쪽인지, 서쪽인지 하는 것은 도무지 짐작이 가지 않았습니다. 그 문제라면 레딩이거나 다른 커다란 읍이 10마일 반경 안에 있을 터이므로, 뜻밖에도 그리 궁벽한 시골이 아닐지도 모릅니다. 그렇긴 해도 그렇듯 무섭게 조용한 것은 역시 시골에 왔기 때문이 틀림없었습니다. 나는 방 안을 왔다갔다하면서 기분을 돋구기 위하여 콧노래를 부르기도 하며 어쨌든 고스란히 50기니를 벌게 되었다고 생각해 보기도 했습니다.

그때, 그 조용함 속에서 아무런 기척도 없이 제 방문이 천천히 열렸습니다. 앞서 말한 그 부인이 어둠을 뒤로 하고 입구에 서 있고, 램프의 노란 불빛이 긴장된 그 아름다운 얼굴을 비춰주고 있었습니다. 심한 공포로 떨고 있다는 걸 첫눈에 알아볼 수 있었으며, 그 광경이 또한 저의 심장을 얼어붙게 하는 것만 같았습니다. 그녀는 떨리는 손가락을 세우고 조용히 하라는 신호를 하더니, 서투른 영어로 몇 마디 빠른 말투로 속삭이고서는 겁먹은 눈으로 어둠 속을 자꾸 뒤돌아보는 것이었습니다.

'전 달아나고 싶어요'라고 그녀는 말하는 것이었는데, 조용히 이야기하려고 애쓰는 것 같았습니다. '달아나고 싶어요, 여기에 머무

르는 건, 좋지 않습니다. 당신이 하는 일 좋지 않습니다.'
 '하지만 부인!' 하고 저는 말했습니다. '아직 볼일이 끝나지 않았습니다. 기계를 보기까지는 돌아갈 수 없습니다.'
 '기다리시더라도 헛일입니다' 하고 그녀는 계속 말했습니다. '이 문으로는 나갈 수 있습니다. 아무도 방해 않습니다.' 그리하여 제가 미소를 지으며 머리를 젓는 것을 보더니, 그녀는 이미 사양 따위는 팽개쳐버리고 방안으로 한 걸음 다가서며 두 손을 쥐어짜는 것이었습니다. '네, 부탁이에요'라고 작은 목소리로 말했습니다. '빨리 달아나세요, 지금이라면 늦지 않으니까.'
 저는 천성적으로 고집스런 성미로 일에 방해를 받으면 오히려 해내고 싶어하는 기질이지요. 50기니의 보수에 대해서며, 좀전의 지루하였던 마차 여행이며, 이제부터 불유쾌한 하룻밤을 보내지 않으면 안 되는 일 등이 차례로 머리에 떠올랐습니다. 이 모든 것들이 헛일이 되더라도 괜찮은 것일까. 의뢰받은 일도 안하고 당연한 보수도 받지 않고 꽁무니가 빠져라 달아나야만 할 까닭이 있는 것일까. 어쩌면 이 여자는 일종의 편집광일지도 모른다. 그런 생각으로, 그녀의 태도를 보고 마음속으로는 오싹 겁을 집어먹고 있었으면서도, 겉으로는 고집을 부리며 고개를 가로 흔들어 대며 무슨 일이 있어도 이곳에 있을 작정이라고 단호히 말했습니다. 그녀가 거듭 강력히 호소하기 시작했을 때, 머리 위에서 쾅 하고 문이 닫히는 소리가 들리더니 계단에서 덜거덕 발소리가 울려 왔습니다. 그녀는 한순간 귀를 기울이더니 절망적인 몸짓으로 두 손을 펼쳐 보이더니 나타났을 때와 마찬가지로 획 소리도 없이 사라져 버렸습니다.
 나타난 사람은 라이샌더 스타크 대령이 이중턱의 겹쳐진 살에 토끼 비슷한 수염을 기른 키가 작고 다부진 사나이를 데리고 들어와서 퍼거슨이라고 소개했습니다.

'이 사람은 나의 비서 겸 지배인입니다' 하고 대령은 말했습니다.
'그런데 이 문은 닫고 간 것같은데, 문틈 바람이라도 들어오지 않았습니까?'
'아니오, 그럴 리가' 하고 저는 대답했습니다. '방이 좀 답답한 느낌이 들어서 제가 열었습니다.'
그는 예의 의심 많은 눈으로 저를 흘긋 보고는 '그럼, 곧 작업에 착수하는 편이 좋겠군요'라고 말했습니다. '퍼거슨과 둘이서 기계를 보시도록 안내해 드리지요.'
'모자를 쓰고 있는 편이 좋겠지요?'
'아닙니다, 집 안에 있습니다.'
'뭐라구요, 집 안에서 백토를 캐고 계십니까?'
'아니오, 아니오. 여기서는 흙을 압착할 뿐이오. 그러나 그런 일은 상관하지 마시오. 당신은 기계를 검사해 주고 어디가 나쁜지 가르쳐 주면 그걸로 되는 것이오.'
램프를 손에 든 대령을 선두로 뚱뚱한 지배인, 그리고 제가 그 뒤를 따라 계단을 올라갔습니다. 미궁을 연상케 하는 고풍스런 집으로 복도가 있고 좁은 통로가 있고 좁은 나선 계단이 있고 나직한 작은 문이 있는가 하면, 그 문지방은 몇 세대를 걸쳐 살아온 사람들이 밟고 다녀 움푹해져 있었습니다. 2층부터 위는 깔개도 없거니와 가구다운 것은 그림자도 볼 수 없고 벽에서는 석회가 벗겨져 떨어져 있는가 하면 습기가 스며나와 녹색의 건강치 못한 얼룩무늬를 만들고 있었습니다. 저는 시치미를 뗀 얼굴을 하고 있었습니다만, 그 부인의 경고를 무시하고 있었다고는 하나 역시 마음에 걸렸으므로 두 명의 동행인에게 되도록 경계의 눈을 번뜩이고 있었습니다. 퍼거슨은 시무룩하고 말수가 적은 사나이인데, 그가 하는 말투로 봐서 저하고 마찬가지로 영국인이라는 것만은 알았습니다.

라이샌더 스타크 대령은 이윽고 나직한 문 앞에 멈춰 서서 자물쇠를 열었습니다. 안은 네모진 조그마한 방으로, 우리들 세 사람이 한꺼번에 들어갈 수는 없었습니다. 퍼거슨은 밖에 남고 대령이 저를 데리고 안에 들어갔습니다.

'자, 우리들은' 하고 그가 말했습니다. '지금 수압기 안에 들어온 셈인데, 지금 만일 누군가가 기계를 움직이기라도 한다면 그야말로 엄청난 일이 일어나지요. 이 작은 방의 천장이 바로 피스톤의 아래쪽 면이므로, 내려오면 몇 톤이라는 무시무시한 압력으로 이 금속의 바닥을 밀어붙이게 됩니다. 이 바깥쪽에 가느다란 수관이 몇 가닥인가 있고 받은 수압을 전달하며 다시 가동시켜 가는 셈입니다만, 그 장치를 잘 알고 계시다시피 기계는 제대로 움직이고 있지만 움직임이 둔해진 듯한 곳이 있어 압력이 약간 줄어들고 있답니다. 한 번 살펴 보시고 어떻게 하면 고칠 수 있는지 가르쳐 주십시오.'

저는 대령에게서 램프를 받아들고 기계를 철저하게 조사했습니다. 정말 거대한 수압기로서 엄청난 압력을 낼 수 있을 것 같았습니다. 그런데 바깥쪽으로 돌아가 운전용 지렛대를 밀어서 내려 보았더니 시익! 하는 소리가 났으므로, 어딘가에서 작은 누수 현상이 있고, 그 물이 사이드 실린더 중 하나에서 역류하고 있음을 곧 짐작할 수 있었습니다. 조사해 보았더니 추진기의 끝에 달린 고무 패킹이 수축하여 소켓 사이에 틈이 생겨 있었습니다. 압력이 감소되는 원인은 이것이 틀림없기에, 제가 이 점을 두 사람에게 지적해 주었더니 그들은 매우 주의깊게 설명에 귀를 기울였고 수리 방법에 대해 몇 가지 실제적인 질문을 했습니다. 완전히 납득시켜 주고 나서 다시 한 번 압착실에 돌아가 저의 호기심을 만족시키기 위해 내부를 잘 둘러보았습니다. 산성 백토의 이야기가 모두 꾸며 낸 말이라는 것은 첫눈에도 명백했습니다. 전혀 엉뚱한 목적에 이처럼 강력한 기계를 사용하다니, 생각해 보면 우스꽝스러운 이야기입니다. 사방의 벽은 목조이지만 바닥은 커다란 철반처럼 되어 있어서, 유심히 살펴보았더니 바닥 전체에 금속제의 얇은 껍질과 같은 것이 눌러붙어 있었습니다. 몸을 구부리고 무엇인지 똑똑히 보려고 박박 긁고 있으려니까 독일어로 낮게 외치는 듯한 목소리가 들려 올려다보았더니, 대령의 송장 같은 얼굴이 저를 노려보며 내려다보고 있지 않겠어요.

'거기서 무엇을 하고 있는 거요?'라고 묻더군요.

이 사나이의 말재주에 감쪽같이 넘어가고 만 것에 저는 몹시 화를 내었습니다. '댁의 백토에 감탄하고 있는 참이오'라고 저는 말했습니다. '이 기계의 용도를 정확히 알고 있었다면 좀더 도움이 되는 조언을 해드릴 수가 있었을 텐데.'

이렇게 말하고 나서 저는 자신의 가벼운 입을 후회하였습니다. 대령의 얼굴은 별안간 굳어지고 잿빛 눈이 심술궂게 번쩍 빛났습니다.

'좋아, 이 기계에 대해서 속속들이 알려 주지.' 하고 말하더니, 그는 한 걸음 뒤로 물러나 작은 문을 쾅 닫고서 재빨리 쇠를 잠가 버렸습니다. 저는 문 쪽으로 달려가 손잡이를 당겼습니다만 끄떡도 하지 않았고, 발길로 차고 어깨로 부딪쳐 봐도 아무 소용이 없었습니다. '여보세요!' 저는 외쳤습니다. '여보세요! 대령! 내보내 주세요!' 하지만 아무런 대답이 없었습니다.

그때 조용한 가운데 별안간 무슨 소리가 들려와서 저는 움찔 몸이 오그라들었습니다. 지렛대의 덜커덩 하는 소리에 이어서 예의 물이 새는 사이드 실린더의 시익시익 하는 소리가 들려 왔던 거예요. 대령이 기계에 시동을 걸었던 거죠. 램프는 아까 바닥을 살폈을 때 놓은 장소에 그대로 있었습니다. 그 불빛으로 검은 천장이 조금씩 저를 향해 내려오는 게 똑똑히 보였습니다. 이 힘이 1분도 지나기 전에 저의 몸을 산산조각내어 형체도 없는 고깃덩어리로 만들고 말리라는 것을 저만큼 잘 알고 있는 이가 있을까요. 저는 비명을 지르면서 문을 몸으로 들이받고 자물쇠를 손톱으로 긁어 댔습니다. 내보내 달라고 대령에게 애원을 했지만 지렛대의 덜컹덜컹 하는 소리가 저의 목소리를 사정없이 지워 버리고 말았습니다. 천장은 머리 위 1, 2피트까지 내려와서 손을 들면 그 단단하고 거칠거칠한 표면에 닿을 정도가 되었습니다. 그때 머리를 스친 것은 죽을 때의 몸의 위치에 따라 고통이 훨씬 다르지 않을까, 하는 생각이었습니다. 엎드려서 척추에 압력을 받는다면, 그때의 뚝뚝하는 소리를 생각하자 몸서리가 쳐졌습니다. 그 자세 쪽보다 혹시 편할지도 모른다고는 하더라도 벌렁 누워서 새까만 무서운 것의 그림자가 자기 위로 덮쳐 오는 것을 올려다보고 있을 만큼 기력이 있을까. 이미 허리를 펴고 서 있을 수 없게 되었을 때, 문득 저의 눈에 들어온 것이 희망을 샘솟게 하였습니다.

말씀드렸던 것처럼 천장과 바닥은 쇠입니다만 벽은 나무로 되어 있었습니다. 마지막으로 허둥거리며 사방을 둘러보자, 두 장의 널빤지 틈바구니로 한 가닥의 노란 불빛이 새어나오는 것이 얼핏 눈에 띄었습니다. 널빤지는 내려오는 천장에 눌려서 휘어지면서 그 틈이 차츰 넓어졌습니다. 죽음으로부터 달아날 길이 있으리라고는 도저히 믿어지지 않았으나 다음 순간 몸을 던져 거기로 빠져나가 반쯤 정신을 잃고서 건너편에 쓰러져 있었습니다. 널빤지는 나중에 또다시 닫혔습니다만, 램프가 으스러지는 소리에 이어서 위아래의 철반이 맞닿는 소리가 들려 오면서 정말로 위기 일발의 탈출이었음을 말해 주었습니다.

누군가 미친듯이 손목을 잡아당겨서 정신을 차리고 보니까, 저는 비좁은 복도의 돌바닥 위에 쓰러져 있고 한 부인이 저에게 허리를 구부린 채 왼손으로 저의 손목을 잡아끌고 오른손에는 촛불을 켜들고 있지 않겠습니까. 아까 제가 어리석게도 충고를 물리친 그 친절한 부인이었습니다. '이리로! 이리로!' 그녀는 숨을 헐떡이면서 외쳤습니다. '그 사람들이 이제 옵니다. 그러면 당신이 거기에 없다는 걸 알겠지요, 자, 귀중한 시간을 낭비하지 말고 빨리 이리로 오세요!'

적어도 이번에는 저도 그녀의 충고를 소홀히 하지는 않았습니다. 비틀거리면서 일어나서 그녀의 뒤를 따라 복도를 달리고 나선 계단을 뛰어내려갔습니다. 계단 아래는 넓은 복도로 되어 있고, 거기까지 내려왔다 싶자 달리는 발소리와 두 사나이의 외치는 목소리가 들려 왔습니다. 한 사람은 우리들과 같은 층에서, 또 한 사람은 그 아래층에서 서로 외쳐 대고 있는 것입니다. 저의 안내자는 발을 멈추고 갈피를 잡지 못하는 눈치로 주위를 둘러보다가 그곳의 문을 열어젖혔습니다. 안은 침실인데 창문에는 달빛이 밝게 드리우고 있었습니다.

'여기만이 달아날 수 있는 길입니다. 높지만 뛰어내릴 수 있겠지요?'

그녀가 이렇게 말했을 때, 복도 저편 끝에서 휙 불빛이 비치며 라이샌더 스타크 대령의 가는 그림자가 한 손에 랜턴을 들고 또 한 손에는 푸줏간의 고기 써는 큰 칼처럼 보이는 흉기를 들고 이쪽으로 달려오는 게 보였습니다. 저는 침실로 뛰어들어 창문을 밀어 제치고 밖을 내다봤습니다. 달빛에 비친 뜰이 그 얼마나 조용하고 아름다우며 산뜻한 조망이었는지 모릅니다. 창문 높이는 고작 30피트 가량이라고 생각되었습니다. 저는 창문틀에 기어올라갔습니다만, 생명의 은인과 저를 뒤쫓아오는 악당 사이에서 오가는 말을 확인하기까지는 갈 수 없다고 생각하며 잠시 뛰어내리는 걸 주저하고 있었습니다. 그녀가 학대받거나 그녀에게 위해가 가해지는 일이라도 있으면 어떠한 위험을 무릅쓰고서라도 구하러 되돌아가리라 생각했던 겁니다. 하지만 이런 생각이 저의 머리에 떠오를까말까 하는 사이, 대령은 문을 박차고 그 여자 앞을 지나려 하고 있었습니다. 그러자 그녀는 두 손으로 그에게 매달리며 만류하려 했습니다.

'프리츠! 프리츠!' 그녀는 영어로 외치고 있었습니다. '요전의 약속을 생각해 내주세요. 두 번 다시는 그러지 않는다고 말씀하지 않으셨지요? 이 사람은 틀림없이 말하지 않을 거예요. 네, 틀림없이 말하지 않을 거예요.'

'엘리제, 미치기라도 했어?' 대령은 그녀의 팔을 뿌리치려고 버둥거리면서 외쳤습니다. '우리들을 파멸시킬 생각이로구나. 이놈은 여러 가지를 보고 말았던 거야. 어서 놓지 못하겠어!' 그는 마침내 여자를 떠밀치고 창문에 달려들어 무거운 칼로 저를 베어 댔습니다. 저는 이미 달아날 준비를 하고서 창문틀에 손을 걸고 매달려 있는 참인데 이 타격이 가해졌던 거예요. 손에 둔중한 아픔을 느꼈다 싶자 꼭 쥐었던 손이 느슨해지며 그대로 아래로 떨어져갔습니다.

충격은 받았습니다만, 추락으로 몸을 다치지는 않았습니다. 그러나 위험이 사라진 것은 결코 아니었으므로 곧 다시 일어나 있는 힘을 다해서 뜰의 덤불 속으로 뛰어들었습니다. 그러나 달리고 있는 사이에 별안간 심한 현기증이 느껴지고 욕지기가 치밀었습니다. 아까부터 쑤시던 손을 보자, 그때야 비로소 엄지손가락이 잘려나가고 피가 흘러나오고 있음을 알았습니다. 손수건으로 상처를 붙들어매려고 했습니다만, 다음 순간 갑자기 귀울음이 들리더니 죽어 가는 것처럼 정신이 아물거리며 장미덤불 아래 쓰러지고 말았습니다.

얼마 동안 의식을 잃고 있었는지 똑똑히는 모릅니다. 상당히 길었을 게 분명합니다. 정신이 들고 보니, 달은 벌써 넘어가고 맑은 아침이 밝아오고 있었으니까요. 옷은 밤이슬에 젖고 양복의 소맷부리는 상처에서 흘러나오는 피로 끈적하니 더럽혀져 있었습니다. 그 심한 아픔에, 이내 전날 밤 모험의 자초지종이 떠오르고 아직도 추격자를 벗어난 게 아니라고 생각하면서 벌떡 일어났습니다. 그런데 놀랍게도 아무리 주위를 둘러보아도 어젯밤의 집이며 뜰이 보이지 않았습니다. 저는 어떤 큰길 옆 생울타리 모퉁이에 누워 있었는데, 조금 아래쪽에 긴 건물이 보여 가까이 갔더니 글쎄 어젯밤에 제가 도착한 아이퍼드 역이 아니겠습니까! 손의 끔찍한 상처마저 없었다면, 공포스러운 몇 시간 동안의 사건이 한바탕의 악몽으로서밖에 생각되지 않았을 겁니다.

저는 어리벙벙한 상태로 역에 들어가 아침 열차에 대해서 물어보았습니다. 1시간 남짓 기다리면 레딩 행 열차가 있다고 하더군요. 어젯밤 도착했을 때 얼핏 보았던 그 짐꾼이 일하고 있었습니다. 저는 그에게, 라이샌더 스타크 대령이라는 이름을 들은 일이 있느냐고 물어보았습니다. 그런 이름은 모른다는 대답이었습니다.

'어젯밤 마차가 역 앞에서 나를 기다리고 있었던 걸 보았는가?' '아니, 못 보았습니다.' '이 근처에 경찰은 없는가?' '3마일쯤 떨어진 곳에 있습니다.'라는 식이었습니다.

너무 기진맥진해서 도저히 3마일을 걸을 수가 없었습니다. 그래서 런던에 돌아가서 경찰에 이야기를 하리라 작정했습니다. 그리하여 6시 조금 전에 도착해서는, 우선 상처부터 치료하고자 찾아가 뵈었더니 선생님이 일부러 여기까지 데려다 주셨던 겁니다. 이 사건을 당신께 완전히 맡기고 무엇이든 지시대로 할 작정입니다."

이 이상한 이야기를 듣고 나서, 우리 두 사람 모두 잠시 말없이 앉아 있었다. 이윽고 셜록 홈즈는 책꽂이의 두툼한 비망록 속에서 신문 스크랩을 한 권 꺼냈다.

"여기에 당신의 흥미를 끌 만한 광고가 있습니다"라고 그는 말했다. "1년 전쯤, 모든 신문에 실려 있던 겁니다. 읽어봅시다."

'행방불명, 젤레마이어 해일링, 25살, 수력 기사, 이 달 5일 오후 10시에 하숙을 나간 뒤 소식이 없음. 복장은……'

"어떻습니까? 이것이 요전번에 대령이 수압기의 검사를 시켰을 때의 날짜를 나타내는 거라고 생각되지 않습니까?"

"맙소사!" 하고 나의 환자는 외쳤다. "이제야 그 여자가 말한 뜻을 알겠습니다."

"틀림없습니다. 그 대령은 냉혹하고 무자비해서 탈취한 배에 타고 있던 자를 하나도 살려 두지 않는 해적과 마찬가지로, 그 누구에게도 자기의 시시한 일을 방해받지 않으려고 굳게 마음먹고 있는 거예요. 자, 이렇게 된 바에는 한시도 지체할 수 없습니다. 기운이 있으시다면 아이퍼드에 갈 준비를 하고 이제부터 함께 경시청에 갑시다."

그리고서 3시간 남짓 뒤, 우리들은 버크셔에 있는 그 작은 마을을 향해 기차에 흔들리며 레딩을 출발했다. 셜록 홈즈와 수력 기사와 런던 경시청의 브래드스트리트 경감, 사복 형사 1명, 그리고 나였다. 경감은 그 주의 군사지도를 좌석에 펼치고 아이퍼드를 중심으로 컴퍼스로 원을 그리기에 여념이 없었다.

"자, 보십시오"라고 그는 말했다. "이 원은 마을을 중심으로 반경 10마일로 그린 것입니다. 목표하는 장소는 이 원 부근에 있지 않으면 안 됩니다. 확실히 10마일이라고 하셨지요, 해저리 씨?"

"마차로 1시간은 충분히 걸렸습니다."
"그리하여 의식을 잃고 있는 사이에 그들이 그만한 거리를 메어다가 다시 옮겨 놓았다고 생각된단 말씀이죠?"
"그랬을 게 틀림없습니다. 그러고 보니 들어올려져 어딘가로 운반되어 간 듯한 기억이 어렴풋이 남아 있습니다."
"한 가지 이해되지 않는 일이 있습니다" 하고 나는 말했다. "당신이 정신을 잃고 뜰에 쓰러져 있는 걸 보고서, 어째서 목숨을 빼앗지 않았을까요. 여자의 간청에 의해 악당이 자비심을 일으키기라도 한 걸까요?"
"그런 일은 생각할 수 없습니다. 그렇듯 냉혹한 얼굴은 본 일이 없습니다."
"아, 그러한 일은 어차피 해결됩니다." 브래드스트리트 경감이 말했다. "자, 원이 그려져 있으니까 목표하는 것들이 이 원의 어느 지점에 있는지, 다만 그것만을 어서 알고 싶을 뿐입니다."
"그 위치라면, 손가락으로 가리켜 보여 드릴 수 있습니다."
홈즈가 조용히 말했다.
"뭐라구요!" 경감은 목소리를 높였다. "벌써 짐작이 간다구요! 그럼, 누구의 것이 당신의 짐작과 일치하는지, 모두들 말해 봅시다. 저의 생각으로서는 남쪽입니다. 이쪽 편이 쓸쓸한 곳이므로."
"아니, 동쪽이라고 생각합니다." 나의 환자가 말했다.
"저는 서쪽으로 하겠습니다." 사복 형사가 말했다. "서쪽에는 조용하고 작은 마을이 몇 개나 있으니까요."
"저는 북쪽으로 하지요"라고 나는 말했다. "이쪽에는 언덕이 없기 때문인데, 해저리 씨의 이야기에는 마차가 언덕길로 접어들었다는 말이 없었잖습니까."
"하하하." 경감이 웃으면서 말했다. "모두들 멋지게 갈라졌군요,

동서남북을 네 사람이 제각기 한 곳씩 지적하여 한 바퀴 돌린 셈이군. 당신은 결정 투표를 누구에게 던지시겠습니까?"
"모두들 틀렸습니다."
"그러나, 그밖에는 없잖소?"
"아니, 저는 여깁니다." 홈즈는 원의 중심을 손가락 끝으로 눌렀다. "녀석들은 여기에 있을 겁니다."
"그럼, 12마일이나 달린 것은 어떻게 됩니까?" 해저리는 숨을 헐떡이며 말했다.
"6마일 가고 6마일 돌아온다…… 이만큼 간단한 일은 없습니다. 마차에 탔을 때 말은 생기있고 반들반들 윤이 난다고 말씀하셨지요. 나쁜 길을 12마일이나 달려왔다고는 생각할 수 없소."
"하긴…… 과연 놈들이 꾸밀 만한 책략입니다."
브래드스트리트 경감은 생각에 잠긴 듯이 말했다.
"물론, 이 일당의 성격에 대해서는 의심할 여지가 없으니까."
"전혀 없습니다." 홈즈가 말했다. "녀석들은 대규모 위조 화폐 범인들로, 그 기계는 대용품인 합금을 만들기 위해 사용한 것이오."
"솜씨가 뛰어난 일당이 활약하고 있다는 건 전부터 알고 있었습니다." 경감이 말했다. "반 크라운짜리 가짜 은화가 수천이나 만들어지고 있었으니까요. 레딩까지는 자취를 좇을 수 있었지만 그 다음이 이어지지 않았지요. 자취를 감추는 솜씨로 보더라도 이만저만한 놈들이 아닙니다. 그러나 이와 같은 고마운 기회가 찾아와 마침내 놈들을 잡을 수가 있게 된 것 같군요."
하지만 경감은 잘못 생각하고 있었다. 이 일당은 법에 의해 처벌될 만큼 호락호락한 운명의 소유자들이 아니었던 것이다. 우리들의 기차가 아이퍼드 역에 닿았을 때, 근처 작은 숲의 그늘에서 거대한 연기 기둥이 솟아오르며 주변 일대의 경치 위에 커다란 타조의 깃처럼 드리우고 있었다.

"불이 났습니까?"

우리가 내린 기차가 다시 움직이기 시작했을 때 브래드스트리트 경감이 물었다.

"네, 그렇습니다"라고 역장이 대답했다.

"언제부터 불타기 시작했습니까?"

"밤부터라고 들었습니다만, 불길이 번져 모두 타고 말았습니다."

"누구의 집입니까?"

"베카 박사 댁입니다."

"여보세요"라고 기사가 끼여들었다. "베카 박사란 몹시 마르고, 콧날이 길고 뾰족한 독일인이 아닙니까?"

역장은 유쾌한 듯이 웃었다. "천만에요, 베카 박사는 영국인으로 이곳 교구에서 박사만큼 훌륭한 풍채를 가진 사람은 없지요. 하기야 그 집에 머물고 있는 외국인 신사가 있는데──박사의 환자라고 생각됩니다만──버크셔의 좋은 쇠고기를 잔뜩 먹이더라도 어쩔 도리가 없을 만큼 말랐지요."

역장의 말이 채 끝나기도 전에 우리들은 화재가 일어난 쪽으로 뛰었다. 길이 낮은 언덕을 오르자 눈앞에 크고 넓은 흰 칠을 한 집이 나타났는데, 틈이란 틈, 창문이란 창문에서 모두 불길을 내뿜어 뜰에 소방차 3대가 나란히 불을 끄려고 애쓰고 있는 것도 소용이 없는 모양이었다. "저 집이다!" 해저리가 완전히 흥분하여 외쳤다.

"자갈을 깐 마차길도 있고 내가 쓰러져 있었던 장미 덤불도 있다! 저 두 번째 창문에서 뛰어내렸던 겁니다."

"아무튼, 적어도"라고 홈즈가 말했다. "당신은, 복수만은 한 셈입니다. 당신이 두고온 석유 램프가 수압기에 짓눌렸을 때, 불이 나무벽에 옮겨 붙었을 게 틀림없습니다. 그런데 그들은 당신을 뒤쫓느라 정신이 없어 미처 깨닫지 못했던 겁니다. 이 구경꾼들 속에 어젯밤의 일당이 있는지 없는지 눈을 번뜩여 주십시오. 하기야 지금쯤은 100마일이나 달아났으리라고 생각되지만."

홈즈의 염려는 사실이 되어 나타났다. 그날부터 오늘에 이르기까지, 아름다운 그 여성도 인상 나쁜 독일인도 시무룩한 영국인에 대해서도 전혀 소식이 없었다. 그날 아침 일찍 몇 명의 사람과 부피가 큰 몇 개의 상자를 실은 마차가 레딩 방향으로 허둥지둥 달려가는 것을 한 농부가 보았다고 했으나, 도망자들의 흔적은 거기서 끊어져 버리고 홈즈의 뛰어난 지혜를 갖고서도 그들의 행방에 대해서는 아무런 단서도 발견할 수 없었다.

소방수들은 건물 안의 낯선 설비에 매우 놀랐지만, 3층 창틀에서 갓 잘린 듯싶은 사람의 엄지손가락을 발견하고서는 더욱더 놀란 모양이었다.

아무튼 저녁 해질 무렵 가까이 되어 그들의 노력이 겨우 효과를 나타내어 불길만은 잡혔지만, 지붕은 이미 무너진 뒤라 건물 전체가 완전한 폐허로 바뀌어 우리들의 불운한 친구에게 그와 같은 값비싼 희생을 치르게 한 그 수압기도 몇 가닥인가 뒤틀린 실린더와 쇠파이프만을 남기고 자취도 없이 사라져버렸다. 창고에서 저장되어 있던 다량의 니켈이며 주석이 발견되었지만 화폐는 한 닢도 나오지 않았으므로, 앞서 말한 부피가 큰 상자의 정체도 이것으로 대충 설명이 가능했다.

수력 기사가 뜰에서 정신을 되찾은 장소까지 어떻게 옮겨졌을까 하는 것도 까딱하면 영원한 수수께끼가 될 뻔했지만, 다행히 뜰의 부드러운 흙이 아주 간단히 설명해 주었다. 그는 명백히 두 사람의 손에 운반되었던 것인데, 한 사람은 극히 작은 발의 소유자였고 또 한 사람은 남달리 뛰어나게 큰 발을 가지고 있었다. 아마도 같은 패거리만큼 뱃심이 좋거나 흉악하지 못했던 말수 적은 영국인이, 그 부인에게 손을 빌려 주어 정신을 잃고 있는 기사를 위험이 없는 장소까지 운반해 준 것이리라.

"제기랄" 하고 런던으로 돌아가는 기차에 자리를 잡았을 때, 수력기사는 분한 얼굴을 하고서 말했다. "참, 어처구니없는 일이군요. 엄지손가락은 없어지고, 50기니의 보수도 날아갔으니, 대체 내가 얻은 것이 뭐란 말입니까?"

"경험입니다." 홈즈가 웃으면서 말했다. "경험은 어디엔가 반드시 쓸모가 있는 것이지요. 당신은 그 이야기만으로도 이제부터 일생 동안 훌륭한 이야기 상대라는 평판을 얻을 수가 있을 겁니다."

독신 귀족

 세인트 사이몬 경의 결혼과 그 뜻하지 않은 파국에 대한 이야기는, 그 불행한 신랑이 속한 상류사회에서도 이미 화제에 오르지 않게 된 옛날이야기였다. 새로운 스캔들이 일어나 세인트 사이몬 경의 이야기로부터 관심을 돌리고 그보다 더 흥미진진한 세부 줄거리로 이 4년 전의 낡은 드라마에서 가십거리를 빼앗아갔다. 그러나 내가 보기에는 세상이 아직도 이 사건의 진상을 모르고 있는 것이 확실하며, 또 사건을 해결하는데 나의 친구 셜록 홈즈의 역할이 컸던 만큼 그의 회상록을 완성하기 위해서는 비록 간단하게나마 이 특필할 만한 사건을 이야기해야 할 것같다.
 내가 결혼하기 2, 3주일 전——아직 홈즈와 함께 베이커 거리의 하숙방에 살고 있던 어느 날, 오후 산책에서 돌아온 홈즈는 그 앞으로 온 편지가 한 통 책상 위에 얹혀 있는 걸 발견했다. 그 날은 비가 올 듯이 별안간 흐려지고 강한 가을바람마저 불기 시작했으므로 나는 하루종일 집에 틀어박혀 있었다. 아프가니스탄 전쟁에 종군했을 때, 기념처럼 한쪽 다리에 박혀있는 지제일 탄의 상처 자국이 끈질기게 이어지며 조금씩 아프기 시작했던 것이다. 나는 안락의자에 앉아 맞은쪽 의자에 두 발을 얹고 산더미 같은 신문에 파묻혀 있었는데 그날의 뉴스도 다 읽었으므로 신문을 젖혀놓고 책상 위에 있는 봉투의 커다란 문장(紋章)과 머리글자의 짝을 바라보며 대체 어떤 귀족에게서 온 것일까 하고 멍하니 생각하였다.

"여어, 고귀하신 분으로부터 편지가 왔다네." 홈즈가 돌아왔으므로 나는 말을 걸었다. "아침에 온 것은 아마 생선 가게와 세관원으로부터겠지?"

"응, 그렇군. 나한테 오는 편지는 가지각색이라 즐겁지." 그는 싱글벙글하며 대답했다. "그리고 허술한 편지일수록 대개 재미가 있지. 이 편지는 아무래도 고맙지 않은 초대장일 거야. 왜 있잖나, 남에게 거짓말을 하게 하든가 하품을 하도록 해놓고는 기뻐하는 사교라는 것 말일세."

그는 봉투를 뜯고 편지를 대충 읽었다.

"아니, 여보게, 이건 의외로 재미있는 일이 될 것 같은데!"

"그럼, 초대장이 아닌가?"

"아니야, 분명히 의뢰장이야."

"그러니 의뢰자는 귀족이란 말이지."

"그래, 영국의 일류 명문일세."

"허, 그거 축하하네."

"아냐 와트슨, 거드름 피우는 건 아니지만 나로서는 의뢰자의 신분보다 일의 재미가 더 중요하지. 하지만 이번 조사에는 어쩌면 재미도 있을 것 같네. 요즘 자네는 신문을 꼼꼼히 읽고 있는 모양인데?"

"그렇다네." 나는 구석의 신문 더미를 가리키며 침울한 목소리로 대답했다. "할일이 없어서 말이야."

"잘 되었네. 나에게 정보를 제공해 주게나. 나는 범죄 기사와 찾는 사람 따위가 실리는 안내란밖에 읽지 않아. 특히 안내란은 도움이 되는 것이 많지. 그런데 여보게, 자네는 요즘 뉴스를 꼼꼼히 챙겨 읽고 있었으니 세인트 사이몬 경의 결혼식 기사도 읽었을 테지."
"응, 읽었고말고, 아주 재미있었네."
"그거 잘되었군. 이 편지는 세인트 사이몬 경에게서 온 것이라네. 지금 읽어 줄 테니까 그 대신 자네는 신문을 들쳐 사건에 대한 기사 일체를 가르쳐 주게나. 알겠지! 그럼, 읽겠네……

셜록 홈즈 귀하
백워터 경을 통해 귀하의 사려깊은 판단은 절대로 신뢰할 수가 있다고 들었습니다. 저의 결혼식에 관련되어 생긴 불행한 사건에 대해 귀하를 방문하여 의논드리고 싶습니다. 이 사건에는 경시청의 레스트레이드 경감에게 수고를 부탁하고 있습니다만, 귀하의 도움을 비는 일에는 경감도 반대하지 않으셨고, 얼마간 도움되는 바도 있으리라고까지 말씀하셨습니다. 4시에 방문하겠으니, 만일 그 시간에 선약이 계시더라도 저의 부탁은 극히 중대한 사건이니만치 약속한 쪽을 연기하시고 꼭 기다려 주시도록 부탁드리겠습니다.

글로브너 맨션에서 부쳤군. 거위 깃털 펜으로 썼는데, 사이몬 경의 오른손 새끼손가락 바깥쪽이 딱하게도 잉크로 더럽혀졌군."
홈즈는 이렇게 말하고 편지를 접었다.
"4시라고 했지? 지금 3시로군. 1시간 있으면 올 걸세. 그럼, 그동안에 자네의 도움을 얻어 사건의 경과를 확실히 해두어야겠네. 자네는 거기의 신문을 추려서 관계가 있는 기사를 날짜 순서로 맞추어 주지 않겠나. 나는 의뢰자의 신원을 조사할 테니까."

홈즈는 벽난로 선반 옆의 신용조회서 책꽂이에서 빨간 표지의 책을 한 권 뽑아 냈다.

"아, 이것이로군." 그는 이렇게 말하면서 앉더니 무릎 위에 그것을 펼쳤다.

"로버트 월싱엄 드 비어 세인트 사이몬——밸모럴 공작의 둘째아들. 으음, 문장 바탕은 하늘색, 검은 중간 띠 위쪽에 세 개의 마름모꼴 쇠붙이를 곁들인 무늬라네. 1846년에 태어났음. 그러면 금년 41살이니까 결혼하기에는 부족이 없는 나이로군. 전 내각에서 식민차관을 지냈구만. 아버지인 공작은 전직 외무장관이라……, 플랜태지닛 왕실(1154~1399년에 이르는 약 250년 동안의 영국 중세의 왕조)의 직계로서 외가에는 튜더 왕실(영국의 왕실. 웨일즈의 귀족 출신으로 1485년 헨리 7세가 왕조를 엶. 1603년 엘리자베스 여왕의 죽음으로 단절)의 피가 들어 있는 모양일세. 흥, 이것만으로는 별로 쓸모가 없는걸. 와트슨, 구체적인 자료는 역시 자네 쪽이 아니면 안 될 것 같네."

"필요한 자료는 곧 발견될 걸세." 나는 말했다. "모두 극히 최근의 일이고, 나는 흥미를 가지고 읽었으니 말야. 자네는 다른 사건에 손대고 있어, 쓸데없는 이야기로 방해해서는 안 된다고 생각하고 자네에게는 이야기하지 않았던 거라네."

"아아, 글로브너 스퀘어의 가구 운송차 사건 말인가? 그것은 벌써 해결했네. 하기야 처음부터 짐작하고 있었지만. 자, 발췌가 되었으면 어서 가르쳐 주게."

"내가 알고 있는 한은 이 보도가 최초에 나온 것일세. 모닝 포스트의 소식란 기사인데, 날짜는 보다시피 몇 주일 전이야.

밸모럴 공작의 둘째아들 로버트 세인트 사이몬 경은 미국 캘리포니아 주 샌프란시스코 시의 앨로이셔스 도란 씨의 외동딸 해티 도란 양과 약혼, 소문에 의하면 가까운 시일 내에 화촉을 밝힌다는 소식……

……이것뿐이야."
"간단명료하군." 홈즈는 이렇게 말하고 말라빠진 긴 다리를 불 쪽으로 뻗었다.
"같은 주의 사교계 신문 하나에 좀더 자세히 나와 있었을 터인데, 아아, 이것이군.

결혼 시장에 있어서 현재의 자유 무역적 결혼 제도는, 국산품에 대해서는 매우 부당한 결과를 낳고 있는 현상에 비추어 보아 머지 않아 보호 정책을 취할 필요가 촉구되리라. 대영제국 명문 가정의 지배권은 이제 대서양 저편에서 오는 아름다운 사촌들의 손에 차례 차례로 옮겨가고 있다. 지난주에도 한 아름다운 침입자가 보기좋게 영예를 차지하여, 최근의 이 경향에 중요한 일례를 더하기에 이르렀다. 즉 20년 남짓 동안이나 큐피트의 화살을 단연코 얼씬도 하지 못하게 했던 세인트 사이몬 경이 이번에 캘리포니아 주 부호의 아름다운 딸, 해티 도란 양과 머잖아 결혼한다고 발표하였던 것이다. 웨스트벨리 저택의 성대한 피로연에서도 고상한 기품과 미모로 주목의 대상이었던 도란 양은 외동딸이며, 지참금은 넉넉한 여섯 자리 숫자에 이르고 장래엔 더욱 막대한 유산을 받게 되리라고 일반에게 알려져 있다. 한편 밸모럴 공작이 요 수 년이래 비장의 그림을 팔고자 내놓고 있는 일은 공공연한 비밀이고 세인트 사이몬 경도 버치무어에 약간의 영지를 소유하고 있을 뿐이기 때문에, 이 결혼이 캘리포니아의 여상속인의 자유를 공화국 부인에서 일약 영국

귀족으로 뛰어오르도록 한다 하더라도 그녀만이 이익을 보는 사람이라고 할 수 없음은 명백한 일이다."
"그밖에도 또 있나?" 홈즈가 하품을 하며 물었다.
"있고말고, 많이 있다네. 모닝 포스트지의 기사에는 결혼식이 하노버 스퀘어의 세인트 조지 교회에서 극히 가족적으로 올려지고 참석자는 친한 친구 몇 명으로 국한된다는 점, 식이 끝나고는 앨로이셔스 도란 씨가 가구째로 손에 넣은 랭카스터 게이트의 저택으로 돌아갈 예정이라고 보도되었네. 그리고 이틀 뒤, 즉 이번 수요일 신문에는 결혼식이 거행된 날, 신혼여행은 피터즈필드 옆에 있는 백워터 경의 영지에서 보내게 되리라는 것이 간단히 나와 있어. 신부의 실종사건이 생기기까지 보도된 기사는 이것이 전부라네."
"무엇이 생기기까지라구?" 홈즈는 놀라서 되물었다.
"신부가 사라지기까지란 말일세."
"언제 사라졌나?"
"피로연 석상에서."
"흠, 이것은 예상한 것보다 재미있군. 그야말로 극적이 아닌가."
"응. 나도 보통은 아니라고 생각했어."
"결혼 전에 사라지는 일은 흔히 있고, 신혼여행 중에도 때때로 있지. 하지만 이렇듯 멋들어지게 사라진 것은 생각나지 않는걸. 자세한 것을 들려주게나."
"기사는 몹시 불완전한 거야."
"둘이서 생각하면 얼마쯤 부족한 데를 메울 수 있겠지."
"불완전하나마 어제의 조간에 표제까지 딸려 실려 있으니까, 그걸 읽겠네. '공작의 결혼식에 괴사건 발생'이라는 표제일세.

로버트 세인트 사이먼 경 일가는 경의 결혼식에 즈음하여 생긴 이상하고 곤란한 사건으로 인해 몹시 놀라고 있다. 어제 여러 신문에 일부 보도되었던 대로 결혼식은 그저께 아침에 올려졌다. 그 사이 결혼식과 관련된 이상한 소문이 떠돌고 있었지만, 이것이 사실인 것으로 확인되기에 이르렀다. 경의 친구들이 사건의 소문을 없애려고 했음에도 불구하고 이 사건은 이미 사회에서 관심의 초점이 되어 있어, 바야흐로 일반의 화제나 다름없는 것을 무시하고자 애쓰는 건 아무런 이익이 없는 짓이라고 할 수 있으리라.

하노버 스퀘어의 세인트 조지 교회에서 거행된 결혼식은 극히 조촐한 것으로서 참석자는 신부의 아버지 앨로이셔스 도란 씨, 밸모럴 공작 부인, 백워터 경, 신랑의 동생 유스터스 경과 누이동생 클레라 세인트 사이몬 양, 그리고 알리시아 위틴턴 양뿐이었다. 식이 끝난 뒤 일행은 랭카스터 게이트의 앨로이셔스 도란 저택에 마련된 피로연에 갔다. 이때 세인트 사이몬 경에게 정당한 요구가 있다는 신원이 밝혀지지 않은 한 부인이 일행을 뒤따라 와서 저택 안에 억지로 들어가려고 하여, 한바탕 옥신각신하며 싸웠다고 한다. 창피스런 소동이 잠시 동안 벌어진 끝에, 그 부인은 집사와 제복을 입은 하인에 의해 쫓겨났다. 다행히 신부는 먼저 집에 들어가 있었으므로 이 불쾌한 방해 광경을 보지 않았으나, 참석자와 더불어 피로연 자리에 나와 잠깐 있다가 별안간 속이 좋지 않다고 하며 자기 방으로 들어갔다. 그러나 그뒤부터 모습이 보이지 않아 신부의 아버지가 뒤따라 가서 하녀에게 물어보니, 신부는 방에 잠시 들렀을 뿐 외투와 모자를 걸치고 곧 복도로 급하게 나갔다는 것이었다. 하인 하나는 그런 복장을 한 부인이 집에서 나가는 것을 보았지만, 신부는 피로연에 참석중인 줄로만 생각하고 있었기에 설마 그 사람이 신부인 줄은 몰랐다고 말했다. 앨로이셔스 도란 씨는 이리하여 딸의 실종을 확인하고 신랑과 더불어 경찰에 즉각 신고를 했다. 경찰은 현재 온 힘을 다하여 수사에 나서고 있으니만큼 이 괴상야릇한 사건도 급속히 해결되리라. 그렇지만 어젯밤 내내 신부의 행방에 대해서는 아무런 단서도 잡히지 않고 있다. 일부에서는 범죄 사건 운운하는 소리도 있으며, 경찰에선 앞서 말썽을 일으킨 부인이 질투나 그밖의 동기로 신부의 기묘한 실종에 한몫하고 있으리라 믿고서 그녀의 체포 수배령을 내렸다고 한다."
"그게 전부인가?"
"또 한 가지 다른 신문에 짧은 기사가 실려 있는데, 이것에는 꽤나 암시적인 데가 있다네."
"어떠한?"
"도란 저택을 시끄럽게 한 플로라 밀러라는 여자가 체포되었다는 기사야. 알레그로 극장의 전직 무용수로서 신랑과는 몇 년 동안 아는 사이였다고 하네. 이것 이상의 일은 아무것도 나와 있지 않지만, 어쨌든 이로써 사건의 전모가 자네 손에 들어간 셈이야. 적어도 신문으로 알 수 있는 한은 말일세."
"아무튼 몹시 재미있는 사건인 듯싶은데. 이 사건은 어떠한 일이 있더라도 맡고 싶은걸. 그런데 벨이 울리고 있네, 와트슨. 벌써 4시가 넘었으니까 틀림없이 고귀한 손님이 오셨을 걸세. 아, 와트슨, 자리를 피하지 말아주게. 제3자가 함께 있어 주면 나중에 기억을 확인하기 위해서도 정말로 고맙거든."
"로버트 세인트 사이몬 경입니다." 안내 소년이 문을 힘차게 열면서 알렸다. 들어온 것은 쾌활하고 기품이 있는 인상의 신사로, 코가 오똑하고 얼굴빛은 창백하며 입매는 성미 급하게 보이지만, 또렷한 눈에는 사람에게 명령하여 복종을 받는 높은 신분으로 태어난 사람의 침착함이 깃들어 있었다. 태도는 씩씩해 보였으나 약간 허리가 구부러지고 무릎을 조금 굽히며 걷기 때문에 전체적으로 나이보다는 늙은 느낌이었다. 테를 두른 모자를 벗은 걸 보니까 머리털도 둘레에 흰머리가 섞여 있고 꼭대기가 드뭇해져 있다. 복장은 자칫하면 경박해 보일 만큼 멋부린 높은 칼라, 검은 프록코트에 흰 조끼, 노란 장갑, 검은 에나멜 구두에 엷은 색깔의 짧은 각반 차림이었다. 얼굴을 좌측에서 우측으로 돌리고 금테 코안경의 끈을 오른손으로 흔들면서 천천히 방 안에 들어왔다.
"안녕하십니까, 세인트 사이몬 경"하고 홈즈는 일어나 인사하면서 말했다. "자, 그쪽 등의자에 앉으시죠. 이쪽은 협력자인 와트슨 박사입니다. 좀더 불 있는 쪽으로 다가오십시오. 천천히 의논을 합시다."
"홈즈 씨, 짐작하고 계시리라고 생각하지만 참으로 난처한 일이 되었소. 정말이지, 고민하고 있습니다. 당신은 이런 종류의 어려운 문제를 이미 꽤나 다루었다면서요. 하기야 저 같은 신분에 관련되는 일은 처음일 테지만."
"아닙니다, 그 점에서는 아무래도 잘못 아시는 것 같습니다."
"뭐라고 하셨소?"
"이런 종류의 사건으로 최근 의뢰하신 분은 어떤 국왕 폐하였습니다."
"허! 그러한 일이 있었습니까. 그래, 어디의 국왕이었나요?"
"스칸디나비아의 국왕이었습니다."
"으음, 역시 왕비가 없어진 것입니까?"
"양해를 부탁드리겠습니다만" 홈즈는 조용히 말했다. "의뢰하신 사건의 내용은 입밖에 내지 않기로 되어 있으며, 이것은 당신에게도 비밀을 약속하는 것과 마찬가지이지요."
"아, 당연한 말씀입니다. 참으로 당연한 일이죠. 정말 제가 실례했소. 그런데 저의 사건 말인데, 참고가 될 만한 것은 무엇이든 숨기지 않고 이야기할 작정입니다."

"그것은 감사하게 생각합니다. 신문에 실린 일은 전부 알고 있습니다만, 그것 이외엔 아무것도 모릅니다. 신문에 있는 것을 정확한 걸로 믿어도 좋을지, 이를테면 신부 실종이라고 하는 일에 대한 이 기사들을."

세인트 사이몬 경은 기사에 눈길을 보냈다.

"보도된 것은 모두 사실입니다."

"하지만 좀더 여러 가지 점을 모르고서는 아무래도 판단하기 어렵습니다. 한 번, 직접 질문을 드려 사실을 파악하고 싶습니다……"

"어서 물어보십시오."

"해티 도란 양을 처음으로 만나시게 된 것은 언제입니까?"

"샌프란시스코에서 1년 전에 만났습니다."

"미국으로 여행하셨군요?"

"그렇습니다."

"그때 약혼하셨습니까."

"아니오."

"하지만 친한 교제는 계셨겠지요?"

"해티와 교제하는 것은 유쾌했고, 그녀도 제가 기뻐하고 있음을 알고 있었을 겁니다."

"그녀의 아버님은 굉장한 부호라죠?"

"태평양 연안에서 제일 부호라고 알려져 있습니다."

"어떠한 일로 재산을 모으셨나요?"

"광산이지요. 몇 년 전에는 아무것도 가지고 있지 않습니다. 그런데 광맥을 제대로 찾아내고, 그래서 투자를 하여 불길처럼 일어났지요."

"그런데 그 아가씨의, 즉 당신 영부인의 성격에 대해서는 어떻게 생각하십니까?"

경은 코안경의 진동을 약간 빨리하며 눈길을 지그시 불길 쪽으로 보냈다. "그 점인데, 홈즈 씨" 하고 그는 말했다. "아내의 아버지가 부자가 되었을 때, 그녀는 벌써 20살이 넘어 있었습니다. 그녀는 그 때까지, 광산의 작업장을 자유롭게 뛰어다니든가 숲이나 산을 걸어다니든가 하고 있었기 때문에 학교에서보다는 오히려 자연으로부터 교육을 받았던 겁니다. 영국식으로 말하면 말괄량이 아가씨라고 할 수 있는 야성적이고 분방하며 강한 성격을 가지고 있어서 어떠한 종류의 전통에도 속박되는 일이 없습니다. 충동적, 아니, 화산 같다고 해야 할 정도였지요. 결단이 빠르고 작정한 일은 대담히 실행합니다. 그 반면――실은 이것이 없다면 저로서는 그녀를 저의 명예로운 집안에 받아들일 생각은 들지 않았을 테지만……" 경은 여기서 조금 거만을 떠는 헛기침을 했다. "근본은 기품이 있는 여성입니다. 영웅적으로 자기를 희생할 수 있으며 비열한 짓은 수치로 여기는 여성이라고 믿고 있습니다."

"사진을 갖고 계신가요?"

"이것을 가지고 왔습니다."

그는 로켓을 열어 아주 아름다운 부인의 정면 얼굴을 보였다. 그것은 사진이 아니라 상아 조각의 작은 상(像)으로 윤기 있는 검은머리며 커다란 눈이며 우아한 입매의 아름다움이 충분히 표현되어 있었다. 홈즈는 오랜 동안 열심히 그 상을 응시하고 있었다. 그리고는 로켓을 닫아 세인트 사이몬 경에게 돌려주었다.

"그럼, 그 뒤 아가씨가 런던에 오시고 다시 교제가 시작된 것이겠군요."

"그렇습니다. 지난번의 사교 계절(5월~7월)에 아버지가 데리고 왔던 거예요. 몇 번인가 만나는 사이 약혼하게 되었고, 지금은 결혼한 상태입니다."

"대단한 지참금을 가지고 왔다던데요?"
"상당한 것이었습니다. 우리 집안으로서는 뭐 보통 수준입니다만."
"그것은 물론 당신 손에 남게 되겠지요, 결혼은 기정 사실이니."
"글쎄, 그 점은 아직 알아보지 않았습니다만……"
"무리도 아닙니다. 결혼식 전날, 도란 양과 만나셨습니까?"
"만났습니다."
"기운이 있던가요?"
"더할 나위 없이 원기왕성했습니다. 이제부터의 생활에 대해서 줄곧 이야기하고 있었습니다."
"그렇군요, 흥미로운 일인데요, 결혼식 아침에는 어떠했습니까?"
"나무랄 데 없이 쾌활했습니다. 적어도 식이 끝날 때까지는."
"그러면 식이 끝났을 때 무엇인가 색다른 점이 보였단 말입니까?"
"네, 사실을 말하면 저는 그때 비로소 그녀의 기질에 조금 과민한 곳이 있음을 알게 되었던 겁니다. 그러나 말도 되지 않는 사소한 일로서, 사건에 관계가 있다고는 생각되지 않습니다."
"뭐, 그렇게 말씀하시지 말고 구체적으로 이야기해 주시지 않겠습니까?"
"유치한 일이라서. 퇴장하여 함께 교회 부속실로 돌아가는 도중에 그녀가 부케를 떨어뜨렸습니다. 마침 맨 앞좌석의 앞을 걷고 있을 때였는데, 부케는 그 좌석에 떨어졌습니다. 행렬이 잠시 멎었습니다만, 그 좌석의 신사가 그녀에게 곧 부케를 건네 주었으므로 아무 일없이 끝난 것처럼 생각했습니다. 그런데 나중에 제가 그때의 일을 입에 올렸더니 해티는 무뚝뚝하게 대답을 하였습니다. 그래서 돌아가는 마차 속에서도 이 사소한 사건 때문에 바보스러울 만큼 동요되고 있는 것 같았습니다."
"앞의 좌석에 어떤 신사가 있었다는 말씀이신가요? 식에는 일반

사람도 참석했습니까?"
"그렇습니다. 교회가 열려 있는 이상 오는 사람을 쫓을 수는 없으니까요."
"그 신사는 부인의 친구가 아닐까요?"
"천만에. 예의상 신사라고 부른 것이지, 그저 보통 사나이였습니다. 어떤 모습을 하고 있었는지도 거의 기억하고 있지 않을 정도입니다. 아무래도 이야기가 옆으로 빗나간 것 같군요."
"그러면 세인트 사이먼 경의 영부인은 식장에 들어갈 때만큼은 쾌활하지 않게 식장에서 나가신 셈이겠군요. 아버님 집으로 돌아오시고 난 다음에 영부인이 어떻게 하셨는지 말씀해 주십시오."
"하녀와 이야기를 하고 있었습니다."
"하녀란 누구입니까?"
"이름은 앨리스라고 합니다. 미국 여자로, 아내와 함께 캘리포니아에서 왔지요."
"부인 가까이에서 시중을 드는 여자란 말입니까?"
"조금 도가 지나칠 정도입니다. 제가 볼 때, 멋대로 하도록 내버려두는 것 같았습니다. 하기야 이러한 점에서 미국인은 우리들과 사고방식이 다르니까요."
"그 앨리스라는 하녀와 얼마쯤 이야기하고 있었습니까?"
"2, 3분이겠지요. 저는 다른 일을 생각하고 있었으니까요."
"두 사람의 이야기를 듣지 않으셨다는 말씀이로군요?"
"아내는 '클레임 점핑(채굴권을 횡령한다)'인지 뭔지 하는 말을 하고 있었습니다. 그녀는 곧잘 그런 종류의 속어를 사용하였지요. 어떠한 의미였는지 저로서는 모르겠습니다."
"미국 속어에는 꽤나 의미가 깊은 것이 있지요. 그래 하녀하고 이야기가 끝나고 나서 부인은 어떻게 하셨습니까."

"피로연 자리에 나갔습니다."

"당신이 에스코트하셔서?"

"아닙니다. 혼자서 갔습니다. 그녀는 그러한 자질구레한 일에 대해서는 지나치게 자기 방식대로 합니다. 우리들이 자리에 앉고서 10분쯤 지났을 무렵 별안간 일어서서 작은 목소리로 몇 마디 양해를 구하더니 방을 나갔습니다. 그러더니 돌아오지 않았던 거예요."

"하녀 앨리스의 증언에 의하면, 방에 돌아가 웨딩드레스 위에다 긴 외투를 걸치고 챙없는 모자를 쓰고 나가셨다고 했지요?"

"말씀하신 그대로입니다. 그런 뒤에 플로라 밀러와 함께 하이드 파크에 들어가는 것을 본 사람이 있습니다만, 이 여자는 지금 구류 중으로서 당일 아침 도란 댁에서 한바탕 소동을 일으킨 것도 그녀입니다."

"아, 그랬었군요. 그 젊은 여성의 일과 당신과의 관계에 대해서 조금 여쭙고 싶습니다만……."

세인트 사이몬 경은 어깨를 움츠리고 눈썹을 치켜올렸다.

"근 5, 6년 친하게 지내고 있었습니다. 아주 친하게 지냈다고 해도 좋겠지요. 옛날 알레그로 극장에 있었던 여자입니다. 나로서는 할 만큼의 일은 해주었기 때문에 이제 와서 불평을 들을 까닭은 없습니다만, 그러나 홈즈 씨, 아시다시피 여자라는 건 말입니다. 플로라는 귀여운 아가씨이지만 몹시 열에 들뜨기 쉬운 성미라 저에게 완전히 반해 있었습니다. 제가 결혼하기로 되었다는 이야기를 듣고서 위협하는 편지를 몇 통이나 보냈습니다. 결혼식을 그렇듯 조촐하게 한 것도 사실은 교회에서 한바탕 소란이 날 것을 걱정했기 때문입니다. 저희들이 결혼식에서 돌아오자 곧 도란 댁의 현관 앞에 나타나 아내를 갖은 욕설로 모욕하고 심지어는 협박하는 듯한 말을 지껄이며 억지로 들어오려고 하였습니다만, 어쩌면 이러한 일이 있을지도 모른다고 생각해서 경관을 두 사람 부탁하여 사복을 입혀놓았으므로 그들이 곧 쫓아 내주었습니다. 플로라는 떠들어 봐야 소용없음을 알자 순순해졌던 모양입니다."

"부인께서도 이 문제를 아셨습니까."

"아닙니다, 다행히 듣지 못한 것 같았습니다."

"그렇건만 나중에 그녀와 함께 걷고 계셨단 말이죠?"

"그렇습니다. 경시청의 레스트레이드 경감도 이 점을 중시하고 있습니다. 플로라가 아내를 꼬여 내어 무서운 덫을 마련하고 있지 않았을까 하는 것이지요."

"그렇군, 그러한 추정도 가능하겠군요."

"당신도 그렇게 생각하십니까?"

"그럴 거라고는 말하고 있지 않습니다. 하지만 당신은 있을 수 없는 일이라고 생각하시군요?"

"플로라는 파리 하나 죽이지 못하는 여자입니다."

"하지만 질투는 사람의 성격을 이상하게 바꾸는 법이지요. 그런데 이 사건에 대해 당신의 의견은 어떠하신지요?"

"아닙니다, 저는 의견을 들으러 온 것이지 제 생각을 말하러 온 것은 아닙니다. 사실을 그대로 모두 말했습니다. 그러나 물으시니까 말씀드리지만, 결혼으로 인한 흥분, 즉 높은 신분으로 올라섰다는 의식 말입니다. 그것이 아내에게 신경과민에 가까운 혼란을 준 것이 아닐까, 하고 생각했습니다."

"그렇다면, 별안간 정신이 이상해졌다고 말씀하시는 거로군요?"

"네, 저에게서 달아났다고 해서가 아니라 많은 사람이 소원하면서도 얻어지지 않았던 것을 버리고 갔다는 걸 생각해 볼 때, 사실 달리 설명이 되지 않으니까요."

"하긴 그러한 가정도 확실히 성립되겠지요." 홈즈는 미소지으며 말했다. "그런데 세인트 사이몬 경, 이걸로 필요한 자료는 거의 갖추어졌다고 생각합니다. 또 한 가지 묻겠습니다만, 피로연 자리에서 당신은 창 밖이 보이는 장소에 앉으셨습니까?"
"우리가 앉은 자리에서는 길 맞은쪽과 공원이 보였습니다."
"그랬을 테죠. 그럼, 이제 돌아가셔도 좋습니다. 나중에 연락하겠습니다."
"이 문제를 운좋게 해결하신다면 말이겠죠."
손님은 일어서면서 말했다.
"아닙니다, 이미 해결했습니다."
"네? 뭐라구요?"
"이미 해결했다고 말씀드렸습니다."
"그럼, 아내는 어디에 있습니까?"
"그 점도 곧 해결해 드리지요."
세인트 사이몬 경은 머리를 저었다. "그것에는 당신이나 저보다는 좀더 현명한 머리가 필요하지 않을까요?"라고 말하더니 위엄이 있는 고통스런 표정으로 절을 하고 돌아갔다.
"세인트 사이몬 경은 황송하게도 나의 두뇌를 자기의 것과 동격으로 인정해 주었지." 셜록 홈즈는 웃으면서 말했다. "까다로운 심문이 끝났으니까 위스키 소다와 시가를 들기로 하세. 나는 의뢰인이 들어오기 전에 벌써 결론을 내고 있었다네."
"설마!"
"나는 이것과 비슷한 사건 기록을 몇 개나 가지고 있어. 하기야 아까 말했던 것처럼 이렇게 멋진 것은 처음이지만 말일세. 모든 것을 다 검토하고 나서야 추측이 확신으로 바뀌었네. 상황 증거도 때에 따라서는 매우 의미를 갖는 법이네. 소로(헨리 데이빗 소로, 1817~63. 미국의 시인, 사상가)의 말은 아니지만, 우유 속에서

송어가 나왔을 경우에는 말이야."
"자네가 들은 만큼의 일은 나도 들었네."
"그러나 나는 자네와는 달리 여러 가지 전례를 알고 있으니까 말이야. 몇 년 전 스코틀랜드의 애버딘에서 비슷한 사건이 있었고 그리고 프랑스-프로이센전쟁 이듬해 뮌헨에서도 아주 비슷한 사건이 생겼지. 이번 것도 같은 경우야. 아니, 레스트레이드가 왔잖나! 안녕하시오, 레스트레이드. 그 식기장에 손님용 큰 잔이 있고 시가는 그 상자에 있소."

경감은 두꺼운 모직 재킷에 목도리를 두른, 아무리 보아도 하급 선원으로밖에 보이지 않는 복장을 하고 손에는 검은 자루를 들고 있었다. 그는 무뚝뚝하게 인사하고서 앉더니 시가에 불을 붙였다.

"어떻게 되었소?" 홈즈는 눈을 반짝이며 물었다. "불만스러운 얼굴을 하고 있군요."

"불만스런 얼굴이라고도 할 수 있겠지요. 세인트 사이몬 경의 신부 사건이라면 정말이지 넌더리가 나서…… 머리도 꼬리도 잡을 수가 없으니."

"허! 그거, 신기하군."

"이렇듯 까다로운 사건은 처음 겪게 되는군요. 어느 단서고 모두 손가락 사이로 달아나 버리니까 말이오. 오늘도 하루를 헛되이 보냈습니다."

"게다가 흠뻑 젖으셨구먼요."
홈즈는 경감의 재킷 소매를 만지면서 말했다.
"그렇지요. 하이드 파크의 서펜타인 연못 밑바닥을 뒤졌습니다."
"허어! 그것은 또 무엇 때문에?"
"세인트 사이몬 경 부인의 시체를 찾았던 겁니다."
셜록 홈즈는 의자에 등을 기대면서 웃어댔다.

"트러펠거 광장의 분수 연못도 조사했나요?"

"네? 어째서?"

"시체가 나올 가능성은 어느 연못이라고 마찬가지가 아니오?"

레스트레이드는 성이 난 얼굴로 홈즈를 흘겨보았다. "흥, 당신은 모든 것을 완전히 알고 계실 테니까요." 그가 으르렁거렸다.

"아니, 바로 조금 전에야 자세한 이야기를 들었을 뿐이라오. 하기야 짐작은 가오만."

"흥! 그럼, 서펜타인 연못은 이 사건에 관계가 없다고 생각한단 말이죠?"

"대체로 없다고 생각하오."

"그럼, 연못에서 이러한 물건이 나왔다는 건 어떠한 까닭인지 한번 설명해 주실까요."

그는 이렇게 말하면서 자루를 열고 물방울이 떨어지는 신부의 비단 드레스며 흰 공단 구두며 신부의 화환이며 또 베일 등, 어느 것이나 물에 젖어 변색한 물건을 바닥 위에 팽개쳤다. "보십시오"라고 마지막으로 새 결혼반지를 그 위에 얹으며 그는 말했다.

"어떻습니까, 홈즈 선생, 이것에는 좀 난처하시겠지요?"

"허허, 과연 그렇군요." 친구는 시가의 푸른 연기를 뿜어내며 말했다. "이것을 모두 서펜타인 연못에서 끌어올렸나요?"

"아니오, 기슭 가까이 떠있는 것을 공원의 관리인이 발견했습니다. 부인의 예복이라고 확인되었으므로, 옷이 있다면 시체도 멀리 있지 않으리라고 생각했던 겁니다."

"그 멋진 논법을 가지고서 생각한다면, 인간의 몸뚱이는 전부 옷장 곁에 있다는 것이 되겠군요. 그래, 당신은 이 물건에서 어떠한 결론을 끌어 내려고 했소?"

"부인의 실종에 플로라 밀러가 관계있다는 증거를 끌어 낼 수 있다

고 생각합니다."

"그것은 조금 어렵지 않을까요?"

"네? 정말로 그렇게 생각합니까?" 레스트레이드는 조금 불쾌한 듯이 외쳤다. "홈즈 선생, 당신의 연역법과 추리는 그다지 실제적이라고는 할 수 없는 것 같군요. 같은 시간 동안 꼭 두 가지 큰 잘못을 저지르고 계십니다. 이 옷은 어디까지나 플로라 밀러가 관계되고 있음을 나타내는 것입니다."

"그것은 또 어째서요?"

"이 옷에는 주머니가 있어요. 주머니에는 명함 지갑이 있죠. 명함 지갑 속에는 편지가 있구요, 이것이 그 편지입니다." 그는 눈 앞의 테이블에 그것을 때려붙이듯이 놓았다.

"한 번 들어 보십시오.

모든 것이 준비되는 대로 얼굴을 보이겠소. 즉시 와주오. F H N

보세요, 저는 처음부터 플로라 밀러가 세인트 사이몬 부인을 꼬여내 공모자와 짜고서 부인을 숨겼을 게 틀림없다고 짐작했던 거예요. 여기 F H N이라는 것은 그녀의 머리글자로서 의심할 여지 없이 이 편지를 문간에서 부인에게 살며시 건네 주어, 자기들 손아귀에 꼬여낸 거죠."
"제법 그럴싸하군요, 레스트레이드." 홈즈는 웃으면서 말했다. "정말 멋들어지오. 잠깐 보여 주실까요." 그는 이렇게 말하고 별로 대수롭지 않다는 듯 편지를 넘겨받았으나 갑자기 주의를 집중하더니 만족스러운 신음 소리를 내며 말했다.
"이것은 굉장한 것인데."
"어때요, 당신도 그렇게 생각되시지요?"
"생각되고말구요. 축하합니다."
레스트레이드는 자랑스럽다는 듯이 일어서 고개를 숙여 들여다봤다. 그는 "아니!"하고 외쳤다. "뒷면을 보고 계시지 않습니까."
"아니, 이쪽이 겉이오."
"겉이라고? 그럴 리가! 이쪽에 연필로 편지가 씌어져 있잖습니까."
"그런데 이쪽은 호텔 계산서의 반 조각 같아서, 그것이 흥미를 끄는군요."
"그런 것에선 아무것도 나오지 않아요. 저도 아까 보았지만" 하고 레스트레이드는 말했다.

'10월 4일 방값 8실링, 아침 식사 2실링 6펜스, 칵테일 1실링, 점심 식사 2실링 6펜스, 셰리 주 한 잔 8펜스.'

"그뿐, 아무것도 없잖습니까?"

"그렇게 보일 테지요. 그러나 이것이 중요하다는 점에는 변함이 없소. 하지만 편지 쪽도 최소한 머리글자는 중요하니까, 다시금 축하한다고 말하겠소."

"제기랄, 시간만 낭비하고 말았군." 레스트레이드는 이렇게 말하고 일어섰다. "저는 불 옆에 앉아 멋진 이론인지 뭔지를 늘어놓고 있는 일 따위가 아니라 근면한 노력 쪽을 더 존중합니다. 안녕히 계시오, 홈즈 선생. 어느 쪽이 먼저 사건의 진상을 규명해 낼지 이제 알게 될 테니까." 그는 젖은 옷가지를 모아 자루에 집어넣고 돌아가려 했다.

"레스트레이드, 한 가지만 힌트를 주지요." 홈즈는 라이벌이 나가기 전에 느릿한 목소리로 불러 세웠다. "문제의 진짜 해답을 가르쳐 드리지. 세인트 사이먼 부인이란 건 꾸며낸 이야기요. 그런 인물은 있지도 않거니와 있었던 일도 없소."

레스트레이드는 딱하다는 듯이 나의 친구를 바라보았다. 그리고서 나에게로 시선을 던지고 이마를 가볍게 세 번 두드리고는 머리를 진지하게 흔들어 보이더니 급히 돌아섰다.

경감이 문을 닫으려는 순간에 홈즈는 일어나서 외투를 입었다. "저 사나이는 집 밖에서 하는 일에 대해서 말했지만, 확실히 일리가 있어"라고 그는 말했다. "그러니 와트슨, 자네는 잠시 신문을 읽도록 하고 나는 나갔다 오기로 하지."

셜록 홈즈가 나를 두고 나간 것은 5시가 지나서였지만, 나는 그 뒤 심심해할 틈도 없었다. 한 시간도 지나기 전에 식품점의 심부름꾼이 납작한 상자를 가지고 나타났다. 그는 데리고 온 젊은이에게 거들게 하여 상자를 열더니, 놀라서 보고 있는 나의 눈앞에서 검소한 하숙집 마호가니 식탁 위에다 미식가다운, 약간 식은 저녁 식사를 차리기 시작했다. 차가운 도요새가 한 쌍에 꿩이 한 마리, 거위 간 파이, 게다가 거미집 투성이인 오래된 술이 몇 병인가 곁들여져 있었다. 이 진수성찬을 늘어놓고 나더니 두 심부름꾼은 음식값은 미리 지불되어 이집에 배달하도록 주문했다는 것 말고는 아무것도 설명하지 않고, 마치 아라비안나이트의 마법사처럼 사라졌다.

9시 조금 전에 셜록 홈즈가 기운차게 방에 돌아왔다. 엄숙한 표정을 하고 있지만 그 눈의 광채로 보아 헛다리를 짚은 것은 아니었구나 하고 나는 생각했다.

"오, 식사 준비를 하고 갔군." 그는 손을 비벼대며 말했다.

"누가 오는 모양이지? 다섯 사람 몫이나 차려놓고 갔네."

"응, 몇 사람 손님이 있을지도 모르네" 하고 그는 말했다. "세인트 사이몬 경은 벌써 와 있을 줄 알았는데 말야. 오, 계단의 발소리는 아무래도 경인 듯싶군."

소란스럽게 들어온 것은 정말 낮에 왔던 손님으로, 코안경을 한결 심하게 흔들거리며 귀족적인 얼굴에 몹시 당혹스런 표정을 띠고 있었다.

"심부름꾼이 갔었군요." 홈즈가 물었다.

"네, 사실을 말씀드리자면 편지를 받아보고 몹시 놀랐습니다. 그 이야기는 충분한 근거가 있는 일일까요?"

"가장 사실과 가깝습니다."

세인트 사이몬 경은 의자에 몸을 가라앉히고 이마로 손을 가져갔다. 그리고는 "공작은 뭐라고 하실까"라고 중얼거렸다. "집안의 한 사람이 이런 굴욕을 당했다고 들으신다면."

"정말 뜻밖의 사건입니다. 조금도 굴욕이라고는 생각되지 않습니다만……."

"그야 당신은 다른 관점에서 보고 계시니 그렇겠지요."

"누가 나쁘다고 할 순 없지요. 부인의 너무나도 당돌한 행동은 물론 유감입니다만, 그 경우 달리 방법은 없었던 것처럼 생각됩니다. 어머님이 계시지 않기 때문에, 이와 같은 막다른 입장에 처했을 때 의논 상대가 되어줄 사람이 없었던 겁니다."

"아니오, 모욕입니다. 공공연한 모욕입니다."

세인트 사이몬 경은 손가락으로 테이블을 두드리며 말했다.

"전례 없는 어려운 입장에 놓였던 이 가엾은 여인을 너그러이 보아주시지 않으면 안 됩니다."

"아니오, 그럴 수 없습니다. 저는 정말로 화가 나 있습니다. 사실 심한 수치를 당한 것이니까요."

"벨이 울린 모양입니다." 홈즈가 말했다. "아, 계단 쪽에서 발소리가 들리고 있군. 세인트 사이몬 경, 제가 관용을 부탁드려도 헛일인 것 같으니, 제가 부른 변호인을 만나주시는 편이 좋을지도 모릅니다." 그는 문을 열고 부인과 신사를 청해 들였다.

"세인트 사이몬 경" 하고 그는 말했다. "프랜시스 헤이 몰턴 부부를 소개하겠습니다. 부인 쪽은 이미 알고 계시리라고 생각합니다만."

새로 온 두 사람을 보자, 우리의 의뢰인은 의자에서 벌떡 일어나 눈을 내리깔고 한 손을 프록코트의 가슴에 집어넣고서 잠시 우뚝 서 버렸는데, 자못 상처받은 위엄의 그림 그 자체였다. 부인은 빨리 한 걸음 나서며 손을 내밀었지만, 그는 도무지 눈을 들려고도 않았다. 그의 결의를 관철하기 위해서는 그것도 좋았으리라고 여겨지는 것은, 그녀의 애원하는 얼굴은 도저히 저항하기 어려운 것이었기 때문이다.

"화를 내고 계시군요, 로버트." 그녀는 말했다. "정말로 무리도 아니라고 생각해요."

"변명 같은 건 말아 주시오." 사이몬 경은 불쾌한 듯이 말했다.

"제가 당신에게 죄송하기 이를 데 없는 일을 하고 말았다는 것도,

나가기 전에 말씀드렸어야만 했다는 것도 알고 있습니다. 하지만 전 조금 허둥거리는 상태였고 여기서 프랭크를 다시 만나고 나서부터는 무엇을 하고 있는지 무엇을 말하고 있는지 스스로도 모르게 되고 말았던 거예요. 결혼식 단 앞에서 기절하지 않았던 것이 이상할 정도예요."

"몰턴 부인, 사정을 말씀하시는 동안 저와 친구는 자리를 피하고 있는 편이 좋겠지요?"

"옆에서 실례이지만," 하고 처음 보는 신사가 끼여들었다. "저희들은 이번 일을 좀 지나치게 비밀로 하고 있었던 것 같습니다. 저로 말하면 온 유럽, 온 미국 사람에게 진상을 말씀드리고 싶습니다." 작은 몸집이지만 뼈대가 늠름하고 햇볕에 그을린 사나이로 수염을 깨끗이 깎고 있었으며 날카로운 얼굴 생김에 자못 쾌활한 태도였다.

"그럼, 제가 곧 이야기하겠어요." 부인이 말했다. "여기 있는 프랭크와 저는 81년에 록키 산맥 근처의 맥과이어라는 아버지의 광구(鑛區)가 있었던 곳에서 알게 되었습니다. 프랭크와 전 약혼했지요. 그런데 아버지는 어느 날, 풍부한 광맥을 발견하여 순식간에 부자가 되었습니다만, 이 프랭크의 광구 쪽은 광맥이 점점 가늘어지더니 나중에는 그만 광산을 폐쇄하게 되었습니다. 아버지는 갈수록 부자가 되었건만 프랭크는 가난해지기만 했지요. 그래서 아버지는 마침내 약혼을 취소하라고 저를 샌프란시스코로 데리고 갔던 거예요. 그러나 프랭크는 단념하지 않았습니다. 저의 뒤를 쫓아와 아버지 모르게 저와 만났던 거지요. 아버지가 알면 성낼 것이 뻔했으므로, 저희들은 모든 것을 둘이서 결정했습니다. 프랭크는 다시 한 번 돌아가서 재산을 만들어 갖고 오겠다면서, 아버지만큼 부자가 되기 전에는 저하고 결혼하러 돌아오지 않겠다고 말했습니다. 그래서 전 언제까지라도 기다리겠다고 약속하고, 프랭크가 살아 있는 동안은 다른 사람과 절대로 결혼하지 않는다고 맹세했습니다. '그렇다면 지금 곧 결혼하면 어째서 안 되는 거지? 그렇게 하면 당신을 믿고 있을 수 있소. 그리고 이번에 돌아올 때까지는 결코 당신의 남편이라는 둥 말하면서 나서지 않겠소.' 그는 말했습니다. 그래서 둘이서 의논하여, 그가 모든 일을 척척 진행시켜 목사님도 입회 아래 곧 그 자리에서 식을 올렸습니다. 그리고 나서 프랭크는 한 재산 만들려고 떠나고 저는 아버지가 계신 곳으로 돌아갔습니다.

그 뒤, 들려오는 소식으로는 프랭크는 몬태나에 있다는 것이었습니다. 그러다 애리조나의 광산을 파러 갔고 다음에는 뉴멕시코에 있다고 들었습니다. 그 뒤 신문에 아파치족의 인디언이 광산촌을 습격했다고 하는 긴 기사가 나고 살해된 사람의 명단 속에 프랭크의 이름이 나와 있었습니다. 저는 정신이 아득해지며 그대로 몇 개월 몸져눕고 말았습니다. 아버지는 폐병이라고 생각했던 모양으로 온 샌프란시스코에 있는 의사의 절반쯤은 저를 진찰하도록 했습니다.

1년 남짓 지났건만 한 마디의 소식도 없어 저는 프랭크가 정말로 죽은 것임을 의심하지 않았습니다. 그때 세인트 사이몬 경이 샌프란시스코에 오셔서 저희들은 런던으로 가서 결혼하기로 했습니다. 아버지는 크게 기뻐하셨습니다만, 저는 제 마음 속에서 어떤 남자도 프랭크를 대신할 수 없다고 언제나 생각하고 있었습니다.

하지만 물론 세인트 사이몬 경과 결혼한다면 아내로서 경에게 의무를 다할 작정이었습니다. 애정은 어쩔 수 없는 것이지만 행동은 의지대로 할 수 있으니까요. 경과 함께 결혼식 단에 나아갔을 때에는 저도 할 수 있는 한 좋은 아내가 되겠다는 마음이었습니다. 하지만 그 때의 저의 심정을 상상이라도 하실 수 있을까요? 결혼식 단의 난간까지 와서 문득 돌아다보았더니, 맨 앞좌석에 프랭크가 서서 저를 지그시 보고 있지 않겠어요. 저는 처음에 유령인가 싶었습니다. 하지만 다시 한 번 돌아다보았더니 역시 같은 장소에 서서 자기를 만나 기쁘냐 아니면 슬프냐 라고 묻는 듯한 눈초리로 저를 보고 있었습니다. 전 그때 용케도 쓰러지지 않았구나 하고 지금도 생각합니다. 눈앞이 빙글빙글 돌고 목사님의 말씀은 마치 벌이 윙윙거리는 소리처럼 귓속에서 울렸습니다. 어찌하면 좋을지 몰랐습니다. 식을 중단하고 교회에서 소동을 일으켜도 좋은 것일까. 다시 한 번 프랭크 쪽을 보았더니, 제가 생각하고 있는 것을 알고 있는 모양으로 입술 위에 손가락을 대고 가만히 있으라고 신호했습니다. 그 뒤 종이조각에 무언가 쓰고 있는 게 보였으므로, 저에게 보낼 쪽지라고 생각했습니다. 퇴장하다가 그의 좌석 앞을 지날 때 일부러 그의 위에 부케를 떨어뜨렸고 그는 꽃다발을 돌려 주면서 저의 손에 살며시 종이조각을 쥐어주었습니다. 신호를 하면 오라고 한 줄만 씌어져 있었습니다. 물론 저는 지금이 프랭크에게 저의 첫 번째 의무를 다할 순간이라는 것을 조금도 의심치 않았기 때문에, 모든 걸 그가 말하는 대로 하리라 결심했습니다.

돌아오자 하녀에게 이 이야기를 했습니다. 캘리포니아에 있을 무렵부터 그를 알고 있고 언제나 그의 편이었던 하녀입니다. 저는 하녀에게 입을 다물고 있도록 이르고, 몇 가지 물건을 챙기고 긴 외투를 내놓도록 일렀습니다. 세인트 사이몬 경에게 미리 말씀을 드려야만 한다는 건 알고 있었지만, 경의 어머님이나 신분이 높은 분들 앞에서 그런 이야기를 하다니 생각만 해도 무서운 일이었습니다. 지금은 이대로 달아나고 나중에 설명해 드리려고 생각했습니다. 좌석에 앉고 나서 10분도 지나기 전에 길의 맞은편에 프랭크가 있는 게 창 너머로 보였습니다. 그는 저에게 신호를 하더니 공원으로 들어갔습니다. 저는 살며시 빠져나와 준비를 하고 뒤쫓았습니다. 낯선 부인이 다가와서 세인트 사이몬 경의 일을 이것저것 이야기했습니다. 별로 들을 생각은 아니었습니다만, 경에게도 결혼 전에 조그마한 비밀이 있었던 것 같은 이야기였습니다. 하지만 저는 그 여자에게서 벗어나 곧 프랭크를 뒤따라갔습니다. 둘이서 승합 마차를 타고 프랭크가 머물고 있던 고든 스퀘어의 하숙에 가서, 그야말로 긴 세월 기다리고 기다렸던 진짜 결혼을 했습니다. 프랭크는 아파치족의 포로가 되어 있다가 탈출해 샌프란시스코에 갔으며, 제가 그는 죽은 거라고 단념하고서 영국에 건너갔다고 듣자 저를 쫓아 영국까지 와서 결국 저의 두 번째 결혼식날 아침에 겨우 저하고 만났던 것이었습니다."

"신문에서 보았지요"라고 미국인은 설명했다. "신부의 이름과 교회가 나와 있었습니다만, 신부가 어디 사는지는 몰랐기 때문에."

"그리고 나서 둘이 앞으로의 일을 의논했습니다. 프랭크는 무엇이고 모두 밝히는 편이 좋다고 말했습니다만, 저는 이번 일이 정말 부끄러웠기 때문에 이대로 모습을 감추고 이젠 그 사람들과는 두 번 다시 만나지 않으리라고 생각했을 정도입니다. 아버지에게만은 간단한 편지를 써서 제가 무사하다는 걸 알려드리고 싶었지만……피로연 자리에서 제가 돌아오기를 기다리고 계실 신분 높은 신사분들이며 부인들의 일을 생각하면, 다만 그저 무서웠던 거예요. 그래서 프랭크가 신부 예복을 모두 한 묶음으로 하여 아무에게도 발견되지 않을 듯한 장소에 버리러 갔습니다. 이 홈즈 씨라고 하시는 친절한 신사분이 어떻게 저희들이 있는 장소를 아시게 되었는지 모릅니다만, 오늘밤 찾아오셔서 저의 생각은 잘못이고 프랭크 쪽이 옳다는 것, 언제까지라도 비밀로 해두고 있으면 저희들은 나쁜 일을 하고 있다고 시인하는 거나 같다고 하는 일을 분명히 친절하게 타일러 주시지 않았다면 저희들은 내일 파리를 향해 떠나고 말 참이었습니다. 그리고 세인트 사이몬 경과 저희들하고만 이야기할 수 있는 기회를 만들어 주셨으므로 곧 이곳을 찾아왔습니다. 자 로버트, 이걸로 모든 걸 다 말씀드렸어요. 걱정을 끼쳐 드린 것은 정말 죄송하기 이를 데 없지만, 부디 저를 너무 경멸하지 말아 주세요."

세인트 사이몬 경은 뻣뻣한 태도를 조금도 풀지 않고 눈살을 찌푸리고 입을 꼭 다물고서 이 긴 이야기에 귀를 기울이고 있었다.

"실례지만"하고 그는 말했다. "저는 극히 은밀한 개인적인 사항을, 이렇게 타인이 있는 자리에서 이야기하는 습관을 가지고 있지 않습니다."

"그럼, 용서해 주시지 않는 거로군요. 작별의 악수라도 해주시지 않겠어요?"

"물론 하고말고요, 소원이시라면."

그는 손을 내밀어 그녀가 내민 손을 쌀쌀하게 쥐었다.

"저의 생각으로는"라고 홈즈가 권했다. "당신에게도 화해의 식탁에 참가해 주셨으면 좋겠는데요."

"그것은 조금 지나친 제의라고 생각합니다." 경은 대답했다. "이번 일로는, 묵묵히 물러갈 수밖에는 도리가 없겠지요. 그러나 저분들과 함께 어울려 기뻐하지는 못할 것 같습니다. 당신의 양해를 구하고 저는 이만 여기서 작별을 고하고 싶습니다." 그는 우리들 네 사람에게 한꺼번에 갑자기 인사하고 어깨를 추켜올리며 방을 나갔다.

"그럼, 당신들만은 함께 계셔 주시겠지요?" 셜록 홈즈는 말했다. "몰턴 씨, 미국분을 만나는 것은 매우 유쾌한 일입니다. 저는 옛날 어떤 왕이 바보스런 짓을 하든가 어떤 대신이 실수를 저질렀다(국왕과 대신이라고 하는 것은 미국독립 당시의 영국왕 조지 3세 및 당시의 수상 노스 경을 가리킴)고 하여, 우리들의 자손이 언젠가 세계에 걸친 국가를 만들고 유니언 잭과 성조기를 짝지은 국기를 내거는 일에 방해는 되지 않는다고 믿고 있는 사람이기 때문입니다."

"이 사건의 흥미로운 점은" 손님이 돌아가고 나서 홈즈가 말했다. "얼핏 보아 거의 해결 불가능이라고 생각되는 사건이라도 참으로 간단하게 풀릴 수 있는 것이라는 걸 분명히 제시해준 점에 있었네. 그 부인의 이야기를 들어 보면 이만큼 자연스런 사태의 진전은 없다고 생각되지만, 다른 한편 이를 런던 경시청의 레스트레이드 경감 등이 내린 결말만을 보면, 이만큼 이상한 일도 없다는 것이 되는 걸세."

"그러면 자네는 전혀 애를 먹지 않았단 말인가?"

"처음부터 두 가지 사실을 분명히 알 수 있었네. 그 부인이 진심으로 기뻐하며 결혼식을 맞이했다는 사실과 식장에서 돌아가는 짧은 시간 동안에 그녀가 결혼을 후회하기 시작했다는 사실이지. 명백히 그녀의 마음을 바꾸게 하는 듯한 사건이 아침에 생겼던 것일세. 이 사건이란 대체 무엇일까. 집을 나오고 나서 쭉 신랑과 함께 있었으므로 누군가와 이야기를 했다고는 생각되지 않았네. 그럼, 누군가를 발견했던 것일까. 만일 그렇다고 한다면, 그것은 미국에서 온 사람이 아니면 안 되네. 그녀는 극히 최근에 영국에 왔을 뿐이므로, 모습을 보이는 것만으로 결혼 계획을 완전히 바꿔 놓게 할 만큼 그녀에게 강한 영향력을 가진 사나이가 이 나라에 있다고는 생각될 수 없으니까 말일세. 이렇게 소거법으로 생각하면, 그녀는 그 날 아침 미국인과 만났다는 결론에 어렵지 않게 도달할 수 있잖은가. 그럼, 그 미국인이란 어떤 사람이길래 그녀에게 그렇듯 강한 영향력을 갖는 것일까. 애인일지도 모르고, 남편일지도 모르네. 들은 바에 의하면, 그녀의 처녀 시절은 거친 환경 속에서, 보통과는 다른 상황 아래에서 보내졌다고 했네. 나는 여기까지 추정을 하고 나서 세인트 사이몬 경의 이야기를 들었던 것일세. 경의 이야기로 맨 앞에 있었던 사나이의 일, 신부의 태도가 바뀌었던 일, 부케를 떨어뜨린다고 하는 편지를 주고받을 때 쓰는 얕은 수단이 사용되었다는 일, 그녀가 신임하는 하녀에게 무엇인가 부탁한 일, 그리하여 마지막으로 그녀가 클레임 점핑──이것은 광산가의 용어로서 타인이 앞서 가지고 있는 채굴권을 횡령한다는 의미일세──이라는 말을 쓰고 있었다고 하는 의미심장한 사실, 이와 같은 일을 듣게 되자 사건의 줄거리는 완전히 명백해졌다네. 그녀는 남자와 함께 달아난 것이고, 그 남자란 그녀의 애인이거나 원래의 남편일 테지만, 아마도 남편이라고 생각하는 게 들어맞으리라고 생각한 것일세."
"그렇긴 하더라도 어떻게 두 사람을 찾아냈나?"
"어려운 일이었지만, 우리들의 친구 레스트레이드가 자신은 그 가치를 모르는 채 자료를 입수하고 있었지. 머리글자가 극히 중요한 것이었다는 건 말할 것도 없지만, 그것 못지 않게 중요한 것은 사나이가 요 한 주일 동안에 런던의 일류 호텔에서 계산을 지불했다는 사실이 알려진 일이야."
"어떤 점에서 일류 호텔이라고 판단했나?"
"비싼 가격에서지. 방값이 8실링, 셰리 주 한 잔에 8펜스…… 등등. 이는 최고급 호텔일 것이 뻔하지. 이런 요금을 받는 호텔은 런던에도 많지 않아. 노섬버랜드 거리에서 두 번째로 들어간 호텔에서 숙박부를 조사하여 프랜시스 헤이 몰턴이라는 미국 신사가 전날까지 숙박하고 있었음을 알고 그 계산서를 보여 달라고 했더니, 예의 영수증에 있었던 것과 똑같은 기재 사항이 발견되었다네. 그에게 오는 편지는 고든 스퀘어의 226번지에 배달하기로 되어 있었어. 거기에 가 보았더니 이 사랑하는 부부가 마침 집에 있었으므로 어버이 역할 비슷한 충고를 하고 세상 사람에 대해서, 특히 세인트 사이먼 경에 대해서 당신들의 입장을 좀더 명백히 하는 편이 어느 점으로 생각하더라도 유리하지 않느냐고 들려주었지. 여기에 와서 경과 만나도록 권했고, 알다시피 경 쪽도 오게끔 했던 것일세."
"그러나 썩 좋은 결과는 아니었지." 나는 말했다. "경의 행동은 별로 관대하지 않은 것 같았어."
"아, 그것은 와트슨." 홈즈는 웃으면서 말했다. "구애, 결혼의 꽤 까다로운 과정을 거친 끝에 갑자기 아내와 재산을 빼앗겼다면 자네라고 관대할 수만은 없을 거야. 우리들은 세인트 사이먼 경에게 크게 동정을 느끼는 한편 그러한 처지에 놓이는 일 따위는 있을 것 같지도 않는 서로의 운명을 감사하는 편이 좋을 걸세. 여보게, 의자를 당기고 바이올린을 집어 주게나. 우리들에게 지금 남겨진 유일한 문제는 이 호젓한 가을밤을 어떻게 보낼 것인가 하는 거니까."

너도밤나무 숲

"예술 그 자체를 위해 예술을 사랑하는 자는" 하고 셜록 홈즈는 데일리 텔레그라프지의 광고면을 옆에 밀어 놓으며 말하기 시작했다. "조금도 중요하지 않고 보잘것없는 표현 속에서도 굉장한 기쁨을 느끼는 일이 흔히 있는 법이야. 와트슨, 자네는 이 진리를 잘 이해하고 있는 것 같아. 자네는 내가 다뤘던 사건을 친절히 기록하여 때로는 미화까지 시켜주고 있지만 세상에 평판이 나고 내 이름이 높아진 유명한 사건이나 재판보다, 사건으로서는 평범하지만 나의 영역인 추리나 논리적인 종합의 재능을 발휘할 수 있었던 사건 쪽을 더 비중을 두므로 나는 믿음직하게 생각하고 있네."

"하지만" 나는 미소지으며 대답했다. "내가 쓴 것을 선정적이라고 하는 사람도 있는데 그렇게 생각되는 면도 있지."

"그렇군, 자네의 결점은 아마……" 그는 빨개진 숯을 부젓가락으로 집어 긴 벚나무 파이프 불을 옮겨 붙이며 비평하기 시작했다. 그는 사색적인 기분에서 빠져나와 토론을 하고 싶어지면 사기 파이프를 쓰지 않고 언제나 이 벚나무 파이프를 즐겨 사용하는 것이었다.

"……자네의 결점은 아마 이야기에 개성과 생기를 주려고 하는 데 있을 걸세. 원인으로부터 결과를 엄격히 밟아 가는 추리 과정만이 문제로 삼을 가치가 있는 것이므로 그것만을 써주었으면 하네."

"자네를 왜곡해서 쓴 기억은 없네."

나는 친구의 강한 자의식에 반발을 느끼면서 무뚝뚝하게 대답했다. 내가 재삼 깨달은 바로서는, 이 자부심이 그의 색다른 성격을 만드는 데 큰 힘이 되어 있다는 것이었다.

"아냐, 이기심이나 자만심으로 말하고 있는 게 아닐세." 그의 대답은 언제나처럼 나의 감정까지 꿰뚫어보고 있었다. "내가 내 일에 대해서 완전한 정의를 요구하는 것은 그것이 비개인적인 것이기 때문이라네. 나 자신을 초월한 문제인 거야. 범죄는 어디에나 있지 않나. 하지만 논리적인 추리는 좀처럼 없지. 그러니까 자네도 사건으로서가 아닌 추리를 쓰지 않으면 안 되는 거야. 자네는 일련의 강의이기도 할 것을 소설로까지 전락시키고 있네."

으슬으슬 추운 이른 봄 아침의 일로, 우리들은 아침 식사를 끝낸 뒤 베이커 거리의 낯익은 방에서 이글이글 불타는 불가의 양 옆에 앉아 있었다. 거리에는 짙은 안개가 깔려 집들은 거무죽죽하게 보이고 건너편 집의 창문은 노랗게 소용돌이치는 안개를 통해서 어렴풋한 검은 얼룩처럼 보였다. 방에는 가스등이 켜져 있고 아침 식사의 뒷설거지가 끝나 있지 않았으므로 테이블 보가 새하얗게 비치고 접시며 포트 등이 반짝거리고 있었다. 셜록 홈즈는 아침부터 말없이 많은 신문의 광고란을 차례차례 조사하고 있었는데, 겨우 단념한 모양인지 시무룩한 태도로 내 작품의 단점에 대해 지적하기 시작했다.

"그렇다고는 하나" 그는 긴 파이프를 입에 물고서 난로불을 지그시 바라보고 있더니 다시 말을 이었다. "자네가 쓰는 것을 선정적이라고 하며 비난하는 건 잘못이야. 자네가 흥미를 가진 사건은 법률적으로는 범죄가 되지 않는 게 대부분이기 때문이지. 이를테면 보헤미아 왕을 도우려 했던 장난 같은 일이며, 메어리 서더랜드 양의 색다른 경험이며, 또 입술이 뒤틀린 사나이며, 독신 귀족의 경우만 하더라도 모두 법률의 범위 밖에 있었던 문제이니까 말일세. 하지만 자네는 선정적이 되지 않도록 지나치게 신경을 썼기 때문에 평범에 가까워지고 말았을지도 모르네."

"결과는 그렇게 되었을지도 모르지." 나는 대답했다. "그러나 내가 쓰고자 한 해결 방법은 참신하고 재미있는 것뿐이었다네."

"흥! 이빨을 보고도 직공을 식별하지 못하고, 왼손의 엄지손가락을 보고도 식자공이라고 판별할 수 없는 그러한 부주의한 독자들이 분석이며 추리의 아름다움을 알 수 있을까. 하지만 자네가 쓰는 이야기가 평범하다고 해서 자네만을 탓할 수는 없지. 대사건이라고 할 만한 건 이미 과거의 것이 되어 버렸으니까. 지금은 인간, 이렇게 말하면 지나칠지도 모르겠고 적어도 범죄자는 모험심이나 독창성을 잃고 있어. 내 자신의 작은 일만 하더라도 잃어버린 연필을 찾아낸다든가 기숙 학교를 갓 나온 풋내기 아가씨들에게 충고를 하는 데까지 떨어지고 있어. 하지만 그렇긴 하더라도 이제 내려갈 수 있는 데까지 내려간 것 같군. 이 편지는 오늘 아침 받은 것인데, 이것이 아마 제일 시원치 않은 것 같네. 읽어보게."

그는 꾸깃꾸깃해진 편지를 나에게 던졌다. 보니까 전날 밤 몬터규 플레이스에서 붙인 것으로서 내용은 다음과 같았다.

셜록 홈즈 씨, 저는 지금 가정교사 자리를 권유받고 있습니다만, 그것을 맡아야 좋을지 어떨지 모르므로 꼭 의견을 들어보고 싶습니다. 내일 아침 10시 반에 찾아뵙겠으니 부디 잘 부탁드리겠습니다.

바이올릿 헌터

"자네, 이 여자를 알고 있나?" 나는 물었다.

"아니, 몰라."

"벌써 10시 반이네."

"응, 지금 울리고 있는 벨이 바로 그것일 테지."

"이것은 자네가 생각하는 것보다 재미있는 사건이 될지도 모르네. 언젠가의 푸른 가닛 사건만 하더라도 처음에는 단순한 장난으로밖에 생각되지 않았지만, 그러는 사이 대사건으로 발전하지 않았는가. 이번 것도 그렇게 되지 않으란 법은 없지."

"응, 그렇다면 좋겠지만. 그렇게 말하고 있는 동안에 정작 본인이 온 모양이니까 그것도 곧 알 수 있게 되겠지."

그의 말이 끝나기도 전에 문이 열리고 젊은 여인이 들어왔다. 검소하지만 단정한 복장을 하고 있으며, 물떼새의 알과 같은 주근깨가 있는 얼굴은 생기있고 현명해 보였고 혼자 힘으로 세상을 살아온 여자답게 태도 역시 활발하였다.

"갑자기 방해를 드리게 되어 죄송해요." 그녀는 나의 친구가 일어나며 맞이하는 데 대해 인사를 했다. "저는 참으로 아주 이상한 경험을 했습니다만, 의논할 만한 부모님도 친척도 없으므로 의견을 듣고 싶어서……"

"자 헌터 양, 어서 앉으십시오. 도움이 된다면 무엇이든지 기꺼이 해드리지요."

나는 홈즈가 새로운 의뢰인의 태도며 말솜씨에 호감을 품었다는 것을 알 수 있었다. 그는 예의 날카로움으로 그녀를 관찰하고 나서 눈을 감고 두 손의 손가락 끝을 맞추며 이야기를 들으려고 귀를 기울였다. 그녀는 이야기를 시작했다.

"저는 5년 동안 가정교사를 해왔습니다. 스펜스 먼로 대령 댁에 있었지요. 하지만 두 달쯤 전에 대령이 노바스코샤(캐나다 남동부의

반도)의 핼리팩스로 전근가시면서 자제분도 데리고 캐나다에 건너가시게 되어, 저는 실직하고 말았습니다. 그래서 신문광고를 내기도 하고 광고를 보고 찾아가기도 했습니다만, 도무지 뜻대로 되지 않았습니다. 그러는 사이 얼마 되지 않는 저축도 바닥이 나게 되어 어떻게 하면 좋을지 막막하기만 했습니다.

웨스트엔드에 웨스터웨이라는 유명한 여성 가정교사 소개소가 있습니다. 저는 적당한 일자리가 없을까 하여 여기에도 한 주일에 한 번쯤 찾아가고 있었습니다. 웨스터웨이라는 소개소를 시작한 사람의 이름이지만, 지금은 스토퍼 양이라는 분이 관리하고 있습니다. 스토퍼 양은 좁은 사무실에 앉아 계시고 직장을 구하는 여성은 대기실에서 기다리며, 차례가 와서 안에 들어가면 그녀는 장부를 보고 적당한 일자리가 있는지 없는지 상담해주는 겁니다.

그런데 지난 주일 그곳에 갔더니 언제나처럼 비좁은 사무실로 안

너도밤나무 숲 347

내되었는데, 그날은 스토퍼 양뿐 아니라 남자분이 계셨습니다. 옷는 얼굴에 겹겹이 진 주름이 목까지 늘어질 정도로 살찐 턱을 가진 몹시 뚱뚱한 신사로 스토퍼 양 옆에 앉아 코안경을 쓰고 들어오는 구직자를 열심히 응시하고 계셨습니다. 제가 들어가자 의자에서 엉덩이를 들며 곧 스토퍼 양을 향해 말했습니다. '이 사람이 좋습니다! 이 이상의 사람은 아무리 찾더라도 발견될 것 같지 않군요, 네, 좋습니다. 좋습니다.' 아주 마음에 들었던지 싱글벙글 손을 비벼대고 계셨습니다. 정말로 소탈하게 느껴지는 분이어서 보기만 하여도 믿음직해지는 분이었지요.

'아가씨, 당신은 일자리를 찾고 계시겠지요?'라고 저에게 물으셨습니다.

'네, 그렇습니다.'

'가정교사 일자리를 말이죠?'

'네.'

'급료는 어느 만큼 바라십니까?'

'전에 있었던 스펜스 먼로 대령 댁에서는 한 달에 4파운드 받고 있었습니다.'

'네? 뭐라고요? 그것은 너무하군. 정말 착취요!' 그분은 분개하여 견딜 수 없다는 듯이 살찐 두 손을 내밀며 외쳤습니다. 이렇듯 아름답고 교양있는 여자분에게 그것밖에 지불하지 않다니, 너무하지 않나!'

'하지만 저는 당신이 생각하시는 것처럼 깊은 교양을 가지고 있진 않아요.' 저는 말했습니다. '불어와 독일어를 조금, 그리고 음악과 그림에 대해서……'

'쯧, 쯧' 그분은 혀를 차셨습니다. '그런 일은 문제 밖이오. 중요한 것은 숙녀다운 태도와 예의가 갖추어져 있느냐 어떠냐 하는 겁니다. 이것은 새삼 말하지 않더라도 알고 계실 테죠. 만일 당신에게 그것이 없다면, 장차 이 나라 역사의 중요한 부분을 맡게 될지도 모를 어린이를 가르치는 데는 부적당하다는 말이 됩니다. 하지만 만일 당신에게 그만한 자격이 있다고 하면, 적어도 세 자리 액수를 보수로 내놓는 게 당연하다고 할 수 있죠. 아가씨, 만일 저의 집에 와주신다면 처음에는 1년에 100파운드를 약속하겠습니다.'

홈즈 씨, 이해해 주시리라고 생각합니다만, 아무리 제가 돈에 곤란을 받고 있더라도 이 이야기는 너무나 좋은 조건이라 정말이라고 여겨지지 않았습니다. 하지만 그 신사는 저의 얼굴에 떠오른 미심쩍어하는 빛을 곧 깨달았던 모양으로 지갑을 꺼내더니 지폐를 한 장 꺼내셨습니다.

'이것도 내 방식이지요'라고 군살이 주름잡힌 얼굴 속에서 눈을 실처럼 좁히고 싱글벙글 웃으며 말했습니다.

'나는 이야기가 정해지면 급료의 반을 선불합니다. 여비며 의복 준비에 사용해 주십시오.'

저는 이렇듯 사람을 꼼짝 못하게 하고 사려깊은 사람과 만나는 것은 처음이라고 생각했습니다. 벌써 여러 가게에 빚을 지고 있었으므로 선불을 해주시는 것은 큰 도움이 됩니다. 그러나 부자연스런 느낌도 들었으므로 약속을 하기 전에 좀더 자세히 여쭈어 보리라고 생각했습니다.

'그러면 댁은 어디신지요?'

'햄프셔요. 아름다운 농촌 지방이랍니다. 윈체스터에서 5마일쯤 떨어진 너도밤나무 숲이지요. 가장 좋은 시골이고 가장 오래된 시골집이 있지요.'

'제가 할 일은? 미리 알았으면 좋겠는데요.'

'어린아이가 하나 있지요. 올해 6살 난 개구쟁이입니다. 슬리퍼로 바퀴벌레 죽이는 걸 한 번 보여드리고 싶을 정도이죠. 철썩! 철썩! 철썩! 눈 깜짝하는 사이에 세 마리쯤은 잡는답니다.' 그분은 의자에 등을 기대고는 또 눈을 실처럼 뜨고서 웃으셨습니다.

저는 어린아이의 거친 장난에는 조금 놀랐습니다만, 아버님이 그것을 유쾌한 듯이 말씀하셨기 때문에 아마 농담을 하는 거라고 생각했습니다.

'그럼, 아드님의 시중만 들면 되나요?' 하고 물어 보았습니다.

'아니 아가씨, 그밖에도 있지요.' 하고 그는 힘차게 말했습니다. '머리가 좋은 당신이니만큼 벌써 눈치챘으리라고 생각하지만, 집사람이 부탁하는 일도 해주십사하는 겁니다. 뭐, 여자로서 무리없이 할 수 있는 간단한 일뿐입니다. 별로 까다롭지는 않다고 생각되지만, 글쎄 어떨는지?'

'도움이 된다면 기꺼이 하겠습니다.'

'아니, 걱정할 것 없어요. 이를테면 복장 문제인데요. 저희들은 변덕스런 편이지만 마음은 착한 축에 듭니다. 그래, 만일 이쪽에서 옷을 내놓고 이것을 입어 주십시오, 라고 부탁한다면 저희들의 변덕을 들어 주시겠습니까?'

저는 '네'라고 대답했습니다만, 마음속으로는 꽤나 어처구니없었습니다.

'그리고 또 여기에 앉아 주십시오, 저기에 앉아요, 라고 부탁드리더라도 별로 언짢아하시지는 않겠지요.'

'네, 결코.'

'그럼, 집에 와주시기 전에 머리를 자르도록 부탁한다면?'

저는 잘못 들은 게 아닌가 싶었습니다. 홈즈 씨, 보시다시피 저의 머리는 숱이 많고 일종의 특별한 밤색을 띠고 있습니다. 심지어는 예술적이라는 말까지 듣고 있지요. 그것을 이렇듯 종잡을 수 없는 일에 희생시키고 싶지는 않았습니다.
 '죄송합니다만, 그것만은 말씀을 따르기 어렵습니다' 하고 저는 말했습니다. 그 신사는 가느다란 눈으로 지그시 내 쪽을 보고 있었습니다만, 그 대답을 듣더니 언뜻 얼굴을 찌푸렸습니다.
 '실은 그 머리가 가장 문제라서 말입니다'라고 그는 말했습니다. '집사람의 취미인 겁니다. 아시고 계실 테지만, 아가씨, 여성의 취미라는 것은 들어주지 않으며 성가신 겁니다. 그럼, 당신은 머리를 자르는 게 싫습니까?'
 '네, 이것만은 자를 수 없습니다.'
 저는 분명히 거절했습니다.
 '아, 그렇다면 좋아요. 이것으로 이야기는 끝난 셈입니다. 유감이로군요. 다른 점에선 당신과 같이 나무랄 데 없는 분은 없는데 말입니다. 그럼, 스토퍼 양, 좀더 다른 사람과 만나게 해 주십시오.'
 스토퍼 양은 그동안 내내 우리들의 이야기에 조금도 참견을 않고 서류 정리를 하고 있었습니다만, 이때 자못 난처한 얼굴로 저를 바라보았지요. 제가 거절했기 때문에 상당한 수수료가 날아가 버린 것이 아닐까, 하고 저는 그만 걱정이 되었습니다.
 '당신은 그래도 구직자 명부에 이름을 올려놓고 싶습니까' 하고 그녀는 물었습니다.
 '네, 부탁드리겠어요.'
 '그래요? 하지만 헛일이에요. 이렇듯 좋은 자리를 그리 간단히 거절한다면' 하고 스토퍼 양은 쌀쌀하게 말했습니다. '이만한 일자리를 두 번 다시 주선해 줄 수 있을지 어떨지 모르니, 그런 줄로만 알고 계세요. 그럼, 헌터 양, 잘 가요.' 그녀는 책상 위의 종을 울려 급사를 부르고 저는 나왔습니다.
 홈즈 씨, 그래서 저는 하숙에 돌아왔습니다만, 식기 선반에 남아있

너도밤나무 숲 351

는 식료품도 얼마 없었고 책상 위에는 청구서가 두세 장 놓여 있는 형편이었으므로, 바보스런 짓을 한 게 아닐까 하고 깊이 생각하지 않을 수 없었습니다. 생각해 보면 그 사람들이 이상한 변덕을 가지고 있고 매우 유별난 방법으로 따라주기를 바라고는 있지만 그런 그들의 괴벽에 대해 기꺼이 보수를 주겠다는 겁니다. 영국에서 1년에 100파운드의 급료를 받는 여자 가정교사는 거의 없습니다. 게다가 이 머리를 남겨둔다고 해서 대체 무슨 쓸모가 있겠어요. 머리를 짧게 하여 더 아름다워졌다는 사람도 많으니까 저도 그럴지 모릅니다. 다음날에는 제가 실수를 한 게 아닐까 하고 자신감이 없어지고 그 다음날에는 확실히 그렇게 믿게끔 되었습니다. 부끄러움을 무릅쓰고 다시 한 번 소개소에 찾아가 그 일자리가 남아 있는지 어떤지 물어보려던 참인데, 그 신사로부터 편지를 받았던 거예요. 여기 가지고 왔으니 읽어 보겠습니다.

　윈체스터 교외의 너도밤나무 저택에서 친애하는 헌터 양에게——스토퍼 양이 당신의 주소를 가르쳐 주셨으므로 다시 한 번 생각해 주실 수 없으신지 문의하는 바입니다. 돌아와 집사람에게 당신에 관해서 이야기했던 바, 그녀도 아주 기뻐하며 꼭 당신과 같은 분이 와주시기를 바란다고 말하고 있습니다. 이쪽의 변덕스러움을 너무 언짢게 생각지 마시길 바라며 보상하는 의미로 분기당 30파운드, 1년에 120파운드 드리고 싶습니다. 하기야 변덕이라곤 하나 별로 힘이 드는 일은 아닙니다. 집사람은 강철처럼 검푸른 빛과 같은 색다른 색깔을 즐기며, 오전 중 집안에서 그 색깔의 옷을 입어주십사 하고 부탁할지도 모릅니다. 그러나 당신이 그 옷을 일부러 사셔야 할 필요는 없고 현재 필라델피아에 있는 딸 앨리스의 옷이 있으니 그것을 입으시면 치수도 맞으리라 생각합니다. 또한 이쪽이 지정하는 장소에 앉아 주시든가 어떤 종류의 놀이를 부탁드리든가 하겠습니다만, 그것들은 별로 지장이 되지 않겠지요. 다만 머리털에 대해서는 전날 소개소에서 아주 잠깐 뵈었을 뿐인데도 당신의 머리의 아리따움이 눈에 남아 있을 정도이므로 참으로 딱하다 하지 않을 수가 없습니다. 그렇지만 이 점만큼은 부디 저희 요구에 따라 주셨으면 하며, 그 때문에 급료를 올려드리는 것이니만큼 어떻게든 보상이 되었으면 합니다. 어린이의 시중을 드는 일은 극히 간단한 수고이니 아무쪼록 와주시기를 부탁드리는 바입니다. 기차 시간을 알려 주신다면 제가 윈체스터까지 마차로 마중을 나가겠습니다.

제플로 루카슬

　홈즈 씨, 이러한 편지입니다. 저는 맡으려고 생각하고 있습니다만, 상대편과 분명히 계약하기 전에 한 번 의견을 들어 보았으면 하고 찾아온 것입니다."
"하지만 헌터 양, 당신이 이미 가실 작정이라면 더는 할 말이 없지 않겠습니까."
홈즈가 웃으면서 대답했다.
"하지만 거절하는 편이 좋다고 생각되지 않으세요?"
"정직히 말해서, 만일 당신이 저의 누이동생이라면 찬성하지 않겠지요."
"그것은 무슨 뜻입니까, 홈즈 씨?"
"아니, 판단의 자료가 없으니까 분명한 대답은 할 수 없습니다. 틀림없이 당신에게도 뭔가 생각이 있으시겠죠?"
"글쎄요, 저로서는 단 한 가지의 설명밖에 할 수가 없습니다. 루카슬 씨는 매우 친절하고 좋은 분인 것처럼 생각됩니다. 어쩌면 부인에게는 정신병이 있기 때문에 세상에 알려지면 정신병원에 가야만 하니까, 루카슬 씨는 부인의 변덕스러움을 되도록 만족시켜 발작을 억누르려 하고 계신 것이 아닐까요."

"있을 수 있는 일이지요. 확실히, 지금으로선 그 해석이 가장 가능성 있는 것 같습니다. 그러나 어쨌든 젊은 여인이 가기엔 바람직한 집이라고는 할 수 없군요."

"하지만 홈즈 씨, 돈 문제도 있고 해서……"

"글쎄, 급료는 참 좋군요. 너무 좋습니다. 그래서 저는 불안해집니다. 1년에 40파운드면 얼마든지 고용할 수 있건만 어째서 120파운드나 내겠다는 것일까요. 무언가 깊은 속사정이 있을 게 틀림없습니다."

"저는 당신에게 미리 사정을 이야기해 두면 나중에 도움을 부탁할 수 있으리라고 생각했습니다. 당신이 언제나 제 뒤에 있어 주신다고 생각하면, 얼마나 마음 든든할까요."

"아, 좋고말구요. 그 점은 안심하시고 가십시오. 이 이야기는 제가 요 몇 달 동안 취급한 사건 중에서 가장 흥미로운 것이 될 것 같군요. 몇 가지 점에서 극히 이색적인 데가 있습니다. 만일 수상한 일이 있거나 위험이 몸에 닥칠 성싶으면……"

"위험이라니요? 어떠한 위험이 있다고 생각하세요?"

홈즈는 무겁게 머리를 흔들었다. "그것을 알면 이미 위험이라고 할 수 없습니다." 그리고는 말했다. "하지만 낮이든 밤이든 언제라도 전보를 한 통 주신다면 곧 당신을 도우러 가겠습니다."

"그것으로 충분합니다." 그녀는 환한 얼굴이 되어 의자에서 원기 있게 일어났다. "저는 이제 완전히 안심하고 햄프셔에 갈 수 있겠습니다. 곧 루카슬 씨에게 편지를 쓰고 오늘밤 머리를 자른 뒤 내일 윈체스터로 떠나도록 하겠어요." 그녀는 홈즈에게 간단히 감사의 말을 하더니 우리 두 사람에게 인사하고는 마냥 설레는 듯이 돌아갔다.

"적어도" 나는 그녀가 침착한 발걸음으로 급히 계단을 내려가는 걸 들으면서 홈즈에게 말을 걸었다. "저 여인은 젊지만 충분히 자기 몸은 지킬 것 같네."

"그래야 할 거야"라고 홈즈는 진지한 얼굴로 대답했다. "나의 판단이 옳다면 머지않아서 반드시 소식이 올 걸세."

내 친구의 예언이 적중하기까지는 오래 걸리지 않았다. 그러나 그 2주일 동안 나는 때로 그녀를 떠올리면서 그 고독한 여인이 얼마나 기묘한 인생의 미로에서 헤매고 있을까 생각하곤 했었다. 예사롭지 않은 높은 보수며, 괴상야릇한 조건이며, 가정교사로서의 책임은 가볍다는 것이며, 모두가 심상치 않은 상황을 가리키고 있는 것이었다. 하지만 그것이 한낱 변덕인지 혹은 무슨 음모인지, 또 루카슬 씨가 자선가인지 악당인지 하는 문제에 이르면, 나의 힘으로서는 도저히 판단이 서지 않았다. 홈즈는 어떤가 하면, 그는 눈살을 찌푸리고 계속해서 30분쯤 멍하니 앉아 있는 일이 흔히 있었다. 그리하여 내가 이 이야기를 끄집어내면 귀찮은 듯이 손을 흔들며 "자료! 자료! 자료란 말일세. 찰흙이 없으면 벽돌도 만들 수 없지 않은가"라고 나의 말을 물리치는 것이었다. 하지만 그러면서도 마지막에는 으레껏, 친동생이라면 결코 그러한 자리에 보내지는 않을 텐데, 하고 중얼거리는 것이었다.

어느 깊은 밤, 마침내 전보가 날아들었다. 나는 슬슬 잘 준비를 하고, 홈즈는 곧잘 하곤 하던 화학 실험——그는 실험만 하면 완전히 몰입해버리므로, 레토르트나 시험관을 들여다 보고 있는 그에게 잘 자라는 인사를 한 후 다음날 아침 식사를 하러 내려와 보면 여전히 같은 자세로 그러고 있는 게 보통이었다——을 시작하려던 참이었다. 홈즈는 노란 봉투를 뜯어 전문을 훑고 나서 나에게 던져주었다.

"브래드쇼 여행 안내서에서 기차 시간을 알아봐 주게나" 하고 말하면서 그는 다시 실험을 계속했다.
전문은 짧고 긴급을 요하는 내용이었다.

내일 낮 윈체스터의 블랙 스완 호텔에 와주시기 바람. 어찌할 바를 모르겠어요. 꼭 와주세요——헌터.

"자네도 가주겠나?" 홈즈가 얼굴을 들며 말했다.
"가고 싶네."
"그럼, 시간표를 봐 주게."
"9시 반에 기차가 있군." 나는 안내서를 보면서 말했다. "윈체스터에는 11시 반에 닿는군."
"그거 참 안성맞춤이로군. 그럼, 아세톤의 분석 실험은 다음 기회로 미루는 편이 좋겠군. 아침에 최상의 컨디션일 필요가 있으니 말일세."
다음날 11시쯤 우리들은 일찍이 영국의 수도였던 윈체스터에 가까워지고 있었다. 홈즈는 그때까지 조간 신문을 탐독하고 있었는데, 햄프셔 주에 들어선 무렵부터 신문을 곁에 밀어 놓고 풍경을 바라보기 시작했다. 한가로운 봄날의 연푸른 하늘에는 흰 솜과 같은 조각구름이 서쪽에서 동쪽으로 조용히 흘러가고 있었다. 태양은 찬란하게 빛나고 있지만 바람은 선선하여 사람의 정기를 북돋아 주었다. 멀리 올더쇼트 시를 둘러싼 완만한 언덕이 보이고, 일대에는 우거진 신록 사이로 농가의 빨강이며 잿빛 지붕이 아른거리고 있었다.
"신선하고 아름답군" 하고 나는 외쳤다. 베이커 거리의 안개 속에서 갓 나온 사람에게는 정말 기분이 상쾌했던 것이다.
하지만 홈즈는 수심에 잠긴 듯이 고개를 저었다.
"와트슨, 자넨 이해하기 힘들겠지만." 그는 말했다. "나 같은 기질의 사나이는 애석하게도 어떠한 것을 보더라도 내 일과 결부시켜 생각하지 않을 수가 없다네. 자네는 점점 흩어져 있는 농가의 경치를 보고서 아름답다고 감탄하지만, 나는 이런 경치를 보면 그저 집이 고립되어 있는 것만 마음에 걸리고 이러한 곳에서는 남모르게 범죄가 저질러지는 일도 가능하다는 생각에 마음이 꺼림칙하다네."

"자네에겐 정말 질린다니까!" 하고 나는 말했다. "이렇듯 아름다운 옛 농가를 보고 범죄 걱정을 하는 사람이 자네 말고 또 있을까."

"외진 농가를 보면 나는 언제나 어떤 공포를 느끼지. 와트슨, 이것은 나의 경험에서 온 확신인데, 우중충한 런던의 그 어떤 뒷골목보다 오히려 밝고 아름다운 전원 쪽이 더 무서운 범죄의 소굴이라네."

"너무 겁주지 말게."

"하지만 확실한 이유가 있는 걸세. 도시에는 여론이라는 게 있어 법률이 하지 못하는 것을 할 수 있다네. 몹시 더러운 뒷골목이라도 어린이가 학대받아 울든가 주정뱅이에게 얻어맞는 소리가 들리든가 하면, 반드시 가해자에게 분개하면서 동정하는 이웃이 나타나게 마련이지. 게다가 경찰 조직이 고루 퍼져 있기 때문에 한 마디만 호소하면 즉각 활동이 시작되어, 범죄로부터 피고석까진 불과 한 걸음에 지나지 않는다네. 하지만 저렇듯 마을에서 떨어진 농가를 보게나. 저마다 모두 자기의 밭에 둘러싸여 있고 집 안에는 대개 법률을 거의 모르는 무지한 녀석들이 살고 있네. 이러한 곳에서는 흉악한 범죄가 매년 남모르게 저질러지면서도 들키지 않고 그대로 넘어가고 있을지도 모르잖는가. 우리들에게 도움을 청해 온 그 여인만 하더라도 윈체스터 시내에 살고 있다면, 나도 이렇게는 걱정하지 않았을 걸세. 시내에서 5마일이나 떨어진 시골이라는 게 위험하지. 그렇긴 하지만 그녀의 몸에 직접 위험이 닥치고 있는 건 아닌 것 같아."

"그렇겠군. 우리들을 만나러 윈체스터까지 나올 수 있을 정도라면 달아날 수 있는 셈이니까 말야."

"그렇지. 그녀는 자유 행동이 가능한 거야."

"그럼, 대체 어떠한 사건일까? 자네에게 무엇인가 짚이는 건 없나?"

"나는 일곱 가지 설명을 생각해 봤네. 어느 것이나 현재까지 알고 있는 사실에 들어맞네. 하지만 그 가운데 어느 것이 옳은가는, 도착하여 우리들 귀에 들어오는 새로운 정보를 얻지않으면 판단할 수 없네. 오, 대성당의 탑이 보이기 시작하는군. 곧 헌터 양의 이야기도 들을 수 있을 걸세."

역에서 멀지 않은 간선도로에 있는 블랙 스완이라는 유명한 호텔에 가 보았더니 이미 헌터 양이 와 있었다. 그녀는 방 하나를 잡아 점심 식사를 예약해놓고 있었다.

"정말 잘 오셨어요." 그녀는 진지하게 말을 걸어 왔다. "두 분 다 정말이지 고맙습니다. 전 어쩌면 좋을지 모르겠어요. 당신의 조언은 제게 대단히 도움이 될 겁니다."

"어떠한 일이 있었는지 말씀해 주십시오."

"네, 그렇게 하겠습니다. 루카슬 씨에게 3시까지 돌아간다고 약속하고 나왔기 때문에 서둘러 이야기하겠어요. 용건은 말하지 않고, 시내에 가고 싶다고만 말하고 허락을 받아 왔는걸요."

"처음부터 차례대로 모두 이야기해 주십시오."

홈즈는 길고 여윈 다리를 난로 쪽으로 뻗고 천천히 이야기를 들으려고 편안한 자세를 취했다.

"먼저 말씀드리겠습니다만, 루카슬 씨 부부로부터 제가 부당한 대우를 받았다는 말은 아닙니다. 이것은 그 사람들을 위해 맨 먼저 말해 둡니다. 하지만 저는 그 부부를 도무지 이해할 수가 없고 무언가 불안해서 견딜 수가 없는 거예요."
"어떠한 점에서 이해가 되지 않습니까?"
"왜 그러한 짓을 하시는지 모르겠습니다. 하지만 처음부터 자초지종 말씀드리지요. 제가 처음 여기 도착하자 루카슬 씨가 마중나와 2륜마차로 너도밤나무 저택에 데리고 가 주셨습니다. 저택은 말씀대로 아름다운 장소에 있었지만 건물 자체는 아름답지 않았어요. 석회를 바른 네모진 큰 건물로, 비바람에 시달려 온통 더럽혀져 있었습니다. 집 둘레에는 넓은 터가 있어 3면은 숲이고 한쪽은 사우샘프턴 간선 도로를 향해 밋밋하게 비탈진 풀밭입니다. 도로는 현관에서 100야드 가량 앞에서 구부러져 있어요. 이 전면의 토지만이 집 땅이고, 위쪽 숲은 서더턴 경의 사냥터와 이어지나 봐요. 정면 현관문 바로 앞에는 너도밤나무 숲이 있어, 그 때문에 너도밤나무 저택이라고 불리는 것이죠.

저의 새로운 주인은 여전히 기분이 좋은지 몸소 말을 다루고, 그리고는 그날 밤에 부인과 아드님에게 소개를 해주셨습니다. 홈즈 씨, 제가 베이커 거리의 댁에서 말씀드린 추측은 완전히 빗나간 것이었습니다. 부인은 미친 사람이 아닙니다. 통 말이 없는 얼굴색이 나쁜 분으로, 남편 쪽은 적어도 45살은 된 것 같은데 부인은 훨씬 젊어서 30살 이상으로는 보이지 않았습니다. 이야기하는 태도로 보건대 두 분이 결혼하신 것은 7년 전쯤으로서, 루카슬 씨는 재혼이고 전 부인과의 사이에 낳은 따님은 지금 필라델피아에 있다고 합니다. 루카슬 씨가 저에게 살며시 귀띔해 주신 일입니다만, 아가씨는 성격이 맞지 않는다고나 할까 새어머니가 싫어 미국에 가 버렸다나 봐요. 벌써 20살은 되었을 테니 아가씨 입장에서는 젊은 어머니와의 사이가 순탄치는 못했으리라고 생각됩니다.

루카슬 부인은 얼굴뿐 아니라 마음까지도 흐리멍덩한 부인처럼 저에게 느껴졌습니다. 저에게는 호감도 반감도 생기지 않습니다. 공기와 같은 분이랍니다. 하지만 주인어른과 아드님에게 깊은 애정을 가지고 계시다는 것은 곧 알았습니다. 밝은 잿빛 눈으로 쉴새없이 두 사람의 눈치를 살피고 계시다가는 무엇인가 볼일이 있으면 그들이 말하기 전에 그것을 하려고 신경을 쓰고 계십니다. 또 루카슬 씨도 그분이 솔직하고 떠들썩한 방식으로 부인에게 다정히 대하고 계십니다. 그러므로 일단은 의좋은 부부라고 해도 좋다고 생각해요. 하지만 그러면서도 이 부인에게는 무언가 비밀스런 걱정거리가 있으신 것 같았어요. 몹시 슬퍼하는 듯한 얼굴을 하시고 때때로 멍하니 생각에 잠겨 계십니다. 눈에 눈물이 그렁그렁해 계신 것을 본 일도 한두 번이 아닙니다. 걱정하시는 건 아드님의 성격일지도 모른다고 생각해 본 적도 있습니다. 그렇게 버릇을 잘못 들이고 또 그렇게 고약한 천성을 타고난 아이는 처음 보았으니까요. 나이에 비해 몸이 작고 머리만이 불균형하게 큰 아이입니다. 하루 종일 심술이 나서 개구쟁이 짓을 하든가 토라져 시무룩하니 잠자코 있든가 하는 거예요. 좋아하는 장난의 하나는 자기보다 약한 동물을 괴롭히는 것이고, 쥐나 새, 곤충을 잡는데 특기할 만한 재주가 있답니다. 하지만 홈즈 씨, 아드님의 이야기는 이쯤 해두겠어요. 이야기가 샛길로 벗어난 것 같으니까요."

"저는 자세한 점에 이르기까지 전부 듣고 싶습니다." 나의 친구가 입을 열었다. "관계가 있든 없든 모두 이야기해 주십시오."

"중요한 일은 빠뜨리지 않도록 하겠습니다. 그 집에서 곧 눈에 띈 불쾌한 일은 고용인의 눈치며 태도였습니다. 고용인은 한 부부뿐입니다. 남편은 톨러라고 하는데, 머리털과 턱수염이 희끗희끗한 거칠고 교양 없는 사나이로 하루종일 술냄새를 풍기고 있습니다. 제가 오고 나서도 고주망태가 되어 쓰러진 일이 벌써 두 번이나 되는데, 루카슬 씨는 전혀 야단치지 않습니다. 듬직하고 키가 큰 아내는 늘 뾰로통한 얼굴을 하고 있고 말수가 적은 것은 루카슬 부인과 마찬가지며 무뚝뚝함이란 그 이상입니다. 정말 불쾌한 부부예요. 하지만 다행히 저는 건물의 끝에 나란히 붙어 있는 아이 방이나 제 방에서 시간을 보냅니다.

너도밤나무 저택에 오고 나서 이틀 동안은 조용히 지냈습니다. 사흘째 되는 아침, 루카슬 부인이 식사한 뒤 내려오셔서 남편에게 무언가 귀엣말을 했습니다.

루카슬 씨는 '그러지'라고 말씀하시고 제 쪽을 향해 말씀하셨습니다. '헌터 양, 당신은 우리들의 변덕스러움을 맞추느라 머리까지 잘라 주어 고맙게 생각하고 있습니다. 짧은 머리도 꽤 잘 어울리는군요. 그런데 예의 푸른색 옷이 당신에게 어울릴지 어떨지 한 번 보고 싶은데, 옷은 당신 방 침대 위에 내놓았으니까 귀찮더라도 입어 보시지 않겠소.'

방에 돌아가 보았더니 색다른 청색의 옷이 놓여 있었습니다. 천은 베이지(원모로 짠 모직물)의 일종으로 고급 물건입니다만 누군가가 입었던 것이었습니다. 치수는 맞춘 것처럼 저에게 꼭 맞았습니다. 제가 그것을 입고 가자 루카슬 씨 부부는 호들갑스럽게 여겨질 만큼 아주 기뻐하셨습니다. 두 분은 객실에서 기다리고 계셨는데, 집의 정면을 거의 다 차지하는 커다란 방으로 바닥까지 닿는 긴 창문이 세 개나 달려 있습니다. 그 한가운데 창문을 뒤로 한 자리에 의자가 하나 놓여 있었습니다. 제가 시킨 대로 그 의자에 앉자, 루카슬 씨는 방의 맞은편을 왔다갔다하면서 제가 지금까지 들어보지 못한 재미있는 이야기를 차례차례 해주셨습니다. 당신은 그분이 얼마나 재미있는 사람인지 상상도 못하시겠지만 저는 웃다가

지칠 정도였습니다. 그러나 부인은 유머를 전혀 모르는 사람인 듯, 그 동안 웃지도 않고 두 손을 무릎에 올려 놓고 슬프고 침울한 얼굴로 앉아 계셨습니다. 1시간쯤 지나자 루카슬 씨는 별안간 이제 공부할 시간이니까 옷을 갈아입고 에드워드의 방에 가도록 하라고 했습니다.

그리고 이틀 뒤에 완전히 똑같은 상황에서 똑같은 연극을 했던 거예요. 저는 또 옷을 갈아입고 창가의 의자에 앉았으며, 루카슬 씨가 흉내낼 수도 없이 말하는 한없이 재미있는 이야기를 들으며 실컷 웃었었습니다. 잠시 있으려니까 이번에는 노란 표지의 소설을 저에게 주시더니 저의 그림자가 책에 드리워지지 않도록 의자를 조금 드시고서 읽어 달라는 것이었습니다. 저는 장의 중간쯤부터 읽기 시작했습니다만, 10분 가량 지나자 별안간 문장의 도중이건만 이제 그만두고 옷을 갈아입으라고 하셨습니다.

홈즈 씨, 당신은 짐작이 가실 겁니다. 저는 대체 무슨 뜻으로 이렇듯 기묘한 연극을 하는가, 하고 몹시 궁금해지기 시작했습니다. 제가 깨달은 바로서는, 주인 부부는 제가 창문 쪽을 향하지 않도록 언제나 몹시 주의하고 계셨습니다. 그래서 저는 제 등 뒤에서 어떠한 일이 벌어지고 있는지 몹시 알고 싶어졌습니다. 처음에는 방법이 없는 것처럼 여겨졌습니다만, 이윽고 좋은 생각이 났습니다. 깨진 손거울이 있었으므로 손수건 속에 그 조각을 숨겨두면, 하는 생각이 떠올랐던 것이죠. 그래서 그 다음에 우스워 견딜 수 없다는 시늉을 하면서 손수건을 눈 있는 곳으로 가져가 어떻게 해서든지 창문 밖을 거울에 비쳐보려고 했습니다. 하지만 저는 실망했어요. 아무것도 색다른 일은 없었던 겁니다.

네, 적어도 처음에는 그렇게 생각되었어요. 하지만 두 번째로 잘 보았더니 쥐색 옷을 입고 턱수염을 기른 작은 몸집의 사나이가 사우샘프턴 거리에 서서 아무래도 이쪽을 보고 있는 것 같지 않겠어요. 그곳은 큰 길로 언제나 사람들이 지나다니고 있습니다. 그러나 그 사나이는 지나가는 사람이 아니고 뜰을 가로막고 있는 울짱에 기대어 열심히 이쪽을 보고 있었습니다. 그리고는 손수건을 내리고 부인을 보았더니, 지그시 살피는 듯한 눈초리로 저를 쏘아보고 계셨습니다. 아무 말도 하시지 않았습니다만, 제가 손에 거울을 숨기고 창문 밖을 본 일을 확실히 눈치챈 듯 싶었습니다. 마님은 성큼 일어섰습니다. '제플로!' 부인은 말했습니다. '길에 뻔뻔스런 사나이가 헌터 양을 흘끔흘끔 보고 있어요.'

'헌터 양, 당신이 아는 사람은 아닐 테지요?'라고 루카슬 씨는 물었습니다.

'아니오, 이 근방에는 아는 사람이 없어요.'

'흥, 뻔뻔스런 놈이군. 잠시 저쪽을 보고서 손을 저어 쫓아 주시지 않겠소?'

'모른 척하고 있는 편이 좋지 않을까요.'

'아니오, 내버려두면 늘 기웃거리게 될 테니까 말이오. 저쪽을 보고서 이런 식으로 손을 흔들어 주시면 좋겠소.'

제가 시킨 대로 하자 부인이 곧 커튼을 내렸습니다. 그것은 지금으로부터 일주일 전의 일로, 그 후는 파란 옷을 입고 창가에 앉는 일도 없거니와 길에 선 사나이를 본 일도 없습니다."

"그 뒤를 들려주십시오." 홈즈가 말했다. "당신의 이야기는 더할 수 없이 재미있게 될 것 같군요."

"이제부터 말씀드리는 일들은 조금 다른 이야기일지도 모르고 또 서로 관계가 없을지도 모르지만, 부디 들어주세요. 처음으로 너도밤나무 저택에 도착하던 날, 저는 루카슬 씨에게 이끌려 부엌문 바로 옆에 있는 작은 헛간에 갔습니다. 거기에 다가가자 안에서 심하게 쇠사슬이 울리는 소리가 들렸는데, 무엇인가 큰 동물이 몸부림을 치고 있다는 느낌이었습니다.

'여기서 들여다보시오.' 루카슬 씨는 판자와 판자 사이의 가느다란 틈을 가리키며 '어때요, 훌륭한 놈이지요?'라고 말씀하셨습니다.

들여다보았더니 두 개의 눈이 번쩍번쩍 번뜩이고, 어둠 속에 무엇인가가 웅크리고 있는 게 어렴풋이 보였습니다.

'하하하, 그렇게 무서워하지 않아도 돼요' 하고 루카슬 씨는 제가 섬뜩해하며 몸을 빼는 것을 보고 웃었습니다. '카를로라는 이름으로 마스티프(영국 원산의 개의 한 품종, 크고 사나운 개) 종의 개요. 나의 개지만, 사실 이 개를 다룰 수 있는 건 마부 톨러 영감뿐이지요. 식사는 하루에 한 번, 아주 조금밖에 주지 않기 때문에 언제나 고추마냥 독하게 성질이 나 있어요. 그러니 밤에 톨러가 사슬을 풀어 놓으면 저택 안에 몰래 들어오는 놈쯤이야 한 입에 물어뜯어 버리지요. 절대로 살아나지 못하오. 당신도 밤이 되거든 어떠한 일이 있더라도 집 밖에는 나가지 않도록 조심해요. 목숨이 위험할 테니까.'

이것은 확실히 필요한 경고였습니다. 그리고 이틀째 되는 밤, 저는 밤 2시쯤에 무심코 침실에서 밖을 내다보았습니다. 달빛이 아름다운 밤으로 집 앞 잔디밭이 은색으로 빛나고 마치 한낮처럼 밝았습니다. 저는 잠시 이 조용하고 아름다운 경치에 넋을 잃고 있었습니다만, 문득 밖을 보니 너도밤나무 숲 그늘에서 무엇인가 움직이고 있지 않겠어요. 그러는 사이 그것이 달빛 아래 나왔으므로 겨우 정체를 알았습니다. 송아지만한 황갈색 개로 턱의 살이 늘어져 있고 검은 콧잔등을 하고 있는데 울퉁불퉁한 뼈가 불거져 있었습니다. 어슬렁어슬렁 잔디밭을 가로지르더니 이윽고 또 반대쪽 나무그

늘로 사라져 갔습니다. 이 무섭고 말없는 파수병을 보자 저는 등골이 오싹해지고 말았습니다. 사실 어떠한 강도라도 이만큼 저를 소름끼치게 하지는 않았을 거예요.

그리고 또 이런 이상한 일도 있었습니다. 아시다시피 저는 런던에서 머리를 자르고 왔습니다만, 그것을 묶어 트렁크의 맨 밑에 간직해 두고 있었습니다. 어느 날 밤의 일인데, 아이가 잠들고 나서 심심풀이로 방의 가구를 조사하면서 짐 정리를 하기 시작했습니다. 제 방에는 낡은 옷장이 하나 있고 그 세 개의 서랍 중 위쪽의 두 개는 비어 있어 곧 열렸는데 아래의 것만은 쇠가 채워져 있었습니다. 그래서 위 두 개에 속옷류를 넣었습니다만, 그것만으로선 다 들어가지를 않고 아래 서랍에는 쇠가 채워져 있으므로 저는 잠시 망설였습니다. 그러나 그때 문득 어떤 생각이 떠올랐습니다. 세 번째 서랍은 쓸 일도 없는데 무슨 잘못으로 잠겨진 것은 아닐까. 저는 곧 열쇠 꾸러미를 꺼내어 열리지 않나 시험해 보기로 했습니다. 그러자 우연히도 첫 열쇠가 딱 들어맞아 열 수가 있었습니다. 안에는 단 한 가지 물건이 들어 있었는데, 대체 그것이 무엇이었다고 생각되세요. 바로 저의 머리털 다발이었습니다.

저는 그것을 꺼내어 조사해 보았습니다. 독특한 색깔이나 숱이 많은 것도 너무 똑같았습니다. 하지만 잠시 보고 있는 사이, 그럴 리가 없다는 느낌이 들었습니다. 저의 머리털이 이 서랍에 들어가고 열쇠가 잠겨 있다는 일이 있을 수 있을까요? 저는 떨리는 손으로 트렁크를 열어 위에 들어 있던 물건을 내팽개치고 그 밑바닥에서 저의 머리털을 꺼냈습니다. 그리고는 두 개를 나란히 놓고 비교해 보았습니다만, 정말 틀림없이 똑같은 머리털이었습니다. 이상한 일이었습니다. 저는 그것을 여러 가지로 생각해 보았지만, 두 머리털의 수수께끼를 도저히 풀 수가 없었습니다. 그래서 그 수상한 머리털을 다시 서랍에 집어넣고 집안 사람들에게는 아무 말도 하지 않았습니다. 잠겨져 있던 서랍을 멋대로 연 것도 마음에 걸렸고요.
  홈즈 씨, 당신이 눈치채셨는지는 몰라도 저는 원래 관찰력이 뛰어난 편이기 때문에 이윽고 집의 대략적인 구조를 알게 되었습니다. 그렇더라도 이 집에는 평소 사용하지 않는 듯한 날개 건물이 하나 있지요. 톨러 부부가 지내는 곳으로 통하는 문 바로 앞에 그 건물로 가는 문이 달려 있습니다만, 거기에는 언제나 자물쇠가 채워져 있습니다. 어느 날 제가 계단을 올라갔더니 루카슬 씨가 열쇠꾸러미를 손에 들고 그 문에서 나오셨습니다. 제가 알고 있는 루카슬 씨는 원만하고 명랑한 분이건만, 이때는 완전히 딴 사람처럼 보였습니다. 새빨간 얼굴에 잔뜩 찌푸린 주름살이 지고 이마에는 굵은 심줄이 돋아 있는 거예요. 그대로 문에 쇠를 채우더니 저에게 말을 걸기는커녕 거들떠보지도 않고 가버렸습니다.
  저는 호기심이 일었습니다. 그래서 아이를 데리고 뜰로 산책을 나갔을 때에 이 건물의 창문이 보이는 곳으로 돌아가 보았습니다. 일렬로 네 개의 창문이 나란히 있었습니다만, 그 중의 셋은 먼지투성이고 네 번째 창에만 덧문이 닫혀져 있었습니다. 어느 창문이고 모두 퇴락한 것만 같았어요. 이따금 그쪽을 올려다보면서 그 언저리를 산책하고 있으려니까 루카슬 씨가 언제나처럼 기분 좋은 명랑한 얼굴을 하고 다가 오셨습니다. 그리하여 '오!' 하고 저에게 말을 걸었습니다. '아까는 모른 척하여 실례했소, 아가씨. 일에 정신이 팔려 있어서 말이오.'
  저는 조금도 기분 상하지 않았다고 대답한 뒤, '저, 잠깐만' 하고 물어보았습니다. '저기에는 빈 방이 꽤 늘어서 있네요. 그리고 하나만 덧문이 닫혀 있군요.'
  '나는 사진이 취미라서' 하고 루카슬 씨는 말했습니다. '저기에

암실을 만들었소. 그런데 당신은, 아무튼 눈치가 빠른 분이로군. 그런 사람을 부르게 될 줄은 생각도 못했군요. 정말 꿈에도 생각 못했소.' 주인은 농담 비슷하게 말했습니다만, 저를 보고 있는 눈초리에는 농담하는 기색 따위는 조금도 없었습니다. 저는 그 눈길에서 의심과 당혹감을 읽었는데, 농담과는 거리가 먼 것이었습니다.

그래서 홈즈 씨, 이리하여 제가 알아선 안 되는 것이 무엇인가 그 일련의 빈 방안에 있음을 알고 나서부터 저는 어떻게 해서든지 그곳을 탐색해 봐야겠다고 강하게 바라게 되었습니다. 호기심만은 아니었습니다. 오히려 의무감이라고나 할까, 제가 그곳을 탐색하는 일은 무엇인가 좋은 결과를 가져올 것이라는 느낌이었어요. 세상에서는 흔히 말하는 여성의 직감이 작용하여 그런 느낌을 받았는지도 몰라요. 어쨌든 그 느낌은 굉장히 강해서, 어떻게 해서든지 금단의 문 저쪽으로 가기 위해 쉴새없이 기회를 엿보고 있었습니다.

그런데 어제 가까스로 그 기회가 찾아왔습니다. 잠깐 미리 말해 두겠습니다만, 루카슬 씨 외에도 톨러 부부 역시 그 쓸쓸한 방에 볼일이 있는 모양으로 언젠가 한 번은 톨러 씨가 검고 커다란 아마포 자루를 들고 그 안에 들어가는 걸 본 일이 있었습니다. 톨러 씨는 최근에 더욱더 술독에 빠진 모양으로 어젯밤도 완전히 곤드레만드레가 되어 있었는데, 제가 계단을 올라가 보았더니 예의 그 문에 열쇠가 꽂힌 채 있지 않겠어요. 그가 잊고 간 게 분명했습니다. 루카슬 부부는 아드님과 함께 아래층에 계셨기 때문에 저에게 있어서는 다시없을 기회였습니다. 저는 조용히 열쇠를 돌려 문을 열고 살그머니 안에 들어갔습니다.

문 안쪽에는 벽지도 양탄자도 없는 짧은 복도가 뻗어 있고, 막다른 곳에서 직각으로 구부러져 있었습니다. 거기서 꺾이자 문이 세

개 나란히 늘어서 있고 맨 앞쪽과 가장 안쪽의 문은 열려 있었습니다. 어느 쪽이나 먼지투성이인 음산한 빈 방으로, 한쪽에는 창문이 하나, 또 한쪽에는 두 개 있고 거기서부터 저녁 햇빛이 희미하게 드리워져 있었습니다. 가운데 문은 닫혀져 있고 쇠 침대에서 뽑아 온 듯한 폭이 넓은 쇠막대기가 그 위에 가로질러져 있었습니다. 그리고 쇠막대기의 한쪽 끝은 맹꽁이 자물쇠로 벽의 고리에 고정돼 있고 다른 끝은 굵은 밧줄로 붙들어매어져 있었습니다. 이렇듯 엄중한데다가 문에도 또 쇠가 잠겨져 있었습니다만, 그 열쇠는 보이지 않았습니다. 이 닫혀진 문은 바깥쪽이 닫혀져 있는 방으로 통하는 것이겠지요. 하지만 문 아래로 햇빛이 새어 나오고 있었으므로 천창이라도 있어 안은 캄캄하지가 않고 빛이 비치는 거라고 생각되었습니다. 저는 잠시 복도에 서서 이 무시무시한 문을 응시하며 안에 어떠한 비밀이 숨겨져 있는 것일까 생각하고 있었습니다. 그러자 돌연 방 안에서 사람의 발소리가 들리고 문 아래로 새어나오고 있는 흐릿한 햇빛 속에서 그림자가 앞뒤로 움직이는 게 보였습니다. 홈즈 씨, 그것을 보고 제가 얼마나 미칠 것 같은 까닭모를 공포를 느꼈었는지요. 정작 중요한 때에 그때까지 버티고 있었던 기력이 별안간 빠져 버려서 저는 도망쳤습니다. 마치 어떤 무서운 손이 치맛자락을 잡기라도 한 것처럼 정신없이 뛰었습니다. 복도를 지나 문에서 뛰어나가자 거기에 기다리고 계셨던 루카슬 씨의 팔에 단단히 안기고 말았습니다.

'역시 당신이었군.' 루카슬 씨는 싱글벙글하고 있었습니다. '문이 열려 있는 걸 보고 그럴 거라고 생각했지.'

'아, 무서워!' 저는 헐떡거렸습니다.

'괜찮아요, 괜찮아요.' 그분의 위로는 당신들로선 상상하실 수도 없을 만큼 다정하고 능숙하십니다. '하지만 헌터 양, 무엇이 그렇

게 무서웠지요?'

그러나 그분의 목소리에는 약간 지나치게 구스르는 데가 있었습니다. 그는 정말 연극을 잘 했던 거예요. 저는 별안간 조심스러워졌습니다.

'빈 방에 들어가다니 정말로 바보였어요' 하고 저는 대답했습니다. '너무나 어둠침침하고 쓸쓸하기 때문에 귀신이라도 나올 것 같아 무서워서 도망쳐 왔지요. 아, 정말로 오싹할 만큼 조용했어요.'

'확실히 그것뿐인가요?' 그는 저를 날카롭게 쏘아보며 말했습니다.

'어머나, 어째서죠?' 저는 되물었습니다.

'내가 여기에 자물쇠를 채워 두는 이유를 알고 계신가요?'

'전 아무것도 몰라요.'

'볼일이 없는 자를 들여보내지 않기 위해서요. 자, 이젠 아셨을 테지요.' 그는 여전히 아주 부드럽게 미소짓고 있었습니다.

'저, 그것을 알고 있었다면……'

'좋소, 그럼 이젠 알았을 테지. 앞으로 두 번 다시 이 안에 들어가려고 하면……' 그는 여기서 별안간 웃는 얼굴을 바꾸더니 무서운 낯이 되어 악마와 같은 얼굴로 나를 노려보는 것이었습니다. '저 개에게 물게 할 테요.'

저는 너무 무서워서 그 다음엔 어떻게 되었는지 기억이 없습니다. 아마 그에게서 달아나 제 방으로 뛰어들었겠지요. 정신이 들고 보니까 온 몸을 떨면서 침대 위에 쓰러져 있었습니다. 그리고는 홈즈 씨, 당신을 생각해 냈던 거예요. 의논 상대 없이는 이제 하루도 이 집에 있을 수 없었습니다. 집도 루카슬 씨도 부인도 또 하인이나 아이마저도 무서워졌습니다. 무엇이고 모두 무서운 것들뿐입니다. 하지만 당신만 와주신다면, 모든 일이 잘 되어 가겠지요. 마음

먹는다면 집에서 달아날 수 있었지만 무서움보다 호기심이 더 강했습니다. 저는 곧 결심하고 당신에게 전보를 치기로 했습니다. 곧 모자와 윗도리를 걸치고 집에서 반 마일 떨어진 우체국에 갔는데, 돌아올 즈음에는 마음도 훨씬 편안해졌습니다. 문까지 오자 개를 풀어놓은 건 아닐까 하고 또 걱정이 되기 시작했습니다만, 다행히 톨러 씨가 저녁때 술이 취해 쓰러져 있던 것을 떠올렸습니다. 그 맹견을 자유롭게 다룰 수 있는 건 톨러 씨밖에 없고 다른 사람은 사슬도 풀 수 없다는 걸 알고 있습니다. 저는 무사히 집에 들어갔습니다. 그리고 당신을 뵙게 된다고 생각하자 기뻐서 한밤중까지 잠이 오지 않았습니다. 오늘 아침 윈체스터에 나오는 허락을 얻는 건 어렵지 않았지만 3시까지는 돌아가지 않으면 안 됩니다. 루카슬 씨 부부가 그 시간부터 남의 집을 방문하여 밤늦게까지 돌아오시지 않을 예정이므로 아드님의 시중을 들지 않으면 안 됩니다. 홈즈 씨, 이로써 모두 이야기했습니다. 대체 일이 어떻게 되어 있는 것인지, 제가 이제부터 어떻게 하면 좋을지 가르쳐 주신다면 정말 굉장히 기쁘겠어요."

홈즈도 나도 이 이상한 이야기에 완전히 마음을 빼앗겨 귀를 기울이고 있었다. 이야기가 끝나자 나의 친구는 일어서서 주머니에 두 손을 찔러넣고 몹시 진지한 얼굴로 방 안을 걸어다녔다.

"톨러 씨는 아직도 취해 있습니까?" 그는 물었다.

"네, 톨러 아주머니가 자기 손으로는 주체할 수 없다고 루카슬 부인에게 호소하는 걸 들었습니다."

"그거 잘됐소. 루카슬 부부는 오늘밤 외출한단 말이지요?"

"네."

"단단히 자물쇠가 잠기는 지하실은 없습니까?"

"네, 술광이 있어요."

"헌터 양, 당신은 이번 일에서 용감하고 현명하게 행동하셨습니다. 어떻습니까. 한번 더 공을 세워 보실 생각은 없습니까? 당신이 보통 여성이라면 이러한 일은 부탁하지 않겠지만요."
"해보겠어요. 어떠한 일인가요?"
"저는 오늘밤 7시에 이 와트슨과 함께 너도밤나무 저택에 가겠습니다. 부부는 그때까지도 돌아오지 않고 아마 툴러 씨는 여전히 곯아떨어져 있겠지요. 하지만 툴러 아주머니가 떠들어댈지 모릅니다. 그러므로 어떤 볼일을 만들어 그녀를 지하실로 보내 자물쇠를 채워 가두어 주신다면, 일이 아주 하기 쉽게 되지요."
"그렇게 하겠어요."
"고맙소. 그럼, 이제부터 사건을 자세히 검토해 봅시다. 물론 상황에 맞는 설명은 단 한 가지밖에 없습니다. 당신은 누군가의 대역을 하기 위해 이곳에 데려온 것으로서, 당신을 닮은 그 사람은 밀실에 감금돼 있는 거요. 이것은 확실한 일입니다. 그럼, 그 감금되어 있는 사람은 누구냐 하면, 미국에 가 있다고 하는 딸 앨리스 루카슬이 틀림없습니다. 당신은 물론 키며 몸집이며 머리색깔이 닮아서 선택된 거지요. 앨리스는 아마 병이라도 들었을 때 머리를 자르고 말았으므로 당신도 자를 필요가 있었던 겁니다. 그래서 당신은 그야말로 우연히 앨리스의 머리털을 보게된 셈입니다. 길에 서 있었던 사나이라고 하는 건 앨리스의 친구, 아니, 아마 약혼자겠지요. 앨리스와 꼭 닮은 당신이 앨리스의 옷을 입고 언제보아도 유쾌한 듯이 웃고 있기 때문에, 사나이는 앨리스가 완전히 행복을 느끼고 있는 거라고 믿고 또 당신이 무정하게 손을 흔드는 것을 보고 앨리스는 자기에게 싫증을 느꼈다고 생각했겠지요. 밤이 되면 개를 풀어놓는 것도 남자가 앨리스와 연락하는 것을 막기 위해서가 틀림없습니다. 여기까지는 꽤 명확합니다. 그런데 이 사건에서 가장 주목

해야 할 점은 어린아이의 성격입니다."

"뭐! 대체 그런 것이 어째서 관계가 있나?" 나는 그만 나도 모르게 외쳤다.

"이봐 와트슨, 자네는 의사니까 아이의 성격을 알기 위해서 부모의 성격을 연구하는 것을 자주 봐왔을 테지. 마찬가지로, 그 반대도 또한 타당하다고 생각되지 않는가. 아이의 성격을 연구함으로써 부모의 성격을 비로소 알아냈던 경험이 나에게는 꽤 있네. 이 아이의 성격은 병적으로 잔인하고, 단지 잔학함을 즐기기 위해 잔인한 짓을 하는 걸로 보이네. 이 성질은 내가 본 바로서는 아마 붙임성이 좋은 아버지 편에서 유전된 걸로 생각되네만 혹은 어머니 쪽일지도 모르지. 그러나 어느 쪽이든 간에 그 점을 생각하면, 그들의 손아귀에 있는 딸의 신변이 몹시 위험하다고 생각되네."

"확실히 그래요." 이 사건의 의뢰자가 말했다. "당신이 말씀하신 것에 들어맞는 일이 저에게도 많이 있어요. 자, 한시 바삐 가엾은 앨리스 양을 구하러 가요."

"아니, 신중히 하지 않으면 안 됩니다. 상대편은 대단히 교활한 녀석이니까요. 7시까지는 손을 쓸 수가 없습니다. 그 시각이 되면 당신이 있는 곳에 우리가 가고, 그리고 곧 해결이 되겠지요."

우리들이 길가 술집에 2륜마차를 맡기고 너도밤나무 저택에 닿은 것은 약속대로 정각 7시였다. 비록 헌터 양이 현관 돌층계 위에서 싱글벙글하며 맞이해 주지 않았더라도 저택은 저녁 햇빛을 받아 닦아 놓은 금속처럼 짙은 잎사귀를 반짝이고 있는 너도밤나무들로 첫눈에 알아볼 수 있었다.

"부탁해 둔 일을 하셨습니까?" 홈즈가 물었다.

쿵쾅거리는 소란스런 소리가 지하의 어디에서인가 들려왔다. "톨러 아주머니가 술광에서 내는 소리예요." 헌터 양이 말했다. "톨러 씨는 부엌의 깔개 위에서 코를 높이 골고 있습니다. 이것이 톨러 씨가 가지고 있던 열쇠로 루카슬 씨의 것과 같은 거예요."

"허! 잘 하셨습니다." 홈즈가 탄성을 질렀다. "자, 안내해 주십시오. 검은 음모도 이제 곧 폭로되고 말겠지요."

우리들은 계단을 올라가 예의 그 문을 열고서 복도로 나서자 이윽고 헌터 양이 말했던 쇠막대기를 가로지른 문 앞에 섰다. 홈즈는 밧줄을 끊고 가로대를 떼어냈다. 그리고 많은 열쇠를 차례로 꽂았지만 어느 것도 맞지 않았다. 안은 괴괴하니 조용하기만 하고 바스락거리는 소리 하나 들리지 않았다. 홈즈의 얼굴이 어두워졌다.

"우리가 너무 늦은 건 아니라고 생각하네." 그가 말했다. "헌터 양, 당신은 들어가지 않는 편이 좋겠소. 자, 와트슨, 어깨를 빌려주게, 문을 부술 수 있는지 어떤지 해보세."

낡고 흔들거리는 문이라서 둘이서 힘을 모으자 쉽사리 부서졌다. 우리들은 앞을 다투어 안으로 뛰어들었다. 하지만 안은 텅 비어 있었다. 빈약한 매트리스와 작은 테이블이 하나, 그리고 속옷류를 넣은 바구니가 하나 있을 뿐으로 가구다운 것은 하나도 없었다. 위쪽 천창이 열려 있고 감금된 사람의 모습은 보이지 않았다.

"여기서 몹쓸 일이 행해지고 있었던 거야." 홈즈가 말했다. "그 작자는 헌터 양의 의도를 재빨리 눈치채고 가엾은 딸을 어디론가 데려가 버렸군."

"하지만 어떠한 방법으로?"

"이 천창으로지. 어떻게 데리고 나갔는지 한번 살펴보세." 그는 가뿐하게 천창에서 지붕 위로 뛰어올라갔다. "아, 이것이다!" 하고 그는 외쳤다. "가볍고 긴 사다리가 추녀로부터 세워져 있군. 이것을 사용한 거야."

"하지만 이상해요." 헌터 양이 끼여들었다. "루카슬 부부가 나갈 때에는 그곳에 사다리가 걸쳐져 있지 않았어요."

"도중에 되돌아와서 한 짓이지요. 제가 말씀드린 대로 약삭빠르고 빈틈없는 사나이입니다. 앗, 계단에서 발소리가 들린다. 틀림없이 놈일 거야. 와트슨, 권총을 준비 해두는 편이 좋겠네."

그 말이 입에서 채 떨어지기도 전에 뚱뚱하게 살이 찐 건장한 사나이가 손에 굵은 몽둥이를 들고 방 입구에 모습을 나타냈다. 헌터 양은 흘긋 그를 보더니 비명을 지르며 벽에 붙어섰다. 셜록 홈즈가 뛰어나가 사나이 앞을 가로막았다.

"이봐, 악당!" 그는 말했다. "딸을 어디에 감추었지?"

뚱뚱한 사나이는 방 안을 둘러보고 천창이 열려 있는 걸 발견했다.

"묻고 싶은 건 내 쪽이다." 사나이는 짖듯이 말했다. "야, 도둑놈! 개! 강도! 이젠 놓치지 않겠다. 달아날 수 있을 것 같으냐! 혼을 내줄 테니 두고 봐라." 그는 발길을 돌리더니 몹시 요란스럽게 계단을 뛰어내려갔다.

"어머나, 개를 데리러 갔어요!" 헌터 양이 외쳤다.

"저한테 권총이 있습니다"라고 나는 말했다.

"현관문을 닫는 게 좋겠어!" 홈즈가 이렇게 외쳤으므로 우리들은 일제히 계단을 뛰어내려갔다. 우리 세 사람이 겨우 현관에 이르렀을 때 개가 으르렁대는 소리가 들리고 이어서 누군가의 고통에 찬 비명이 울렸는데, 그 끔찍한 단말마의 비명은 듣고만 있어도 몸서리가 쳐졌다. 그때 붉은 얼굴을 한 50살 가량의 사나이가 비틀거리는 발걸음으로 옆문에서 나왔다.

"이크, 큰일났군!" 그는 말했다. "누가 개를 풀어놓았지? 이틀이나 밥을 주지 않았어. 빨리빨리, 그렇지 않으면 죽고 만다!"

홈즈와 나는 뛰어나가 건물의 뒤꼍으로 돌았다. 톨러도 우리들을 뒤쫓아왔다. 가 보았더니 잔뜩 굶주린 맹견이 검은 콧잔등으로 루카

슬의 목덜미를 물고 있고, 그는 울부짖으면서 땅바닥을 뒹굴고 있었다. 뛰어들자마자 나는 권총으로 개의 머리를 쏘았다. 개는 쓰러졌지만 그런데도 여전히 희고 날카로운 송곳니로 주인의 살찐 목덜미를 물고 있었다. 우리들은 겨우 개를 떼어내고 참혹하게 물린 빈사 상태의 루카슬을 집 안으로 옮겼다. 그리고 객실의 소파에 그를 눕히고 술이 깬 톨러를 톨러 부인한테 알리러 보내고 나서, 나는 고통을 덜어주기 위해 가능한 한도에서 치료를 했다. 우리들이 모두 부상자 둘레에 모여 있으려니까 문이 열리면서 키가 크고 마른 여자가 들어왔다.

"톨러 아주머니!" 헌터 양이 외쳤다.

"그래요, 헌터 양. 루카슬 어른이 밖에서 돌아오시자 당신들한테 가기 전에 저를 나오게 해주셨던 거예요. 이봐요, 이런 일을 계획했었다면 어째서 저에게 말해 주지 않았죠? 그러면 헛수고를 하지 않아도 되었을 텐데."

"과연!" 홈즈가 날카롭게 그녀를 응시하면서 말했다. "이번 일은 아주머니가 누구보다도 잘 알고 있겠군요?"

"그럼요, 선생님. 알고 있는 일은 무엇이든지 말씀드리겠어요."

"그럼, 거기에 앉아 이야기해 주지 않겠소. 사실, 나로서도 아직 모르는 점이 몇 가지 있어요."

"뭐, 곧 알게 해드리겠어요." 그녀는 말했다. "술광에서 나올 수만 있었다면 좀더 빨리 가르쳐 드렸을 텐데. 알겠어요? 저는 당신들 편이고 앨리스 아가씨와도 한편이라오. 이 점은 경찰에서 조사하면 뚜렷해질 거예요.

앨리스 아가씨는 루카슬 어른이 재혼하고 나서 하루도 좋은 일이 없었죠. 마치 바보처럼 취급되고 무슨 말을 해도 상대를 해주지 않았답니다. 그래도 처음 얼마 동안은 괜찮은 편이었지만, 그러는 사이 친구 집에서 파울러 씨를 만나고 나서부터 진짜 나빠지게 되었던 거예요. 제가 들은 바로는 뭐라고 할까, 아가씨는 자기의 재산을 가지고 있었는데 얌전하고 참을성이 많은 성미였기 때문에 그런 일은 조금도 입밖에 내지 않고 무엇이든 모두 루카슬 어른에게 맡기고 있었다나 봐요. 루카슬 어른은 아가씨에 대해서는 안심하고 있었지만, 사위가 생긴다면 그럴 수도 없지 않겠어요? 사위는 법률을 방패삼아 요구할 수 있는 일이니까요. 그래서 루카슬 어른은 권리 행사를 못하게 하려고 기회를 보고 있었던 거죠. 비록 앨리스 아가씨가 결혼하든 안하든 돈을 쓸 권리는 아버지 쪽에 있다는 증서를 만들고, 서명을 시키겠다는 생각이었어요. 그러나 아가씨가 거절하자 매일매일 귀찮게 괴롭혀서 결국 아가씨는 병이 들어 6주일 동안이나 사경을 헤맸지요. 겨우 낫기는 했지만 완전히 허수아비처럼 여위고 만 데다가 예쁜 머리마저 잘라버렸답니다. 하지만 파울러 씨는 조금도 마음이 변하지 않고 끝까지 진심으로 아가씨를 사랑하고 있었던 거예요."

"아아." 홈즈가 말했다. "그만큼 들려주면, 앞뒤의 사정은 모두 알

만하오. 나머지는 내가 알아맞혀 보지요. 그리고 루카슬 씨가 감금이
란 수단을 생각해 냈군요?"
"그렇지요."
"다음에 런던에서 헌터 양을 데리고 온 것은 애정 깊은 파울러 군
이 마음에 들지 않기 때문에 쫓아버리려는 생각에서였겠지요?"
"그대로예요."
"하지만 파울러 군은 훌륭한 뱃사람마냥 참을성이 많아, 집둘레를
언제나 서성거리며 아주머니하고 얼굴을 익혔고 뇌물을 주는 따위
의 방법으로, 그와 같은 편이 되는 게 이득이라는 것을 아주머니에
게 납득시켰을 테지요."
"파울러 씨는 아주 붙임성 있고 인심이 후한 사람이니까요." 톨러
아주머니는 태연히 말했다.
"그래서 당신 남편의 술이 떨어지지 않도록 할 것과 주인이 없을
때 사다리를 준비할 것을 부탁받았을 테죠?"
"맞아요. 선생님은 잘도 알고 계시군요."
"톨러 아주머니, 당신에게 사과하지 않으면 안 되겠군요." 홈즈가
말했다. "하지만 덕분에 미심쩍었던 점이 모두 밝혀졌소. 오, 루카슬
부인이 이웃의 의사를 데리고 돌아온 모양이군. 와트슨, 우리들의 법
적 입장이 아무래도 곤란해질 것 같으니 헌터 양을 모시고 윈체스터
로 돌아가는 게 좋을 것 같네."
이렇게해서 현관 앞에 너도밤나무 숲이 있는 불길한 저택의 수수께
끼가 풀리게 되었다. 루카슬은 생명을 건지기는 했으나 완전히 폐인
이 되어 부인의 헌신적인 간호에 의해 겨우겨우 연명하고 있다. 그들
은 아직도 톨러 부부를 부리고 있다고 하는데, 루카슬의 과거가 이
하인 부부에게 너무나 잘 알려져 있어서 쫓아내려고 해도 간단치가
않아서이리라. 파울러와 앨리스는 사랑의 도피를 한 이튿날 사우샘프

턴에서 특별 허가증에 의해 결혼했다. 파울러 씨는 지금 인도양의 모리셔스 섬에서 정부 관리로 있다고 한다.

  바이올릿 헌터 양에 대해서는 그녀가 일단 사건의 중심인물이 아닌 게 되자 친구 홈즈가 도무지 관심을 보이지 않으므로 나는 조금 실망했다. 그녀는 지금 스태퍼드셔의 월솔에서 사립 학교장으로 있으며 아마도 상당한 성공을 거두고 있으리라고 나는 믿고 있다.

에메랄드 왕관 사건

"홈즈," 어느 날 아침, 나는 들창가에 서서 큰길을 내려다보면서 말했다. "미치광이가 오네. 가족들이 저런 사람을 혼자 나가게 하다니 안된 일이 아닌가."

친구는 귀찮은 듯이 팔걸이 의자에서 일어서더니 가운 주머니에다 두 손을 넣은 채 나의 어깨 너머로 내려다보았다. 상쾌하고 활짝 갠 2월의 아침으로, 어제 내린 눈이 아직도 땅 위에 높이 쌓여 겨울 햇빛에 반사되어 반짝이고 있었다. 베이커 거리도 큰길 한복판에는 자동차들이 눈길을 지나가서 폭신한 갈색 띠로 되어 있으나 그 양쪽과 인도 가장자리 일대는 내렸을 때 그대로의 순백이었다. 회색 인도는 깨끗하게 눈이 치워졌으나 미끄러지기 쉬워 위험하므로 여느 때에 비해 지나다니는 사람이 거의 없었다. 지금도 지하철 역 쪽에서 걸어오는 사람이라고는, 아까부터 이상한 몸짓으로 나의 관심을 끈 그 신사, 한 사람뿐이었다.

오십대의 키가 크고 체격이 좋으며 이목구비가 뚜렷한 위엄 있는 풍채를 가진 인물이었다. 화려하지는 않으나 훌륭한 옷차림으로, 검은 프록코트에 산뜻한 새 실크햇, 깨끗한 갈색 각반, 게다가 맵시있게 만든 쥐회색 바지를 입고 있다. 그러나 그의 행동은 옷차림이나 풍채의 위엄과는 우스울 만큼 대조를 이루고 있었다. 열심히 달리고 있지만, 가끔 다리에 부담을 주는 것이 익숙하지 못한지 피로했을 때 하는 것처럼 깡충깡충 뛰었다. 달리면서 손을 아래위로 획획 움직이는가 하면, 머리를 흔들기도 하고, 괴로운 듯이 매우 이상하게 얼굴을 찌푸리기도 했다.

"도대체 저 사나이는 어떻게 된 걸까?" 나는 물었다. "집집마다 다니며 문패를 보고 있군."

"저 사나이는 틀림없이 여기로 올 걸세." 홈즈는 손을 비비면서 말했다.

"여기 온다고?"

"그렇다니까. 아마도 나한테 전문가다운 조언을 구하러 오는 길일 거야. 그런 기색이 보이네. 저것 봐, 내가 말한 그대로 아닌가."

홈즈가 그렇게 말했을 때 사나이는 숨을 헐떡이며 현관 앞까지 뛰어올라와, 온 집안에 울릴 만큼 세게 초인종 끈을 당겼다.

잠시 뒤 우리들 방으로 안내되고도 그는 아직 숨을 헐떡이며 줄곧 손짓 몸짓을 했는데, 그 눈에 비탄과 절망의 빛이 심어진 것을 보고는 우리도 당장 미소를 거두고 전율과 연민을 느꼈다. 그는 한참 동안 아무 말도 못하고, 제정신을 잃기 직전까지 몰린 사람처럼 몸을 흔들기도 하고 머리카락을 쥐어뜯기만 할 뿐이었다. 그리고는 별안간 펄쩍 뛰어 일어나더니 머리를 힘껏 벽에 부딪쳤으므로 우리는 달려가 그를 방 한복판으로 데리고 왔다. 셜록 홈즈는 그를 안락의자에 앉히고 자기도 그 옆에 앉더니 손을 잡아 가볍게 두들겨 주면서 그가 잘 하는 온화하게 타이르는 듯한 투로 편안하게 이야기를 시작했다.

"뭔가 하실 말씀이 있어서 오셨지요?" 그는 말했다. "너무 급히

오시느라고 피로하셨군요. 마음이 가라앉을 때까지 기다리시지요. 그런 다음에 말씀하시면 어떠한 작은 문제라도 기꺼이 상대해 드리겠습니다."

사나이는 한참 동안 가슴을 헐떡이면서 마음의 격동과 싸우고 있었다. 잠시 후 손수건으로 이마를 닦고는, 입을 꼭 다물고 우리에게로 얼굴을 돌렸다.

"나를 미쳤다고 생각하시겠지요" 하고 그는 말했다.

"큰 걱정거리가 있는 것으로 보입니다만" 하고 홈즈는 대답했다.

"그렇습니다! 미쳐도 이상하지 않을 만큼, 정말 갑작스럽고도 무서운 재난입니다. 나는 태어나서 부끄러운 일을 해본 적 없는 사람이지만, 여러 사람 앞에서 면목을 잃었다면 참고 견뎠을 것입니다. 개인적인 고민만 하더라도 누구나가 짊어지고 있는 일입니다. 그런데 그 두 가지가 합쳐서 이런 무서운 형태로 닥쳤으니 이성을 잃는 것도 당연합니다. 더구나 나 혼자만의 일이 아닙니다. 이 무서운 사건에 대해 무슨 수단을 강구하지 않으면 우리나라에서 가장 고귀한 신분을 가지신 분께도 폐를 끼치게 됩니다."

"제발 마음을 진정해 주십시오." 홈즈가 말했다. "그리고 당신이 누구며 당신에게 닥친 일이 어떤 일인지 들려주십시오."

"내 이름은" 하고 손님은 대답했다. "당신도 혹시 들은 일이 있을지 모르겠습니다. 스레드니들 거리에 있는 홀더 앤 스티븐슨 은행의 알렉산더 홀더입니다."

런던 중심구에서도 두 번째 가는 민간 은행 수석 은행장의 이름은 우리도 분명 전부터 알고 있었다. 하지만 도대체 어떤 사건 때문에 런던의 일류 시민이 이토록 가련한 사태에 빠지게 되었을까? 우리는 호기심에 차서 그가 한 번 더 마음을 가다듬고 상세한 이야기를 꺼내기를 기다렸다.

"잠시도 소홀히 하고 있을 수는 없습니다. 이것이 제가 경감으로부터 당신한테 가서 협력을 부탁하라는 권유를 받자마자 달려온 이유입니다. 베이커 거리까지는 지하철로 왔으나, 거기서부터는 눈 때문에 마차도 빨리 달리지 못하기에 내 발로 직접 달려왔습니다. 저는 평소에 운동 같은 것은 안 했던 사람이라서 이렇게 숨을 헐떡이고 있는 것입니다. 겨우 기분이 나아진 것 같습니다. 그럼, 되도록 짧고 명확하게 사실을 얘기하기로 하겠습니다.

당신도 잘 아시다시피, 은행 경영을 성공적으로 해 나가기 위해서는 거래처와 예금자의 수를 늘려가는 동시에, 자금을 운용하기 위해 수익성이 많은 투자선을 찾아내는 능력이 매우 중요합니다. 우리들이 하고 있는 가장 유리한 투자 방법의 하나로는 확실한 담보를 잡고 돈을 대부하는 형태가 있습니다. 이 몇 년 사이 이 방법으로 넓게 손을 뻗쳐, 많은 귀족들을 상대로 그림이나 장서, 아니면 금은 식기 같은 것을 담보로 하여 많은 액수의 돈을 대부해 왔습니다.
  어제 아침, 은행의 중역실에 앉아 있는데 행원이 명함을 한 장 가지고 왔습니다. 나는 그 이름을 보고 깜짝 놀랐습니다. 그 이름은 다름아닌──당신들한테도, 아니 온 세계에서 일상용어가 되어 있는 이름이라고만 말씀드리는 편이 좋겠지만──영국에서 가장 높고 가장 귀하며 가장 고상한 이름이었습니다. 나는 분에 넘치는 영광에 너무나도 송구스러워서 그분이 들어오셨을 때 그 말을 하려고 했으나, 그분은 거북한 일은 빨리 끝내고 싶다는 기색으로 곧 용건을 말씀하셨습니다.
  '홀더 씨, 당신은 남에게 돈을 변통해 준다고 들었소만.'
  '저희들은 담보만 확실하다면 대부해 드리고 있습니다' 하고 나는 대답했습니다.
  '무리한 부탁이지만, 5만 파운드의 돈이 당장 필요하게 되었소. 물론 얼마 안 되는 금액이고 이 10배의 돈이라도 친구한테서 빌리려면 빌릴 수는 있지만, 순수한 거래의 문제로 끝내고 싶고 그 거래도 내 손으로 하고 싶네. 자네도 잘 알겠지만, 나 같은 지위에 있는 사람은 남의 은혜를 입는 것이 현명한 일은 아니오.'
  '실례입니다만, 언제까지 융통해 드리면 되겠습니까?'
  '다음 월요일에 큰돈이 들어오기로 되어 있으니, 빌린 돈에다 당신이 정당하다고 생각될 만큼의 이자를 붙여서 틀림없이 돌려주겠소. 그러나 중요한 점은 그 돈을 지금 여기서 주었으면 하는 것이오.'
  '더 이상 조건을 붙이지 않고, 저의 호주머니에서 융통해 드렸으면 기쁘겠습니다만……' 하고 나는 말했습니다. '아무래도 약간 벅찬 액수입니다. 또한 은행 명의로 대부해 드리게 되면 공동 경영자에 대한 의무가 있으므로, 당신뿐 아니라 설사 어떠한 분의 경우라도 모든 사무적인 보증 수속을 밟지 않을 수가 없습니다.'

'나도 그렇게 하는 것이 바람직하오.'

그분은 이렇게 말씀하시고, 의자 옆에 두었던 검은 모로코 가죽의 네모난 케이스를 드셨습니다.

'에메랄드 보관(寶冠)을 알고 있을 줄 아오만.'

'대영제국의 국보 중에서도 가장 귀중한 것의 하나라고 듣고 있습니다' 하고 나는 말했습니다.

'맞았소.' 케이스를 연 것을 보니 살빛의 부드러운 비로드 보자기 속에 방금 말씀하신 보관이 찬연하게 놓여 있었습니다. '커다란 에메랄드가 39개 붙어 있고 순금의 가격도 말할 수 없이 값진 것이오. 아주 헐하게 보아도 이 보관의 값어치는 내가 요청한 금액의 배는 될 거요. 이것을 당신한테 담보로 맡길 작정이오.'

나는 귀중한 상자를 손에 들자, 약간 어리둥절해져서 보관과 고귀한 손님을 번갈아 보았습니다.

'이 물건의 가치에 의심이라도 있소?' 하고 그분은 물으셨습니다.

'천만의 말씀입니다. 저는 다만……'

'그것을 맡는 것이 타당한지 어쩐지 의심하고 있군. 그렇다면 안심하오. 4일 뒤에는 틀림없이 찾아가겠다는 확신이 없다면 어떻게 이와 같은 짓을 하겠소. 오직 형식상의 수속에 지나지 않는 거요. 담보물로서 부족하오?'

'아니, 지나칠 정도입니다.'

'홀더 씨, 당신에 대해 여러 가지로 듣고 나서 당신을 신뢰한다는 확실한 증거로 맡기는 것이니 이해해요. 당신이라면 굳게 비밀을 지켜 이 일에 대해 쓸데없는 말은 일체 삼가할 뿐더러 특히 보관을 보관하는데도 온갖 주의를 기울여 줄 것으로 믿고 있소. 말할 것도 없이, 보관에 조금이라도 손상이 가면 세상에 큰 소동이 날 거요. 약간의 흠집만 생겨도 전체가 분실된 것과 마찬가지로 중대한 일이 되오. 세계 어디에서도 이것에 견줄 만한 에메랄드가 없으니 바꾼다는 것은 불가능하오. 하지만 상대가 당신이니 만치 충분히 믿고 맡겼다가 월요일 아침에는 직접 가지러 올 작정이오.'

손님은 빨리 돌아갔으면 하는 기색이었으므로 나는 그 이상 아무 말도 하지 않고 출납계를 불러 천 파운드 지폐 50장을 드리도록 지시했습니다. 그러나 혼자서 눈앞의 책상 위에 있는 귀중한 케이스를 보고 있자니 이 물건에 따르는 책임이 너무나도 중대해서 불안을 느끼지 않을 수 없었습니다. 국가의 보물이므로 만약에 잘못이라도 있으면, 엄청난 물의를 일으키리라는 것은 말할 나위도 없습니다. 나는 이런 물건을 맡은 것을 벌써부터 후회하기 시작했습니다. 그렇다고 이제 와서 어떻게 할 수도 없었으므로 나의 전용 금고에 넣고는 다시 일을 했습니다.

저녁때가 되어, 나는 이런 귀중품을 사무실에 남겨두고 가는 것은 분별없는 짓이라는 것을 깨달았습니다. 은행의 금고를 털린 일은 과거에도 있었던 일인데 내 것만이 안전하다고 어떻게 말하겠습니까. 그런 일이라도 생기면 내 입장이 얼마나 무서운 것이 될지……. 며칠 동안은 가지고 다니면서 잠시도 내 몸에서 떼놓지 않으려고 결심했습니다. 이렇게 결정하자 나는 거리의 마차를 불러 케이스를 가지고 스트래탐의 집으로 돌아갔습니다. 2층으로 가지고 가서 거실 장롱에 넣고 자물쇠를 걸 때까지, 정말 숨이 막힐 것 같았습니다.

여기서 홈즈 씨, 상황을 완전히 이해하시기 위해서 우리집에 있는 사람들에 대해서 한 말씀 해 두겠습니다. 마부와 급사와 집사는 집밖에서 묵고 있으니, 이들은 전혀 의심할 필요는 없다고 생각합니다. 오랫동안 일하고 있는 세 하녀는 전적으로 믿을 수 있습니다. 또 한 사람, 루시 파라는 두 번째 하녀는 고용한 지 아직 몇 달밖에는 되지 않습니다. 그러나 믿을 만한 추천장을 가지고 왔으며 언제나 성실하게 일하고 있습니다. 다만 매우 아름다운 아가씨여서, 그녀에게 반한 사나이들이 가끔 집 근처를 서성거리고 있을 때도 있습니다. 이것이 옥의 티라고나 할까요, 우리로서는 어디로 보나 나무랄 데 없는 좋은 아가씨라고 생각하고 있습니다.

하인 쪽은 대략 이런 정도입니다. 가족은 아주 적은 수라서 길게 이야기할 것도 없습니다. 나는 상처를 해서 슬하게 아들 아서가 있을 뿐입니다. 그런데 홈즈 씨, 나를 실망시키기만 하는 너무나도 한심스러운 녀석입니다. 물론 잘못은 내게 있겠지요. 내가 너무 애지중지했다고 세상 사람들은 말합니다. 그 말이 맞습니다. 아내가 죽었을 때, 나는 이제 이 애밖에는 사랑할 사람이 없다고 생각했습니다. 그 애의 얼굴에서 잠시라도 미소가 사라지면 견딜 수가 없었습니다. 그 애가 바라는 대로 해주지 않은 일은 한 번도 없습니다. 하기야 엄하게 하는 것이 서로를 위해 좋았겠지만, 나로서는 최선이라고 믿었던 것입니다.

내가 아들한테 내 일을 물려주려고 생각한 것은 당연한 일이지만 아들은 실무에 어울리는 자질이 아니었습니다. 사실을 말하자면 난폭하고 제멋대로여서 도저히 믿고 큰돈을 맡길 생각이 나지 않습니다. 젊었을 때 어느 귀족 클럽에 들어갔었는데, 사교성이 있고 부자이며 돈을 물쓰듯하는 패거리의 한 사람과 당장에 친구가 되고 말았습니다. 카드놀이에 정신이 없고 경마에도 돈을 낭비하여, 끝내는 도박 빚을 갚기 위해 여러 차례 나한테 용돈을 가불하곤 했습니다. 본인도 몇 번이나 그런 위험한 환경에서 빠져나오려고 애를 써 보았으나 그때마다 친구 조지 번웰 경이라는 사나이의 매력에 끌려 되돌아가고 말았습니다.

사실 조지 번웰 경 정도의 사나이라면, 아들에게 큰 영향을 주었다고 해도 이상할 것은 없습니다. 가끔 집에 오기도 했는데, 이렇게 말하는 나 자신도 그 매력 있는 태도에는 저항하기 어려운 것을 느꼈습니다. 아서보다 나이가 위인데 그 처세술은 완벽하다고 해도 과언이 아니며, 어디든 안 가본 곳이 없고 무엇이건 안 본 것이 없다는 사나이로 말솜씨가 능란하고 게다가 또 미남입니다. 그러나 그에게서 매력을 빼고 냉정하게 생각해보면, 냉소적인 말투며 얼핏얼핏 드러나는 그 눈초리는 조금도 믿을 수 없는 인물임에 틀림없습니다. 이렇게 생각하고 있는 것은 나뿐만 아니라, 우리집 메어리도 같은 생각입니다. 그 애는 여성 특유의 감각으로 남의 성격을 꿰뚫어보는 힘을 가지고 있으니까요.

이제 남은 것은 메어리뿐입니다. 메어리는 나의 조카딸인데 5년 전에 형이 그 애 하나를 남겨 놓고 사망했을 때 제가 양녀로 삼아 친딸과 다름없이 보살펴 왔습니다. 그 애는 우리 가정의 태양입니다. 유순하고 자애롭고 아름다우며 집안 일을 놀랄 만큼 훌륭하게 처리하면서도 여자로서 더할 나위 없이 정숙하고 찬찬하고 다소곳합니다. 그 애는 나의 한쪽 팔입니다. 메어리가 없었더라면, 나는 어떻게 해야 할지 몰랐을 것입니다. 다만 한 가지, 그 애가 내게 거역한 일이 있습니다. 아들이 메어리를 진심으로 사랑하여 두 번이나 결혼을 신청했지만 그녀는 두 번 다 거절했습니다. 아들을 올바른 길로 되돌릴 수 있는 사람이 있다면 메어리뿐이므로, 그 결혼이 실현되었더라면 아들의 생활도 완전히 달라졌을는지 모르겠습니다. 그러나 슬프게도 이미 늦었습니다, 영원히 되돌릴 수 없는 일이 되고 말았습니다.

그럼 홈즈 씨, 우리집에 사는 사람들에 대해서는 전부 이야기했으니 이번에는 재난의 이야기를 하지요.

어젯밤 저녁 식사 뒤 응접실에서 커피를 마시면서 나는 아서와 메어리에게 그날 아침의 은행에서의 이야기, 그리고 문제의 보물이 지금 이 지붕 밑에 보관되어 있다는 것 등, 그분의 이름만 빼놓고 모두 이야기해 주었습니다. 커피를 날라온 루시 파가 그때는 이미 방에 없었던 게 확실합니다만, 문이 닫혀 있었는지 어쩐지는 확실치 않습니다. 메어리도 아서도 매우 큰 흥미를 가진 모양으로 유명한 보관을 보고 싶어했으나 나는 그런 짓은 안 하는 것이 좋다고 생각했습니다.

'어디에 두셨습니까?' 하고 아서가 물었습니다.

'내 장롱에.'

'그렇다면 오늘밤, 도둑이 들지 않았으면 정말 좋겠군요' 하고 그는 말했습니다.

'자물쇠를 걸어 놓았다.' 나는 대답했습니다.

'아, 그 장롱이라면, 어떤 열쇠라도 맞습니다. 저는 어렸을 때 헛간의 다락문 열쇠로 연 일이 있습니다.'

아들이 터무니없는 말을 하는 것은 늘 하는 짓이기에 나는 마음에 두지도 않았습니다. 하지만 어젯밤은 진지한 얼굴로 나의 침실까지 따라왔습니다. '아버지' 하고 눈을 아래로 떨구면서 말했습니다. '200파운드만 주시지 않겠습니까?'

'아니, 안돼.' 나는 짜증스럽게 대답했습니다. '돈이라면, 나는 너한테 질렸다.'

'이때까지 인정이 많으셨습니다. 하지만 이 돈은 꼭 주셔야 합니다. 그렇지 않으면 두 번 다시 클럽에 얼굴을 못 내밀게 됩니다.'

'그건 아주 잘된 일이 아니냐?' 나는 큰소리로 말했습니다.

에메랄드 왕관 사건 389

'그건 그렇습니다만, 제가 체면도 서지 않은 채 클럽을 탈퇴한다는 것은 아버지도 바라시지 않는 일이 아닙니까?' 하고 말했습니다. '저는 그런 굴욕에는 견딜 수 없습니다. 이 돈은 어떻게든 만들어야 하기 때문에 아버지가 못 주시겠다면 다른 방도를 강구해 보아야겠습니다.'

이 달 들어 벌써 세 번째 요구였기에 나는 버럭 화를 냈습니다. '한 푼도 못 주겠다' 하고 내가 크게 호통치자 아들은 머리를 푹 숙이고서 더 말하지 않고, 방을 나갔습니다.

아들이 나가 버리자, 나는 장롱을 열고 보물이 무사한 것을 확인하고는 다시 장롱에 넣고 자물쇠를 걸었습니다. 그리고 온 집안의 문단속을 하러 나갔습니다. 평소에는 메어리에게 맡긴 일이지만 어젯밤은 직접 하는 것이 좋다고 생각했습니다. 계단을 내려가니 홀 옆의 창가에 메어리가 있다가, 내가 다가가자 창문을 닫고 빗장을 걸었습니다.

'아버지' 하고, 왠지 약간 당황하는 모양으로 말했습니다. '루시에게 오늘밤 외출을 허락하셨어요?'

'아니, 그런 기억은 없는데.'

'방금 뒷문으로 돌아왔어요. 누군가를 만나러 작은 문까지 갔다 온 것뿐이겠지만, 그다지 신중한 일이 아니니 못하게 하는 것이 좋을 것 같아요'

'뭣하면 내가 말해도 좋지만, 아침에 네가 잘 타일러라. 문단속은 다 했겠지?'

'걱정마세요, 아버지.'

'그럼, 잘 자거라.' 나는 메어리에게 키스하고는 침실로 돌아와 곧 잠이 들었습니다.

홈즈 씨, 이로써 사건에 조금이라도 관계될 만한 일은 죄다 말씀드린 셈입니다만 그런데도 확실치 않은 데가 있다면 서슴없이 질문해 주십시오."
"아니 천만에, 이야기는 아주 명확합니다."
"이제 여기서부터가 유독 상세하게 이야기하고 싶다고 생각되는 점입니다. 평소에 나는 깊이 잠들지 못하는 편인데, 더구나 어젯밤은 마음에 걸리는 일이 있었기 때문인지 더욱 잠이 안 왔던 것 같습니다. 새벽 2시쯤이 되어 집 안에서 무슨 소리가 나 잠을 깼습니다. 완전히 깨었을 때는 소리는 이미 나지 않았으나, 어딘가의 창문이 살며시 닫히는 소리같이 여겨졌습니다. 나는 가만히 귀를 기울이고 있었습니다. 그러자 별안간 옆방에서 발소리를 죽이며 걷는 소리가 똑똑히 들려와서 온 몸이 오싹했습니다. 공포에 떨면서 나는 침대에서 살며시 내려와 거실 문틈으로 살펴보았습니다.

'아서!' 나는 소리질렀습니다. '이 악당아! 도둑놈아! 뭣 때문에 보관에 손을 대니!'

가스등은 아까 내가 밝기를 낮추어 켜둔 그대로이며, 아들은 바지에 셔츠 바람으로 보관을 손에 들고 등불 곁에 서 있었습니다. 힘껏 보관을 비틀려 하다가 고함 소리에 놀라서 보관을 떨어뜨리고는 시체처럼 파랗게 질렸습니다. 나는 그것을 들어올려 살펴 보았습니다. 3개의 에메랄드와 함께 금관의 한 모퉁이가 떨어져 나가고 없었습니다.

'이 못된 놈아!' 나는 흥분하여 소리쳤습니다. '네가 부쉈구나! 아버지의 명예를 더럽힌 놈! 훔친 보석은 어디 있느냐?'

'훔쳤다고요!' 아들은 큰 소리로 대꾸했습니다.

'물론이지, 도둑놈아!' 나는 아들의 어깨를 잡고 흔들어 대면서 소리쳤습니다.

'아무것도 없어지지 않았습니다. 어쩜 이럴 수가 있나요?'라고 했습니다.
 '3개가 없어졌잖니! 어디로 갔는지 너는 알고 있어. 도둑만으로 모자라서 거짓말쟁이라는 말까지 듣고 싶으냐? 다른 한 모퉁이를 떼려는 것을 내가 못 보았다고 할 작정이냐.'
 '그렇게까지 누명을 씌운다면' 하고 아들은 말했습니다. '더 참을 수 없습니다. 아버지가 저를 모욕하시겠다면, 이 일에 대해서는 더 아무 말도 않겠습니다. 아침이 되면 집을 나가서 제 힘으로 살아가겠습니다.'
 '네가 갈 곳은 경찰서다!' 나는 슬픔과 격분으로 거의 미치광이처럼 소리쳤습니다. '나는 이 일을 철저하게 조사하겠다.'
 '제게서 이 이상 듣겠다는 것은 헛일입니다' 하고 그는 평소에 보지 못한 흥분한 투로 말했습니다. '경찰을 부르겠다면 그들 마음대로 조사를 시키면 되잖아요.'
 내가 화가 나서 소리를 질렀기 때문에 이때는 벌써 온 집안 식구가 일어나 있었습니다. 맨 먼저 방으로 달려온 것은 메어리인데, 보관과 아서의 얼굴을 보자 금방 사태를 알아차리고는 으악 하고 비명을 지르더니 기절하여 바닥에 쓰러지고 말았습니다. 나는 하녀를 경찰에 보내서 당장 경찰 손에 조사를 맡겼습니다. 경감이 순경을 데리고 왔을 때, 그때까지 팔짱을 끼고 잠자코 서 있었던 아들은 자기를 절도혐의로 고발할 작정이냐고 물었습니다. 나는 부서진 보관은 국가의 재산인 만큼 이 사건은 벌써 개인 일이 아니라 공적인 문제가 되었다고 대답했습니다. 나는 모든 것을 법률이 하는 대로 맡기려고 결심했습니다.
 '적어도' 하고 아들은 말했습니다. '저를 당장 체포하게 하지는 않으시겠지요. 제가 지금 5분 동안만 밖으로 나갈 수 있다면, 저뿐만 아니라 아버지를 위하는 일도 됩니다만……'

에메랄드 왕관 사건 393

'도망칠 작정이냐? 아니면, 훔친 물건을 감추기라도 할 작정이냐?' 하고 나는 말했습니다. 그리고는 내가 매우 곤란한 입장에 처하게 되었음을 새삼스럽게 다시 느꼈기 때문에, 아들을 향해 이 일은 나 개인의 명예에 그치지 않고 매우 지위가 높은 분의 명예가 위협당하고 있다는 것, 그리고 또 그가 한 짓은 전 국민을 떠들썩하게 할 만한 소동을 일으키기 쉽다는 것을 유념해 달라고 간곡하게 말해 주었습니다. 사라진 3개의 보석을 어떻게 했는지만 말해주면, 그 모든 일을 피할 수 있을지도 모르기 때문이었지요.

'모든 일을 솔직하게 인정하는 것이 어떠냐?' 하고 나는 말했습니다. '너는 현장에서 잡혔으니 자백했다고 해서 죄가 더 무거워지는 것은 아니다. 보석이 있는 곳을 말해서 네 힘으로 할 수 있는 적은 보상이나마 해준다면, 나는 모든 것을 용서하고, 잊어버리겠다.'

'그런 말은 용서받고 싶은 사람한테나 하는 것이 좋겠군요.' 아들은 이렇게 대답하고는 냉소 띤 얼굴을 돌리고 말았습니다. 이토록 고집을 부리니, 내가 무슨 말을 해도 그의 마음을 움직일 수 없다고 생각했습니다. 취할 길은 단 하나밖에 없습니다. 나는 경감을 불러, 아들을 넘겨주었습니다. 당장 수사가 시작되어 아들의 몸에서부터 방까지, 그밖에 보석을 숨길 만한 장소는 하나도 남기지 않고 조사했습니다. 그러나 보석은 자취도 없고, 또 아무리 타이르고 위협을 해 보아도 바보 자식은 완강하게 입을 열지 않았습니다.

아들은 유치장으로 가고, 나는 도난 수속을 끝내고 나서 당신의 수완을 발휘해 어떻게든 해결해 주십사 하고 급히 찾아온 것입니다. 경찰은 현재 아무런 전망도 없다고 분명히 말했습니다. 비용은 필요한 만큼 얼마든지 써도 좋습니다. 이미 1천 파운드의 현상금도 걸어놓았습니다. 아, 정말 나는 어떻게 해야 할까요! 명예와 보석과 아들을 하룻밤 사이에 잃어버리고 말았습니다. 아, 어떻게 하면 좋겠습니까?"

그는 손으로 머리를 감싸고, 몸을 앞뒤로 흔들면서 슬픈 나머지 말도 안 나오는 어린애처럼 끙끙 신음했다.

셜록 홈즈는 눈썹을 찌푸리고, 난로불을 뚫어져라 바라보면서 한참 동안 잠자코 있었다.

"댁은 친구분이 많이 찾아옵니까?"

잠시 뒤 그가 물었다.

"우리 은행의 공동 경영자가 가족 동반으로 오는 것 외에는 가끔 아서의 친구들이 올 뿐입니다. 조지 번웰 경은 최근에 두세 번 왔습니다. 그 정도지 달리 없다고 생각합니다."

"당신들은 사교를 위해 자주 외출하십니까?"

"아서는 자주 나갑니다. 메어리와 나는 집에 있습니다. 두 사람 다 그런 것은 좋아하지 않기 때문에."

"젊은 아가씨로서는 드문 일이군요."

"그 애는 정숙한 성격입니다. 게다가 이젠 그다지 젊지도 않습니다. 24살이니까요."

"듣기로는, 이 사건으로 메어리 양이 큰 충격을 받은 모양이군요."

"그야 뭐! 나보다 놀랐을 것입니다."

"아드님의 짓이라는 것은 두 분 다 의심치 않습니까?"

"보관을 손에 들고 있는 것을 이 눈으로 보았으니, 의심할 여지가 없지 않습니까?"

"그것만으로는 결정적인 증거라고 할 수 없습니다. 보관의 나머지 부분은 상하지 않았습니까?"

"네, 비틀어져 있었습니다."

"그렇다면 아드님은, 똑바르게 고치려고 했는지도 모른다고는 생각

에메랄드 왕관 사건 395

되지 않습니까?"
"친절하시군요, 감사합니다. 아들과 나를 위해서, 되도록 호의적으로 해석해 주시는군요. 그러나 그것은 조금 무리입니다. 도대체 아들 녀석은, 그곳에서 무엇을 하고 있었을까요? 자신에게 상관이 없는 일이라면 왜 그렇다고 말하지 않았을까요."
"지당한 말씀입니다. 그러나 거꾸로 만약에 자기가 한 짓이라면 멋진 거짓말을 생각해낼 것이라고는 말할 수 없을까요. 아드님이 잠자코 있는 것은 두 가지로 해석할 수 있다고 생각됩니다. 이 사건에는 이상한 점이 몇 가지 있습니다. 당신의 잠을 깨게 한 소리에 대해 경찰에서는 뭐라고 합니까?"
"아서가 자기 침실의 문을 닫은 소리일 것이라고 말하고 있습니다."
"그럴 듯한 대답이군! 큰 범죄를 저지르려는 사나이가 집안 사람의 잠을 깨게 하려고 일부러 문을 탕 닫은 셈이군요. 그럼, 그 보석이 발견되지 않는 데 대해서는 뭐라고 하나요?"
"바닥의 널빤지를 두들겨 보기도 하고, 가구들을 바늘로 찌르곤 하며 아직도 찾고 있습니다만……"
"집 밖까지 신경을 썼을까요?"
"네, 대단한 노력이었습니다. 뜰은 이미 샅샅이 다 뒤졌습니다."
"그런데 홀더 씨" 하고 홈즈는 말했다. "이 사건은, 당신이나 경찰이 처음에 생각했던 것보다 훨씬 뿌리가 깊다는 것을 조금 눈치채지 않으셨습니까? 당신은 간단한 사건이라고 생각하셨겠지만, 저는 복잡미묘한 것으로 보입니다. 당신의 이야기대로라면 어떻게 되는지 잘 생각해 보십시오. 아드님은 자기의 침대를 빠져나오자, 대단한 위험을 무릅쓰고 당신의 거실로 들어가서 장롱을 열고 보관을 꺼내어 그 한쪽 구석을 힘껏 부숴서 어딘가 다른 곳으로 가서 39개의 보석 중 3

개를 아무한테도 들키지 않을 곳에 교묘하게 숨긴 뒤, 나머지 36개를 가지고 들킬 위험성이 매우 큰 거실로 되돌아왔다는 설명이 됩니다. 그러니 도대체 이치에 맞는 설명이라고 할 수 있겠습니까?"

"그러나 달리 또 어떻게 생각할 수 있겠습니까?" 은행가는 절망한 몸짓으로 대답했다. "자신의 행동이 결백하다면 왜 변명을 안 하지요?"

"그 이유를 명백히 하는 것이 우리들의 일입니다." 홈즈는 대답했다.

"홀더 씨, 무방하시다면 우리들과 함께 스트래탐으로 가서 1시간쯤 여러 가지 의문점을 좀더 자세히 조사하게 해 주십시오."

친구가 줄곧 동행할 것을 권했고, 또 이야기를 듣고 있는 동안 강한 호기심과 동정심을 느껴 나도 빨리 가보고 싶었다. 솔직히 말해서 나는 은행가 아들이 틀림없다고 생각하는 점에서는 가엾은 아버지와 같았으나, 홈즈의 판단을 믿었기에 아버지와 경찰의 설명에 그가 동조하지 않고 있는 이상 일말의 희망이 있다고 생각하였다.

남쪽 교외로 가는 도중, 홈즈는 거의 한 마디도 하지 않고 가슴에 턱을 파묻고는 모자를 깊숙이 눌러 쓰고 깊은 사색에 잠겨 있었다. 의뢰인은 방금 홈즈가 안겨 준 한 가닥 희망에 기운을 차린 모양으로 나에게 자기의 사업 이야기를 두서없이 늘어놓는 것이었다. 잠시 기차를 탔다가 다시 조금 걸어가니 대 은행가의 검소한 저택, 훼어뱅크에 도착했다.

훼어뱅크 저택은 넓고 반듯한 석조 건물로 큰 길에서 약간 들어가 있었다. 두 갈래의 마차길이 눈에 덮인 잔디를 끼고 두 개의 큰 철문으로 된 정면 현관과 이어졌다. 오른쪽의 나무로 된 작은 문에서 가지런한 나무 울타리 사이로 난 작은 길은 부엌으로 통하며 드나드는 상인의 통로로 사용되었다. 왼쪽 작은 길은 마구간으로 통하는데, 지나다니는 사람은 적지만 엄연한 일반 도로로 대지를 벗어났다. 홈즈는 우리를 현관 앞에 남겨두고, 집의 정면을 가로질러 부엌으로 통하는 오솔길로 내려가서 뒤뜰을 따라 마구간으로 가는 작은 길로 들어가 집 둘레를 걸었다. 너무 늦기에, 홀더 씨와 나는 식당으로 가서 불 옆에서 그가 돌아오기를 기다렸다.

잠자코 앉아 있는데 문이 열리면서 젊은 여인이 들어왔다. 보통보다는 약간 큰 키에 화사한 몸매로, 머리카락과 눈썹은 검었으나 너무 창백해서 얼굴이 그 검은 빛이 더 검게 보였다. 여자의 얼굴이 이토록 시체를 방불케 할 만큼 파랗게 질린 것은 이때까지 본 적이 없을 정도였다. 입술에도 핏기가 사라졌으며 두 눈은 울어서 빨갛게 부어 있었다. 이 여성이 소리없이 방으로 들어왔을 때 내가 받은 느낌은, 아침에 은행가가 나타났을 때보다 훨씬 더 애처로웠다. 몹시 자제력이 뛰어나고 강인한 성격의 여성으로 보인 만큼 그 애처로움은 더욱 인상적이었다. 나 같은 것은 있는지 없는지도 모르고 똑바로 숙부 쪽으로 가더니, 그 머리에 손을 돌려 자못 여자다운 상냥스러움으로 포옹하는 것이었다.

"아버지, 아서를 석방하도록 말씀하셨겠지요?" 하고 물었다.
"아니다, 귀여운 내 딸아, 사건은 철저하게 조사해야 하니까."
"하지만 아서는 나쁜 짓을 안 했는데 그토록 엄하게 다루셨다가는, 아버지께서 틀림없이 후회하시리라는 것을 저는 알고 있어요."
"죄가 없다면 왜 잠자코 있을까?"
"그건 모르겠어요. 아버지한테서 의심을 받은 것이 몹시 화가 난 게 아닐까요?"
"보관을 손에 들고 있는 것을 이 눈으로 보았는데 어떻게 의심하지 않겠느냐?"
"아니에요, 잠깐 손에 들고 보려고 한 것뿐일 거예요. 아버지, 아서가 결백하다는 제 말씀을 믿어 주세요. 이 사건은 중단하고, 이제 아무 말도 안 하도록 해요. 아서가 형무소에 가다니 생각만 해도 무서운 일이에요."

"아니다, 보석을 찾아낼 때까지는 절대로 중단하지 않는다. 절대로, 메어리야. 너는 아서를 생각하는 나머지 내게 닥친 끔찍한 결말을 못보고 있어. 일을 은밀히 처리하기는커녕, 좀더 철저하게 조사해 보려고 런던에서 어떤 분을 모시고 오기까지 했다."

"이분이세요?" 그녀는 되돌아서 나를 보면서 물었다.

"아니, 이분의 친구다. 혼자서 조사하고 싶다고 해서 지금 마구간 가는 작은 길에 계신다."

"마구간으로 가는 작은 길이라고요?" 그녀는 짙은 눈썹을 들었다. "그런 곳에 뭐가 있다는 거예요? 아, 그분이 오신 것 같아요……제가 진실이라고 생각하고 있는 것을, 사촌오빠 아서가 무고하다는 것을 꼭 증명해 주시겠지요."

"나도 당신 의견에 전적으로 동감하며 또 당신 힘을 빌어서 증명할 수도 있다고 생각하고 있습니다." 홈즈는 구두의 눈을 털기 위해 매트 쪽으로 되돌아가면서 이렇게 대답했다. "당신이 메어리 홀더 양이시죠? 한두 가지 질문하고 싶은데."

"네, 무슨 일이든, 이 무서운 사건의 해결에 도움이 된다면요."

"어젯밤, 당신은 아무 소리도 못 들었습니까?"

"네, 숙부님이 큰 소리를 지르실 때까지 아무 소리도 못 들었어요. 그 고함을 듣고 내려왔어요."

"어젯밤, 당신이 창문과 문을 닫으셨다더군요. 창문은 남김없이 닫았습니까?"

"네."

"오늘 아침에도 전부 닫혀 있었습니까?"

"네."

"댁에 애인이 있는 하녀가 있지요? 어젯밤, 그녀가 애인을 만나러 외출했다고 숙부님께 말씀하셨다던데."

"그래요, 게다가 응접실에서 시중을 든 것도 그 애였으므로 숙부가 하신 보관 이야기도 들었는지 몰라요."

"과연, 그래서 그녀가 애인한테 그 얘기를 하러 나가서, 둘이서 도둑질할 계획을 세웠는지도 모른다고, 말씀하시는 거로군요."

"하지만 그런 근거 없는 추측이 무슨 소용입니까?" 은행가는 초조한 듯이 소리쳤다. "아서가 보관을 가지고 있는 것을 보았다고 말씀드리지 않았습니까?"

"잠깐 기다려 주시오, 홀더 씨. 이야기를 되돌려야 하겠습니다. 메어리 양, 그 하녀 말입니다. 당신이 보신 것은 부엌 뒷문으로 들어오는 것이었지요?"

"네, 부엌 쪽의 문단속을 하러 갔는데 막 그 애가 들어왔어요. 어둠 속에 남자가 있는 것도 보였어요."

"아는 사람입니까?"

"네, 알고 있어요. 우리에게 야채를 배달하는 식료품 장수예요. 이름은 프랜시스 프로스퍼라고 해요."

"그가 서 있던 곳은" 하고 홈즈가 말했다. "부엌 쪽 문의 왼편, 즉 작은 길을 들어와서 출입구를 지나간 쪽이었지요?"

"네, 그래요."

"그리고 한쪽 다리가 의족이지요?"

젊은 여인의 표정이 풍부한 검은 눈에 공포 비슷한 것이 떠올랐다.

"어머나, 마치 마법사 같으신 분이야" 하고 그녀는 말했다. "어떻게 그런 것을 아세요?" 그녀는 미소지었으나, 홈즈의 야위고 진지한 얼굴에는 아무런 반응이 없었다.

"이번에는 2층을 보고 싶군요" 라고 그는 말했다. "그리고 집 바깥쪽을 한번 더 조사하게 될지도 모릅니다. 아니 2층으로 가기 전에 아래층의 창문을 봐두는 것이 좋을 것 같습니다."

그는 창문을 하나 하나 재빨리 보고 다녔는데, 현관 사이에서 마구간쪽 작은 길에 면한 큰 창문 앞에서는 잠깐 발을 멈추고 창문을 열어서 강력한 확대 렌즈로 문지방을 세밀하게 검사하였다. "그럼, 2층으로 갑시다." 겨우 그는 몸을 일으켰다.

은행가의 거실은 단순하게 꾸며 작은 방으로, 회색 융단에 큰 장롱과 긴 거울이 놓여 있었다. 홈즈는 먼저 장롱으로 걸어가서 자물쇠를 찬찬히 바라보았다. "어느 열쇠를 써서 열었을까요?" 하고 그는 물었다.

"아들이 말한 헛간 다락의 열쇠입니다."

"지금 가지고 있습니까?"

"화장대 위에 있는 것이 그것입니다."

셜록 홈즈는 열쇠를 집어 장롱을 열었다.

"소리가 안 나는 자물쇠로군요"라고 그는 말했다. "이 정도의 소리로는 잠을 깨지 않았다는 것도 이상할 것은 없습니다. 이것이 보관 케이스군요, 잠깐 봐야지."

그는 케이스를 열어서 보관을 꺼내어 테이블 위에 놓았다. 귀금속 공예의 일품이라고 할 만한 훌륭한 것으로, 36개의 보석도 일찍이 보지 못한 진품이었다. 이 보관의 한쪽 3개의 보석이 있었던 구석은 비틀려 떨어져 한 모서리가 금이 가 있었다.

"그런데 홀더 씨" 하고 홈즈는 말했다. "이 한쪽 구석은, 없어진 한쪽 구석과 한쌍이 되어 있는 셈입니다. 오셔서 이것을 떼보지 않겠습니까?"

은행가는 두려움에 뒷걸음을 쳤다.

"당치도 않는 말입니다."

"그럼, 제가 해보지요."

홈즈는 잔뜩 힘을 넣었으나, 보관은 꿈쩍도 하지 않는다.

"약간은 휘어진 것 같습니다만" 하고 그는 말했다. "대체로 저는 손 힘이 남보다도 월등하게 센 편입니다만, 그런데도 이것을 부수려고 하니 예삿일이 아닙니다. 보통사람으로는 도저히 못할 일입니다. 그런데 홀더 씨, 제가 만약에 이것을 부수면 어떤 일이 일어날 것으로 생각하십니까? 권총을 쏜 것 같은 큰 소리가 날 겁니다. 침대에서 기껏 몇 야드밖에 안 되는 곳에서 이런 일이 일어났는데도 그 소리가 안 들렸다는 말씀이십니까?"

"어떻게 생각해야 좋을지, 모르겠습니다. 전혀 생각이 나지 않습니다."

"아니, 차차 짐작이 가실 겁니다. 아가씨는 어떻게 생각하십니까?"

"솔직히 말해서, 저도 숙부님과 마찬가지로 어리둥절해요."

"당신이 아드님을 보셨을 때, 구두나 슬리퍼를 신지 않았지요?"

"바지와 셔츠 외에는 아무것도 신지 않았습니다."

"고맙습니다. 이제까지의 조사로 확실히 대단한 행운을 잡게 되었으니, 이제 사건을 해결하지 못한다면 전적으로 우리 실수가 됩니다. 홀더 씨, 승낙해 주신다면 한 번 더 집둘레를 조사해야겠습니다."

홈즈는 쓸데없는 발자국이 생기면 일이 복잡해진다고 말하고는 꼭 혼자서 조사하고 싶다면서 밖으로 나갔다. 1시간 남짓 그 조사를 끝마치고 구두가 눈투성이가 되어 돌아왔는데, 그 표정에서는 역시 아무것도 알아챌 수가 없었다.

"홀더 씨, 봐야 할 것은 다 본 것 같습니다." 홈즈는 말했다. "나머지는 집으로 돌아가서 하는 것이 좋을 것 같습니다."
"하지만 보석은요? 홈즈 씨, 어디 있습니까?"
"그건 모릅니다."
은행가는 두 손을 비비꼬았다.
"보석을 못찾는다!" 하고 그는 외쳤다. "그리고 아들은 어떻게 됩니까? 희망이 있을까요?"
"제 생각은 조금도 변함이 없습니다."
"그렇다면 어젯밤 우리집에서 일어난 범죄는 도대체 어떻게 된 일이었나요?"
"내일 아침 9시에서 10시 사이에 베이커 거리의 제 방에 오시면 좀더 확실한 것을 말씀드릴 수 있다고 생각합니다. 보석을 되찾기만 하면 된다는 조건으로 백지 위임을 하셨으며, 비용 문제도 제한이 없는 것으로 알고 있습니다만……"
"보석만 되찾으면 전 재산이라도 드리겠습니다."
"대단히 좋습니다. 내일 아침까지 충분히 조사해 놓겠습니다. 그럼, 실례합니다. 어쩌면 저녁때 한 번 더 찾아뵐지도 모르겠습니다."

친구가 내린 결론이 어떤 것인지, 나는 어렴풋하게도 짐작할 수 없었으나 그의 생각이 이미 결정된 것만은 분명했다. 돌아오는 길에 몇 번이나 이 점을 알아내려 했으나, 그때마다 다른 화제로 피했기 때문에 끝내는 단념할 수밖에 없었다. 우리들이 집으로 돌아온 것은 3시 전이었다. 그는 자기 방으로 급히 들어가더니 몇 분 뒤에는 흔해빠진 부랑자 꼴이 되어 나왔다. 빤짝빤짝 빛나는 싸구려 양복의 깃을 세우고 목에 빨간 스카프를 감고는, 찢어진 구두를 신어, 그런 유형의 빈틈없는 본보기처럼 보였다.

"이러면 되겠지" 하고 벽난로 위의 거울을 보면서 홈즈는 말했다.

"자네가 함께 갈 수 있으면 좋겠지만, 와트슨, 아무래도 그러면 안 될 것 같네. 내가 제대로 사건의 핵심을 좇고 있는지도 모르겠고 여우 불에 홀렸는지도 모르겠지만, 결과는 곧 알게 되네. 두세 시간이면 돌아올 거야."

식기 선반 위의 큰 고깃덩이에서 잘라낸 고기를 둥글게 자른 빵 두 조각 사이에 끼워 만든 간단한 샌드위치를 주머니에 쑤셔넣으며 홈즈는 탐험을 떠났다.

그가 돌아온 것은 내가 막 차를 마시고 나서였는데, 보기에도 마냥 기분이 좋은듯 헌 고무 장화의 한쪽을 덜렁덜렁 흔들고 있었다. 홈즈는 장화를 방 구석에 던지고는 손수 차를 따라서 마셨다.

"지나는 길에 들른 것뿐이야" 하고 그가 말했다. "또 나가야 해."

"어디로?"

"응, 웨스트 엔드 건너편이야. 돌아올 때까지 약간 시간이 걸릴지도 몰라. 늦어지면 기다리지 않아도 괜찮네."

"어떻게 되가는 거야?"

"뭐, 그렇고 그런 걸세. 불만스러운 건 없어. 아까는 곧장 스트래탐으로 갔지만 그 집에는 들르지 않았어. 상당히 재미있는 사건일세. 그대로 내버려둘 수는 없어. 그러나 이런 데서 수다를 떨기보다는 이런 꼴사나운 옷을 벗어버리고 본래의 깔끔한 나 자신으로 돌아가야지."

그의 태도를 보니, 그 만족스러운 근거가 말하는 이상으로 확실한 것을 알 수 있었다. 눈은 반짝이고, 창백하던 볼에는 핏기가 돌았다. 그는 2층으로 뛰어올라갔는데 잠시 뒤 현관문이 힘차게 닫히는 소리가 들리기에 그가 다시 자신있게 수사에 나선 것을 알았다.

나는 밤중까지 기다렸으나 그가 돌아올 기미가 없었으므로 먼저 잠자리에 들었다. 수사에 열중하게 되면, 며칠 밤이고 계속해서 집을 비우는 것은 예사였기 때문에 돌아오는 것이 늦어지는 것쯤은 놀라지 않았다. 아침이 되어 식사하러 아래로 내려가 보니, 언제 돌아왔는지 홈즈가 단정한 옷차림으로 한 손엔 커피잔을, 또다른 손에는 신문을 들고 생기있고 말쑥한 차림으로 앉아 있었다.
"미안하지만 먼저 시작했네, 와트슨" 하고 그는 말했다. "그 손님이 아침에 되도록 빨리 오겠다고 하지 않았나."
"아니, 벌써 9시가 지났군" 하고 나는 대답했다. "이제 나타나도 이상할 것은 없어. 마침, 초인종이 울린 것 같네."
바로 어제 그 은행가였다. 나는 사람이 완전히 달라져 버린 것을 보고 충격을 받았다. 원래 크고 넓었던 얼굴은 까칠하게 살이 빠지고, 머리카락도 약간 희끗했다. 지칠 대로 지쳐서 힘없이 들어온 모습은 어제 아침의 소란스러움에 비해 한결 애처로웠다. 그는 내가 권한 팔걸이 의자에 털썩 앉았다.
"도대체 나는 무슨 팔자기에 이런 시달림을 받아야 하나요. 이틀 전만 해도 나는 이 세상에 아무 걱정 없이 행복하고 운이 좋은 사람이었습니다. 그것이 지금은 외롭고 불명예스럽게 늙은 몸을 끌고 가는 꼴이 되었습니다. 슬픈 일은 잇달아 오는가 봅니다. 조카딸 메어리가 나를 버리고 말았습니다."
"버리다니요?"
"그렇습니다. 오늘 아침에 보니 침대에는 잔 흔적이 없고, 방은 텅 비었으며, 홀 테이블 위에 내 앞으로 쓴 편지가 있었습니다. 어젯밤 나는 역정을 내지는 않았지만 슬픈 나머지 만약에 네가 아들과 결혼을 해주었더라면 이런 일은 없었을 것이라고 그 애한테 말했습니다. 천박한 말을 했지요. 두고 간 편지에도 그 이야기가 적혀 있었습니다.

사랑하는 숙부님.

제가 폐를 끼쳤고, 제가 좀더 다르게 행동했더라면 이런 무서운 재난은 결코 발생하지 않았으리라고 지금 생각하고 있습니다. 이렇게 생각하니 숙부님의 슬하에서는 이제 두 번 다시 행복하게 살 수 없을 것 같으니 영원히 작별해야만 한다는 생각이 듭니다. 앞날에 대해서는 걱정하지 마세요. 준비도 되어 있으니 절대로 저를 찾지 말아 주세요. 헛수고이며 저를 위해서도 좋은 일은 아닙니다.

살아서나 죽어서나 숙부님을 사랑하는 메어리

이런 편지인데 도대체 무슨 말을 하려는 것일까요, 홈즈 씨, 자살이라도 할 생각일까요?"

"천만에, 그런 일은 없을 겁니다. 아마도 이것이 제일 좋은 해결 방법인 것 같습니다. 홀더 씨, 당신의 재난도 이제 결말에 가까워 졌습니다."

"네? 정말입니까? 들은 것이 있군요! 홈즈 씨, 무언가 알아내신 모양이군요! 보석은 어디 있습니까?"

"그 보석 하나에 1천 파운드라면 비싸다고 생각하십니까?"

"1만 파운드라도 내겠습니다."

"그렇게는 필요없습니다. 3천 파운드면 충분합니다. 그리고 보수를 조금만 주시면 됩니다. 수표 책을 가지고 계십니까? 여기 펜이 있습니다. 4천 파운드라고 써주시면 좋겠습니다."

어처구니없어 하면서도 은행가는 말한 액수의 수표를 썼다. 홈즈는 자기 책상으로 걸어가서 3개의 보석이 붙은 삼각형의 금 한 조각을 꺼내어 테이블 위에 놓았다. 우리들의 의뢰인은 기쁨의 환성을 지르고는 그것을 집었다.

"찾았군요!" 그는 숨가쁘게 말했다. "나는 살았다! 살았어!"
고통이 컸던 만큼 그 뒤의 기쁨도 격렬해서, 그는 되돌아온 보석을 힘껏 가슴에 껴안았다.
"그런데 당신은 또 한 가지 빚이 있습니다, 홀더 씨" 하고 셜록 홈즈는 약간 엄숙한 목소리로 말했다.
"빚이라니오?" 은행가는 펜을 손에 잡았다. "금액을 말씀해 주시오, 지불하겠습니다."
"아니, 저에 대한 빚이 아닙니다. 당신은 그 고귀한 청년, 당신 아드님에 대해서 머리를 숙여 사과하셔야 합니다. 이 사건에서 아드님이 취하신 태도는 아주 훌륭했습니다. 만약 제게도 아들이 있어 그런 행동을 해준다면 더없는 자랑으로 생각할 것입니다."
"그럼, 아서가 훔친 것이 아니었군요?"
"어제도 말씀드렸지만, 그렇지 않다고 이 자리에서 다시 한번 말씀드리겠습니다."
"정말입니까? 그렇다면 당장 아들한테 가서 진상이 밝혀진 것을 알려 줍시다."
"벌써 알고 있습니다. 제가 사건을 완전히 해결한 후 아드님을 만나 보았으나 좀처럼 말해 주지 않아서 제가 먼저 이야기했더니 아드님도 제가 옳다고 인정하더군요. 그러면서 제가 궁금하게 생각하던 두어가지 의문점에는 답해주었습니다. 그러나 당신이 오늘 아침에 가지고 오신 소식을 들려주면, 나머지도 모두 입을 열 것입니다."
"그럼, 부탁이니 말씀해 주시오. 이 이상한 사건은 도대체 어떻게 된 것입니까?"
"말씀드리지요, 제가 해답에 도달한, 그 한 걸음 한 걸음을 보여 드리겠습니다. 우선 제가 제일 말하기 거북하고, 당신도 제일 듣기 거북한 사실부터 이야기하지 않을 수 없습니다. 조지 번웰 경과 당신의 조카딸 메어리 양 사이에는 모종의 약속이 되어 있었습니다. 두 사람은 이번에 함께 도망쳤습니다."

"우리 메어리가? 그런 일은 있을 수 없소!"

"유감스럽지만 있을 수 있고 없고가 문제가 아닙니다. 사실입니다. 당신 가정에 출입을 허락하시고도 당신이나 아드님은 그 사나이의 정체를 몰랐습니다. 영국에서 가장 위험한 녀석 중 한 명이며 도박으로 신세를 망친, 도저히 구제할 수 없을 만큼 인정도 양심도 없는 악당입니다. 메어리 양은 이런 종류의 사나이에 대해서는 아무것도 몰랐습니다. 그 녀석이 이때까지 뭇 여성에게 했듯이 사랑의 맹세를 속삭였을 때, 메어리 양은 자기만이 그의 마음을 움직였다고 생각했던 것입니다. 그 녀석이 했던 말 따위는 악마야 잘 알고 있었겠지만, 어쨌든 조카딸께서는 그의 뜻대로 되어 밤마다 밀회를 했습니다."

"믿을 수 없고, 믿고 싶지도 않습니다."

은행가는 얼굴이 잿빛이 되어 소리쳤다.

"그럼, 다음으로 그날밤 댁에서 일어난 일을 얘기하겠습니다. 메어리 양은 당신이 침실로 갔다고 생각했기 때문에 몰래 아래층으로 내려와 마구간쪽 작은 길이 보이는 창문을 열고 애인과 이야기를 했습니다. 그 사나이의 발자국이 눈 위에 뚜렷이 찍혀 있어 상당히 오랫동안 거기에 서 있었던 것을 알 수 있습니다. 그녀는 보관 이야기를 했습니다. 그 이야기를 듣고 사나이는 돈을 탐내는 간악한 마음이 생겨, 그녀를 설득해서 그의 뜻에 따르게 했습니다. 그녀가 당신을 사랑하고 있었던 것은 저도 의심치 않으나, 연인에 대한 애정 앞에서는 다른 모든 애정이 사라져버리는 성격의 여성이 있는데 그녀도 그런 사람이 틀림없나 봅니다. 애인의 지시를 모두 듣기 전에 당신이 내려오는 모습이 보였으므로 얼른 창문을 닫고, 하녀가 의족을 단 사나이와 만나려고 빠져나간 이야기를 한 셈인데 물론 이건 이것대로 사실이었습니다.

아서 군은 당신과 이야기를 한 뒤 잠자리에 들어갔으나 클럽의 빛이 마음에 걸려 제대로 자지를 못했습니다. 밤중이 되어 자기 방 앞을 조용히 지나가는 발소리가 들리므로 일어나서 내다보니 놀랍게도 사촌여동생이 발소리를 죽이며 복도를 걸어가서 이윽고 당신의 거실로 사라지고 말았습니다. 아드님은 놀라움에 몸이 움츠러드는 것 같았으나 얼떨결에 가까이 있던 옷을 주워입고는 이 괴상한 사태가 어떻게 발전되는지 확인해 보려고 어둠 속에서 기다리고 있었습니다. 잠시 뒤 그녀가 방에서 나오자 복도의 램프 불빛을 통해 그 귀중한 보관을 손에 들고는 것이 보이지 않겠습니까! 그녀가 계단을 내려가므로 아드님은 공포에 떨면서 복도를 달려, 당신 방문에 가까운 커튼 뒤에 숨었습니다. 거기서는 아래층 홀에서 일어나는 일이 잘 보입니다. 그는 사촌여동생이 살며시 창문을 열고 어둠 속에 있는 누군가에게 보관을 건네주더니 다시 창문을 닫고 자기가 숨어 있는 커튼 바로 앞을 지나 얼른 자기 방으로 돌아가는 것을 보았습니다.

그녀가 그 자리에 있는 동안은 아드님이 어떤 행동으로 나왔다고 해도, 사랑하는 여인의 범죄를 폭로하는 무서운 결과를 초래하지 않을 수 없었습니다. 그러나 그녀의 모습이 안 보이게 되자, 이것은 당신에게 치명적인 불행을 가져오게 되는 일이므로 모든 것을 젖혀놓고 우선 보관을 되찾아야 한다는 걸 깨달았습니다. 맨발로 계단을 달려내려가 창문을 열고 눈 위로 뛰어내려 달빛에 시커멓게 떠올라 보이는 사나이의 그림자를 향해 마구간쪽 길로 힘껏 달려갔습니다. 조지 번웰 경은 도망치려다가 아서 군이 쫓아와서 붙잡았

으므로 아드님이 보관의 한쪽 끝을, 상대는 다른 쪽 끝을 잡고 서로 쟁탈전이 벌어졌습니다. 붙잡고 있는 동안에 아드님은 번웰을 한 대 때려 눈 위에 상처를 냈습니다. 그때 무언가 딱 하는 소리가 나서 아드님은 보관이 자기 손에 있는 것을 깨닫고 얼른 되돌아와 창문을 닫고 당신 방으로 돌아와서는 보석이 격투중에 비틀어진 것을 보고 똑바로 고치려는데 당신이 나타난 것입니다."

"그게 있을 수 있는 일일까요?" 홀더 씨는 숨이 끊어질 듯이 말했다.

"당연히 따뜻한 감사의 말을 들을 행동을 했다고 생각하고 있는 참에 당신이 느닷없이 욕설을 퍼부었기 때문에 아드님도 화를 내고 말았습니다. 사실을 밝히게 되면, 지금에 와서는 조금도 사랑할 가치가 없는 여성이기는 해도 어쨌든 그녀의 죄를 폭로하지 않을 수 없게 됩니다. 그는 기사도적인 생각으로 그녀의 비밀을 지킨 것입니다."

"이제야 메어리가 보관을 본 순간 비명을 지르고 기절한 까닭을 알겠습니다." 홀더 씨는 외쳤다. "맙소사! 나는 얼마나 어리석은 눈뜬 장님이었던가요! 아들이 5분만 밖으로 나가게 해달라고 부탁한 것도…… 그렇다! 그 애는 격투하던 자리에 파편이 떨어져 있지나 않을까 보러 갈 생각이었던 게야. 아, 나는 또 얼마나 잔인한 오해를 했던가!"

홈즈는 다시 말을 이었다.

"댁으로 갔을 때, 먼저 집 주위를 돌아보고 눈 위에 수사의 단서가 될 만한 흔적은 없을까 하고 조사했습니다. 그 전날 밤부터 벌써 눈은 전혀 내리지 않았으며 더구나 강추위였기에 발자국이 뚜렷하게 남아 있어야 했습니다. 장사꾼들이 드나드는 길을 더듬어 보았으나, 마구 짓밟혀서 아무것도 분별할 수가 없었습니다. 그러나 집 쪽으로 쭉 들어가 보니 부엌 쪽에 한 여자가 남자와 마주서서 이야기한 발자국이 있는데, 남자의 한쪽 발이 둥근 발자국으로 되어 있는 데서 나무로 된 의족을 단 사나이라는 것을 알았습니다. 더구나 이 밀회에 방해자가 끼여든 것도 알았습니다. 여자 발자국의 앞쪽이 깊고 굽이 얕아진 데서 급히 부엌으로 되돌아갔다는 것을 알 수 있었기 때문입니다. 의족의 사나이는 한참 동안 기다리고 있다가 얼마 뒤에 가버렸습니다. 그때 나는 당신의 이야기에 나왔던 그 하녀와 애인일 것이라고 생각했는데, 나중에 알아 보니 과연 그랬습니다. 그런 다음 뜰을 돌아보았으나 발견된 것은 그 일대의 난잡한 발자국뿐으로 이것은 경관의 것이라고 생각했습니다. 그런데 마구간의 작은 길로 와보니 그 눈길 위에는 길고도 복잡한 사연이 씌어져 있었습니다.

 장화를 신은 남자의 발자국이 한 차례 왕복했고 게다가 기쁘게도 맨발의 남자 발자국이 한 차례 왕복한 것이 남아 있지 않겠습니까. 당신 이야기가 생각나서, 맨발 쪽은 아드님 것이라고 당장 확신을 가졌습니다. 장화 쪽은 갈 때나 돌아올 때나 걷고 있는데, 맨발 쪽은 아주 급하게 달렸으며 더구나 뜸뜸이 장화 위에 겹쳐져 있는 데서 뒤를 쫓은 것이 틀림없다는 것을 알 수 있었습니다. 발자국을 더듬어 가자 홀의 창 밑까지 나 있었는데 장화를 신었던 남자는 거기서 한참 동안 기다렸는지 서성댄 발길에 눈이 마구 짓밟혀 있었습니다. 거기서 다시 반대 방향으로 더듬어 가서 마구간의 작은 길을 100야드쯤 갔습니다. 여기서는 장화를 신은 남자가 돌아서서 격투라도 있었던 것처럼 눈이 마구 짓밟혀 있으며 게다가 몇 방울의 피마저 떨어져 있어, 내 생각이 틀림없다는 것을 입증해 주었습니다. 그 발자국은 그런 다음 작은 길을 따라 도망치고 있었는데, 거기에도 핏방울이 떨어져 있어 상처를 입은 것은 이 사나이라는 것을 알았습니다. 뒤를 따라 작은 길이 끝나는 곳, 즉 바깥의 큰길까지 와보니 길바닥의 눈이 치워졌으므로 이 단서도 끝장난 셈이었습니다.

 그러나 집안으로 들어와 당신도 보셨듯이 홀 창문의 창턱과 틀을 확대 렌즈로 검사해 보니 누군가가 이곳을 뛰어넘었다는 것을 곧 알았습니다. 들어올 때에 젖은 발로 밟은 자국은 유독 뚜렷하게 알아볼 수 있습니다. 여기까지 알게 되면, 전날 밤에 발생한 일에 대해 자연히 한 가지 가설로 형태를 갖추게 됩니다. 한 사나이가 창문 밖에 기다리고 있었다, 누군가 그에게 보관을 넘겨준다, 그 현장을 아드님이 보고 있었다, 그리고 도둑을 추적한다, 격투가 벌어진다, 두 사람이 보관을 서로 빼앗으려다 두 사람의 힘이 합쳐져 어느 한 사람의 힘으로는 하지 못할 상처를 내고 만다, 그는 전리품을 안고 돌아왔으나 적의 손에는 파편이 남아 있었다…… 거기까지는 확실해졌습니다. 거기서 문제는, 상대 사나이는 누굴까, 이 사나이에게 보관을 넘겨준 사람은 누굴까 라는 의문이 남습니다.

저는 전부터 저만의 이론을 가지고 있는데, 있을 수 없는 일을 제거하고 나면 뒤에 남는 것이 아무리 있음직하지 않은 일이라도 진실임이 틀림없다는 것입니다. 그런데 당신이 보관을 꺼낼 리는 없으니까, 뒤에 남는 사람은 메어리 양과 하녀들밖에 없습니다. 그러나 하녀들이 범인이라면 아드님이 대신해서 죄를 뒤집어쓰겠습니까? 그러한 일은 도저히 생각할 수 없습니다. 그러나 그는 사촌 여동생을 사랑하고 있었으므로 그녀의 비밀을 지켜주었다고 하면 훌륭한 설명이 됩니다. 더구나 이 비밀은 명예롭지 못한 것이니까요. 거기에다 그녀가 그 창가에 있는 것을 당신이 보셨다는 것, 보관을 보고 기절했다는 것을 종합해서 생각해 봄으로써 저의 추측은 확신으로 변했습니다.

그렇다면 그녀의 공범자는 도대체 누구일까요? 물론 애인이 틀림없습니다. 그녀가 당신한테 품고 있는 것이 틀림없는 애정과 감사를 잊게 할 만한 사람은, 애인이 아니면 누가 있을 수 있을까요? 당신들은 사교계에도 별로 드나들지 않으니 교제의 범위도 한정되어 있습니다. 그런데 그 좁은 교제 범위 속에 조지 번웰 경이 있지 않습니까. 이 사나이가 여성들 사이에서 좋지 못한 평을 얻고 있다는 것은 전부터 듣고 있었습니다. 그 장화 발자국의 주인공, 사라진 보석을 가지고 도망친 사나이는 그가 틀림없습니다. 그는 아서 군에게 얼굴을 들켰다는 것을 알고는 있지만 아서 군이 한 마디라도 하게 되면 집안의 입장을 위태롭게 하는 만큼, 자기는 절대로 안전하다고 믿고 있었을 것입니다.

그런데 거기서 제가 어떤 수단을 썼을지는 당신도 저절로 짐작하셨을 것입니다. 저는 부랑자의 꼴을 하고 조지 번웰 경의 집으로 가서 하인을 구워삶아 주인이 어젯밤 머리에 상처를 입고 돌아온 것을 알아냈으며, 끝으로 6실링을 치르고 주인이 신다가 버린 헌 장화를 손에 넣었습니다. 이것을 가지고 스트래탐으로 가서 눈 위의 발자국과 일치하는 것을 확인하였습니다."

"나는 어제 저녁 때, 그 오솔길에서 초라한 부랑자를 보았습니다" 하고 홀더 씨가 말했다.

"바로 맞았습니다. 그것이 저였습니다. 범인을 알아냈기 때문에 집으로 돌아가 우선 옷부터 갈아입었습니다. 여기서 저의 역할은 한결 어려워졌습니다. 스캔들이 되는 것을 막기 위해 고소사건만큼 피해야 했거든요. 상대가 교활한 악당이니만큼 이쪽이 꼼짝못할 약점을 들고나올 것이 틀림없기 때문입니다. 저는 그를 찾아가서 만났습니다. 처음에는 물론 모든 것을 부인하더군요. 그러나 사건의 전말을 하나하나 이야기해주자, 벽에 걸어둔 칼이 든 지팡이로 위협했습니다. 그러나 저 역시 상대가 누구라는 것은 너무나도 잘 알고 있었으므로 선수를 쳐서 머리에 권총을 갖다댔습니다. 그러자 조금은 말을 알아듣게 된 모양이었습니다. 그가 가지고 있는 보석 하나에 1천 파운드씩 치면 어떻겠느냐고 말해 주었습니다. 여기서 비로소 그는 원통하다는 얼굴을 했습니다. '뭐라고? 억울한데!'라고 말했습니다. '3개를 600파운드에 팔아버렸어.' 저는 절대로 고소는 하지 않겠다고 약속하고는 판 곳을 알아냈습니다. 그쪽으로 가서 가격을 흥정한 끝에 겨우 1개에 1천 파운드로 사들였습니다. 그리고 아드님에게 잠깐 들러서 모든 일이 해결되었다는 것을 이야기하고, 겨우 벅찬 하루가 끝났다고 생각하며 잠자리에 들 때가 새벽 2시쯤이었습니다."

"영국을 일대 스캔들에서 구한 하루였습니다." 홀더 씨는 일어서며 말했다. "뭐라고 감사드려야 좋을지 모르겠습니다만, 당신의 은혜는 언제까지나 깊이 명심하겠습니다. 수완은 그야말로 명성 그 이상이었습니다. 그럼, 이제부터 아들한테 달려가 나의 어리석었던 처사를 사과하겠습니다. 가엾은 메어리의 일은 이야기를 듣고 나니 가슴을 도려내는 것 같습니다. 당신의 수완으로도 그 애의 행방은 모르시겠지요!"

"틀림없이 말할 수 있는 것은" 하고 홈즈는 대답했다. "조지 번웰 경이 있는 곳이라면 어디에나 반드시 있으리라는 것입니다. 또 마찬가지로, 그녀의 죄가 무엇이건 간에 충분한 응보가 머잖아 그들에게 내릴 것이라는 것도 분명한 일입니다."

코난 도일 미스터리 문학에 대하여

에드가 앨런 포(Edgar Allan Poe, 1908~49)의 《모르그 거리 살인》에서 추리소설은 시작된다고 이야기한다. 포의 작품 가운데 추리소설이라고 할 수 있는 것은 《모르그 거리 살인》《마리 로제의 수수께끼》《도둑맞은 편지》《황금벌레》 등 다섯 편을 들 수 있지만, 이 작품들에는 뒷날 추리소설의 전형이 될 구성과 트릭이 전부 갖추어져 있는 참으로 완벽한 것이었다. 그러나 포의 원형이 완전한 것이었음에도 불구하고 추리소설이라는 새로운 문학 장르가 확립되기까지에는 아서 코난 도일(Sir Arthur Conan Doyle, 1859~1930)의 셜록 홈즈 시리즈가 나올 50년의 세월이 더 필요했다.

물론 그 동안에 추리소설적인 작품이나 탐정이 등장하는 소설이 없었던 건 아니다. 《모르그 거리의 살인》이 출판된 해와 같은 1841년에 찰스 디킨즈(Charles Dickens, 1812~70)는 《버너비 래지》를 써서 '피해자=범인'이란 1인 2역 트릭의 선구자가 되었으며, 1852년의 《황량관(荒涼館)》에선 명수사관 버케트 경감을 등장시켰고, 도일이 태어난 1859년에는 뒷날 엘러리 퀸(Ellery Queen, 1905~71)이 본

격 추리소설로 높이 평가한 단편 《쫓김을 당하여》를 발표했다. 디킨즈의 친구 윌키 콜린즈(William Wilkie Colins, 1824~89) 역시 1860년에 《흰 옷의 여자》를, 68년에 《월장석(月長石)》을 썼으며 프랑스에서는 에밀 가보리오(Emile Gaboriau, 1835~73)가 1886년에 《루콕 탐정》을 발표하였다. 그리고 같은 해 오스트레일리아에서는 퍼거스 흄의 《2륜마차의 수수께끼》가 출판되었다. 이들 작품은 어느 것이나 그 즈음 사람들에게 널리 읽혀진 것들이지만, 아직 새로운 분야를 확립할 만한 힘과 독창성을 갖기에는 일렀다.

그런 가운데 1886년 드디어 셜록 홈즈가 등장했다. 그때까지 도일은 모험·괴기·역사소설을 쓰고 있었으나 출판사로부터 환영받은 작품은 거의 없었다. 그러던 차에 일찍부터 포에 주목하고 가보리오나 콜린즈에게 자극을 받고 있던 도일은 마침내 탐정물 집필에 뜻을 두게 되었다. 그리하여 1886년 홈즈 시리즈 제1작인 장편 《주홍색 연구(A Study in Scarlet)》가 탈고되었는데, 이 작품 역시 좀처럼 발표할 기회가 없었다. 어찌어찌해서 그 이듬해 12월 〈비이튼〉지를 통해서 간신히 발표는 하였지만 반응은 절망적이었다. 지금은 거의 잊혀진 작품이지만 같은 무렵에 발표된 《2륜 마차의 수수께끼》가 당시의 기록적인 베스트셀러였던 걸 생각하면, 홈즈의 불운한 데뷔에 역사적 아이러니를 느끼게 된다.

그래도 성공에의 길이 아주 끊긴 것은 아니었다. 미국의 〈리핑코트〉지가 《주홍색 연구》에 주목하고 새로운 홈즈 시리즈를 요청해 온 것이다. 힘을 얻은 도일은 장편 제2작 《네 개의 서명(The Sign of Four)》을 1890년 〈리핑코트〉지 2월호에 발표했는데, 이 무렵부터 도일의 문운(文運)은 급속히 상승하여 역사소설 《백의의 기사단》이며 모험소설 등이 차례로 출판되기 시작하였다.

1891년에는 〈스틀랜드〉지의 편집자 조지 니운즈의 요청으로 홈즈 시리즈 단편을 7월호부터 연재하기 시작했다. 본격적인 셜록 홈즈의 등장은 이때부터라고 할 수 있으며, 매달 1편씩 1년에 걸쳐 연재된 단편 시리즈는 폭발적인 평판을 불러일으켰다. 인기는 갈수록 상승하여 〈스틀랜드〉지의 매상은 몇 갑절로 뛰어올랐으며 도일의 원고료도 대폭 인상되었다. 그리하여 1892년 이 최초의 단편 12편을 모아 출판한 것이 《셜록 홈즈의 모험(The Adventure of Sherlock Holmes)》이다. 이 한 권으로 도일의 작가적 지위는 확고하게 다져졌고 셜록 홈즈라는 '불멸의 인물'도 세상에 빛을 보게 되었다. 이 명탐정의 새롭고 강렬한 매력은 독자를 열광시켰을 뿐만 아니라 추리소설의 붐을 일으키는 기폭제가 되었고, 숱한 명탐정이 쏟아져나와 이어질 황금시대의 기반을 확립하였다.

도일이 셜록 홈즈의 수법을 고안하면서 착상을 얻으려 의지한 것은, 포와 가보리오의 여러 작품이었다. 그래서 때로는 그들의 작품에 너무나 충실했기 때문에 마치 그들의 작품을 인용한 듯한 양상을 띤 적도 있었는데, 이들 작가에 대한 짧은 이해와 함께 도일과의 관계를 잠시 살펴보기로 하자.

먼저, 1860년대 말에 왕성한 작품활동을 한 가보리오는 1880년대 중반에는 이미 탐정소설의 아버지로 널리 알려졌다. 당시의 탐정소설은 가보리오의 영향을 많이 받았기 때문에 그의 모방자들을 일러 특히 '가보리오 유파'라고 할 정도였다. 도일 역시 《주홍색의 연구》의 집필을 시작하기 전부터 가보리오가 쓴 대부분의 작품을 읽었다. 그러나 가보리오의 작품을 완전한 탐정소설이라고 생각하기에는 그의 작품에는 중대한 결함이 존재한다. 즉, 범죄의 배경에 관한 탈선과 작품에 등장하는 탐정들이 실수를 범하기 쉬운 인물로 그려져 있다는 점이다. 물론 그들은 천부적 분석의 재능으로 추리하여 논리적인 결론을 이끌어낸다. 그러나 그들의 천부적인 추리와 애써 쌓아올린 논리적인 결론은 이야기의 후반에 갑작스럽게 나타난 어떤 발견에 의해 무참하게 부정되기 일쑤니까.

그렇다고는 해도 가보리오의 작품은 도일에게 지대한 영향을 끼쳐 이상적 탐정상을 제시했다고 할 수 있다. 때때로 셜록 홈즈는 가보리오와 타바레 영감님의 목소리로 말할 때가 있고 이따금 그들과 같은 태도를 취하기도 한다. 게다가 같은 방법과 논리를 이용하여 같은 양상의 추리를 전개한다. 결국, 명탐정 홈즈는 1860년대 탐정에게서 갖가지 추리의 수법을 배웠다고 해도 과언이 아닐 것이다.

도일이 가보리오의 작품에서 '선정적'이고 '합리적'인 요소를 배웠다고 한다면, 기술을 배운 것은 포의 작품에서였다. 도일은 자신의 작품구상이나 고안을 정리하기 위해 그의 작품을 수도 없이 읽었다.

앨런 포의 뒤뺑은 예전엔 범죄자였으나 나중에 파리 경찰청 특수반의 초대 주임수사관을 맡는 (1812~27) 프랑스와 위젠 비독(Frsncois Eugene Vidocq, 1775~1857)의 《회상록》(1828년)을 바탕으로 만들어진 모델로, 다른 탐정들보다 세련된 인물로 그려졌다. 뒤뺑은 느 친구인 작품 속 내레이터의 눈을 통해 묘사되는데, 이것은 셜록 홈즈 이야기에 없어서는 안 될 요소이기도 하다. 뒤뺑은 논리적 분석과 추리를 이용하여 소설의 새로운 장르를 개척한 위대한 선구자이며 또한 '안락의자 탐정'의 원조이기도 했다. 이러한 뒤뺑의 영향을 받은 셜록 홈즈는, 작품속 인물이면서도 마치 살아있는 인물인 양 착각을 일으키는 생생한 이미지로 오랫동안 독자들의 변함없는 사랑을 받을 수 있었던 참으로 개성적인 탐정이었다. 마치 도일의 작품 속 등장인물인 셜록 홈즈와 도일 자신의 학식이라는 본래는 완전히 이질적인 두 요소가 빈틈없이 융합하여 결부됨으로써, 더 이상 유례를 볼 수 없는 아주 특별한 합금처럼 변하기에 이른 것이다.

포나 가보리오 외에도 도일은 올리버 웬델 홈즈(Oliver Wendell

Holmes, 1809~94)의 작품을 몇 번이나 읽었다. 셜록 홈즈 이야기에서 자주 볼 수 있는 따뜻한 회화 분위기는 올리버 웬델 홈즈의 작품에서 유래하는 것이다. 대화를 나누는 이 온기 있는 정경은 올리버 웬델 홈즈의 작품이 그랬던 것처럼 셜록 홈즈를 독자들과 친숙한 존재로 만들었다.

1888년 11월 20일, 도일이 포츠머드 문예·과학협회에서 강연한 제목은 〈천재 존 메레디스〉였다. 이 강연에서 도일은 메레디스를 '모방당할 수 밖에 없는 운명의 작가'였다고 그의 선구적인 자질을 높이 평가하였고, 〈소설로 본 스티븐슨의 방법론〉이란 제목의 〈내셔널 리뷰〉지 1890년 1월호 기사에서는 스티븐슨의 문체를 꼼꼼이 분석하고 있는데, 여기서 도일이 그의 작품에서 무엇을 배웠는지가 잘 드러나 있다. 즉 두드러지게 풍부한 표현상의 뉘앙스, 독자들한테 강하게 호소하는 박진감과 유머감각이었다.

또한 도일은 오스카 와일드(1889년에 도일은 와일드를 만났다)의 기지와 당시 풍조였던 세기말의 보헤미안적 퇴폐, 그리고 와일드가 자주 인용하던 간결한 경구의 영향도 받았다. 홈즈를 앞서 등장한 다른 탐정들과는 분명하게 다른 존재로 만든 괴이하고 기발한 천재상도 와일드한테서 받은 영향의 산물이라 할 수 있다. 그야말로 폴 바로루지가 《월터 페이터(Walter Pater)의 르네상스》(1987년)에서 서술한 '순화된 심미주의자'로 도일은 홈즈상을 변모시킨 것이다. 물론 홈즈는 앨런 포나 와일드의 전통뿐만 아니라 샤를르 보들레르(Charles Baudelaire, 1821~67), 유리스 칼 유이스먼스(1848~1907)의 퇴폐적인 분위기에도 영향을 받았다. 하지만 진짜 퇴폐라고 하기에는 거리도 멀 뿐더러 기분 좋고 따뜻한 분위기가 감도는 베이커 거리의 정경을 위협할 정도는 아니었다.

만약 도일이 동시대의 문예작품에서 배운 것이 있다면 아마도 〈티트 비츠〉와 〈앤설즈〉, 〈카세르즈 토요 저널〉이라는 당시의 대중주간지를 들 수 있을 것이다. 이런 주간지들은 그에게 이야기의 착상과 소재를 제공하는 귀중한 존재였다. 여기에는 매주 짧게 정리된 정보나 기묘한 사건 및 일화 등이 게재되었다. 그 가운데에는 거지로 변장한 취재기자 이야기며 환기구멍으로 뱀이 나와 깜짝 놀랐다는 어떤 남자 이야기, 배의 크랭크로 하마터면 압사할 뻔했던 기사 이야기, 또 다이아몬드를 새에게 삼키게 한 이야기 등이 있었다. 그야말로 추리소설의 소재로 삼기엔 더할 나위없이 비옥한 사냥터였던 것이다. 그러나 이런 것을 이야기의 재료로 삼고자 생각한 사람은 당시 코난 도일 외에는 거의 없었다. 왜냐하면 도일에게 주간지류는 참으로 친숙한 존재이기 때문이었다. 그는 〈카세르즈 토요 저널〉에 기고한 경험이 있었고, 〈앤설즈〉에 작품을 발표한 적도 있었다. 또한 1880년대에는 〈티트 비츠〉를 즐겨 읽었다. 이 사실은 셜록 홈즈 이야기가 당시 왜 그토록 인기가 있었는가 하는 이유의 일부분을 충분히 설명해 줄 것이다. 즉, 셜록 홈즈 이야기는 특이하고 기발한 소재로 독자를 끊임없이 색다른 세계로 유혹했던 것이다. 작가로서의 도일의 약점이 셜록 홈즈 이야기를 집필할 때는 강력한 무기가 되었다. 그는 천박한 재능을 가치 있는 것으로 둔갑시킨 것이다. 추리소설이란 장르 안에서 그는 마음껏 날개를 달고 모순투성이의, 있을 법하지도 않은 황당한 이야기마저 자유롭게 쓰게 되었다. 이렇게 씌어진 몇몇 이야기는 영어로 씌어진 주옥같은 작품으로 독자들의 가슴에 진하게 남아있다. 어떤 이야기들은 독자들로 하여금 도저히 수긍할 수 없는 내용으로까지 몰고가는 아슬아슬한 작품도 있었으나 도일은 그 과정에서 놀랍게도 전설처럼 변모시키는 재능을 발휘하기도 했다.

　도일은 《셜록 홈즈의 모험》을 헌정하는 대상으로 애드거 앨런 포의 추억에, 혹은 앨런 포의 이름과 함께 에밀 가보리오를 뽑았을 것이다. 혹은 스티븐슨과 와일드를, 또는 다른 착상의 근원적 존재였던 윌키 코린즈를 택해도 좋았다. 거기다 여러 가지 착상의 근원을 제공해준 〈티트 비츠〉에 대해 사례의 말을 쓸 수 있었을 것이다. 그러나 도일은 죠셉 벨에게 이 책을 바쳤다. 셜록 홈즈의 모델이 죠셉 벨이란 사실이 일반에게 알려진 것은《셜록 홈즈의 모험》이 출판되기 몇 개월 전이었다. 셜록 홈즈가 의뢰인의 신분과 직업을 금세 간파하여 상대를 놀래게 하는 능력은, 벨의 수법을 채용한 것이라고 도일은 말했다. 벨의 직관력과 관계된 예를 도일은 어느 인터뷰에서 밝히고 있는데 참고로 조금만 살피고 지나가자.

어떤 환자가 진료실에 들어온다.
벨 : 흠, 술을 못 끊어서 애를 먹고 있군요. 코트 안주머니에 작은 술병이 들어있을 정도니…… 원.
또 다른 환자가 진료실에 들어온다.
벨 : 아, 구둣방 양반이구먼! 그리고는 학생들에게 그의 바지 무릎 안쪽이 나달나달한 것을 알려주는데, 그런 받침돌을 사용하는 것은 구두가게밖에 없었다.

그는 자신이 창조한 탐정이 기존의 탐정과 다른 것이라면 바로 이 점에 있다고 자부했다. 이에 대한 이야기는 1903년에 출판된 자선(自選)집의 머리말(집필은 1901년)에서 도일이 아래와 같이 자세히 적고 있다.

자신이 창조한 주인공의 소질을 현실로 이끌어낼 수 있었던 것은 대단한 행운이었다. 선생님의 놀랄만한 재능이 '범죄'가 아닌 '병' 쪽으로 향해졌던 거지만, 젊은 학생시절, 내가 전혀 눈치채지 못한 어떤 특징으로 은사는 쉽게 논리적인 판단을 내리고, 아주 하찮은 사항에서 실로 정확한 결론에 이르는 것을 나는 자주 보아왔다. 그래서 나는 다음과 같이 확신하기에 이르렀다. 이렇게 운용되는 두뇌 작용은 지금까지 바르게 인식되지는 못하였으나 지금까지 많은 탐정소설에서 볼 수 있었던 독단적인 사건 해결보다, 과학적인 수법을 이용함으로써 좀더 눈부신 결과를 얻을 수 있을 것이라고. 물론 이미 뒤뺑 씨가 잘 해내고 있었지만 난 이런 것을 그저 조금 새로운 형태와 새로운 시점에서 실행했음에 지나지 않을 것이다.

《주홍색 연구》의 첫머리를 보면 홈즈를 처음 만난 와트슨이 "당신은 아프가니스탄에 갔다 왔군요"라는 그의 말을 듣고 깜짝 놀라는 장면이 있다. 나중에 그 이유를 설명받은 와트슨이 "자네는 마치 뒤뺑 탐정과 같다" 고 말하자 홈즈는 다음과 같이 대답했다. "자네는 나를 칭찬하자고 하는 말이겠지만 사실 뒤뺑 따위는 문제도 아니네. 뒤뺑은 15분간이나 침묵을 지키고 있다가 돌연 친구가 생각하고 있던 일을 알아맞히다니 속이 뻔한 천박한 추리네. 분명 분석의 재능은 꽤 가지고 있지만 결코 포가 생각하고 있던 만큼 비범한 인물은 아니야."

여기서 홈즈가 말하는 뒤뺑의 행동이란 《모르그 거리의 살인》 첫머리에서 뒤뺑이 서술자인 '나'와 둘이서 묵묵히 밤길을 걷고 있을 때 별안간 상대의 속마음을 읽고 '나'를 놀라게 하는 부분을 말한다. 그러나 와트슨의 말대로 홈즈는 '마치 뒤뺑 탐정과 같은' 느낌을 주는 것은 의심의 여지가 없다. 뒤뺑이 '나'를 놀라게 했던 것처럼 홈즈는 와트슨을 놀라게 한다. 그야말로 똑같은 방식이다. 따라서 '속이 뻔한 천박한 방식'을 쓰고 있는 건 오히려 홈즈 자신인 셈이다. 그러므로 뒤뺑에 대한 홈즈의 비웃음은, 포우에 대한 도일의 경의와 애착의 역설적인 표현에 지나지 않을 것이다. 어쨌든 명탐정 홈즈라는 인물을 창조하기 위하여 도일이 기울인 노력과 자부심은 이만저만이 아니었음을 쉽게 짐작할 수 있는 부분이기도 하다.

홈즈 시리즈를 두서너 편만 읽으면 누구라도 깨닫는 일이지만, 홈즈가 의뢰인을 놀라게 하는 장면이 자주 나온다. 그는 사건 의뢰인이 찾아오면 아무 말도 하기 전에 상대방의 직업이나 경력, 어디에서 어떻게 왔는가, 올 때 어떤 일이 있었는가 하는 사항 따위를 귀신처럼 알아맞힌다. 그야말로 귀신에라도 홀린 듯한 의뢰인이나 와트슨으로 하여금 궁금증을 돋군다. 이런 투로 사람을 놀라게 하는 방식은, 홈즈 시리즈의 스토리 구성의 기본 패턴이다.

홈즈 시리즈의 또 다른 특징으로는 와트슨을 들 수 있다. 즉, 어떤 사건이 생긴다. 와트슨은 홈즈와 거의 똑같은 것을 보고 듣고 하는데도 사건의 윤곽은 전혀 알지 못한다. 홈즈는 무언가를 알고 있는 것 같지만 그것이 무엇인지는 도저히 짐작도 되지 않는다. 그리하여 마침내 홈즈가 사건을 해결하고 범인을 잡아도 어떻게 하여 그렇게 되었는지 설명을 듣기 전에는 상황을 이해하지 못하는 보조 인물의 역할이다. 나중에 '와트슨 역(役)이라고 불리게 되는 이런 보조 인물의 관점으로 독자를 끌어들이고 와트슨과 더불어 홈즈의 활약을 뒤쫓게 하는 게 이 시리즈의 구성 패턴인 것이다. 따라서 독자는 와트슨과 마찬가지로 놀라든가 어리둥절해 하면서도 이따금 자신이 와트슨보다 더 정확히 진상을 꿰뚫어 보았다고 자부하면서 어떻게든 홈즈와 겨루어 사건의 수수께끼를 풀고자 애를 쓰게 된다. 이처럼 홈즈 시리즈는 독자들에게 관찰과 분석에 의한 추리의 재미를 가르쳐 주었다. 이 또한 사건의 수수께끼나 트릭의 교묘함과 더불어 홈즈 시리즈의 강렬한 매력의 원천이다.

홈즈 시리즈가 성공한 데에는 단편 형식을 채용하고 있다는 것도 지나쳐버릴 수 없는 중요한 요인이라 하겠다. 제1작인 《주홍색 연구》도 처음에는 거의 반향이 없었는데 단편 시리즈로 잡지에 등장하자마자 열광적으로 환영받았다는 것은, 단순히 〈스틀랜드〉지의 기획이 성공했다고 치부할 수도 있겠지만 홈즈 시리즈가 단편에 더 적합했던 이유도 있을 것이다. 도일이 장편보다 단편 쪽에 보다 뛰어난 재능을 갖고 있었다는 것은 잘 알려진 사실이다. 홈즈 시리즈의 단편들은 그 뒤 숱한 단편 추리소설의 모범이 되었고, 단편 추리소설 걸작집에는 반드시 얼굴을 내었다.

제1단편집 《셜록 홈즈의 모험》에 수록돼 있는 《붉은 머리 클럽》 《입술이 뒤틀린 사나이》 《얼룩끈》 등은 발표 당시부터 모두 걸작으로 정평이 났던 작품들이다. 이 작품들에 관해서는 추리소설의 독창성이나 트릭의 묘미에 대해 많은 사람들이 이야기하고 있으므로, 여기서는 《보헤미아의 추문》에 관해서만 조금 언급하기로 한다.

《보헤미아의 추문》은 《붉은 머리 클럽》같이 걸작선에 뽑힌 일도 없고 비평가들로부터 찬사도 받지 못한 작품이다. 짐작하건데 그 이유는 이 작품이 포의 《도둑맞은 편지》와 아주 비슷하기 때문이라고 생각된다. 사실 《보헤미아의 추문》은 《도둑맞은 편지》와 비슷하다. 두 작품을 읽어보면 누구라도 곧 깨닫게 되는 사실이다. 사진 대신 편지로 바꿔치기 되었을 뿐, 이를 되찾는다는 이야기부터 자세한 상황 설정에 이르기까지 모방이라고 할 수 있는 부분이 너무 많다. 독창성을 중요시하는 추리소설이니 만치 이 작품이 경시되는 건 차라리 당연하다고 할 것이다. 그러나 그럼에도 불구하고 이 작품은 홈즈 시리즈 중에서도 특히 주목할 만한 특징을 지니고 있다. 그것은 도일이라는 작가의 특질과 셜록 홈즈라는 작중 인물의 매력이 매우 잘 나타나 있는 작품이기 때문이다. 그럼 여기서 이 작품의 핵심 부분을 잠깐 살펴보기로 하자.

홈즈는 '불이야!' 하고 외치게 하여 여배우가 부주의한 틈을 타 문제의 사진을 되찾은 게 아니라. 사실은 전혀 반대로 여배우의 주의를 사진의 은닉 장소에 쏠리게 한 것이다. 즉 자기의 집에 불이 나면 여자는 본능적으로 자기가 가장 소중히 여기는 물건을 가지러 달려간다는 점을 이용한 심리적인 트릭을 사용하고 있는 것이다. 따라서 상황 설정이 비록 《도둑맞은 편지》와 흡사하다 하더라도 도일 자신의 창의성이 크게 돋보이는 부분이다. 결말 또한 매우 흥미롭다. 여하튼 사건은 해결이 되지만 명탐정 홈즈로서는 어이없게도 완전히 실패한 사건으로 결말이 난다. 그를 보기좋게 앞지른 여배우 아일리네 아돌라가 이성에게 별로 관심을 갖지 않는 홈즈의 오직 하나 잊혀지지 않는 강렬한 인상의 여자가 된다는 내용은, 이 소설을 극히 이색적이면서도 품위 있는 이야기로 이끌어 올린다. 또 이 작품이 빛나는 성공을 획득한 단편 시리즈의 제1작임을 생각하면 실패담부터 시작한다는 설정은 참으로 근사한 착상이라 하지 않을 수 없다.

유감없이 발휘된 아일리네 아돌라의 매력이 홈즈에게 준 감명은 그대로 독자의 가슴에도 훈훈히 전해 올 정도로 잘 묘사되어 있다. '탐정'역과 '범인'역 사이에 이토록 정감이 흐르고 더구나 전체 구성과도 멋들어지게 조화되는 추리소설은 아마도 그리 흔하지 않다. 그러므로 셜록 홈즈를 사랑하는 사람들이 이 아일리네 아돌라를 놓칠 리는 없다. '베이커 거리 임시부대'라는 이름의 열광적인 홈즈 팬 회원들은 정기 모임을 열 때마다 반드시 아일리네 아돌라에 대한 건배부터 먼저 하고 있을 정도이다.

코난 도일은 이 《보헤미아의 추문》을 자기가 아끼는 다섯 번째의 홈즈 시리즈로 들고 있다. 이 작품이 단편 제1작이라는 점에 있어서나 작품의 성공면에서나 작자가 애착을 갖는 것도 지극히 당연하다 하겠다.

제1작 단편에서 배어나오는 기품과도 닮은 어떤 향기는 홈즈 시리즈 전체에 흐르고 있는 기본적인 특질이기도 하다. 범죄라는 어둡고 살벌한 것을 주제로 하는 소설이면서도 도일의 작품만큼 밝고 건강한 분위기를 간직하고 있는 추리소설은 그리 흔하지 않다. 그러면서도 추리소설로서 필수 불가결한 수수께끼의 매력이나 서스펜스를 흠뻑 지니고 있다니 참으로 이상한 느낌이 들 정도이다. 그러나 이 독특한 분위기를 자아내는 근원이 다름아닌 셜록 홈즈라는 인물에 있음은 분명한 것같다. 세상 사람과 거의 교제를 않는 괴짜 같은 홈즈가 추리의 화신이 되어 사건을 해결해 나가면서 주위의 관계자에게 보여주는 마음 씀씀이나 동정심은 때때로 놀랄 만큼 인간미로 가득하다. 심지어 그의 동정심은 사건의 해결 방식뿐 아니라 범인에 대한 태도에서도 잘 나타나고 있다. 사실, 사건을 해결하면서 홈즈만큼 범인을 경찰이나 형무소에 넘기지 않는 탐정도 정말 드물다. 물론 홈즈 시리즈엔 지독한 악당이 별로 등장하지 않는 탓도 있지만 다른 탐정이라면 대뜸 경찰에 넘기고 말 그러한 범인이라도 홈즈는 다른 방식으로 해결을 보는 예가 수두룩하다. 이 《셜록 홈즈의 모험》에 수록되어 있는 단편을 보더라도 경찰의 손에 인도되는 건 《붉은 머리 클럽》의 범인 하나뿐이다.

홈즈 시리즈에는 등장 인물이 사회 각층에 걸쳐 다채롭기 이를 데 없다. 국왕·귀족·부호·은행가로부터 상인·점원·선원·부랑자·마약환자·걸인에 이르기까지 나오지 않는 인간이 없을 정도이다. 이 또한 도일의 작품을 읽는 재미의 하나일지도 모르겠다. 이것은 아마 작자 도일의 본업이 의사였다는 사실과도 관계가 있을 것이다. 아무튼 도일은 홈즈라는 특이하고 매력적이면서도 인간미에 넘친 명탐정을 등장시켜, 천태만상의 인간들이 만들어내는 진기한 사건들을 독자들의 흥미로운 눈길 아래서 보란듯이 근사하게 해결해내는 멋진 캐릭터를 창출해내는데 성공하였고, 이는 곧 작품의 성공과도 결부되었다.
 그런데 코난 도일의 작품을 즐겨 읽는 애독자들에게는 명탐정 셜록 홈즈에 대한 어떤 공통된 이미지가 있다. 그것은 당시에 사용된 잡지의 삽화에서 비롯된 영향이 크다고 하겠는데, 〈스트랜드 매거진〉에 셜록 홈즈를 게재할 즈음 삽화를 그린 것은 시드니 에드워드 파제트(1860~1908)였다. 그의 역할은 디킨즈 작품의 삽화를 그린 휘즈(하브로트 나이트 브라운)와, 루이스 캐롤 작품의 삽화를 그린 사 존 테니엘과 일맥상통하는 점이 있었다. 그들의 공통점은 각각의 작품에서 그들 이전에 들어간 모든 삽화들을 한순간에 능가해 버렸다는 사실이다. 독자들은 전에 어떤 그림이 자신들의 상상력을 자극했는지 이들의 그림을 보면서 깡그리 잊고 말았다. 그 정도로 가공할 영향력이었다.
 《비튼의 크리스마스 연감(Beeton's Christmas Annual)》지에 《주홍색의 연구》가 게재되었을 무렵, 처음에는 그다지 두드러지게 눈에 띄지 않는 목판화 삽화가 몇 점 들어있었을 뿐이었다. 《주홍색의 연구》란 첫 단행본을 출판할 때는 코난 도일의 아버지인 찰스가 삽화를 그렸는데, 홈즈가 처음으로 사냥모를 쓰게 된 것도 《네 개의 사인(The Sign of Four)》 초판본에는 찰스 케어(1858~1907)가 그린 속표지 그림에서였다. 《네 개의 사인》이 〈브리스틀 옵서버〉지에 게재될 때 그린 작은 목판화 삽화였다. 그러나 현재의 홈즈상을 확립시키는 삽화를 그린 사람은 시드니 파제트였다. 그가 그린 여러 삽화는 지금도 우리에게 매우 친숙한 존재이다. 그것은 셜록 홈즈 이야기가 게재된 〈스트랜드 매거진〉이 부수가 많이 인쇄되었고, 또한 복제판이 만들어지기도 했기 때문이었다(유럽과 미국에선 시드니 파제트의 삽화가 든 복제판이 여러 출판사에서 출간되었다).
 그런데 시드니 파제트가 삽화 의뢰를 받은 것은 잡지사의 실수에서였다. 〈스트랜드 매거진〉의 삽화 담당자는 시드니의 남동생인 월트 파제트(1863~1935)한테 삽화를 의뢰했다고 철썩같이 믿고 있었다. 그러나 시드니 파제트의 삽화에는 예술적인 면은 없었지만 이야기에 잘 어울리는 그림풍이었기에 독자들은 즐거워했다. 그리하여 오늘날엔 시드니 파제트가 만들어낸 홈즈상을 개선할 수 있는 화가가 얼마나 존재할지 상상하기조차 어려운 일이 되었다. 그는 대중적인 셜록 홈즈상을 널리 확립했다. 특히 오늘날 홈즈상에 없어서는 안 될 소도구가 된 사냥모와 여행용 망또를 걸친 모습을 파제트가 그린 것은 《보스컴 계곡의 참극》에 들어간 삽화가 처음이었다. 다음으로 홈즈의 모습이 이렇게 그려진 것은 1892년 12월호 〈스트랜드 매거진〉에 게재된 《백은호 사건》에서 다트무어로 향하는 열차 안 정경에서이다.

삽화에 그려져 있는 등장인물의 의복이나 소품류 및 베이커 거리의 방 정경은 파제트 자신이 갖고 있던 물품들을 바탕으로 그린 것이다. 등장인물은 그의 친구나 친척이 모델이 되었다. 홈즈는 그의 동생이, 와트슨은 로열 아카데미학교 시절의 동급생이었던 앨프레드 모리스 버틀러, 또한 다른 등장인물도 가까운 곳에서 모델을 찾아냈다. 그러나 애초 도일의 머리 속에 있던 홈즈의 모습은 파제트의 그림과는 달랐다고 한다. 〈티트 비츠〉지의 인터뷰 (1900년 12월 15일호 게재)에서 도일은 다음과 같이 말했다.

"내가 갖고 있는 셜록 홈즈상은——내가 상상했던 셜록 홈즈라는 의미입니다만——파제트씨가 〈스트랜드 매거진〉에 그린 것과는 전혀 달랐습니다. 물론 지금 난 그가 그린 삽화에 대단히 만족합니다. 또한 그가 그린 홈즈의 풍모에 충분히 이해가 가서 지금은 파제트씨가 그려준 홈즈상이야말로 진짜 홈즈 같다는 생각을 합니다. 예전에 내 머릿속의 홈즈는 화가가 그린 것보다 코가 매부리코로 좀더 뾰족하고 아메리카 인디언을 닮은 인물이었습니다. 앞에서도 말씀드렸습니다만 그럼에도 불구하고 나는 지금 파제트 씨 그림 솜씨에 대단히 만족합니다."

도일은 파제트가 그린 삽화를 대단히 마음에 들어했다. 이는 〈스트랜드 매거진〉에 처음 단편이 게재된 직후인 1891년 7월 9일자로 이 잡지사 편집장 앞으로 보낸 편지에도 잘 나타나있다. 그는 다음과 같이 전했다.

"만약 내가 《셜록 홈즈》에 삽화를 그린 예술가를 만날 일이 있으면 그에게 굉장히 감사한다는 말을 전하려 합니다. 홈즈 이야기에는 가능하면 그 사람이 삽화를 그려주고, 미래의 출판사가 다른 화가를 기용하는 것을 피해주셨으면 하는 마음이 들 정도입니다"

파제트는 그 뒤 《셜록 홈즈의 회상》, 《바스커빌의 개(THE hound of Vaskervilles)》, 《셜록 홈즈의 생환》이 수록된 장·단편의 삽화를 담당했는데 도일이 다른 작품을 쓰기 전에 죽었다. 뒷날, 1921년 9월 27일에 개최된 스툴 컨벤션 만찬회 자리에서 도일은 파제트에게 찬사를 보냈다.

"셜록 홈즈의 연재가 시작되었을 무렵, 삽화를 그려준 사람은 시드니 파제트입니다. 그의 그림은 정말 훌륭해서 영어 독서인 모두가 인정하는 인물상을 만들어냈습니다. 그가 일찍 세상을 뜬 것은 영국 미술계에 엄청난 손실이라고 할 수 있습니다."